Lucy Diamond stammt aus Nottingham und hat für das Fernsehen und diverse Verlage gearbeitet. Seit ihren ersten erfolgreichen Kinderbüchern widmet sie sich heute nur noch dem Schreiben. Zusammen mit ihrem Mann und den drei Kindern lebt Lucy Diamond in der Nähe von Bath. Der nächste Roman ist bereits in Vorbereitung.

Lucy Diamond

Diät-Pralinen

Roman

Aus dem Englischen von Nicole Seifert

Rowohlt Taschenbuch Verlag

Die Originalausgabe erschien 2010 unter dem Titel «Sweet Temptations» bei
Pan Books/Pan Macmillan, London.

Deutsche Erstausgabe
Veröffentlicht im Rowohlt Taschenbuch Verlag,
Reinbek bei Hamburg, Juli 2011

Redaktion Kathrin Jurgenowski
Umschlaggestaltung any.way, Hannah Krause
(Foto: Plainpicture)
Satz Dolly PostScript (InDesign) bei
Pinkuin Satz und Datentechnik, Berlin
Druck und Bindung CPI – Clausen & Bosse, Leck
Printed in Germany
ISBN 978 3 499 25607 3

1. Fix und fertig

Maddie

Der peinlichste Moment überhaupt? Davon gab es schon einige in meinem Leben. Einmal ging ich die Harborne High Street hinunter, und mein Rock steckte aus Versehen im Höschen. Ich hab zwar gemerkt, dass die Leute kicherten und auf mich zeigten, dachte aber, das wären nur die üblichen Idioten, die denken, Übergewichtige sind entweder taub oder völlig immun gegen verletzende Kommentare.

Als mich eine freundliche Frau darauf hinwies, dass ich den Passanten einen hübschen Anblick böte, dachte ich, ich sterbe vor Demütigung. Es klatschte sogar jemand, als ich hinten an meinem Rock zerrte. Ich hab richtig gemerkt, wie mein Gesicht rot und heiß wurde. Im *Café Nero* musste ich mir dann erst mal zwei Mandelcroissants und einen großen Cappuccino genehmigen, bevor ich auch nur daran denken konnte, mich wieder auf die Straße zu trauen.

Es ist wohl überflüssig zu sagen, dass mich das Ewigkeiten verfolgt hat. Aber dann ist letzten Sommer bei der Arbeit was passiert, das noch tausendmal peinlicher war. Noch peinlicher sogar als damals mit sieben, als mein Kopf in einem Tor feststeckte (über eine Stunde lang) oder als ich bei dem Versuch, ein

Foto von meiner Familie zu machen, rückwärts in einen Teich gefallen bin.

Ich arbeitete in Teilzeit bei einem der großen Radiosender in Birmingham, und ich liebte meinen Job. Na ja, bis zu jenem Tag jedenfalls. Das Radio war schon mein Freund, als ich noch ein schüchterner Teenager war, der im Schatten seiner gestylten Mutter stand. Mein Vater hatte unsere Familie schon lange verlassen – ein Glück für ihn –, es gab also zu Hause nur noch Mom und mich. Dabei war sie nicht gerade ein Fan des ruhigen Familienlebens. Jedes Wochenende gab sie Dinner- und Cocktailpartys und füllte das Haus mit schicken, schrill lachenden Frauen und kräftigen Kerlen mit dröhnenden Stimmen aus dem Theater. Ich verkrümelte mich lieber mit meinem Radio und diversen Süßigkeiten nach oben.

Das Radio hat mir an unzähligen Abenden Gesellschaft geleistet. Mein Lieblings-DJ war ein Typ mit honigsüßer Stimme, der Alex Morley hieß und mir das Gefühl gab, nur zu mir zu sprechen. Ich habe ihn mir als großen Mann vorgestellt, mit strubbeligen strohblonden Haaren, funkelnden blauen Augen und zerschlissenen Jeans. (Und ungefähr so sexy wie Sawyer aus *Lost*.) Ich habe es mir dann in meinem Sitzsack gemütlich gemacht, Lakritzschnecken gemampft und in Zeitschriften geblättert, während Alex mir was vorspielte. Die Enttäuschung war riesig, als Mom für mich ein signiertes Foto von ihm besorgte und sich herausstellte, dass er schwabbelige Pausbäckchen hatte, leicht schielte und dass nur ein paar fusselige Strähnchen seine Glatze überdeckten.

Na ja, wie auch immer. Durch das Radio habe ich mich weniger allein gefühlt, und ich konnte Alex Morley sogar seine schreckliche Frisur und seine gutgepolsterten Wangenknochen verzeihen (es stand mir schließlich kaum zu, darüber zu urteilen!). Seit damals träumte ich davon, dass eines Tages ich es sein würde, die in ein Mikrophon sprach und jemandem das Gefühl gab, mit der Welt in Verbindung zu stehen …

In meinem späteren Job war das allerdings nicht besonders wahrscheinlich, leider. Ich war Produktionsassistentin bei unserem lokalen Sender, Birmingham FM, und hatte das Glück, für Chip Barrett zu arbeiten, den Silberfuchs mit der sanften Stimme, der seit Jahren die Mittagssendung moderierte und bei «Frauen eines gewissen Alters» sehr beliebt war. Aber seit der neue Controller, Andy, angefangen hatte, sollte der Sender cooler und moderner werden. Also wurde der arme alte Chip ins Nachtprogramm verbannt, zwischen zwei und sechs Uhr morgens. Für seine alte Sendung wurde das hinterhältigste Biest im ganzen Land gefunden – für die ich dann das Pech hatte zu arbeiten.

«Guten Morgen, Birmingham! Ich bin Collette McMahon, und ich bin hier, um eure Augen zum Funkeln zu bringen und ein Lächeln auf euer Gesicht zu zaubern.» Das sagte sie jeden Tag zu Beginn ihrer Sendung. Sie war eine ziemliche Schlange, denn während sie dieses ganze süßliche Zeug redete, gestikulierte sie wild in meine Richtung oder schickte eine E-Mail, in der stand: «MADDIE, WIR HABEN HIER DRIN KEINEN KAFFEE MEHR!!!»

Jedes Mal überkam mich der Wunsch, ihr eine runterzuhauen. *Ich bin Maddie Lawson, und ich bin hier, um dir einen spitzen Bleistift ins Auge zu rammen und dir eine zu kleben, Collette!* Denn erstens hasste ich E-Mails in Großbuchstaben (viel zu aufdringlich), und zweitens war es nicht mein Job, der Moderatorin ihren Scheißkaffee zu bringen, und das wusste sie ganz genau.

(Hatte ich erwähnt, dass Collette McMahon gertenschlank ist und sehr attraktiv, mit schulterlangen schwarzen Haaren und graublauen Augen mit unverschämt langen Wimpern? Das machte es noch schlimmer.)

An diesem speziellen Tag kam Collette mal wieder zu spät. Ihre Sendung begann um elf Uhr morgens, und wir sollten beide um Punkt zehn da sein, damit wir den Ablauf mit Becky, der Produzentin, durchgehen konnten und genug Zeit hatten, alles vorzubereiten. Chip war immer schon um neun im Studio gewesen, er schrieb dann noch seine Überleitungen und bastelte an seiner Playlist – ein vollendeter Profi. Aber Collette flatterte herein, wann es ihr passte.

«Goooott, ist das heiß draußen», sagte sie, als sie gegen halb elf hereingebummelt kam, ihre Tasche auf den Tisch schleuderte und sich die riesige Designer-Sonnenbrille in die Haare schob. Sie hatte eine laute Stimme mit ziemlich vornehmem Akzent und wollte gern, dass jeder mitbekam, wann sie das Gebäude betrat. «Alles klar? Alle bereit für eine großartige Sendung?»

Becky sah verwirrt aus. «Sag du's mir, Collette», antwortete sie. «Wo hast du gesteckt?»

Collette zog eine Grimasse. «Kein Grund, zickig zu werden», sagte sie. Dann guckte sie in meine Richtung, als würde sie mich zum ersten Mal sehen. «Hol uns einen Kaffee, Schätzchen, ich verdurste. Ist ziemlich spät geworden gestern.»

Kein *bitte*, wie ihr vielleicht bemerkt habt. Und dieses nervige «Schätzchen», als wäre ich sechzehn oder eine Praktikantin oder so was. Dabei war ich doch ein Jahr älter als sie, die dumme Kuh.

Ich wollte gerade aufstehen, als Becky eine Hand auf meinen Arm legte, um mich davon abzuhalten.

«Maddie hat keine Zeit, rumzurennen und dir Kaffee zu machen», sagte sie kühl. «Wir brauchen sie hier, damit sie mit uns die Sendung vorbereitet. Also, wenn du so weit bist, sollten wir jetzt den Ablauf durchgehen. Wir sind in nicht mal einer halben Stunde auf Sendung, also lass uns schnell machen.»

Collette wirkte eingeschnappt, befahl einer der Sekretärinnen, ihr Kaffee zu holen, und erdolchte mich mit ihren Blicken, als wäre es *meine* Schuld.

Die Sendung war eine Mischung aus Musik und Gesprächen, mit Anrufern und verschiedenen Ratespielen, je nach Wochentag. Zu meinem Job gehörte es, das Gerüst der Sendung zu erstellen, lokale Themen zu recherchieren, über die Collette vielleicht reden wollte, und Interviewpartner zu organisieren. Chip hatte gern Geschichten gemocht, in denen es menschelte – über den guten Samariter von nebenan oder das Mädchen, das Leukämie hatte und nochmal nach Disneyland fahren durfte, so etwas in der Art. Betty und ich wussten immer noch nicht genau, was Collettes Geschmack traf. Bisher schien sie vor allem daran interessiert zu sein, sich über Prominente lustig zu machen und Klatsch und Tratsch zu verbreiten.

«Okay», fing ich an und sah auf meine Notizen. «Um 11.15 Uhr haben wir die Mittwochs-Anrufrunde – da könnten wir was über die Sommerferien machen, die bald anfangen und –»

«Nee.»

Ich starrte Collette irritiert an, weil sie mich so dreist unterbrochen hatte. «Äh ... na ja, eine Menge unserer Hörerinnen sind Mütter, und deshalb –»

«Deshalb wollen sie über die verdammten Schulferien ganz bestimmt *nicht* sprechen, Schätzchen!», schnaubte sie. «Schon mal was von Realitätsflucht gehört? Was hast du sonst noch?»

Ich sah mit brennendem Gesicht auf meine Notizen. Chip hätte niemals so mit mir geredet. «Also, heute Abend werden die Birmingham-Restaurantpreise verliehen», begann ich zögernd. «Vielleicht ...»

Sie schnalzte mit der Zunge. «Nicht besonders sexy», sagte sie. «Hör mal, überlass das mir, ja? Mir fällt für die Anrufrunde schon was Besseres ein. Was noch?»

Und so ging es weiter, Becky wurde ähnlich behandelt. Auch gefiel Collette das Mittwochsrezept von Phil, dem Küchenchef, nicht. («Ziemlich langweilig, oder? Er soll uns was Exotischeres vorschlagen.») Bei der Erwähnung einer Samba-Band, die ins Studio kommen und was vorspielen würde, verdrehte sie die Augen. Und als Becky sie an das Mittagsquiz erinnerte, gähnte Collette doch tatsächlich.

«Wir sollten langsam anfangen», sagte Becky irgendwann schnippisch und wickelte eine ihrer kastanienbraunen Korkenzieherlocken fest um den Finger. (Immer ein schlechtes Zeichen.) «Collette, ich fürchte, du wirst improvisieren müssen. Maddie, kümmerst du dich bitte um die Überleitungen.»

«Keine Sorge», sagte Collette, die Ruhe selbst, und stolzierte in den Aufnahmeraum.

«Natürlich», sagte ich – und war meinerseits alles andere als ruhig. Ich wusste inzwischen, wie Live-Sendungen im Radio funktionierten, klar. Aber bei Chip war immer jede Minute der dreistündigen Sendung geplant gewesen. Heute sah der Programmablauf erschreckend dünn aus, da Collette die Hälfte des Materials, das Becky und ich zusammengetragen hatten, ablehnte.

Ich hätte mir allerdings keine Sorgen zu machen brauchen. Collette hatte immer eine Menge zu sagen, das meiste entnahm sie direkt der *Sun*. Außerdem gab es ein ziemlich langes Telefonat, in dem es vor allem darum ging, die *Big Brother*-Teilnehmer niederzumachen. Kurz darauf begann sie einen Monolog darüber, ob sie sich am Wochenende die Haare kurz schneiden lassen sollte.

Und dann ließ sie die Bombe platzen.

«Ihr wollt im Sommer doch alle so gut aussehen wie möglich, oder, Leute?», gurrte sie ins Mikro. «Deshalb starte ich heute die

Macht-Birmingham-schön-Kampagne, und zwar hier und jetzt. In den nächsten Monaten wird sich mein ganzes Team von Birmingham FM einer Schönheitsoffensive unterziehen.»

Becky wirkte nervös. «Wovon redet sie denn da?», zischte sie in meine Richtung. Wir saßen nur ein paar Meter von Collette entfernt, waren aber durch die schalldichte Glasscheibe des Studios von ihr getrennt. «Weißt du irgendwas davon?»

«Nein», sagte ich, ebenfalls nervös. Mir gefiel das boshafte Blitzen in Collettes Augen nicht, als sie zu mir herübersah.

«Ich zum Beispiel werde ein paar Beauty-Produkte testen, die uns das *Bliss Spa* vom *Perfect Body*-Fitnessstudio freundlicherweise geschickt hat.» Unbeirrt laberte sie weiter. «Und ich werde Vorher/Nachher-Fotos in meinen Blog stellen, also seht sie euch an! Ich habe auch ein paar Shampoos und Proben von *Saks* für Becky organisiert, unsere wunderbare Produzentin. Die könnte sie mal ausprobieren.»

Becky lächelte – erleichtert, glaube ich – und zeigte Collette den erhobenen Daumen.

«Und was ist mit unserem süßen Controller, Andy Fleming?», fuhr Collette fort. «Schließlich ist er mein Boss ... Also habe ich was ganz Besonderes für ihn: einen Tag im Spa des *Serenity Hotels*. Der hat's gut! Wollen wir mal hoffen, dass er sich daran erinnert, wenn es um die jährliche Gehaltserhöhung geht, was, Andy?» Sie lachte über ihren eigenen Witz, dann sah sie mich an, und sofort fühlte ich mich wie eine Maus, die von einer gefährlichen Kobra entdeckt worden war.

«Und für Maddie, unsere Superassistentin ...», gurrte Collette mit leuchtenden Augen. Sie machte eine Pause und lächelte dann ihr Killer-Lächeln. «Also, Maddie wird den Pfunden den Kampf ansagen! Ja, so ist es: Maddie wird eine FatBusters-Diät-Gruppe ausprobieren. Solche Gruppen gibt es in der ganzen Stadt, geht auf unsere Website, wenn ihr selbst ein paar Kilos loswerden wollt. Ich halte euch auf dem Laufenden, wie wir in den nächsten zwei Wochen vorankommen, also bleibt dran …»

Schnapp. Das Schicksal der Maus war besiegelt, die Kobra hatte gesiegt.

Meine Hände zitterten, mein Mund war trocken, und ich hätte am liebsten vor lauter Scham losgeheult. Ich brauchte jeden verbliebenen Fetzen Stolz, um nicht im selben Moment aus dem Studio zu rennen.

«Alles okay, Maddie?», fragte Becky besorgt.

Collette hatte den neuesten Hit von Girls Aloud aufgelegt und tanzte herum, als wäre nichts gewesen. Doch ihre Worte waren wie ein Stachel, der immer noch tiefer eindrang. *Maddie wird den Pfunden den Kampf ansagen! Maddie wird eine FatBusters-Diät-Gruppe ausprobieren!*

Diese schreckliche, schreckliche Frau! So eine Ziege. Jeder bekam irgendwas Nettes, nur ich nicht. Ich war die Witzfigur.

«Maddie? Alles okay?»

Ich nickte Becky stumm zu, war aber nicht imstande zu sprechen. Collette McMahon hatte gerade Tausenden von Hörern erzählt, dass ich fett war und etwas dagegen tun musste. Sie hatte mich vor der ganzen Stadt gedemütigt.

Als Kind war ich dünn. Groß und dünn, mit langen knochigen Beinen und spitzen Ellbogen. Aber irgendwie hat sich das geändert. Irgendwie bin ich immer dicker und dicker und dicker geworden, bis ich einen Meter fünfundfünfzig groß war und über hundert Kilo wog. Halb Frau, halb Kloß, das war ich. Im Supermarkt spürte ich die Blicke der Leute. Diese Blicke wanderten von mir direkt in meinen Einkaufswagen, offenbar in der Erwartung, dort Berge von Knabberzeug und Süßigkeiten vorzufinden. Also ignorierte ich sie und legte noch mehr Obst und Gemüse hinein. Das erwarteten sie nämlich nicht. Ich genoss die überraschten Gesichter. Sie wussten natürlich nicht, dass ich das andere Zeug online bestellte. Es wurde geliefert, wenn die Kinder in der Schule waren – meine geheimen Freuden: Käse, tütenweise Chips und diese kleinen Schokoriegel, die man auf Kindergeburtstagen verteilt. *Guck, wie brav ich bin,* sagte ich mir, wenn ich ein Mini-Mars aufriss und meine Zähne darin versenkte. Nur ein winziger kleiner Schokoriegel für mich! Später aß ich dann noch vier weitere. Bis ich am Ende des Tages schließlich auch die restlichen verschlang.

Das Problem war, ich liebte Essen. Das war schon immer so gewesen. Ich konnte kein Rezeptbuch zum reinen Vergnügen lesen – hmmmm, Hähnchenpastete und Kartoffelpüree mit Soße … ooooh, Schweinelendchen mit Knoblauch und Lorbeerblättern … mariniertes Lamm auf Rosmarinkartoffeln … Ich saß im Bett und bemühte mich, nicht auf die Seiten zu sabbern.

Es gibt aber auch nichts Besseres, als wenn Familie und Freunde am Tisch sitzen, die Küche voller wohlriechender Essensdämpfe, und ich mit gerötetem Gesicht und überglücklich einen riesigen Braten mit knusprigen, goldenen Kartoffeln servieren kann. Die *Oooohs!* und *Aaaahs!* und *Das ist so köstlich!* und *Maddie, du bist die Größte!* Wer würde das nicht mögen?

Die Kehrseite war, dass mir immer weniger gefiel, wie ich aussah. Ich schaute überhaupt nicht mehr in den Spiegel, weil ich keine Lust hatte, meine Doppelkinne zu zählen. Das Fett schien wie eine wabbelige rosa Hülle über mich gekrochen zu sein. Vom Hals bis über meine Knie. Auch um meine Taille befanden sich mehrere deutlich sichtbare Rollen, und wenn ich mich setzte, hatte ich immer Sorge, dass der Stuhl zusammenbrach.

Ich träumte davon, wieder dünne, schön geformte Beine zu haben, einen flachen Bauch, einen überschaubaren Hintern. Heimlich wünschte ich, ich hätte den Mut (und das Geld), mir das Fett absaugen und den Magen verkleinern zu lassen.

Glücklicherweise schien es Paul nichts auszumachen. Mein Mann liebte mollige Frauen. «Mehr zum Festhalten», sagte er liebevoll, wenn auch eher unromantisch. «Für mich siehst du immer noch aus wie eine Prinzessin, Babe.»

Wenigstens sah einer von uns das so.

Am Tag nach der Radio-Pleite wurde dann alles noch schlimmer. Die Schule meiner Kinder feierte den «Tag des Sports», und die Mütter sollten ein Wettrennen veranstalten: Willkommen in der Hölle.

Ich hatte nur wenig geschlafen und fühlte mich immer noch verwundbar wegen des vergangenen Tages. Meine Tochter Emma spürte diese Schwäche und stürzte sich auf mich.

«Mom, weißt du noch, dass heute Tag des Sports ist?», fragte sie. «Du kommst doch heut Nachmittag, oder?»

«Ähm …», hob ich an und strich Butter auf einen Frühstückstoast. Ich hatte den Nachmittag frei und eigentlich vorgehabt, mit der Heckenschere den Dschungel zu bearbeiten, zu dem unser vernachlässigter Garten geworden war.

«Bitte, Mom, du kommst *nie* zum Tag des Sports!», beklagte sich nun auch ihr Bruder Ben. «Alle anderen Mütter kommen.»

«Außerdem möchte ich so gerne, dass du zuschaust, wenn ich mit Amber das dreibeinige Wettrennen mache», fügte Emma hinzu. «Wir haben so viel geübt, und wir sind wahnsinnig schnell. Wir könnten sogar gewinnen!»

Ich blieb stumm. Es war ja überhaupt kein Problem, *ihnen* dabei zuzusehen, wie sie übers Spielfeld rannten. Ich hatte nur all diese Horrorgeschichten über die obligatorischen Wettrennen der Mütter aus den letzten Jahren gehört, und es war absolut klar, dass mich keine zehn Pferde dazu bringen würden, da mitzumachen.

«Das ist mein letztes Jahr in Highbridge», fuhr Emma in leicht anklagendem Ton fort. «Und du warst nicht bei einem einzigen Tag des Sports. Letztes Jahr, als ich das Sackhüpfen gewonnen hab, hätte ich mir so gewünscht, dass du da gewesen wärst ...»

Langsam fühlte ich mich unwohl. Ich bin morgens um Viertel vor acht nicht gerade auf der Höhe meiner Schlagfertigkeit und kann es nur schwerlich mit den Finessen einer Zehnjährigen aufnehmen.

«Ich muss arbeiten», sagte ich, stellte den Teller mit Toasts auf den Tisch und nahm mir einen.

«Aber nicht heute Nachmittag», entgegnete Emma vorlaut. «Du arbeitest doch donnerstags nur vormittags, oder nicht? Da kannst du doch am Nachmittag kommen.» Ihre Augen verengten sich, und dann holte sie zum Tiefschlag aus. «Also, wenn's dich interessiert, meine ich, wenn's dir nicht egal ist!»

«Oh, Emma», seufzte ich. «Natürlich interessiert es mich.» Ihre Worte machten mir ein schrecklich schlechtes Gewissen, und schon hörte ich mich selbst sagen: «Na gut ... ich komme.» Sie hatte mich bezwungen. Ein lausiger Tag des Sports. Ein blödes Wettrennen der Mütter, das nach wenigen Minuten vorbei wäre. Wie schlimm konnte das schon sein?

Wenige Stunden später wurde mir klar, *wie* schlimm so etwas sein konnte. Ich war schon verspannt, bevor überhaupt der Startschuss ertönte – mein Herz klopfte wie verrückt, mein ganzer Körper war ein einziges Nervenbündel. Die Sonne brannte und hüllte alles in gleißendes Licht. Die anderen Läuferinnen redeten fröhlich miteinander, aber ich war innerlich so aufgewühlt, dass ich mich nicht konzentrieren, geschweige denn mich bewegen konnte. Warum hatte ich mich nur dazu überreden lassen?

Die Mütter neben mir an der Startlinie trugen alle knappe Hemdchen und Shorts und zeigten ihre gebräunte Haut. Ich war der weiße Fleck am Horizont, die Einzige in langen XXL-Hosen und einem überdimensionalen Oberteil, das so wenig Fleisch wie möglich zeigte. Plötzlich wünschte ich, ich hätte den vierten Toast zum Frühstück nicht gegessen. Oder die fettigen, salzigen Fritten zum Mittagessen. Oder die Berge von Kuchen und Schokolade und Käse und Nudeln, die ich in den letzten Wochen verdrückt hatte ...

Halt den Mund, Maddie, befahl ich mir. *Zu spät ist zu spät.* Außerdem befanden sich in der Menge zwei strahlende Kinder, die mir ermutigend zuwinkten. Ich erinnerte mich an Emmas zweiten Platz beim dreibeinigen Rennen mit ihrer Freundin Amber und an Bens begeisterten Gesichtsausdruck, als er an den anderen Zweitklässlern vorbeizog, um als Sieger das Ei auf dem Löffel ins Ziel zu bringen ... Weiß der Himmel, wie eine Tonne wie ich zwei so schlanke, athletische Kinder hervorbringen konnte.

Als Mrs. Gable, die Konrektorin, zu uns herübersah und die Startpistole hob, entstand an der Startlinie leichtes Gedrängel. Ich entdeckte Vanessa Gray in meiner Nähe. Sie trug teuer aussehende Laufschuhe und hatte diesen entschlossenen Ausdruck in den Augen, den ich schon von den vielen Elternvertretertreffen an ihr kannte. Verstohlen schob sie ihren linken Ellbogen vor Jane Willis und setzte ihren Fuß ein paar Zentimeter weiter vor.

«Auf die Plätze ...»

O Gott. Es geschah wirklich. Die Angst schwappte in mir herum wie das Wasser in einer Waschmaschine.

«Fertig …»

Vanessa Grays gesamte Haltung war angespannt, die Knie leicht gebeugt, wie ein Jaguar kurz vorm Sprung. Ihre Beine steckten in Radlerhosen aus Lycra, und die Haare wippten in einem perfekten, glänzenden Pferdeschwanz.

PENG!

Ungefähr vierzig Mütter rasten über den Sportplatz, die Jubelschreie und Anfeuerungsrufe der Zuschauer klangen in unseren Ohren. Vanessa sprintete voraus wie eine Besessene. Wahrscheinlich hatte sie das ganze Jahr lang dafür trainiert.

Ich dagegen keuchte, als würde meine Brust gleich explodieren. *Wumm-wumm-wumm* machten meine Turnschuhe (noch jungfräulich und weiß glänzend, gekauft nach einem guten Vorsatz für das neue Jahr) auf der Rennstrecke. Ich prustete wie eine Dampfmaschine, mein Gesicht war heiß und glänzend. Ich lief, so schnell ich konnte. Allerdings liefen die anderen Mütter irgendwie schneller.

Mein gequältes Lächeln gefror in dem Moment, in dem Vanessa Gray als Erste über die Ziellinie schoss und siegreich die Arme hochwarf, als hätte sie einen Weltrekord gebrochen. Widerstrebender Applaus von den Lehrern. Von denen mochte sie auch keiner.

Wumm-wumm-wumm. Vor mir ein Meer aus knackigen Hintern, rasenden Beinen und pumpenden Ellbogen.

Das Publikum, hundertsiebzig Kinder, saß im Schneidersitz auf beiden Seiten der Rennbahn. Alles um mich herum verschwamm. Hilfe! Ich war kilometerweit abgeschlagen. Inzwischen kamen noch andere Mütter über die weiße Ziellinie. Sie lachten und strichen sich die Haare aus dem Gesicht. Nur ich war noch auf dem Feld. Die Zeit schien stillzustehen.

Wumm-wumm-wumm.

Mrs. Gable erhob das Megaphon, um mich anzufeuern. Sie meinte es gut, gab mir aber den Rest. «Schneller, Mrs. Lawson, Sie schaffen das!»

O Gott, lass mich sterben, jetzt!

Die Kinder kicherten und lachten über die fette, unfähige, keuchende Mrs. Lawson, als sie endlich – endlich! – über die Ziellinie watschelte.

«Puuuh», keuchte ich und zwang mich zu lächeln, obwohl ich fürchtete, gleich einen Herzinfarkt zu erleiden. «Das reicht jetzt aber für diese Woche.»

Vanessa Gray hörte mich und schenkte mir ein frostiges Grinsen, das eindeutig *Versager!* bedeutete.

Ich suchte meine Kinder in der Menge, weil ich Bestätigung brauchte. Ich wollte sehen, dass ihre Daumen immer noch hochgereckt waren. Aber da stand Emma, mit vor Scham ganz roten Wangen, starrte mich finster an und blickte dann schnell in die andere Richtung. Ben wurde gerade von seinen Freunden aufgezogen und mit den Ellbogen bearbeitet. Er hielt zum Schutz die Arme vors Gesicht und sah verschämt zu Boden.

Mit jedem keuchenden Atemzug fühlte ich mich mehr wie die schlechteste Mutter im ganzen Land.

«Na, dann mach doch was dagegen», sagte Mom im Kommandoton, als ich später in ihrem Wohnzimmer saß und von meinem katastrophalen Tag des Sports erzählte. «Sieh's positiv – als Motivation. Krieg deinen Hintern hoch und – warte mal.»

Ich versuchte, nicht zu stöhnen, als sie plötzlich mit ihrem türkisfarbenen Handy herumwedelte.

«Wo ist denn die Nummer vom Fitnessstudio? Die muss doch hier irgendwo sein», murmelte sie.

«Mom, ich geh nicht in dein Fitnessstudio», sagte ich. Aber

sie hatte schon das Handy am Ohr, hob gebieterisch die Hand und verbot mir weiterzusprechen.

«Hallo, hier ist Anna Noble», säuselte sie. Die Stimme meiner Mutter klang so rauchig, dass sie einen eigenen Aschenbecher gebraucht hätte. «Ja, sehr gut, danke, Schätzchen. Ich wollte nur fragen, ob ich eine Probestunde für meine Tochter vereinbaren kann ... Ja, sie möchte vielleicht einen Vertrag abschließen ... Genau.»

«Möchte ich nicht!», zischte ich wütend und starrte sie an. Ganz bestimmt nicht. Fitnessstudios und ich passten einfach nicht zusammen. Ich hatte es mit Gymnastik probiert, aber wir waren ebenfalls kein gutes Paar – wie Fritten und Blutwurst: eine wirklich schlimme Kombination.

Und wieder fuhr ihre Hand hoch, wie bei einem Verkehrspolizisten. *Stopp. Nicht sprechen.*

Ich sah sie mit zusammengekniffenen Augen an, aber sie schrieb irgendwas auf und merkte es nicht. «Diesen Samstag – oh, das ist wunderbar, Schätzchen, danke. Und vielleicht eine Tageskarte für den Rest der Familie? Ja, ein Erwachsener und zwei Kinder. Das ist großartig. Vielen Dank. Dann bis bald.»

Meine Mutter war in Birmingham recht bekannt, so eine Art Mythos. In den frühen Achtzigern war sie eins der Martini-Mädchen gewesen, damals, als alkoholische Getränke noch mit etwas mehr Sex beworben werden durften. Sie war die attraktive Frau im weißen Badeanzug, die in einer Flasche Bianco tauchte. Von allen Reklamewänden in Birmingham strahlte ihr makelloser Körper. Ich bin in der Schule damit aufgezogen worden («Ich hab heut Morgen die Möpse von deiner Mom gesehen») – aber das machte mir nichts. Ich war stolz auf sie. Außerdem hatte sie durch die Kampagne genug Geld für ein großes Haus in Edgbaston verdient und die Werbung als Sprungbrett für ihre spätere

Karriere als Schauspielerin genutzt. Inzwischen war aus den langen Haaren ein glatter kastanienbrauner Bob geworden, und ihr Hals war ein bisschen faltig, aber sie hatte immer noch diese glühenden mandelförmigen Augen und fabelhafte Beine. Und offensichtlich glaubte sie immer noch, mich herumkommandieren zu können wie ein Kind.

Mit einem triumphierenden Blick legte sie das Telefon beiseite.

«Also, du bist Samstagmorgen um zehn bei einem Trainer namens Jacob gebucht», erklärte sie mir, stand auf und hielt eine Kristallkaraffe in meine Richtung. «Sherry?»

«Aber ich will nicht ins Fitnessstudio!», rief ich. Ich war vierunddreißig Jahre alt, aber ich fühlte mich wieder wie ein bockiger Teenager. «Ich will nicht zu diesem Jacob, ich ...» Sie hielt mir immer noch die Karaffe entgegen, mit hochgezogenen Augenbrauen, als hätte sie meinen Ausbruch nicht mitbekommen. «Nein, danke», murmelte ich und knirschte mit den Zähnen.

Achselzuckend goss sie sich selbst etwas Sherry ein und nippte daran. Dann setzte sie sich neben mich auf das riesige rote Sofa und schlug graziös die Beine übereinander.

«Liebling», sagte sie sachlich. «Du bist hergekommen, damit ich dir helfe. Ich werde dir nicht wie Paul auf den Rücken klopfen und sagen, ‹Mach dir nichts draus, ich finde dich immer noch schön.›»

Ich senkte irritiert den Blick. Paul hatte tatsächlich genau das gesagt, als ich ihm die Geschichte erzählt hatte. *Mach dir nichts draus, für mich bist du immer noch wunderschön. Was gibt's zum Abendessen?* Er schien kaum hingehört zu haben, es interessierte ihn überhaupt nicht, er hatte einfach das gesagt, was ich hören wollte.

«Ich bin deine Mutter», fuhr sie fort, als müsste ich daran

erinnert werden. «Ich kann ein paar unangenehme Wahrheiten ertragen. Ja, du bist meine hübsche Maddie, die wunderbarste Tochter und der großartigste Mensch, den ich kenne.» Meine Augen kribbelten bei diesem unerwarteten Kompliment. «Aber du bist auch übergewichtig und alles andere als fit. Und deshalb werde ich dir dabei helfen, dieses Problem anzupacken.»

Ich hüllte mich in Schweigen und wünschte, ich hätte doch einen Sherry genommen. Einen ganzen Krug von dem Zeug.

«Samstag also», sagte sie, und damit war das Thema für sie beendet.

2. Sweets for my Sweet

Jess

«Oja», stöhnte er unter mir. «Ohhhh ... *Ja* ... Das ist so verdammt gut ...»

Lächelnd beugte ich mich über ihn. Es ist doch immer wieder schön, ein Kompliment zu bekommen.

«Du bist wunderbar», murmelte er mit belegter Stimme. «Du bist einfach die Beste ...»

«Ich wette, das sagst du zu allen Mädchen, Matt», neckte ich ihn und fuhr mit der Hand über seinen geölten, glänzenden Körper. Er hatte einen der haarigsten Rücken, die mir je untergekommen sind, aber das störte mich nicht. Ich hatte in meinem Job schon alles Mögliche gesehen.

«Nein», sagte er und verdrehte den Kopf, um mich anzusehen. «Mache ich nicht. Ich war wahnsinnig enttäuscht, als sie mir letztes Mal gesagt haben, dass du im Urlaub bist. Das andere Mädchen, das es letztes Mal gemacht hat, konnte dich nicht ersetzen, Jess.»

Ich erstarrte. Im Urlaub? Ich war seit Monaten nicht weg gewesen. Schön wär's!

Kräftig knetete ich seine Schulterblätter weiter. «Wann war denn das?», fragte ich möglichst beiläufig.

Er war eine Weile still, solange ich einen Knubbel bearbeitete. Diese Typen aus der Wirtschaft sind an den Schultern immer furchtbar verspannt, voller Knoten und Unebenheiten, wie eine Seite mit Blindenschrift.

«Müsste im Juni gewesen sein», sagte er und seufzte wohlig, während meine Finger sich an ihm zu schaffen machten. «Ich hab angerufen und ... Ooooh ... *JA!* Sie sagten, du wärst nicht da und ich müsste stattdessen zu Juliet. Es war erbärmlich, sie hat Hände wie nasse Salatblätter. Überhaupt keine Muskeln.»

Ich grub mich in seine Schulter und drückte kräftig auf seine blasse, teigige Haut. Das war schon mal passiert. Dass Kunden nach mir fragten und gesagt bekamen, ich sei nicht da. Was sollte denn das?

«Mmmm ...», sagte er und schnurrte fast vor Behagen. «Es ist jedenfalls gut, wieder in deinen fähigen Händen zu sein, Jess.»

«Das höre ich gern», antwortete ich. «Besteh nächstes Mal ruhig darauf, zu mir zu kommen. Ich hab keinen Urlaub geplant, lass dir also nichts erzählen ... Und sonst? Was macht das Leben so?»

Matt sprach von seiner Arbeit, der Wohnung, die er in der Nähe von Cannon Hill Park gekauft hatte, und vom Fußball. (Er war ein großer Villa-Fan, wie mein Dad.) Und bevor ich michs versah, war die Stunde um und seine Haut ganz rot. Ich bedeckte ihn mit einigen unserer flauschigen grünen Handtücher und dimmte das Licht noch weiter runter.

«In Ordnung so?», fragte ich leise. «Ich gehe jetzt. Lass dir so viel Zeit, wie du willst. Bis nächstes Mal.»

Er grunzte leise, hob zum Abschied eine Hand und murmelte «Danke». Er klang, als würde er gleich einschlafen.

Ich verließ den Raum und war selbst ziemlich müde. Samstag ist der anstrengendste Tag der Woche, und ich hatte schon zwei Ganzkörpermassagen hinter mir, eine Bikini-Enthaarung, die eher einer Abforstung des Regenwalds gleichkam, plus eine Pediküre der müffelndsten Füße, die mir seit langem untergekommen waren. Am späteren Nachmittag würde noch ein Junggesellinnenabschied bei uns stattfinden, und das bedeutete für mich und meine Kolleginnen French Manicure und Gesichtsbehandlungen ohne Ende.

Aber jetzt hatte ich erst mal Pause. Ich griff nach meinem Portemonnaie und steuerte das Café ganz oben im Gebäude an. Unser Beauty-Salon war Teil eines großen schicken Fitnessstudios am Stadtrand, mit einem riesigen Gerätebereich, Swimmingpool, Squash-Plätzen, einer Sauna und drei Studios, in denen Kurse stattfanden. Nicht dass ich irgendwas davon genutzt hätte. Die Angestellten bekamen die Mitgliedschaft zwar ermäßigt, aber der Preis lag immer noch weit über meinen Möglichkeiten. Außerdem sparte ich schließlich gerade. Ich würde direkt vor Weihnachten heiraten und legte jeden Penny zur Seite, den ich in die Finger bekam.

Das Café lag im zweiten Stock, und man konnte von dort auf den Pool sehen und beobachten, wie die Schwimmer ihre Bahnen zogen, während man selbst fröhlich Kuchen in sich hineinstopfte. Kuchen würde es für mich heute allerdings nicht geben.

Ich werde brav bleiben, ich werde brav bleiben, schwor ich, als ich mich in die Schlange stellte. Ich würde nur einen Apfel nehmen (höchstens 47 Kalorien) und eine Tasse Tee – natürlich mit entrahmter Milch! Ich musste nur immer an mein Brautkleid denken, sagte ich mir. Ich wollte schließlich eine verführerische Braut sein, kein weißer Elefant.

Gianni, der Besitzer des Cafés, sah mich und zwinkerte mir zu. «Oh, Jessica, *Süße!*», rief er. Er war in Walsall geboren, kam aber sehr italienisch rüber, wenn er ein bisschen theatralisch wurde.

Die Mädchen liebten das. «Lass mich raten: Du willst heute was von meinem Zitronenkuchen, oder?»

Der verdammte Gianni mit seinen Tricks, er schien Gedanken lesen zu können! «Äh ... für mich nur einen Apfel, danke», sagte ich und versuchte, nicht zu den Kuchen hinüberzugucken. Ich erspähte dennoch eine dicke Karamellschicht auf einem Schokoladenkuchen und musste den Blick abwenden, bevor ich schwach wurde. «Und eine Tasse Tee.»

«Aber ich hab ihn extra für dich gebacken», entgegnete Gianni und blickte mich mit schiefgelegtem Kopf und großen, traurigen Hundeaugen an. «Er ist so saftig und köstlich, mit knusprigen Zuckerkristallen obendrauf ... Ich schneide dir ein großes Stück ab, ja?»

Ich schwankte. Und beging dann einen fatalen Fehler. Ich guckte mir den Kuchen an. Der cremige Guss glänzte gelb; die Mitte war ein wenig eingesunken und würde wunderbar klitschig sein. Einen Moment lang schien die Erde stillzustehen, und in meinem Kopf entbrannte ein Streit.

Nein, tu es nicht, das sind zu viele Kalorien, zu viel Zucker, denk an das Brautkleid! – Aber ich bin so müde und hab solchen Hunger, ich brauche was zu essen, nur ein winziges Stück, ich verspreche auch, nichts zu Abend zu essen, das gleicht es dann wieder aus ...

«Also gut», hörte ich mich mit einem kleinen Seufzen sagen.

Während Gianni das Kuchenmesser schwang, ging in meinem Kopf sofort der Kalorienzähler an. Ratter, ratter, ratter: 330 Kalorien, schätzte ich schuldbewusst, als das Messer in den Kuchen sank. Oder eher 400, bei dem Riesenstück, das Gianni gerade abgeschnitten hatte. Mein mittäglicher Salat – vergebene Mühe. In einem einzigen Moment hatte ich alles zunichtegemacht. Was war bloß los mit mir? Ich war so willensschwach. Erbärmlich. Ich war eine Versagerin.

«Danke», sagte ich, zahlte und nahm mein Tablett. Na ja, wenigstens hatte ich bei Matts Ganzkörpermassage gerade einige hundert Kalorien verbrannt. Außerdem musste ich mich für den Junggesellinnenabschied stärken.

Es herrschte ziemlicher Betrieb im Café, und kein einziger Tisch war mehr frei. Ich stand da mit meinem Tablett und fühlte mich einen Moment lang wie gelähmt. Ich wollte den Kuchen nicht durch den ganzen Fitnessbereich bis zum Aufenthaltsraum der Angestellten tragen – als Kosmetikerin trug man keine kalorienreichen Leckereien durch die Gegend, wenn rundherum lauter sportliche Typen versuchten, ihr überschüssiges Fett wegzubekommen. Und wenn Louisa mich mit dem Kuchen sah, würde sie bestimmt missbilligend die Augenbrauen hochziehen. «Sekunden im Mund – ewig am Bund», würde sie spotten.

«Darf ich mich dazusetzen?», fragte ich eine blonde Frau, die allein an einem Zweiertisch am Fenster saß und einen Kaffee trank. Sie war ganz schön mollig und schien den Plastikstuhl ziemlich unbequem zu finden. Ich wusste, wie sie sich fühlte. Diese Stühle waren ganz offensichtlich nur für athletische Hintern gemacht.

Sie nickte zerstreut – sie telefonierte gerade mit ihrem Handy –, aber erst, als ich mich setzte, merkte ich, dass sie weinte. Die Tränen liefen ihr nur so über die Wangen. O nein! Ich fühlte mich schrecklich. Die arme Frau ... Das Letzte, was sie wollte, war sicher, dass ich in ihre Privatsphäre eindrang.

Ich knabberte verlegen an dem Kuchenstück, Zitronenguss und Zucker explodierten auf meiner Zunge, und gab vor, den Schwimmern zuzusehen. Ich wollte wirklich nicht darauf achten, was sie sagte.

«Das war mir so wahnsinnig peinlich», schluchzte die blonde Frau leise, einen Arm um ihre Körpermitte geschlungen, als wolle sie sich trösten. «Das war so gemein, wie er mich angesehen hat, als ...» Sie sah mich an und senkte ihre Stimme. «Als wäre ich ein Stück Scheiße, Nic. Als wäre ich völlig wertlos.»

Ich zuckte zusammen, nippte an meinem Tee und sah zu, wie ein Kerl mit schütterem Haar und Wampe einer schlanken Frau im schwarzen Bikini zulächelte. Sie war eine dieser Frauen, die perfekt geschminkt ins Wasser gehen *und* es schaffen, dass ihre Haare trocken bleiben. *Oh, das ist süß,* dachte ich. *Die beiden sind nicht mehr ganz jung, aber immer noch verliebt ... Hoffentlich werden Charlie und ich auch so.*

«Und jetzt sitze ich hier, und Paul macht der verdammten Vanessa Gray im Pool schöne Augen», sprach die blonde Frau unglücklich in ihr Telefon, «und er achtet noch nicht mal auf die Kinder. Seinetwegen könnten sie ertrinken!»

Hinter dem Kerl mit schütterem Haar alberten zwei Kinder herum. *Aaaah! War der Glatzkopf etwa ihr Paul?*, fragte ich mich und nahm noch einen Bissen von dem Kuchen.

«Ja, das wäre schön», fuhr die Frau fort, putzte sich die Nase und setzte sich etwas aufrechter hin. «Nach der Mistwoche muss ich entweder meine Sorgen oder mich selbst ertränken. Ich weiß ehrlich gesagt nicht, was besser wäre.» Sie kritzelte etwas auf ein Stück Papier. «Okay. Bis bald.»

Seufzend legte sie ihr Telefon auf den Tisch und nahm einen großen Schluck Kaffee, ihre Augen waren immer noch gerötet. Sie war vermutlich ein bisschen älter als ich, vielleicht Mitte dreißig. Ihr Gesicht war ziemlich hübsch, auf so eine Goldie-Hawn-hafte Weise, aber ihre Haut wirkte fleckig und geschwollen. Die Haare hingen ihr schlapp auf die Schultern, als hätte sie sich seit Monaten nicht um sie gekümmert. Sie war wie ich ein dickes Mädchen, mit Doppelkinn und ein paar Pfunden zu viel, die sie versuchte unter einem riesigen T-Shirt zu verstecken.

Ich räusperte mich. Ich war nicht gut darin, mich irgendwo einzumischen, aber ich konnte nicht anders. Ich hasste es, wenn es anderen schlechtging. «Sagen Sie mir einfach, wenn ich Sie in Ruhe lassen soll. Aber ... ist alles okay?», fragte ich zaghaft.

Es gab eine Pause, und ich wollte mich gerade verziehen und mich dafür entschuldigen, meine Nase in ihre Angelegenheiten gesteckt zu haben, als sie endlich etwas sagte.

«Ich bin gerade mehr oder weniger misshandelt worden im Fitnessstudio», sagte sie mit einem schiefen Lächeln. «So ein pickliger pubertärer Typ namens Jacob hat mir gesagt, dass ich krankhaft fettleibig bin und lieber mal ein paar Übungen machen soll, bevor ich dem unmittelbar bevorstehenden Tod in die Arme taumele.»

«O nein!», rief ich entrüstet. «Das klingt ja furchtbar.»

«Ja», sagte sie und rieb sich mit der Papierserviette die Augen. «Ich weiß, dass ich fett bin, ich weiß, dass ich nicht Kate Moss bin, aber ... Ehrlich, damit hat er nur bewirkt, dass ich nie wieder in ein Fitnessstudio gehe.»

«Das ist wirklich gemein», sagte ich. «Jacob, haben Sie gesagt? Und er arbeitet hier? Sie sollten das dem Manager melden. Das ist absolut nicht in Ordnung.» Ich wühlte in meiner Tasche und gab ihr ein Taschentuch. «Hier.»

«Danke.» Sie putzte sich die Nase und trank gierig den Rest ihres Kaffees. Dann stand sie auf, sie sah müde aus. «Na ja, ich gehe jetzt besser. Danke nochmal.»

«Gerne», sagte ich. «Machen Sie's gut.»

Ich sah ihr nach, wie sie mit hängenden Schultern das Café verließ, als trüge sie alle Sorgen der Welt. Sie brauchte eine meiner Aromatherapie-Anwendungen, das war offensichtlich. Aber so zerknirscht und abwehrend, wie sie war, so guck-mich-bloß-nicht-an, war klar, dass sie mich abweisen würde, selbst wenn ich ihr jetzt hinterherrannte und ihr einen Gutschein gab. Ich war schließlich genauso: Ich konnte es nicht ertragen, wenn irgendjemand meinen nackten Körper sah. Außer Charlie natürlich. (Obwohl sogar *er* sich nicht gerade schmeichelhaft über ihn äußerte.)

Dann fiel mir siedend heiß ein, dass es schon fünf vor halb drei war und dass in fünf Minuten die Junggesellinnen zur Maniküre kamen. Ich stopfte das letzte Stück Kuchen so schnell in mich hinein, dass ich fast nichts schmeckte, und eilte davon.

Den Rest des Nachmittags war ich komplett beschäftigt. Es gehörten zehn Frauen zu dem Junggesellinnenabschied, und sie hatten eins unserer Extrazimmer gebucht, in dem sie zwischen den Behandlungen Perlendes und teure Snacks zu sich nahmen. Als ich der künftigen Braut die Nägel machte, sprudelte sie vor Aufregung fast über. «Die Hochzeit ist schon nächsten Monat! Mein Kleid ist von Caroline Castigliano, und es ist wunderschön», schwärmte sie. «Das sollte es aber auch sein, für das Geld! Mehr als zwei Riesen hat es mich gekostet. Aber beim Hochzeitskleid kann man doch nicht auf den Preis gucken, oder?»

«Nein, kann man nicht», bestätigte ich und strich eine dünne Schicht Unterlack auf ihren linken Daumennagel. Na ja. Man *konnte* schon auf den Preis eines Hochzeitskleides gucken. Ich hatte allerdings nicht vor, ihr zu erzählen, dass ich meins bei eBay ersteigern wollte und dass mein Budget bei 150 Pfund lag.

«Für den Empfang haben wir im *Langley Manor* reserviert», fuhr sie träumerisch fort. «Hundertdreißig Gäste.»

«Ooh, toll», sagte ich und beugte mich über ihre Hand. Sie hatte einen riesigen Diamanten an ihrem Ringfinger, die Glückliche. «Und wo geht die Hochzeitsreise hin?» Erzähl mir mehr, dachte ich, erzähl mir von deinem Glück, bis mir vor Neid schlecht wird.

«Auf die Malediven, zwei Wochen.» Sie strahlte. «Sonne, Meer, Sand … und viel Sex. Ich meine, wenn wir –»

Sie unterbrach sich, und ich machte feinfühlig eine Pause beim Lackieren und steckte den Pinsel zurück in sein Fläschchen.

«Ich meine, wenn wir die Hochzeit überstehen», sagte sie schließlich und lachte nervös. «Ich stehe unter so einem Druck, damit der Tag absolut perfekt wird. Aber Damon scheinen die Blumen und die Gedecke nicht besonders zu interessieren, wir streiten uns dauernd, weil mich das wütend macht, und …»

Oh, Ärger im Paradies, also doch. Ich drehte das Fläschchen mit Unterlack fest zu und tätschelte ihren Arm.

«Wissen Sie was?», sagte ich. «Ich sehe hier ständig Bräute – jede Woche. Und sie sagen alle das Gleiche. Ich garantiere Ihnen, da muss jeder durch. Sogar ich. Ich heirate im Dezember und bin schon völlig gestresst.»

Na ja, das stimmte nicht ganz. Ich war zwar gestresst, aber eigentlich nur, weil Charlie die Hochzeit schon wieder verschieben wollte. Dabei sollte er mich jetzt endlich vor den Altar führen und mir den Ring anstecken. Ich wollte endlich heiraten!

Sie starrte mich unter ihren Wimpern hervor an, die so lang und dicht waren, dass Bambi neidisch geworden wäre.

«Wirklich?»

«Wirklich.»

Ich nahm den weißen Lack zur Hand und bestrich damit vorsichtig die Spitzen ihrer Nägel.

«Das wird alles wunderbar. Sie heiraten den Mann, den Sie lieben. Sie haben ein großartiges Kleid und ein tolles Restaurant. Familie und Freunde werden da sein … Also, versuchen Sie, daran zu denken. Das sind die Dinge, auf die es ankommt.»

Sie lächelte. Es war ein erleichtertes Lächeln. «Danke», sagte sie. «Wahrscheinlich haben Sie recht.»

«Und», fuhr ich fort, «kommen Sie am Tag vor Ihrer Hochzeit nochmal wieder, dann mache ich Ihnen die schönsten Nägel, die Sie jemals hatten.»

«Das tue ich», sagte sie ernst. «Das tue ich ganz bestimmt – wenn Sie mir versprechen, mich dann wieder so aufzumuntern. Ich werde dann sicher in einem schrecklichen Zustand sein.»

Ich grinste. «Das glauben *Sie*», sagte ich. «Ich wette, dass Sie dann viel ruhiger sind. Bis dahin ist alles organisiert. Und alles, was Sie dann noch tun müssen, ist, sich zurückzulehnen und die Dinge leichtzunehmen, ehe der Spaß dann am nächsten Tag losgeht.»

Ich konnte förmlich sehen, wie sie sich bei meinen Worten entspannte – ihre Schultern waren weniger angespannt, und ihre ganze Haltung wurde weniger steif. «Kosmetik-Therapeutin» wäre eine sehr viel passendere Berufsbezeichnung als das schlichte «Kosmetikerin», meiner Meinung nach. Tagein, tagaus hörte ich alle möglichen Bekenntnisse und Ängste der Leute. Eine gute Zuhörerin zu sein war in meinem Job genauso wichtig, wie die Produkte zu kennen. Die Kunden gingen glücklicher, als sie gekommen waren, und das machte mich auch zufrieden. Und wenn ich dann sah, dass sie wieder einen Termin bei mir gebucht hatten ... das war das schönste Kompliment überhaupt. Denn dann wusste ich, dass ich es gut gemacht hatte.

Um fünf Uhr war ich endlich fertig und ging in den Aufenthaltsraum, um mich umzuziehen. Wir mussten im Salon eine weiße Tunika mit kleinem Mandarin-Kragen und ausgefallenen Metallknöpfen tragen. Für mich hatten sie extra eine in Größe vierundvierzig bestellen müssen, was ich von Louisa, der Assistentin der

Managerin, immer wieder zu hören bekam. Seit Karen, unsere Managerin, im Mutterschutz war, wurde Louisa immer zickiger zu mir. Aber eines Tages, sagte ich mir, wenn ich endlich eine Diät gefunden hatte, die funktionierte und mich in Twiggy verwandelte, würde ich auch in Größe 36 passen wie meine Kolleginnen. Und es würde mir großen Spaß machen, Louisa die XXL-Tunika direkt ins Gesicht zu werfen und ihr Panda-Make-up überall zu verschmieren. Von diesem Moment träumte ich.

Meine Kollegin Phoebe zog sich gerade ein enges schwarzes Spaghettiträger-Top an, als ich den Aufenthaltsraum betrat. «Hi, Jess», sagte sie und fummelte sich vorm Spiegel die Haare hoch. «Du hast wohl heute alles richtig gemacht, wie? Ich hab gesehen, dass so ein Typ dir ein dickes Trinkgeld hinterlassen hat. Und eine der Junggesellinnen hat dich schon für die Anschlussmaniküre nächsten Monat gebucht.»

Ich wurde ganz rot vor Freude und fragte mich, ob das wohl die künftige Braut war. Dann fiel mir schlagartig etwas ein, und ich runzelte die Stirn. «Louisa hat gar kein Trinkgeld erwähnt», sagte ich.

Phoebes schmale Augenbrauen schossen in die Höhe. «Nein? Dann solltest du sie auf alle Fälle danach fragen. Zwanzig Pfund hat er dir dagelassen. Großer Typ, braune Haare.»

Matt. Was für ein Schatz. Ich legte mein T-Shirt bereit, ehe ich meine Tunika aufknöpfte. *Zeig so wenig Fleisch wie möglich*, das war mein Motto. Ich war am Anfang ziemlich entsetzt gewesen, als ich erfuhr, dass es keine separaten Umkleidekabinen gab. Seitdem war ich Expertin darin geworden, mich umzuziehen, ohne irgendwas zu enthüllen.

«Danke, dass du's mir gesagt hast», sagte ich, als Phoebe ein bisschen Lippenstift auflegte und dann zum Ausgang eilte. «Hab ein schönes Wochenende.»

«Werd ich haben. Ich geh heut Abend mit den Mädels ins *Gatecrasher* – du musst irgendwann auch mal mitkommen, Jess!»

Ja, genau. Das *Gatecrasher* mit seinem Glamour-Dresscode, wo man nicht reingelassen wurde, wenn man nicht entweder Designerklamotten anhatte oder umwerfend attraktiv war.

«Ja, klar», war alles, was ich sagte. «Bis dann.»

Ich mochte Phoebe. Sie erinnerte mich an mich selbst vor ein paar Jahren – temperamentvoll und lebendig, immer mit den Mädels unterwegs, immer was zu lachen. Manchmal wünschte ich, ich könnte die Zeit zurückdrehen, könnte wieder die sein, die mit Gemma, Nat und Shelley in einer WG zusammenlebte. Ich musste an all die verrückten Abende denken, an denen wir wilde Partys feierten, in unseren frechen schwarzen Kleidern und mit Absätzen, die so hoch waren, dass wir kaum auf ihnen laufen konnten. Und an die unzähligen Mädchenabende, die wir zu Hause verbracht hatten. Wir saßen in unseren Schlafanzügen und dicken flauschigen Socken rum, alle bekamen von mir eine Schönheitsbehandlung, und dann sahen wir zum x-ten Mal *Schlaflos in Seattle* und sprachen die Dialoge mit.

Aber so konnte man schließlich nicht für immer leben, oder? Und jetzt hatte ich ja Charlie.

Normalerweise verließ ich den Salon, indem ich durch das Fitnessstudio und durch den Haupteingang auf den Parkplatz ging. Aber es gab auch einen Ausgang zur Straße raus, durch den Salon und an der Rezeption vorbei. Louisa kümmerte sich noch um die Buchungen, hinter ihr die Glasregale, auf denen unsere schicken Kosmetikprodukte aufgereiht waren.

«Tschüs, Jess», sagte sie lässig, als ich auf sie zuging. Die alte Ziege hatte offenbar nicht vor, Matts Trinkgeld zu erwähnen.

Ich blieb vor ihr stehen und zwang mich zu einem Lächeln. «Ich hab gehört, es ist Trinkgeld für mich abgegeben worden.»

Das war für mich ungewöhnlich dreist, aber zwanzig Pfund sind schließlich zwanzig Pfund. Ich würde bestimmt nicht zulassen, dass die in ihre Tasche wanderten. Außerdem dauerte es noch eine ganze Woche, bis das nächste Gehalt kam.

Louisas Augen weiteten sich überrascht. «O ja, das wollte ich gerade sagen», antwortete sie. Sie war so eine schlechte Lügnerin, es war ein Wunder, dass ihre Nase nicht einen ganzen Kilometer wuchs. Sie öffnete die Kasse, und ich sah ihre Hand über einem Stapel Zehner schweben. *O nein, das machst du nicht*, dachte ich, aber dann zog sie einen Zwanziger hervor und gab ihn mir.

Ich wusste, dass Louisa mich nicht mochte. Allerdings wusste ich nicht, warum. Ich war gut in meinem Job, ich arbeitete wirklich hart, ich war immer freundlich zu allen ... und trotzdem lächelte sie mich nie an oder sagte irgendwas Freundliches.

«Ich hab auch gehört, dass eine der Junggesellinnen mich schon wieder gebucht hat», fügte ich hinzu. *Wer A sagt, muss auch B sagen*, dachte ich.

Sie erstarrte. «Jaaa», antwortete sie und tippte etwas in den Computer. «Ich hab überlegt, den Termin an Maisie zu geben, weil du an dem Tag schon ziemlich viele hast.»

«Das schaffe ich schon», sagte ich so energisch wie möglich. Ich konnte sehen, dass sie den Termin schon bei Maisie eingetragen hatte, also blieb ich stehen, bis sie die Namen geändert hatte, und merkte mir das Datum. Die Kundin – Francesca hieß sie – hatte eine Maniküre und eine Rücken-, Hals- und Schultermassage gebucht, offenbar vertraute sie mir. Als künftige Braut sollte Francesca eine Behandlung bekommen wie ein Star, das hatte ich ihr versprochen. Und ich wollte nicht, dass vor der großen Hochzeit die verdrehte Maisie auf sie losgelassen wurde, unsere Auszubildende.

«Gut», sagte Louisa spitz. «Also dann, tschüs.»

«Tschüs», sagte ich und steckte das Geld in mein Portemonnaie. Ich ging mit erhobenem Kopf hinaus, aber innerlich kochte ich. Was hatte Louisa bitte für ein Problem?

«Bist du da, Schatz? Ich bin zu Hause!»

Charlie brüllte immer, wenn er reinkam, obwohl wir nur eine kleine Erdgeschosswohnung mit Gipswänden hatten. Aber so war er eben – er liebte den großen Auftritt.

«In der Küche», rief ich und hörte, wie er im Flur seine Turnschuhe auszog.

Ich hatte mich so über Louisa aufgeregt, dass ich nicht wie sonst nach einer Samstagsschicht direkt nach Hause gefahren war, sondern am Supermarkt in Selly Oak gehalten und meine zwanzig Pfund für ein paar Leckereien ausgegeben hatte. Ja, ich weiß, wir sollten eigentlich für die Hochzeit sparen, aber manchmal muss man sich auch was Gutes tun, oder?

Ich wusste genau, was ich wollte: zwei saftige Steaks, einen Beutel junge Kartoffeln und knackigen grünen Salat. Das würde ein schönes Abendessen zu zweit geben! Ich nahm außerdem noch einen Schokoladen-Käsekuchen mit, und irgendwie gelangte auch eine Flasche Rotwein aus dem Sonderangebot in meinen Einkaufskorb.

Ich rührte gerade den gehackten Thymian und den Schnittlauch in meine Béarnaise-Soße, als Charlie in die Küche kam. *Mein* Charlie! Ich konnte immer noch nicht richtig glauben, was für ein Glück ich mit ihm gehabt hatte. Er war absolut traumhaft – eins dreiundachtzig groß, mit einem breiten Lächeln und perfekten Zähnen, schwarzen Haaren und den allerschönsten braunen Augen. Ich schmolz dahin wie die Butter in meiner Soße, wenn ich auch nur in seiner Nähe war.

Ich hatte Charlie kennengelernt, als ich noch mit den Mädels zusammenwohnte. Wir kamen auf unserem Weg in den Pub immer an seinem Haus vorbei, und da die Vorhänge im Wohnzimmer nie zugezogen waren, konnten wir ihn drinnen mit seinen Freunden vor dem Fernseher sitzen sehen. «Was für eine Verschwendung», klagte Gemma eines Abends, als wir die attraktiven Jungs mal wieder vor der Kiste sitzen sahen. «Warum gehen die denn nie aus? Wir wüssten mit denen schon was anzufangen, oder?»

«Fragen wir sie doch, ob sie mitkommen wollen», kicherte ich übermütig, denn wir waren auf dem *Rück*weg vom Pub, und ich hatte schon einige Weißweinschorle intus.

«Du meinst, wir sollen klingeln?», fragte Nat, die schon so wackelig auf den Beinen war, dass sie sich am nächsten Laternenpfahl festhalten musste. «Ist das dein Ernst?»

«Wir können ihnen auch einen Zettel schreiben», schlug ich vor. «Jungs, kommt doch mal raus, spielen …»

Jetzt kicherten wir alle. «Ja, hört auf, Fußball zu glotzen, ihr Idioten», warf Shelley ein. «Ihr werdet im *White Lion* gebraucht!»

Und so schrieben wir ihnen tatsächlich einen Zettel, als wir wieder zu Hause waren.

Hey, Jungs,
ihr müsst wirklich mehr ausgehen. Wie wär's, wenn wir uns am Donnerstagabend im White Lion treffen? Wir sind um acht Uhr da.
Liebe Grüße, eure Mädels.

Ich hatte so viel getrunken, dass ich mutig genug war, um zurückzulaufen und den Zettel in den Briefkasten zu werfen. Und der Rest ist, wie man so sagt, Geschichte.

«Hattest du einen schönen Tag?», fragte Charlie und küsste mich auf den Kopf.

Ich lehnte mich dankbar an ihn. «War okay», sagte ich. «Viel los. Das hier ist in zehn Minuten fertig, okay?»

«Wunderbar», sagte er. «Ich geh nur kurz und guck, wie's beim Cricket läuft.»

Unsere Küche war so schmal, dass kein Tisch hineinpasste, deshalb aßen wir abends meistens vor dem Fernseher. Heute Abend allerdings war mir nach einem festlicheren Rahmen gewesen. Ich hatte die Terrassenstühle und den Tisch aus dem Schuppen geschleppt, damit wir draußen essen konnten. Ich hatte die Spinnweben abgebürstet und die wild wuchernde Rose, die ich an der Rückseite des Hauses zog, nach ein paar samtigen Blüten abgesucht, die jetzt in einer breiten Vase schwammen. Dann war es auch schon an der Zeit gewesen, die Steaks in die Pfanne zu tun – Charlie mochte seins so roh, dass es einen praktisch noch anmuhte – und den Wein einzuschenken.

Da saßen wir also und aßen unser wunderbares Mahl im Abendsonnenschein, und alles schien perfekt. Erst als ich das Dessert und die Schlagsahne holte, kippte die Stimmung. Und ab da ging alles schief.

Charlie hob eine Augenbraue, als er den Käsekuchen sah, und blickte mich ernst an.

«Jess ... was ist das?»

Ich presste nervös die Lippen aufeinander. «Der war runtergesetzt und ...»

Er schüttelte den Kopf, und meine Worte erstarben.

«Böse, böse», sagte er und wedelte mit dem Finger. «Was ist denn mit deiner Diät, hm? Ich dachte, wir wären uns da einig.»

«Ja, aber ...» *Ja, aber ich hatte einen harten Tag, und die zwanzig*

Pfund haben ein Loch in meine Tasche gebrannt und ... na gut, dann bin ich schwach geworden. Weil ich erbärmlich bin.

«Wenn du wirklich heiraten willst, Jess, dann musst du ein bisschen abnehmen. Weißt du noch?»

Ich ließ den Kopf hängen. Der Teller mit dem Käsekuchen war plötzlich schwer wie Blei. Ich hatte vierzehn Kilo zugenommen, seit ich mit Charlie zusammen war, und wir wünschten uns beide, dass ich schlanker wäre.

«Tut mir leid», sagte ich.

«Schon gut», sagte er. «Und jetzt schneid mir ein Stück ab, sei ein braves Mädchen.»

Ich schnitt ihm ein Stück ab und sah sehnsüchtig zu, während er seinen Kuchen aß und sich die Lippen leckte. Als er fertig war, tätschelte er sich zufrieden den Bauch. «Gutes Zeug», sagte er. «Danke, Schatz. Gib mir einen Kuss.»

Ich konnte die Süße auf seinen Lippen schmecken. Dann nahm er mich in den Arm. Und alles war wieder gut.

In dieser Nacht konnte ich nicht schlafen, weil ich immer an den Käsekuchen denken musste. Ich lag im Bett und stellte mir vor, wie es wäre, hineinzubeißen – den süßen, knusprigen Boden zu schmecken und die sahnige, weiche Schokoladenschicht. Ich konnte fast riechen, wie der köstliche Duft aus dem Kühlschrank drang. Also versuchte ich, an etwas anderes zu denken. Brautkleider zum Beispiel. Ich hatte neulich im Internet ein schönes gesehen, das angeblich perfekt war für eine vollere Figur, mit tiefem Ausschnitt und kurzen Puffärmeln. (An meinem Hochzeitstag würde ich auf keinen Fall meine fetten Schultern entblößen.) Die untere Hälfte fiel von der Taille ganz fließend in einer A-förmigen Linie. Das war die Art Kleid, die ich wollte. Startpreis bei eBay waren fünfzig Pfund. *Nie getragen*, hatte die Besitzerin geschrieben, *wegen unvorhergesehener Umstände*. Ob das hieß, dass sie eine Tonne abgenommen hatte und jetzt ein engeres Kleid kaufen musste? Ich hoffte es.

Aber es gelang mir nicht, mir das Brautkleid an mir vorzustellen. Der Käsekuchen interessierte mich viel mehr. Wenn ich was davon aß, würde Charlie es allerdings bestimmt merken und mir wieder vorhalten, dass er keine fette Braut wollte. Ich hasste es, wenn er das tat. Und ich wollte ihm wirklich keinen Grund geben, die Hochzeit erneut zu verschieben.

Charlie schnarchte neben mir, also kroch ich aus dem Bett und tappte durch die Küche. Nur die paar Krümel, die sowieso danebenliegen, sagte ich mir. Oder vielleicht eine ganz, ganz dünne Scheibe, dann würde ich endlich schlafen können.

Ich leckte den Finger an und las damit die Krümel auf (enttäuschend wenige), und dann schnitt ich – buchstäblich sabbernd – ein winziges Stückchen ab und verschlang es gierig. Es war köstlich. Aber der Genuss hatte nur ein paar Sekunden gedauert, da war er schon vorbei. Und nun?

Ich stöberte in den Schränken. Mein Appetit war jetzt angeregt. Toast? Dauerte zu lange. Müsli? Nein – zu kalt, mit der ganzen Milch. Ahhh! Cracker und Käse. Perfekt.

Ich stand in der dunklen Küche und aß Cracker mit dicken Scheiben Brie und fühlte mich dabei so verschlagen und schuldbewusst, als würde ich eine Bank ausrauben. Normalerweise tröstete mich so ein mitternächtlicher Imbiss. Aber in dieser Nacht stellte ich fest, während ich kaute und schluckte, kaute und schluckte, dass ich Tränen in den Augen hatte. Tränen, die meine Wangen nur so herunterliefen.

In letzter Zeit kam es mir vor, als wäre in mir eine Leere, die nie gefüllt werden würde, egal, wie viel Essen ich in mich hineinstopfte.

3. Klein beigeben

Maddie

Sie wollen sicher zu FatBusters. Gleich hinter der Doppeltür dort, Schätzchen», erklärte die lächelnde Frau und zeigte hinter sich.

Na, wunderbar. Ich hatte noch nicht mal gesagt, was ich im Gemeindezentrum wollte, aber sie hatte nur einen Blick auf mich geworfen und es erraten. Wieso dachte sie nicht, dass ich zu der Pilates-Stunde im ersten Stock wollte?

Ich lächelte höflich zurück und ging weiter, obwohl ich viel lieber sofort den Rückweg angetreten hätte. Ich konnte immer noch nicht glauben, dass ich wirklich hier war. Als Collette live auf Sendung verkündete, dass ich im Rahmen ihres dummen Projekts an einem Diät-Kurs teilnehmen würde, hatte jede einzelne Zelle in meinem Körper rebelliert. *Auf gar keinen Fall*, hatte ich mit zitternder Stimme zu Becky gesagt. Selbst dann nicht, wenn ich so was eigentlich vorgehabt hätte – schon allein, weil der Vorschlag von Collette kam. Ich hätte bei meinem Nein bleiben sollen.

Aber nach der Katastrophe am Tag des Sports und dem Albtraum im Fitnessstudio war ich zu der schmerzhaften Einsicht gelangt, dass ich es, *obwohl* die böse Collette es vorgeschlagen hatte, vielleicht doch durchziehen sollte.

Ich sprach immer noch nicht wieder mit meiner Mutter, immerhin hatte sie mir diese Erfahrung im Fitnessstudio beschert. Mit der ganzen Familie war ich dort gewesen. Ein strammer Jüngling namens Jacob führte mich in einen kleinen Extraraum. Er hatte lange, muskulöse Beine und ein Sixpack, das sich unter seinem T-Shirt abzeichnete wie Wellblech. Das klingt jetzt vielleicht wie der Anfang eines Pornofilms, aber es wurde bald zu einem nicht jugendfreien Horrorstreifen!

Daran, wie Jacob vor mir durch die Tür schritt, konnte ich sehen, dass er nie ein Problem mit seinem Selbstwertgefühl gehabt hatte und noch nie beim Anblick seines Spiegelbildes zusammengezuckt war. Das machte mir Sorgen. Ziemlich große Sorgen sogar.

«Gut, dann wollen wir Sie mal auf die Waage stellen», sagte er mit leiser Skepsis in der Stimme, als frage er sich, ob er dafür ein Fuhrunternehmen beauftragen müsse.

«Soll ich meine Schuhe ausziehen?», fragte ich und deutete auf meine immer noch glänzenden Turnschuhe.

Er schüttelte den Kopf. «Nein, das ist nicht nötig», sagte er. Die Botschaft war offensichtlich: Was sollen die paar Gramm bei deiner Masse schon bringen, Dickerchen?

Mit angehaltenem Atem stieg ich auf die Waage, unfähig, ihm ins Gesicht zu sehen, als er mein Gewicht ablas.

«Oooo-kayyy», rief er. «Hundertvier Komma acht … Da tragen Sie ja eine ganze Menge mit sich rum, Mrs. Lawson.»

Ich ließ geknickt den Kopf hängen. «Ich weiß.»

«Lassen Sie uns mal ein paar Maße nehmen», sagte er und griff nach einem Gerät, das aussah wie eine große Pinzette. Dann schnürte er meinen Körper an verschiedenen Stellen ein und vermaß die dicksten Bereiche: Oberarm, Taille, Hüfte, Hintern. Es war quälend, wie nah dieser Adonis von einem Mann meinem schwabbeligen Körper dabei kam. Ich wusste, dass er sich ekelte.

Bemüht professionell stellte er ein paar Berechnungen an und vertiefte sich dann in eine Tabelle.

«Also, im Grunde sind Sie krankhaft fettleibig», erklärte er beiläufig, als sprächen wir über das Wetter. Bildete ich mir das nur ein, oder stand so etwas wie Verachtung in seinen Augen? «Oje, Mrs. Lawson», fuhr er fort. «Da haben wir aber einiges zu tun.»

Haben wir das?, dachte ich verzweifelt. Vielleicht beschloss er ja, dass ich ein hoffnungsloser Fall war. Aber unglücklicherweise waren die Demütigungen noch nicht vorbei.

Jacob führte mich durch das Fitnessstudio, das voll mit athletischen Leuten war, die auf Laufbändern und anderen Foltergeräten ackerten, alle mit ernster Ich-muss-fitter-werden-Miene. Aus den Lautsprechern plärrte laute Musik, und von den Wänden schrien motivierende Plakate:

Du SCHAFFST das!
Fitter, schneller, stärker!
Sag unserem Bauchmuskeltrainer
den Kampf an – heute!

Ich hasste es schon jetzt. Alles – die Musik, die Plakate, die dünnen Menschen. Ich begann, auch meine eigene Mutter zu hassen, weil sie das für eine gute Idee gehalten hatte.

«Dann wollen wir Sie mal aufs Trainingsrad hieven und sehen, wie fit Sie sind», sagte Jacob.

Hieven. Das hat er tatsächlich gesagt. *Hieven*, als wäre ich ein Wal – was ich in seinen Augen wahrscheinlich auch war. In einem Paralleluniversum hätte eine mutigere Version meiner selbst ihn in diesem Moment am Kragen gepackt, ihn gegen das Bauchmuskeltrainer-Plakat geschleudert und ihm gesagt, wie grob er zu mir war und wie schrecklich ich mich seinetwegen fühlte. Aber in der echten Welt schüchterten mich all die dünnen Leute in ihren Lycra-Klamotten zu sehr ein. Ich hätte es nicht ertragen, wenn sie mich noch mehr angestarrt hätten als ohnehin schon. Also *hievte* ich mich auf das Trainingsrad.

«Hier muss man das Gewicht eingeben», erklärte Jacob und tippte auf einen kleinen Nummernblock. «Wie war das noch ... ach ja – einhundertfünf Kilo.»

Die Frau auf dem Rad neben mir wandte uns neugierig das Gesicht zu, und ich spürte, wie ich rot wurde. Hatte Jacob überhaupt kein Taktgefühl? Oder war es seine Absicht, mich bloßzustellen?

«So», sagte er. «Zehn Minuten auf Level vier. Los geht's.»

Tja, los ging's. Es dauerte genau dreißig Sekunden, bis sich meine Beine anfühlten wie Wackelpudding, meine Lungen fast kollabierten und meine verschwitzten Haare sich aus meinem Pferdeschwanz lösten. Ich keuchte so laut, dass die Leute mich anstarrten, als wäre ich ein Freak. Am liebsten wäre ich sofort rausgelaufen, aber ich biss die Zähne zusammen und machte weiter. Und weiter. Und weiter.

Auf dem elektronischen Display des Fahrrads blinkten die ganze Zeit alle möglichen Hinweise und Zahlen auf. Nach neun Minuten ließ es mich wissen, dass ich ganze achtunddreißig Kalorien verbrannt hatte. Ein Bombenerfolg. Das war noch nicht mal eine Scheibe Toast, nach meinen Berechnungen.

Und sonst? Ich hatte es geschafft, ganze 1,4 Kilometer lang in die Pedale zu treten. Mein Puls lag in der Zeit bei 185 Schlägen in der Minute – und als Jacob beschwingt zu mir zurückkam und die Zahl sah, guckte er erstaunt ein zweites Mal hin. «Gott, jetzt aber mal ein bisschen langsamer, Mrs. Lawson», sagte er alarmiert. «Kommen Sie erst mal wieder zu Atem, okay?»

Noch bevor ich einen Anflug von Stolz verspüren konnte – offenbar hatte er nicht damit gerechnet, dass ich Gas geben *konnte*, wenn ich wollte –, schimpfte er mich mit derselben lauten Stimme wie vorher aus.

«Sie wissen doch, dass Sie absolut nicht fit sind. Sie *müssen* es langsam angehen lassen», sagte er. «Sehen Sie zu, dass Ihr Puls unter 165 bleibt, bis Sie sich an das Gerät gewöhnt haben. Wir wollen ja nicht, dass Sie hier einen Herzinfarkt erleiden, nicht wahr?»

Wir wollen ja nicht, dass Sie hier einen Herzinfarkt erleiden? Meinte er das ernst? *Nein, wollen wir nicht, denn das käme dir wirklich ungelegen, was?*, hätte ich am liebsten geschrien. Aber ich hatte nicht genug Puste. Stattdessen senkte ich den Blick und verlangsamte für die letzten Minuten mein Tempo. Dann kletterte ich mit zitternden Beinen von dem Gerät und hoffte, das wäre nun das Ende der Peinlichkeiten und er würde mich gehen lassen. Paul und die Kinder waren im Pool, und ich brauchte inzwischen dringend einen starken Kaffee und irgendwas Süßes, ehe ich mich zu ihnen gesellte.

Aber nein.

«So, das war die Aufwärmphase», sagte Jacob und zeigte mir eine blaue Karte, auf der er etwas eingetragen hatte. «IHR FITNESSPROGRAMM», schrien die Großbuchstaben oben auf der Karte. «Jetzt bringen wir Sie mit ein bisschen Ausdauertraining in Schwung.»

Aufwärmphase? Ich war schon dunkelrot von der ganzen Anstrengung und musste mich unbedingt hinsetzen. Nein, hinlegen! Und zwar mit einer Frauenzeitschrift und Keksen.

«Moment mal», sagte ich. «Ich bin heute hier, um mich

umzugucken. Ich brauche noch kein Fitnessprogramm, weil ich noch gar nicht weiß, ob ich überhaupt Mitglied werde.»

Jacobs perplexer Gesichtsausdruck brachte mich aus dem Takt. Seine buschigen Augenbrauen schienen mit einem Mal zusammenzuwachsen, als er mit finsterem Blick auf die Karte in seiner Hand blickte, um dann wieder mich anzusehen.

«Also, nach allem, was hier steht, sind Sie aber bereits Mitglied», sagte er. «Hier steht, Sie haben die Platin-Mitgliedschaft und wollen unser Couch-Potato-Programm machen.»

«Nein», sagte ich trotzig, «das will ich ganz sicher nicht.»

Er guckte immer noch finster. «Aber es ist alles schon bezahlt», erklärte er mir. «Eine dreimonatige Mitgliedschaft, samt Aufnahmegebühr.»

Dreimonatige Mitgliedschaft? Im Voraus bezahlt? Aber wie …?

Da fiel der Groschen. Sekundenlang starrte ich ihn mit offenem Mund an. «Diese kleine falsche Schlange …», murmelte ich. Meine Mutter hatte natürlich mal wieder in mein Leben eingegriffen. Sie meinte es ja zweifellos gut, aber ich würde sie trotzdem umbringen, sobald ich hier raus war. Mit meinen krankhaft fettleibigen bloßen Händen!

«Äh, ich glaube, das ist ein Irrtum», sagte ich und verschränkte die Arme vor der Brust.

«Der Betrag ist aber nicht erstattungsfähig, tut mir leid», erklärte Jacob und zuckte die Achseln. «Und der Couch-Potato-Kurs erzielt wirklich großartige Ergebnisse. Sie haben acht Wochen lang ihren eigenen Personal Trainer.» Er hob erneut die Arme, als sei es ihm egal. «Ihre Werte zeigen, dass Sie übergewichtig und körperlich nicht gut in Form sind, deshalb glaube ich wirklich, dass –»

«Nein, tut mir leid», sagte ich mit dem bisschen Würde, das mir noch geblieben war. «*Wirklich* nicht.» So herablassend wie möglich spuckte ich ihm ein «Auf Wiedersehen» entgegen und stürmte, ehe er protestieren konnte, mit erhobenem Kopf aus dem Fitnessraum.

Irgendwie schaffte ich es, den Weg zur Umkleidekabine zu finden, zu duschen und mich umzuziehen, ohne öffentlich in Tränen auszubrechen.

Es wirkte alles sehr luxuriös dort, es gab kleine Einzelkabinen, die mit Kalkstein gefliest waren, exklusive Kosmetikartikel, die man kostenlos benutzen konnte, und große flauschige Handtücher und Bademäntel. Aber ich bemerkte diese Annehmlichkeiten kaum. Ich zitterte, weil ich mich so gedemütigt fühlte und mich schämte. In meinem Kopf hallten immer noch Jacobs Worte nach.

«Im Grunde sind Sie krankhaft fettleibig ... Oje, Mrs. Lawson. Da haben wir aber einiges zu tun ...»

Für den Rest des Wochenendes bohrten sich diese Sätze wie Stacheln in meine Haut. Ich konnte mich auf nichts konzentrieren. Samstagabend versuchte ich fernzusehen, aber ich sah nur die Verachtung in Jacobs Augen und hörte, wie er darüber spottete, dass ich bald einen Herzinfarkt bekommen würde. *Krankhaft fettleibig* hatte er mich genannt. Das klang sehr viel beängstigender als das schlichte alte *fett*.

«So ein dummes Arschloch», hatte meine beste Freundin Nicole gesagt, als ich sie später im Tapas-Restaurant traf. «Lass dich von dem bloß nicht unterkriegen!»

Aber weder ihre feste Umarmung noch ein kaltes San-Miguel-Bier oder grüne Oliven konnten mich wieder aufrichten. Nicole ist eine schöne Frau, selbstsicher und erfolgreich. Sosehr sie es auch versuchte, sie würde niemals verstehen können, was für eine Qual das für mich gewesen war.

Ich hatte Nicole an unserem allerersten Schultag kennengelernt. Sie stand auf dem Schulhof und weinte, weil David Streetley sie mit dem Fußball getroffen hatte. Ich legte meinen Arm um sie und nannte ihn einen stinkenden Kackkopf. Von dem Moment an waren wir beste Freundinnen, obwohl wir vollkommen unterschiedlich waren. Ich wollte schon immer heiraten und eine Familie gründen, während sie es mehr auf ihre Karriere abgesehen hatte und sich mit beeindruckender Geschwindigkeit in der Gastronomie hocharbeitete. Schließlich eröffnete sie ihr eigenes Restaurant, das *Nicole*, nicht weit vom Cricketplatz. Unsere große Gemeinsamkeit: Wir sind beide Leckermäuler. Aber ihr wäre nie der Gedanke gekommen, eine Diät zu machen – vermutlich, weil sie in ihrer Freizeit Halbmarathon lief (aus Spaß!) und deshalb essen konnte wie ein Scheunendrescher.

«Du kannst immer noch mit mir joggen, wenn du willst», sagte sie und nahm meine Hand. «Es ist bestimmt viel schöner, draußen an der frischen Luft zu sein als in einem Fitnessstudio.»

Ich lächelte schief und erinnerte mich schaudernd an das katastrophale Wettrennen der Mütter. «Nicole, ich weiß dein Angebot wirklich zu schätzen, aber wir wissen beide, dass es dazu nie kommen wird», sagte ich und steckte mir noch eine Olive in den Mund. «Ich glaube, ich muss das heute einfach als schlechte Erfahrung verbuchen, die sich nie wiederholen wird.»

Es war Ben, der schließlich den Ausschlag gab. Am Sonntag drückte ich ihm einen Gutenachtkuss ins Gesicht, als er sich plötzlich fest an mich klammerte. «Ich will nicht, dass du stirbst, Mami», sagte er mit seiner kleinen Stimme.

«Aber wie kommst du denn darauf? Ich sterbe doch nicht!»,

sagte ich und strich ihm übers Haar. «Ich meine ... jeder stirbt irgendwann, aber ich werde hoffentlich noch lange, lange hier sein. Darüber brauchst du dir keine Sorgen zu machen.»

Er schniefte und wollte mich nicht ansehen. Vor meinem geistigen Auge tauchte plötzlich Jacob auf, der eine Sense trug wie der Tod persönlich. Mit einem schwarzen Umhang über seinem Sixpack zeigte er auf mich und höhnte: *Du bist KRANKHAFT FETTLEIBIG! Viel Spaß beim Herzinfarkt. Ha-ha-ha!*

Ich blinzelte das verstörende Bild weg. «Ben?», sagte ich, nahm sein Kinn und drehte seinen Kopf so, dass ich ihn ansehen konnte. «Wie kommst du darauf?»

Er war sieben Jahre alt, wirkte aber auf einmal viel jünger. Mit ängstlichem Gesichtsausdruck blickte er mich aus großen Augen an. Seine Stimme bebte, und er klang unsicher. «Es ist nur, weil ... Ich hab gehört, wie Daddy und Granny über dich geredet haben, und sie haben gesagt ...» Seine Unterlippe zitterte. «Ich will nicht, dass du stirbst, Mami!»

«Oh, Liebling ...» Ich nahm ihn fest in die Arme und wiegte ihn hin und her. Jetzt stiegen mir selbst die Tränen in die Augen. «Mach dir keine Sorgen. Ich gehe nirgendwohin – und das ist ein Versprechen.»

Nachdem ich ihn beruhigt hatte, schloss ich mich im Badezimmer ein und begann zu schluchzen. Es war, als hätte die ganze Welt beschlossen, dass ich endlich abnehmen sollte – Collette, Mom, Jacob, Mrs. Gable und ihr Megaphon und jetzt auch noch mein kleiner Sohn.

Ich sank auf den Rand der Badewanne und putzte mir die Nase. Verdammte Scheiße. Ich war dickköpfig, ja. Aber so dickköpfig war ich nun auch nicht. Ich würde ein paar Dinge in meinem Leben ändern.

Und so stand ich also am Montagabend im Gemeindezentrum und hoffte, dass sich mein Entschluss nicht als schrecklicher Fehler erweisen würde.

Ich hatte eine dumme Angewohnheit: Wenn ich mit anderen Menschen in einem Raum war, guckte ich als Allererstes, ob ich die Dickste war oder nicht. Es ist lächerlich, ich weiß, aber ich tat das schon, solange ich denken konnte, und es war nichts dagegen zu machen.

Normalerweise war ich auch tatsächlich die Dickste im Raum – ob das bei FatBusters ebenfalls so sein würde? Was, wenn die anderen ihr Fett schon erfolgreich bekämpft hatten und ich die Einzige war, bei der es noch schwabbelte? Oder würden da nur diese nervigen Frauen sitzen, die nicht mehr in ihre hautengen Jeans in Größe 36 passten?

Deshalb war ich erleichtert – o Gott, war ich erleichtert –, als ich feststellte, dass im Raum lauter Leute wie ich saßen. Auf den ersten Blick erkannte ich in dem Stuhlkreis niemanden. Gut so, denn meine Sorge war, irgendjemanden von der Schule oder aus dem Supermarkt zu sehen, der mich auslachen und weitertratschen würde, dass ich hier teilnahm. Aber alle sahen beruhigend unbekannt aus.

Ich setzte mich etwas schüchtern. *Hallo, ich bin Maddie ohne Freunde, mutterseelenallein.* Die meisten anderen in der Gruppe schienen sich zu kennen und plauderten angeregt miteinander. An einer Wand stand ein Tisch mit Broschüren, daneben war ein Wandschirm aufgestellt. (Ob dahinter die Waage versteckt wurde?) Außerdem gab es noch eine lebensgroße Pappfigur mit mausgrauen Haaren, die nach über 120 Kilo aussah. Sollte uns das Angst machen oder uns motivieren, fragte ich mich.

Ich riskierte einen Blick auf die anderen. Es waren ungefähr fünfundzwanzig Personen. Ein paar Teenager mit Pferdeschwänzen und runden Gesichtern, ungefähr fünf Rentnerinnen mit matronenhaftem Busen und Polyesterkleid, zwei mittelalte Kerle, und der Rest waren Frauen zwischen zwanzig und fünfzig. Was die Kleidergröße betraf, lag ich ungefähr in der Mitte. Ein paar Leute waren ernsthaft übergewichtig, einige der jüngeren Frauen wirkten nur ein bisschen pummelig um die Taille.

Plötzlich schrillte mein Handy, und ich wäre fast vom Stuhl gefallen. Auf dem Display stand: Mom.

Ich schaltete auf Mailbox und stellte es aus. Sollte sie ruhig eine Nachricht hinterlassen und zu Kreuze kriechen, ich hatte kein Interesse daran; ich wollte keine Entschuldigungen mehr hören. Mit finsterer Miene starrte ich das Handy an und stopfte es dann tief in meine Handtasche.

Gerade als ich allen Mut zusammenkratzen wollte, um die braunhaarige Frau neben mir anzusprechen, kam eine gepflegte Blondine herein, und alle verstummten. O nein, dachte ich, und das Herz rutschte mir in die Hose. War das etwa die Kursleiterin? Sie war schätzungsweise fünfzig und sah in ihren Riemchensandalen mit Keilabsatz und dem korallenfarbenen Kleid mit U-Boot-Ausschnitt, das bis knapp über die Knie ging, wunderschön aus. Was sollte jemand wie sie wohl übers Abnehmen wissen?

«Hallo, herzlich willkommen», sagte sie und lächelte. «Wie geht es euch heute Abend? Ich hoffe, ihr hattet alle ein schönes Wochenende.»

Sie sah mich freundlich an, und ich merkte, dass ich unwillkürlich zurücklächelte. Sie kam sehr sympathisch rüber – das musste man ihr lassen.

«Ich sehe heute Abend ein paar neue Gesichter – phantastisch. Für diejenigen unter euch, die zum ersten Mal hier sind: Ich bin Alison und leite diesen Kurs. Glaubt mir, ich weiß, wie es ist, eine

Diät zu machen. Habt ihr das schmeichelhafte Bild von mir dort gesehen?»

Sie zeigte auf die Pappfigur, und ich schnappte hörbar nach Luft. Das war Alison? Nein! Bestimmt nicht ... Aber dann erkannte ich die blauen Augen und das einnehmende Lächeln in dem molligen Gesicht wieder. Sie war es wirklich. Dann wusste sie ja tatsächlich, wie das war.

Sie hatte meine Reaktion mitbekommen und grinste vergnügt. «Aaah, ich liebe es, wenn die Leute so reagieren», sagte sie und ahmte nach, wie ich erst weg- und dann irritiert ein zweites Mal hingesehen hatte. «Gut, also zum Ablauf. Für die neuen Teilnehmer – es funktioniert so: Ich erzähle euch was, und ihr erzählt mir was, und dann gucken wir, wie schlimm das Schicksal ist und wie wir vorgehen können. Alles, was in diesen vier Wänden gesagt wird, ist vertraulich. Ihr braucht also keine Angst zu haben – ihr seid von Freunden und Verbündeten umgeben. Ihr könnt der Gruppe sagen, wie eure Woche war und wie ihr die Diät findet. Oder ihr könnt beim Wiegen mit mir unter vier Augen sprechen. Okay? Also, dann fangen wir mal an und hören, wer heute Abend hier ist. Anschließend können sich die Neuen vorstellen.»

Sie schlug einen Ringordner auf und folgte mit dem Finger einer Liste. Ein bisschen erinnerte sie mich an Julie Walters – warmherzig und lustig, mit einem dreckigen Lachen und funkelnden Augen.

«Brenda ... Ist Brenda da? Ah, ja. Hallo, Brenda! Clare ... ja, da ist auch unsere Clare, mit ziemlich tollen neuen Schuhen, wie ich sehe. Derek – da bist du ja, wunderbar. Du siehst irgendwie schmaler aus im Gesicht, Derek, gut gemacht. Helena ist heute Abend nicht da? Nein? Okay ...»

So ging es weiter. Für jeden hatte sie ein Lächeln oder ein paar

Worte. «Das ist ja nicht schlecht heute», sagte sie, als sie ans Ende ihrer Liste kam. «Und wir haben heute auch noch ein, zwei, nein, *drei* neue Gesichter hier. Meine Damen, mögt ihr euch vorstellen?» Sie wandte sich einer Frau zu, die mir im Kreis gegenübersaß. «Vielleicht fängst du an?»

Die Angesprochene hatte braunes schulterlanges Haar, das zu einem akkuraten Bob geschnitten war, und ein rundes Gesicht. Sie sah für meine Begriffe nicht besonders übergewichtig aus, nur ein bisschen pummelig. Von so einem Körper konnte ich nur träumen. Irgendwie kam sie mir vage bekannt vor. Und als sie zu sprechen begann, erkannte ich sie. Ich hatte sie am Samstag im Café des Fitnessstudios gesehen – sie war freundlich zu mir gewesen, hatte mir ein Taschentuch gegeben, als ich flennte wie ein Idiot. Ich merkte, dass ich rot wurde. O nein, hoffentlich erkannte sie mich nicht.

«Ich bin Jess», sagte sie leise. Sie hatte die Hände im Schoß gefaltet und sah niemanden an. «Ähm ... ich arbeite als Schönheitstherapeutin, aber ich fühle mich selbst nicht besonders schön.» Sie biss sich auf die Lippe. «Ich heirate an Weihnachten und möchte phantastisch aussehen für meinen Mann, aber bei mir scheinen Diäten irgendwie nicht zu funktionieren. Ich gebe nach ein paar Tagen immer wieder auf.»

In der Gruppe wurde gemurmelt – alle wussten, wovon sie sprach.

«Da bist du hier genau richtig, Jess», sagte Alison zu ihr. «Wir werden dir alle helfen, dein Ziel zu erreichen. Und um ganz ehrlich zu sein, ich habe so ziemlich jede Diät ausprobiert, die es auf der Welt gibt. Auch ich war nicht in der Lage, am Ball zu bleiben, bis ich dann mit der FatBusters-Methode abgenommen habe. Also, nur Mut.» Sie machte eine Pause. «Aber denk dran, meine Liebe: Du solltest nicht nur für deinen Mann phantastisch aussehen bei der Hochzeit, du musst es auch für dich wollen. Das ist entscheidend.»

Jess blickte auf und sah Alison zum ersten Mal an. «Okay», sagte sie und nickte.

«Wunderbar. Es geht mir nämlich wirklich auf die Nerven, dass manche Leute erwarten, dass wir die perfekte Figur haben sollen», sagte Alison in die Runde. «Das ist falsch. Ich möchte nicht, dass irgendjemand hier das Gefühl hat, er sollte abnehmen, nur weil er nicht aussieht wie diese Strichmännchen in den Promi-Magazinen. Oder weil er denkt, dass man für alle Ewigkeiten glücklich ist, wenn man Größe 36 hat. Oder weil ihn jemand unter Druck setzt, dünner zu sein. Darum geht es hier nicht. Ich möchte, dass jeder hier für sich selbst eine positive Entscheidung trifft – nämlich, aus gesundheitlichen Gründen abzunehmen – und nicht, weil die Gesellschaft vorgibt, man sollte Größe 36 haben. Ihr sollt euch nicht schlechtfühlen, weil ihr Kurven habt.» Sie grinste entschuldigend. «So, jetzt bin ich fertig mit Schimpfen. Tut mir leid.» Dann wandte sie sich an mich. «So, wollen wir mal die Nächste hören.»

Ich schluckte, als sich alle Gesichter in meine Richtung drehten.

«Äh … Hi», sagte ich, und meine Stimme war viel zu leise. Ich räusperte mich und versuchte es nochmal. «Hi! Ich heiße Maddie. Und …» Ich stockte. Sollte ich von der Radiosendung erzählen? Oder würde das angeberisch wirken? Und was das Erlebnis im Fitnessstudio betraf … das war zu verletzend gewesen, vor allem, da Jess hier war. Also nahm ich stattdessen den Albtraum-Tag in der Schule. «Ich bin hier, weil ich neulich beim Mütterwettrennen am Tag des Sports in der Schule meiner Kinder Letzte geworden bin und …» Es war überraschend leicht, das zu sagen. «Und ich hab mich wirklich geschämt.» Ich wagte einen Blick in die Runde, voller Sorge, höhnische Mienen zu sehen. Glücklicherweise guckten alle verständnisvoll. «Ich möchte abnehmen, damit meine Kinder sich nicht für mich schämen. Und damit ich mich wieder selbstbewusst und sexy fühle.» Ich wurde rot. Huch, wo kam *das* denn her?

Eine mollige schwarze Frau in meiner Nähe begann zu klatschen. «Genau darum geht es, amen!», sagte sie und zwinkerte mir zu. Ein paar andere klatschten auch.

«Das wollen wir alle, Schätzchen», warf eine der älteren Damen ein, und in ihrem faltigen Gesicht breitete sich ein Lächeln aus.

Alison nickte verständnisvoll. «Der Tag des Sports war für mich auch immer eine Quälerei», vertraute sie uns an. «Schon als Kind hab ich ihn gehasst. Als Mutter erst recht. Aber nächstes Jahr wird es bei dir anders sein, Maddie, da bin ich ganz sicher. Wir wollen, dass du die Meute anführst und Gold holst! Stimmt's, Leute?»

«Na ja, ob das was wird ...», begann ich, aber meine Stimme wurde von dem enthusiastischen «Jaaa!» der anderen übertönt.

Ich merkte, wie meine Gefühle mich überwältigten. Ich war froh, gekommen zu sein. Ich gab es nicht gerne zu, aber vielleicht hatte Collette mir tatsächlich einen Gefallen getan.

Die dritte Neue war die braunhaarige Lauren, die neben mir saß und nicht viel darüber verriet, warum sie hier war. Dann verwickelte uns Alison in ein Gespräch voller Durchhalteparolen.

«Ich möchte heute Abend über kulinarische Freuden sprechen», sagte sie. «Ich weiß nicht, wie es euch geht, aber als ich auf Diät war, hatte ich vor allem auf die besonders kalorienreichen Sachen Lust: Schokoriegel, Chips, Schokoladenpudding mit Vanillesoße ...»

«Sahnetorte», rief eine der Omis mit sehnsüchtigem Gesichtsausdruck.

«Bier», warf Derek ein, die Augen zum Himmel gerichtet.

«Marsriegel!»

«Eis!»

«Genau», unterbrach Alison, als immer mehr Vorschläge in den Raum gerufen wurden. «Und deshalb habe ich darüber nachgedacht, was für *neue* Freuden ich mir stattdessen machen könnte. Freuden, die sich nicht auf meinen Hüften sammeln.» Sie grinste. «Heute ist euer Glückstag, Leute. Ich erlaube euch, shoppen zu gehen.»

Ein aufgeregt klingendes *Ooooh!* war zu hören. Der Vorschlag schien jedem zu gefallen.

Alison hob einen Arm und ließ das Armband an ihrem Handgelenk klirren. «Seht ihr das?», fragte sie. «Als ich vor fünf Jahren mit der Diät angefangen habe, war dieses Armband ganz leer. Ich hab es mir am allerersten Tag meiner Diät gekauft. Damals habe ich 125 Kilo gewogen ... und ich wollte auf die Hälfte runter. Ich wusste, dass ich einen langen Weg vor mir hatte.»

Wir hörten ihr alle gebannt zu. *Ja,* dachte ich, *ich habe auch einen langen Weg vor mir. Wie hast du das geschafft, Alison?*

«Ich habe mir selbst versprochen, dass ich jedes Mal, wenn ich drei Kilo verliere, zum Juwelier gehe und mir einen neuen Anhänger für mein Armband kaufe», fuhr sie fort. «Und wisst ihr was? Das hat funktioniert. Die ganze Zeit über hab ich mit einem Anhänger geliebäugelt, den ich mir als Nächstes kaufen würde. Er sollte zu der jeweiligen Phase meines Lebens passen. Dieser hier zum Beispiel ist herzförmig, ich habe ihn gekauft, als meine älteste Tochter uns erzählt hat, dass sie sich verlobt hat.»

«Aaah», murmelten die Omis verzückt.

«Und diesen kleinen Würfel hier», sagte Alison, «habe ich ausgesucht, weil mein Mann mit mir zu unserer Silberhochzeit nach Las Vegas geflogen ist.» Sie verdrehte ironisch die Augen. «Was soll ich sagen, mein Mann war schon immer ein Zocker. Das musste er auch sein, schließlich ist er mit mir ja auch ein ganz schönes Risiko eingegangen.»

Sie lachte, und alle lachten mit ihr.

Alison nahm das Armband ab und reichte es weiter. «Hier, ihr könnt es euch gerne ansehen», sagte sie. «Es muss natürlich kein Armband sein, das ihr euch kauft. Ihr könnt auch das ganze Geld sparen, das ihr für Schokoriegel oder Knabbersachen ausgeben würdet. Das summiert sich ziemlich schnell. Dafür könnt ihr euch dann was anderes kaufen, wenn ihr fünf Kilo abgenommen habt. Kinokarten für euch und euern Schatz. Eine Kosmetikbehandlung oder eine Massage. Oder ein neues Oberteil, denn davon werdet ihr eine Menge brauchen, wenn die Pfunde purzeln. Oder Fußballtickets», sagte sie und sah Derek und den andern Kerl, Kevin, aufmunternd an, weil die schon unruhig auf ihren Stühlen herumrutschten bei so viel Gerede übers Shoppen.

Inzwischen war das Armband bei mir angekommen. Andächtig berührte ich die silbernen und farbig glitzernden Anhänger. Ich hatte solche schon mal beim Juwelier gesehen und wusste, dass sie nicht billig waren. Aber als besondere Freude … hmmm. Das könnte funktionieren.

«Und das Gute ist, wenn ihr euch etwas kauft, das ihr tragen könnt, werdet ihr immer an eure Erfolge erinnert», sagte Alison. «Wenn ihr mal einen schwachen Moment habt – und die haben wir weiß Gott alle –, dann schaut ihr einfach auf euer Handgelenk und erinnert euch an die Etappensiege. Das ist mein Rat für diese Woche. Denkt darüber nach, was euch dabei hilft, auf dem richtigen Weg zu bleiben, und fangt schon mal an, dafür Geld zur Seite zu legen!»

Alle brachen in aufgeregtes Plappern aus. Mir gefiel die Idee mit dem Armband. Andere sprachen von einer neuen DVD, einem Kino-Abend oder davon, Geld für den Urlaub zurückzulegen ... Eine der jungen Frauen wollte sich sogar ein Tattoo stechen lassen, wenn sie fünf Kilo verloren hatte.

Dann holte Alison die Waage hervor, und wir wurden einer nach dem anderen gewogen. Wann immer jemand ein oder zwei Pfund abgenommen hatte, klatschten die anderen Beifall. Wenn irgendjemand nichts ab- oder sogar wieder zugenommen hatte, kamen die Ausreden: Es war so eine harte Woche bei der Arbeit ... Meine Freundin hatte Junggesellinnenabschied und ich hab so viel getrunken ... Ich hatte ein kleines Tief und hab bei Kentucky Fried Chicken geschlemmt ...

Als ich dran war, gab Alison mir ein kleines FatBusters-Buch, das eine Kalorientabelle für alle nur denkbaren Lebensmittel und ganz hinten eine Gewichtstabelle enthielt.

«Gleichmäßig und konsequent, so verliert man am besten Pfunde», riet sie und trug meinen Namen und mein Gewicht in das Büchlein ein. «Zwei oder drei Pfund pro Woche sind ideal. Okay?»

Es war so anders als Samstag im Fitnessstudio, als Jacob mein Gewicht mit spürbarem Missfallen notiert hatte. «Danke», brachte ich mit Mühe und Not heraus.

«Das ist eine ganz wunderbare Gruppe», sagte Alison zu mir. Sie berührte meinen Arm und sah mir direkt in die Augen. «Wir unterstützen dich alle, Maddie, okay? Denk immer daran.»

Am Ende des Abends ging ich mit dem Gefühl, bereits dreißig Kilo leichter zu sein. Ich sprühte nur so vor guten Vorsätzen. Kein Zweifel, die neue, schlankere Madeleine Lawson würde ein Armband voller Anhänger und den tollsten Hintern in ganz Birmingham haben. Ich würde die Königin der FatBuster sein, mit einer ansehnlichen Taille und wunderschönen Beinen!

Ich lächelte, als ich die Straße hinunterging und die Sonne hinter den Dächern verschwand. Ich konnte das nächste Treffen kaum erwarten.

4. Unentschieden

Lauren

Ich wollte gerade in einen großen, zuckrigen Marmeladen-Doughnut beißen, als das Telefon klingelte. Mist. Ich war fast versucht, es zu ignorieren, aber es lief gerade nicht so gut, und wir brauchten alle Kunden, die wir kriegen konnten. Mit einem sehnsüchtigen Blick auf den Doughnut ging ich ans Telefon.

«Love Hearts, hallo?»

Nehmt bitte zur Kenntnis, dass nicht ich auf diesen erbärmlichen Namen gekommen bin. Das war Jenny Warrington, die Firmengründerin, damals in den Neunzigern. Als ich die Agentur gekauft habe, war sie schon so gut etabliert, dass man den Namen nicht mehr ändern konnte. Das hat Jenny zumindest behauptet, als ich gefragt habe, ob ich das Unternehmen umbenennen könnte.

Ich nannte es heimlich «Desperados» – denn genau solche lockten wir an. Traurige, einsame Typen, die alle nach ihrem Traumpartner suchten. Als würden sie den jemals finden. Da ich selbst ein verbitterter Single war, war mir vollkommen klar, dass die Gesellschaft sich mit diesem romantischen Unsinn nur selbst täuschte. Valentinstag? Vergiss es! Rote Rosen? Die verblühen nur. Abendessen bei Kerzenschein? Brandgefährlich – *und* es macht dick.

«Ähm ... hi», sagte ein Kerl am andern Ende. Er klang verstohlen und dumpf, als riefe er heimlich an. Na super. Noch so ein Schlappschwanz in der Kartei. Genau das brauchten wir *nicht*. «Ich rufe an, weil ich wissen will, wie man Mitglied wird.»

«Sehr schön», schwindelte ich und versuchte, nicht auf meinen Doughnut zu starren. Würde er es hören, fragte ich mich, wenn ich ein bisschen an dem Zuckerguss leckte? Ich versuchte mir das Geräusch vorzustellen und beschloss, es lieber nicht zu riskieren. Ein neuer Kunde war schließlich immer noch ein neuer Kunde. «Freut mich, das zu hören. Wir haben eine ausgezeichnete Erfolgsquote, Sie sind also in guten Händen. Also ... Sie können den Fragebogen online auf unserer Website ausfüllen, oder ich schicke ihn Ihnen zu, wenn Ihnen das lieber ist. Oder Sie kommen in die Agentur, und wir unterhalten uns ein bisschen darüber, wonach Sie suchen, das geht natürlich auch.»

Er wollte kommen und sich unterhalten. Ich hatte es gewusst. Die Langweiler wollten das immer. Die meisten waren so dermaßen hilfsbedürftig, die waren noch nicht mal in der Lage, so was Simples wie einen Fragebogen alleine auszufüllen, ohne dass ihnen jemand das Händchen hielt. Ich wettete mit mir selbst um einen zweiten Doughnut, dass dieser Typ noch bei seiner Mutter lebte.

«Natürlich, überhaupt kein Problem», schwallte ich. Diejenigen, die herkamen – auch wenn sie nervten und einem die Zeit raubten –, waren meistens die Eifrigsten und Verzweifeltsten. Und das hieß, ich konnte ihnen so ziemlich jedes Weibsstück anbieten, sie hatten immer noch das Gefühl, Glück zu haben. Gehupft wie gesprungen.

Wir verabredeten uns für den nächsten Tag, und ich legte auf. Zeit für den Doughnut. Lecker. Ich schlang ihn mit ungefähr drei Bissen hinunter und leckte mir den Zucker von den Fingern. Köstlich.

Als ich an den FatBusters-Kurs denken musste, bei dem ich erst am Abend vorher gewesen war, hatte ich kurz ein leichtes Schuldgefühl, das ich aber sofort unterdrückte. Rom war schließlich auch nicht an einem Tag erbaut worden, nicht?

Nun denn. Ich hatte zu arbeiten. Es gab ein paar neue Klienten, deren Profile auf unsere Website geladen werden mussten, was immer ein Weilchen dauerte. Ich klickte auf einen der Ordner, um ihn zu überprüfen, ehe ich ihn ins Netz stellte, und ging die Details durch. Okay ... Andrew Preston ... vierzig, geschieden, zwei Kinder, Bauleiter, ein Meter neunundachtzig, braune Haare, grüne Augen ...

> `Hi, Ladys,` hatte er geschrieben. `Ich bin ein athletischer Typ, mit dem man viel Spaß haben kann, und ich bin auf der Suche nach Freundschaft, vielleicht auch nach Liebe.`

Oh, Andrew, dachte ich und verdrehte die Augen. Und dann hat er auch noch eine Scheidung im Gepäck. Man sollte meinen, diese Typen lernen dazu.

> `Ich bin großzügig, gesellig, intellektuell und fürsorglich, ich mache gerne Sport und liebe es, draußen zu sein. Meine perfekte Verabredung wäre ein langer Spaziergang auf dem Land, nach dem man sich vor einem`

prasselnden Feuer in einem gemütlichen
Pub wieder aufwärmt.
Lieblingsfilme: Der Pate, Terminator,
Highlander
Lieblingsessen: Chicken Tikka Balti,
Rogan Josh

Diese Kerle nahmen immer Curry-Gerichte. Die richtigen Machos schrieben «Vindaloo» – als würde es eine Frau beeindrucken, wenn man mit knallrotem Gesicht und tränenden Augen dasaß ... wirklich todsexy. Warum war niemand so ehrlich, Hühnerfrikassee zu sagen oder Würstchen mit Kartoffelpüree und Zwiebelsoße? Letzteres wäre mein Lieblingsgericht, auch wenn ich zugeben musste, dass ich im letzten Jahr kein einziges Würstchen und keine einzige Kartoffel gekocht hatte – oder irgendwas anderes Vernünftiges.

Leider ignorierten viele Frauen den «Lieblingsgericht»-Abschnitt des Fragebogens. Hatten vermutlich Sorge, gefräßig zu wirken. Kein Mann liebte schließlich einen Fettmops, der ständig das Maul im Napf hatte.

Deshalb fühlten sich bei mir wahrscheinlich alle Klienten und Klientinnen so wohl. Als die überdurchschnittlich dicke Frau, die ich dieser Tage war, betrachteten mich die Männer als den harmlosen, unattraktiven Typ – der sie nicht einschüchterte und den sie nicht zu begehren brauchten. Und die Frauen hatten nicht das Gefühl, mit mir um die Kerle konkurrieren zu müssen. Sie sahen mich und fühlten sich besser. Für mich war das in Ordnung. Meistens jedenfalls.

Aber zurück zu Andrew:

Bei einer Frau achte ich auf: Humor, lange
Haare, ein nettes Lächeln und einen sexy

```
Hintern! Wichtig: Schlanke, sportliche
Figur.
```

Wenn sie mich nicht schon mit ihren vorhersehbaren Lieblingsgerichten enttäuscht hatten, rastete ich bei den männlichen Klienten spätestens an diesem Punkt aus. Ich meine, wie geistlos musste man sein, um auch noch einzeln aufzuführen, dass die perfekte Frau «einen sexy Hintern» haben und schlank sein sollte? Was ist denn aus «Schönheit liegt im Auge des Betrachters» und all diesen Dingen geworden? Wie wär's mit *Persönlichkeit?*

Ich hatte nicht mehr das Gefühl, mich besonders für Andrew Preston einsetzen zu müssen – ehrlich gesagt tat mir seine Exfrau leid, weil sie mal mit einem so oberflächlichen Arsch verheiratet war –, aber ich lud sein Profil trotzdem hoch und schickte eine Nachricht an alle Klientinnen, die möglicherweise Interesse hatten. Was für eine Verarschung.

Ich war zynisch, ja, aber das war nicht immer so gewesen. Noch vor zwei Jahren war ich selbst ganz verrückt vor Aufregung, weil ich heiraten wollte, ob ihr es glaubt oder nicht. Ich hab jeden Abend über Heften mit Brautmoden und vor Hochzeits-Websites gesessen und stundenlang über mein Kleid und das Menü und die Tischordnung nachgedacht, hab geübt, in meinen hohen silbernen Sandaletten zu gehen, ohne vornüberzufallen, das volle Programm. Es war, als hätte sich ein Nebel auf mich gesenkt ... ein rosafarbener, glitzernder Nebel, der mich vorübergehend unzurechnungsfähig machte.

Oh, ich *dachte,* ich wäre glücklich, ich *dachte,* ich würde mit meinem schönen Prinzen, Brendan Davies, das Märchen wahr werden lassen, ich *dachte,* ich hätte so viel Glück gehabt, wie ein

Mädchen nur haben kann. Genau deshalb habe ich auch Love Hearts übernommen, weil ich wollte, dass alle dasselbe erleben wie ich – ihren sogenannten perfekten Partner finden und mit ihm in den Sonnenuntergang reiten.

Wie falsch kann man eigentlich liegen? Nach sechs Monaten Ehe war Brendan-der-Betrüger Davies weg und der rosafarbene, glitzernde Nebel hing über einer anderen. Und als wäre das noch nicht genug, war sie auch noch eine Kollegin von mir. Sie war in die Agentur gekommen, um ihre Angaben für die Dating-Datenbank zu machen, und hatte so patent und selbstsicher gewirkt, dass ich sie als Assistentin eingestellt und ihr ein eigenes Love-Hearts-Profil geschenkt hatte. *Ruth McGregor hält Ausschau nach Liebe und Freundschaft*. Sie hätte ruhig ein bisschen weiter schauen können als nur bis zu meinem verdammten Ehemann.

Deshalb war ich also fertig mit der Liebe. Für immer. O ja. Ich lebte seitdem als Single und musste mir nur noch um meinen Kater Eddie Sorgen machen. So war alles viel einfacher. Man musste sich nicht diese ganze Mühe geben: Versuchen, jemanden zu beeindrucken, zu bezirzen, und ihm vormachen, man sei eine verdammte Traumfrau.

Aber, hey. Ein Job war ein Job. Und manchmal wurden durch die Love-Hearts-Agentur wirklich Träume wahr. Gelegentlich war ein Paar verrückt genug, zu heiraten. Zum Beispiel ...

Ich schwang auf meinem Drehstuhl herum. «Patrick, wann heiraten Damon und Francesca?»

«Du meinst, Dumm und Dümmer?», rief er. «Am ersten Augustwochenende, glaube ich. Du hast noch 'ne Menge Zeit, deinen Hut auszusuchen, Süße.»

«'ne Menge Zeit, um sich eine Ausrede zu überlegen, warum ich nicht kommen kann, meinst du wohl», sagte ich schroff. Um Hochzeiten riss ich mich nicht mehr unbedingt.

«Oh, Schätzchen», sagte Patrick mitfühlend. «Nimm mich als Begleitung mit, wir werden eine Menge Spaß haben. Dumm wird sein Gelübde völlig verhunzen, und die Verwandten von Dümmer werden eine Prügelei anfangen, wart's nur ab. Beste Unterhaltung, von Anfang bis Ende.»

Patrick war mein Assistent, mein Kumpel und auch so was wie mein Retter. Nachdem ich innerhalb einer Woche meinen Ehemann und meine Assistentin verloren hatte, steckte ich ziemlich in Schwierigkeiten. Mein Leben war in tausend Stücke zersprungen, und aus Frust aß ich so viel, als gäbe es dafür einen Preis. An der Hygiene-Front ließ ich es auch ziemlich schleifen. Außerdem verlor ich einen Klienten, nachdem ich ihm mittags bei einem Gin Tonic gesagt hatte, er hätte keine Chance, jemals eine Frau zu finden, weil seine Augen zu eng beieinanderstanden.

Es ging also gerade alles den Bach runter, als Patrick in mein Leben trat. Was er Gott sei Dank tat. Er sah meine Anzeige in der *Evening Mail* und bewarb sich für den Job. Zwei Minuten nachdem das Bewerbungsgespräch begonnen hatte, lachte ich schon hysterisch über seine Tyra-Banks-Imitation, dann gefiel mir sein Interesse an moderner Kunst (für die ich ein Faible habe), und als er dann sagte, wie sehr er die Schrifttype mochte, die ich für das Love-Hearts-Logo ausgesucht hatte («Mit Bodoni kann man nie was falsch machen»), wusste ich mit Sicherheit, dass er ein verwandter Geist war, und stellte ihn sofort ein.

Seitdem war es mit meinem Leben aufwärtsgegangen, auch wenn er viel zu viel Zeit damit verbrachte, einen Hollywood-Adonis nach dem anderen zu seinem Facebook-Freund zu machen, und mich dazu verleitete, nach der Arbeit mit ihm auszugehen und viel zu viele Cocktails zu trinken und anschließend noch bei ihm Kebab zu essen. *Na gut, warum nicht,* dachte ich jedes Mal und landete wieder auf seinem Sofa. Es war ja nicht so, dass zu Hause jemand auf mich wartete. Er war einfach ein großartiger Freund, er brachte mich ständig zum Lachen, und wir hatten uns schon verabredet, zusammenzuleben, wenn wir mal alt waren, falls Mr. und Mr. Right bis dahin nicht aufgetaucht waren (das waren natürlich seine Worte, nicht meine, ich wusste ja schon, dass es Mr. Right genauso wenig gab wie den Weihnachtsmann).

Ich machte mich wieder an die Arbeit, schickte den Sexy-Hintern-Jäger Andrew an die Datenbank und nahm mir das nächste Profil vor: Emily Perks, zweiundzwanzig, die behauptete, auf «große kühle Männer» zu stehen. Ich war versucht, es absichtlich falsch abzutippen, sodass da stand «große kahle Männer», aber sie sah nicht aus, als wäre sie für einen guten Witz zu haben – und die Yul-Brynner-Typen aus unserer Datei wahrscheinlich auch nicht. Trotzdem musste ich bei dem Gedanken laut lachen, und Patrick sah auf.

«Was ist denn so lustig?»

Ich schickte ihm eine E-Mail mit dem Profil. «Was wollen wir Emily Perks suchen – große kühle Männer oder große kahle Männer?»

Er lachte. «Zuerst sollte sie mal zum Friseur gehen, finde ich», sagte er und schnitt beim Betrachten ihres Fotos eine Grimasse. «Du lieber Gott, das ist die schlimmste Dauerwelle, die ich je gesehen habe. Und ich spreche als Mann, der selbst mal eine hatte, in jungen Jahren, über die wir nicht sprechen wollen.»

«Du mit Dauerwelle?» Ich merkte, dass ich die Augen aufgerissen hatte. Seit ich ihn kannte, trug er die dunklen Haare kurz und trendy. Er war wirklich immer für eine Überraschung gut.

«Leider, ja», sagte er und erschauderte bei dem Gedanken daran. «Sollen wir jetzt mal ... Mittag essen gehen?»

«Ich dachte schon, du fragst nie», antwortete ich. Es schien schon Ewigkeiten her zu sein, dass ich den Doughnut gegessen hatte.

«Wollen wir heute richtig essen, oder nehmen wir die Diät-Variante?», fragte er.

«Hmmm ...» Ich legte den Kopf zur Seite, während ich überlegte. Gestern war ich voller guter Vorsätze gewesen, wie ich die zehn Kilo wieder loswürde, die ich seit der Geschichte mit Brendan und Ruth zugelegt hatte. Ich hatte zum Frühstück Porridge und eine Banane gegessen, zum Mittag Salat und abends gegrillten Fisch und noch mehr Salat. Dann hatte ich mich zu dem oberpeinlichen FatBusters-Kurs gewagt, bei dem ich die ganze Zeit nur daran denken konnte, wie völlig ausgehungert ich war.

Heute hatte ich zum Frühstück Porridge und eine Banane gegessen ... und diesen köstlichen Doughnut um elf. Das war alles Patricks Schuld: Er hatte ihn mitgebracht, und er wusste genau, wie gern ich diese Sorte mochte.

Ich wollte gerade tugendhaft sein und «Diät-Variante» sagen, als er mir zuvorkam.

«Ich hab so einen Kater von gestern Abend, ich könnte ein Schinken-Sandwich vertragen. Ich weiß nicht, ob es im *Greasy Spoon* auch Diätessen gibt, aber ...»

«Ach, zum Teufel damit», sagte ich und stellte mir schon eine Scheibe heißen roten Speck und ein fettbespritztes Spiegelei vor. Und, wo ich schon mal dabei war, einen dick mit Butter bestrichenen Toast, Baked Beans, pampige Pilze und einen Berg Ketchup. «Wir gehen in den *Greasy Spoon.*»

Nach einem furchterregend kalorienreichen Essen (ich brauchte schon mehr als die Aussicht auf ein Armband, um den Versuch zu unternehmen, wieder in Röhrenjeans zu passen), einem schaumigen Cappuccino und zwei Zigaretten saßen wir wieder an unseren Schreibtischen, und ich hatte einen Termin mit einem Klienten. Einem Kerl.

«Willst du tauschen?», rief Patrick. «Zu mir kommt Susan, achtundfünfzig, die aussieht wie meine alte Schulleiterin.» Er schielte auf das Foto und wirkte plötzlich nervös. «Scheiße. Ich glaube, das *ist* meine alte Schulleiterin. Grauenhafter alter Drachen. Wen hast du?»

«Einen Typen», antwortete ich. «Joe irgendwas.»

Patrick hob eine Augenbraue. «Ist er heiß? Schick mir mal sein Foto», sagte er.

«Pech», sagte ich. «Kein Foto.»

«Hmmm, klingt schon mal verdächtig», sagte Patrick. «Wahrscheinlich total hässlich. Wie klang er am Telefon? Hatte er eine sexy Stimme?»

«Weiß ich nicht», antwortete ich. «Wir haben den Termin per E-Mail ausgemacht.»

Patrick zog eine Grimasse. «Oje», sagte er. «Das bedeutet, er hat eine hohe Kreischstimme. Klingt doch, als würde da gleich das richtige Paar kommen. Der Drachen von einer Schulleiterin und der hässliche Typ mit der hohen Stimme. Die muss ich gleich in unser Love-Hearts-Quartett aufnehmen.»

An einem langweiligen Nachmittag hatte Patrick – während er bei Facebook Brad Pitt belästigte und irgendwas über seine neuen Jeans twitterte – mal angefangen, ein Quartett mit unseren denkwürdigsten Klienten zu basteln. Er hatte richtige Spielkarten mit ihren Fotos beklebt und ihnen Punkte für «Sexappeal», «Angstfaktor», «Stalker-Potenzial» und so weiter gegeben. Ich hatte Panik, dass das mal jemand fand, aber es war ideal, um an langweiligen Nachmittagen die Zeit totzuschlagen – wir spielten Hettie-mit-den-falschen-Zähnen gegen Glatzen-Bob aus und wen wir sonst noch so hatten.

«Nein, wir tauschen nicht», sagte ich. «Du kümmerst dich um die Drachenfrau, wie ausgemacht. Die lieben Alten finden dich toll. Ich nehm den Hässlichen.»

In dem Moment ertönte der Summer, was hieß, dass an der Rezeption jemand auf uns wartete. Wir arbeiteten im oberen Stockwerk eines schäbigen viktorianischen Gebäudes in der Nähe der Broad Street und teilten uns die Rezeptionistin (Die-humorvolle-Carol-mit-dem-Bypass) mit den anderen Mietern.

«Oooh, da ist aber jemand pünktlich», sagte Patrick und verdrehte die Augen. Er griff nach dem Hörer. «Hallo, mein süßer Schatz ...» (Patrick war mit Sicherheit der einzige Mensch auf der ganzen Welt, der Carol jemals so genannt hatte.) «Oh, gut, danke ... dann schick sie hoch.» Er stand auf und strich sein Thomas-Pink-Hemd glatt. «Okay ... Auftritt Drachen», sagte er theatralisch und ging zum Fahrstuhl, um ihn dort in Empfang zu nehmen.

Er kam mit einer eher fröhlich aussehenden Dame mit silbernem Haar zurück und führte sie in eins unserer Besprechungszimmer. Daran, wie sie kicherte und ihn durch ihre Wimpern hindurch ansah, konnte ich sehen, dass sie in seiner Gegenwart bereits dahinschmolz.

Während ich auf den Hässlichen wartete, beantwortete ich ein paar E-Mails und lud ein neues Profil für die Website hoch.

Matthew Baines, Leiter des Finanzwesens bei einer großen Anwaltskanzlei, 35 Jahre alt. Meine Güte, Matthew hatte es offenbar zu was gebracht. Zumindest, wenn «Leiter des Finanzwesens» nicht eigentlich bedeutete «Lakai, der zur nächsten Bank geschickt wird, um Schecks einzulösen». Ich war inzwischen Expertin darin, zwischen den Zeilen zu lesen.

Ich suche die Richtige – eine Seelenverwandte und Partnerin, die mich zum Lächeln bringt.

Ah, süß. Ich sah mir interessehalber sein Foto an. Nicht schlecht. Typ Rugbyspieler mit breiten Schultern und einer etwas krummen Nase, aber er hatte zumindest nette Augen und ein markantes Kinn. Hmmm. Mit wem konnte ich ihn zusammenbringen? Für die Böse Emily war er ein bisschen zu alt, aber vielleicht …

Der Summer unterbrach meine Gedanken. «Ich hab hier einen Mister Joe Smith an der Rezeption», leierte Carol.

Joe Smith? Der Name *musste* falsch sein. Wir hatten ein paar von der Sorte. Immer verheiratet. Immer betrogen sie ihre Frauen. Brendan war bestimmt auch bei irgendeiner Agentur, als Dave Jones oder so, irgendwas, das nichtssagend klang.

«Danke, schick ihn hoch», sagte ich zu Carol.

Ich stand auf und streckte die Arme über den Kopf, um die Müdigkeit abzuschütteln, die ich seit meinem gigantischen Mittagessen verspürte. Ich würde ab morgen wieder Diät machen, sagte ich mir, als ich zum Fahrstuhl schlenderte. Das heute war nur ein Aussetzer. Ab morgen würde ich mich wieder wie eine Heilige verhalten. Ganz bestimmt.

Ping! Die Türen des Fahrstuhls öffneten sich und …

Und …

Ich starrte mit offenem Mund – was sicher richtig unattraktiv aussah – den sexy Riesen an, der aus dem Lift trat.

Oh. Mein. Gott. Hatte ich ernsthaft gedacht, ich würde nicht mehr an die Liebe auf den ersten Blick glauben?

Offenbar tat ich das doch.

«Hi», sagte der sexy Riese und streckte mir eine große Pranke hin. «Ich bin Joe. Sie müssen Lauren sein.»

Normalerweise sahen unsere Klienten nicht wirklich gut aus. Wir hatten ein paar, die fast hübsch waren, aber die meisten waren durchschnittliche Typen, die man in einem vollen Pub übersehen würde. Aber Joe Smith … mein Gott. Vergesst den vollen Pub, ihn würde man auch in einer Konzerthalle noch bemerken. Nein, eigentlich würde man ihn sogar im Olympiastadion noch bemerken. So lecker war er.

Ich schüttelte seine Hand. Wuuuarrr. Kräftige Finger. Große, schöne, *männliche* Finger. Ich konnte ihm ein paar Sekunden gar nicht in die Augen sehen, bevor ich mich dann dazu zwang. Und dann … o Gott. Aus der Nähe war er sogar noch attraktiver, so dermaßen attraktiv, dass ich kaum noch Luft bekam. Volles braunes Haar. Die Farbe seiner Augen erinnerte mich an Zinn. Aufrichtiges Lächeln, warm wie Toast.

Markantes Gesicht mit großer Nase. *Und wir wissen alle, was eine große Nase zu bedeuten hat*, hörte ich Patrick im Geiste trällern. In mir geriet bei dem Gedanken irgendetwas ins Schwirren.

«Hallo», brachte ich heraus. Es kostete mich große Mühe zu sprechen. Diese wunderbaren großen Finger lenkten mich ab, ich musste mir die ganze Zeit ausmalen, was sie Angenehmes mit mir anstellen könnten. Außerdem hatte ich Sorge, nach dem *Greasy Spoon* zu riechen.

Leider schien das völlig egal zu sein. Er sah auf eine deprimierend vertraute Weise direkt durch mich hindurch. Nach dem Motto: Kennst du ein Dickerchen, kennst du alle. Es kam mir immer wieder seltsam vor, dass dicke Leute für sogenannte normale Leute so unsichtbar waren. Als könnten die Normalen nicht weiter sehen als bis zum Doppelkinn und zu den Rettungsringen und wären nicht in der Lage, den wunderbaren Menschen zu erkennen, der sich in dem Dickerchen verbarg. Ich sah ihn nochmal an, aber: Nein, nichts sprach dafür, dass Joe Smith auch nur das geringste Interesse an mir hatte.

Ich atmete tief durch und versuchte mich zusammenzureißen. Ich wollte auf keinen Fall, dass Reiß-mir-die-Kleider-vom-Leib-

Joe das Gebäude verließ, ehe ich ihn verzaubert und ihm klargemacht hatte, was für eine warmherzige, geistreiche, anziehende Person ich war, trotz der überflüssigen Pfunde. Ich konnte ihn nicht gehen lassen, ohne allermindestens seine Telefonnummer zu haben.

«Ähm ... hi. Ja. Ich bin Lauren.» Gott, ich klang wie eine Bekloppte. «Kommen Sie doch hier lang, dann können wir uns unterhalten.»

Ich ging voran in unser zweites Besprechungszimmer, und ich spürte, wie die Satteltaschen an meinen Hüften wabbelten. Verdammt. Warum hatte ich mich so gehenlassen? Warum hatte ich mich so schnell aufgegeben? Warum war ich von dem ganzen Imbissfraß und dem ganzen Pinot Grigio so *fett* geworden? Wenn es jemals einen Warnschuss gegeben hatte, dann diesen.

«Okay, setzen Sie sich, ich gehe ein paar Kalorien durch», sagte ich. «Ich meine, Fragen.» Gott war das peinlich, ich wurde ganz rot. Ein paar Kalorien, genau. Was stimmte eigentlich nicht mit mir? Jetzt wusste er wahrscheinlich, dass ich auf Diät war. Spätestens jetzt war ich für ihn nur noch die Dicke. Mist. Ich hatte jetzt schon alles verdorben.

Ich klickte im Computer den Ordner mit den Bewerbungen an und schenkte ihm mein schönstes Lächeln. *Sei professionell, Lauren. Freundlich und professionell. Nicht wie ein sabbernder Hund.*

«Gut, also ... Ihr Name ist Joe Smith», sagte ich und tippte den Namen ein. «Und Sie sind männlich ...» *Ja, das war er allerdings*, dachte ich und zwang mich, nicht zu ihm hinzusehen. «Alter?»

«Zweiunddreißig.»

«Oh, genau wie ich, perfekt», sagte ich. «Ich meine ... das perfekte Alter. Haha.»

Ich war froh, dass Patrick nicht hören konnte, was ich für einen Quatsch von mir gab. *Sei still!*, befahl ich mir selbst. «Zweiunddreißig», sagte ich schnell und gab es ein. «Und können Sie mir ein bisschen was darüber sagen, warum Sie hier sind und was Sie suchen? Also, bei Love Hearts? Blöder Name, ich weiß.» *Sei STILL, Lauren!*

Er sah ein bisschen überrascht aus. Verständlich. Vor ihm saß eine totale Idiotin, die Grimassen schnitt und aussah, als würde sie sich gleich die Kugel geben.

«Ähm ... also, ich hatte in der Vergangenheit ein paar Freundinnen, aber das hat aus verschiedenen Gründen nicht geklappt», fing Joe an. Er hatte eine angenehme Stimme, ruhig und tief. Ich stellte mir plötzlich vor, wie er mir mit dieser ruhigen, tiefen Stimme anstößige Dinge zuflüsterte, und hatte wieder so ein schwirrendes Gefühl, diesmal direkt in meinem Höschen.

«Verstehe», sagte ich, obwohl ich gar nicht richtig zugehört hatte.

«Und da, wo ich arbeite, ist es schwer, Frauen kennenzulernen», fuhr er fort. «Deshalb ...»

O Gott. War er bei der Armee? Arbeitete er auf einer Bohrinsel? «Wo arbeiten Sie denn?», fragte ich etwas beunruhigt.

«Ich bin Koch», sagte er. «Ich arbeite im *Zetland* – ich weiß nicht, kennen Sie das vielleicht?»

Ich nickte. Wow. Das *Zetland* war fein. Brendan-der-Betrüger hatte mich an unserem ersten Hochzeitstag dorthin ausgeführt. Es war klein, elegant und teuer. Sexy Joe konnte also kochen. Der Mann wurde immer besser. «Das kenn ich», brachte ich heraus.

«Na ja, an den meisten Abenden arbeite ich und ...» Er zuckte mit den Schultern. «Das ist nicht so günstig für eine Beziehung, meiner Erfahrung nach.»

«Ah», sagte ich. Ich verstand das Problem nicht. Mir gefiel der Gedanke, dass Joe Smith sich spätabends nach der Arbeit zu mir ins Bett legte und ...

Ich wurde rot. Mist. Das hatte ich doch nicht laut gesagt, oder?

«Okay», sagte ich knapp. «Dann beschreiben Sie mir doch mal, wie Ihre Partnerin sein soll.»

Ich wartete gespannt. *Komm schon, Joe. Jetzt mach nicht alles kaputt, indem du mir sagst, deine Traumfrau muss einen sexy Hintern haben oder Beine wie Streichhölzer.*

«Also ... sie sollte ehrlich sein», sagte er, in Gedanken offenbar ganz weit weg.

Ich machte mir eine Notiz. Ehrlich. Ja, gut. Ich war ehrlich.

«Unabhängig und intelligent», fügte er hinzu. «Mit den ‹Frauen von Stepford› hab ich's nicht so.»

«Nein», sagte ich tippend. «Natürlich nicht.» *Sehr gute Antwort, Joe. Weiter so!*

«Sie sollte Humor haben, großzügig sein, abenteuerlustig ...»

Ja, ja, ja ...

«Und ... das wär's, glaub ich.»

Perfekt.

«Oh, abgesehen natürlich von dem, was sowieso klar ist: Sie muss wunderschön sein.» Er grinste, und mir wurde schwindelig.

«Gut, und wenn Sie ‹wunderschön› sagen», fuhr ich vorsichtig fort, «was genau meinen Sie dann damit?» *Sag jetzt bitte nicht schlank. Bitte sag nicht schlank. Manche Männer mögen doch auch Frauen mit weiblichen Rundungen, oder? Bitte, lass Joe Frauen mit weiblichen Rundungen mögen.*

Er lächelte. «Also, gerne schlank ...», fing er an und spulte dann eine Reihe von Äußerlichkeiten ab, von denen ich keine einzige vorzuweisen hatte.

Vergiss es, Lauren. Bei dem hast du keine Chance.

Ich lächelte mit zusammengebissenen Zähnen und sagte:

«Ich bin sicher, wir werden die perfekte Partnerin für Sie finden, Mr. Smith.»

Es war nur jammerschade, dass das offensichtlich nicht ich sein würde.

5. Kalter Entzug

Maddie

Der Rest der Woche war harte Arbeit. Als ich Donnerstag von der Arbeit kam, waren zwei Nachrichten auf dem Anrufbeantworter. Jemand vom Fitnesscenter fragte, wann ich meinen nächsten Couch-Potato-Kurs buchen wolle. («Da kannst du lange warten», sagte ich zum AB. Mein nächster Couch-Potato-Kurs würde auf meiner eigenen Couch stattfinden, nicht in diesem bescheuerten Fitnessstudio.) Der andere Anruf war von Mom. «Liebling, jetzt komm schon, sei nicht eingeschnappt», schnurrte sie. «Es tut mir leid, wenn ich mich zu sehr eingemischt habe – du kennst mich doch, ich meinte das nicht böse, ich möchte doch nur, dass du glücklich bist ...»

Ich verdrehte die Augen, immer noch nicht gewillt, ihr zu verzeihen. Meine Mutter war so stur – das war sie schon immer gewesen, und sie würde es zweifellos bleiben. Ich löschte die Nachricht, ohne mir den Rest anzuhören, und ging in die Küche.

Aus Gewohnheit lief ich wie eine ferngesteuerte Rakete direkt auf die Keksdose zu. Da sah ich das Foto, das ich aus einer Zeitschrift ausgeschnitten und als Erinnerung dorthin gehängt hatte: die strahlende Tess Daly. Ich hatte mir Tess ausgesucht, weil sie für mich die ideale Figur hatte – sie war nicht spindeldürr, sie sah immer noch weiblich aus, aber auf gesunde, strahlende Weise, ohne Speckröllchen an der Taille und ohne sichtbares Fett, das aus dem Oberteil quoll.

Meine Hand schwebte über der Dose, ohne sie zu berühren. Tess würde sich jetzt sicher nicht hier bedienen, ermahnte ich mich selbst. Wahrscheinlich wirbelte sie gerade in einem glitzernden blauen Kleid und auf hohen Absätzen durch ein Fernsehstudio, witzelte mit den Kameramännern herum und strich sich übers Haar. Statt sich mit Kohlenhydraten vollzustopfen, nur weil sie eine anstrengende Woche hatte.

Geh von der Keksdose weg, Maddie. *Weg da.*

Ich trat einen Schritt zurück. Ein kleiner Schritt für Madeleine Lawsons Fuß, ein großer Schritt für Madeleine Lawsons Willenskraft.

Nach zwei Tagen Diät fand ich es – zu meinem Erstaunen – bis jetzt gar nicht so schlimm. Okay, es war erst der Anfang, und der Reiz des Neuen würde sich mit Sicherheit bald verlieren, aber ich war überrascht gewesen, wie ich mich in dem guten Gefühl gesonnt hatte, als ich mir beim Abendessen nur eine statt der üblichen fünf Kartoffeln genommen und sie mit ein paar Tropfen Olivenöl und schwarzem Pfeffer gegessen hatte statt in Butter ertränkt. Das Hühnchen gestern Abend hatte gegrillt nicht schlechter geschmeckt, nur weil es nicht wie sonst in Massen von Öl in der Bratpfanne gelegen hatte, und was den Salat betraf … der Haufen auf meinem Teller war so groß, dass ich kaum über ihn hinwegsehen konnte, um es mal so auszudrücken.

Es waren allerdings nicht alle glücklich darüber. «Bleibt das jetzt etwa für immer so?», hatte Paul murrend gefragt und seine Rucola-Blätter hin und her geschoben. «Jeden Abend Kaninchenfutter?»

Das hatte mich geärgert. Das war nun wirklich keine Unterstützung. Ich hatte ihm von meinem FatBusters-Vorhaben erzählt, als ich am Montagabend nach Hause gekommen war, und er war zuerst etwas überrascht gewesen – «Du bist doch wunderbar, so wie du bist, Baby», hatte er wieder gesagt. Aber als ich ihm mein Diätbuch und die Kalorientabelle zeigte und ihm von der Idee mit dem Armband erzählte, hatte er ein paarmal geblinzelt (seine Standardreaktion, wenn er Informationen zu verarbeiten hatte) und mich angestarrt.

«Es ist dir also ernst», sagte er.

«Ja», antwortete ich.

«Gut», sagte er und überlegte offenbar, was das für ihn bedeutete. Dann sah er mich an. «Weißt du, wenn du unbedingt so ein Armband haben möchtest, dann solltest du dir einfach eins kaufen», erklärte er mir. «Du musst nicht hungern, nur um dir irgendwas zu beweisen.»

Ich lächelte, musste mich dafür aber ziemlich anstrengen. «Doch, muss ich», sagte ich. «Das muss ich unbedingt.»

Und jetzt sah ich, wie er rumjammerte, nur weil er ein bisschen Salat essen sollte, und merkte, wie ich innerlich hart wurde.

«Du wirst dich schon dran gewöhnen», sagte ich zu ihm und kippte ein Glas Wasser hinunter, in der Hoffnung, dass es mich etwas satt machte. Mir taten schon die Kieferknochen weh von dem ganzen Salatgekaue, aber zugeben würde ich das bestimmt nicht.

«Was gibt's zum Nachtisch, Mom?», fragte Ben, nachdem er seinen Salat sorgsam unter Messer und Gabel versteckt hatte.

«Obst», sagte ich mit fester Stimme, auf Jammern und Klagen gefasst. Beim Obsthändler hatte es massenweise sommerliche Leckereien gegeben – Erdbeeren, Himbeeren, Pfirsiche, Kirschen –, und ich hatte den halben Laden leer gekauft, alles verführerisch in der Obstschale arrangiert und den Kühlschrank mit prallen braunen Papiertüten gefüllt. Der Hintergedanke war, dass ich jedes Mal nach einer Frucht griff, wenn es mich nach etwas Süßem verlangte, und eben nicht die Packung mit den Schokoladenkeksen öffnete. Eigentlich hätte ich sämtliche Schokoladenkekse und Karamellstangen und Chipstüten sofort wegschmeißen sollen, damit ich nicht jedes Mal wieder der Versuchung widerstehen musste, aber für den kalten Entzug war ich noch nicht bereit.

Zu meiner Verblüffung gab es überhaupt kein Jammern und Klagen wegen der Früchte. Die Kinder machten sich sogar mit großem Entzücken über die Erdbeeren her und stopften sich drei auf einmal in den Mund, obwohl es weder Sahne noch Zucker dazu gab. Es war Paul, der eine Grimasse schnitt. «Haben wir kein Eis?», fragte er und rümpfte die Nase über die Schale voll glänzender Beeren.

Ich steckte eine Kirsche in den Mund, sagte mit leicht zusammengekniffenen Augen: «Du weißt ja, wo der Tiefkühler ist», und verließ den Raum. Paul wusste verdammt gut, dass Eis eine meiner Schwächen war. Ich traute mir nicht zu, in der Küche zu bleiben, während er sich durch eine Riesenschale Ben & Jerry's mampfte. *Haltet euch von der Versuchung fern*, sagte Alison in meinem Kopf. *Seht euch die Sachen, die ihr lieber nicht essen solltet, am besten gar nicht erst an.*

Wenn man Pauls unwillige Vorstöße in die Welt gesunder Ernährung also nicht mitzählte, war die Diät bemerkenswert stressfrei. Ich rührte keinen Alkohol mehr an, ich kaufte fettarme Margarine statt meiner üblichen Butterberge, und ich aß mit Begeisterung Obst und Gemüse. Tess beobachtete mich von der Keksdose aus wachsam, und alles ging gut.

Nur der Rest meines Lebens bereitete mir Kopfschmerzen. Das Fitnessstudio verfolgte mich (sie hatten seit Samstag schon drei

Mal angerufen), Mom war ein Fall für sich, und Collette machte bei der Arbeit immer mehr Druck ... Das reichte, ehrlich gesagt, da hätte jeder zur Schokolade gegriffen.

An dem Tag war sie ausnahmsweise mal früh ins Büro gekommen. Sie trug einen kurzen Rock und ein Oberteil, das vorne geknotet war und einen flachen braungebrannten Bauch sehen ließ – die Art Outfit, bei dem ich mich vom bloßen Hingucken schwabbelig fühlte. An ihren Füßen glitzerten strassbesetzte Flipflops, und ihre langen Haare waren zu einem frechen hohen Pferdeschwanz zusammengebunden. «Morgen zusammen!», trällerte sie, als sie hereinplatzte und sich die Sonnenbrille auf den Kopf schob. «Ich hab uns Kaffee und ein zweites Frühstück mitgebracht.»

«Toll, Collette!», jubelte Becky, die vorhin über einen Kater geklagt hatte. «Dein Outfit gefällt mir.»

«Morgen», murmelte ich und versuchte, den Neid niederzukämpfen, der in mir hochkochte, als ihre langen braunen Beine an mir vorbeiliefen. Ich wollte auch solche Beine, schlank und gebräunt. Ich wollte auch so einen Hintern wie sie, so knackig wie eine Frucht aus meiner Obstschale.

«Also ... Latte für alle», sagte Collette, setzte das Papptablett ab und nahm die Becher heraus. «Bec, Maddie, Emily, Cathy, ich, und einen für Andy. Man muss schließlich den Boss bei Laune halten.» Sie zwinkerte gespielt. «Oh, und Croissants für alle. Also ... außer dir, Mads. Will ja deine Diät nicht ruinieren, jetzt, wo es gerade so gut läuft», sagte sie gönnerhaft und zeigte auf die Tupperdose mit Obstsalat, die auf meinem Schreibtisch stand. «Mach weiter so, okay?»

Zicke. Der Duft der frischen goldenen Croissants, die sie mitgebracht hatte, war eine Qual. Ich versuchte, sie nicht ärgerlich anzufunkeln, und es gelang mir sogar zu lächeln.

«Dass du immer so rührend an uns alle denkst, Collette», sagte ich sarkastisch.

Sie merkte nicht, dass ich es nicht ernst meinte – sie war viel zu dickfellig, um schlechte Stimmung jemals zu bemerken –, und lächelte mich mit klimpernden Wimpern an. Dann streckte sie ihre Möpse vor und ging zu Andy, um ihm seine Geschenke zu präsentieren.

«Kannst die Hälfte von meinem haben, wenn du willst», bot Becky an und riss ihr Croissant auseinander.

Ich wollte nur zu gern, aber ich hätte den Spott in Collettes Blick nicht ertragen, wenn sie zufällig reinkäme und sähe, wie ich etwas Verbotenes aß. «Ist schon gut, danke», sagte ich also und biss die Zähne zusammen.

«Wie kommen wir denn eigentlich dazu?», wollte Becky wissen, als Collette wieder auf unsere Schreibtische zustolzierte.

Collette setzte sich auf die Schreibtischkante und warf ihr seidiges Haar zurück. «Ach ... weißt du ... ich wollte ein bisschen was fürs Team tun. Einfach eine spontane freundliche Geste. So was in der Art.»

Ja, *klar,* dachte ich und schlürfte den Schaum von meinem Caffè Latte. Und ich bin Twiggy. Dachte sie, wir wären alle von gestern?

«Na dann, prost, meine Liebe», sagte Becky. «Wir schätzen deine spontane freundliche Geste sehr.»

Collette setzte ein hübsches Lächeln auf, aber mich konnte sie nicht für dumm verkaufen. Und fünf Minuten später verkündete sie in unserer morgendlichen Sitzung ihre Überraschung. «Also, was meine Macht-Birmingham-schön-Kampagne betrifft», sagte sie und leckte sich einen Croissantkrümel vom Finger. «Da habe ich eine ziemlich gute Idee.»

Jetzt kommt's, dachte ich und tauschte einen Blick mit Becky.

«Ich dachte, statt dass *ich* nächste Woche auf Sendung erzähle, wie alle vorankommen, wäre es doch cool, wenn das jeder persönlich macht», fuhr sie locker fort. «Also, ich erzähle zum Beispiel ein bisschen was über die Proben, die ich getestet habe, und stelle diese Vorher/Nachher-Fotos in meinen Blog. Becks – du kannst uns erzählen, wie es mit deinen Haarprodukten läuft.» Sie warf einen misstrauischen Blick auf Beckys wilde Locken. «Äh ... hast du das Zeug überhaupt schon ausprobiert?»

«Ja!», sagte Becky schnippisch. «Ich hab den Mega-Feuchtigkeits-Conditioner die ganze Woche benutzt. *Und* den Wunder-Haarbändiger – sieht man das nicht?»

Einen Tick zu spät sagte Collette unaufrichtig: «O doch, ja, *klar.* Dann kannst du uns ja davon erzählen, wie dir die Sachen gefallen haben. Duft, Konsistenz ... ob dein Haar jetzt anders ist oder nicht.» Sie machte eine Pause und betrachtete noch einmal zweifelnd Beckys Mähne, bevor sie fortfuhr. «Dann wird Andy uns berichten, wie es in seinem Spa ist – ob er sich gepflegt und gehätschelt fühlt oder ...» Sie senkte die Stimme. «Oder eher wie ein Trottel.» Sie sah über ihre Schulter. «Aber aus dem starken Mief nach Aftershave in seinem Büro schließe ich, dass er jetzt wohl auf diesem Auch-Männer-müssen-gepflegt-sein-Trip ist.»

Becky kicherte, aber ich nicht. Ich wusste, ich war die Nächste, die in der Schusslinie stand.

«Und dann kann Maddie uns natürlich von FatBusters erzählen.» Collettes Augen funkelten. Allein daran, wie sie mich ansah, konnte man erkennen, dass sie als Kind auf dem Schulhof andere drangsaliert hatte, sie am Pferdeschwanz zog und ihnen Popel an den Pullover schmierte. «Wir wollen Fakten, hören, wie die Diät läuft, was die Schwierigkeiten sind, wie es dir damit geht.» Sie beugte sich näher zu mir, mit besorgtem Gesichtsausdruck, der aber so falsch war, wie ich es sogar an ihr nur selten gesehen hatte. Ich konnte ihr ekelhaft süßes Parfüm riechen und ihren Kaffee-Atem. «Wie läuft es denn überhaupt mit der Diät, Mads?»

«Gut», war das Einzige, was ich herausbekam. Ihr *Mads* konnte sie sich sonst wohin stecken. Wenn sie nicht aufpasste, schubste ich sie gleich vom Tisch.

Sie runzelte die Stirn. «Wirklich?», fragte sie, als würde sie mir nicht glauben, und strahlte dann wieder ihr falsches Lächeln. «Ist ja toll! Na, wir freuen uns, nächste Woche mehr davon zu hören. Live auf Sendung. Hatte ich das erwähnt?»

Diese furchtbare Frau. Als wäre ihr Gelaber über ein paar Cremes irgendwie vergleichbar mit meiner Scheiß-Diät. Ich war so wütend auf Collette, dass ich vergaß, aufs Display zu sehen, als das Telefon klingelte, und einfach dranging.

«Hallo?»

«Oh, endlich! Und ich hab schon gedacht, du meidest mich», hörte ich die übertrieben gekränkte Stimme meiner Mutter.

«Hallo, Mom», sagte ich und verfluchte mich dafür, dass ich einfach drangegangen war. «Wie geht's dir?»

«Stimmt irgendwas nicht mit deinem Anrufbeantworter, Schatz?», sagte sie, ohne mir eine Antwort auf meine Frage zu gewähren. «Ich hab immer wieder angerufen und jedes Mal nur dieses schreckliche Gerät dranbekommen. Ich hab gedacht: Sie kann meine Nachrichten nicht bekommen haben, sonst hätte sie mich doch inzwischen längst zurückgerufen, so ist Maddie einfach. Es sei denn, sie ist sauer auf mich und …»

So ein gerissenes Biest. Ich verdrehte die Augen, konnte mir aber ein Lächeln nicht verkneifen. «Schon gut, Mom, schon gut. Ja, ich war ein bisschen sauer auf dich, um ehrlich zu sein.»

«Aber, mein Schatz, dir ist doch klar, dass ich nur dein Bestes will?» Die Worte flossen aus ihr heraus, als würde sie sie ablesen. Es hätte mich nicht gewundert. «Ich hab nur an dich gedacht, an meine wunderbare Tochter, und versucht, auch eine Freundin zu sein, nicht nur eine Mutter.»

Ich ließ mich aufs Sofa sinken, ich war müde. «Du warst schon immer auch eine Freundin», sagte ich, «aber du musst nicht mein Leben in Ordnung bringen.»

«Natürlich nicht», stimmte sie mir zerknirscht zu. Dann: «Ich hab dich vermisst, weißt du?»

«Ich hab dich auch vermisst», sagte ich.

«Ich meine, Gerald war ein paar Tage hier, und er ist wunderbar, aber ... Na ja. Er ist nicht *du*. Man kann mit ihm nicht besonders gut Mädchengespräche führen, ich hab's versucht.»

Ich lachte, alle bösen Gefühle waren vergessen. «Kann ich mir vorstellen», sagte ich. Gerald war der Teilzeit-Partner oder «Lover» meiner Mutter, wie sie ihn gerne nannte, zu meinem Entsetzen und ihrem Amüsement. Er war auch so ein Theater-Verrückter, von der eher eleganten Sorte, mit graumelierten Haaren und einer großen Sammlung schicker Anzüge. Er und Mom hatten sich vor vielen Monaten kennengelernt, als sie im Theater in *Lady Windermeres Fächer* aufgetreten waren, sie als Lady Windermere und er als Lord Darlington, und seitdem gehörten sie zusammen. Allerdings sagten sie dabei heute hü und morgen hott – entweder sie waren die besten Freunde, die alles miteinander teilten, oder sie stritten sich ständig und schimpften, wie nervig der andere war. Aber er betete sie an, das war offensichtlich.

«Also verzeihst du mir?», sagte sie.

«Ja», sagte ich. «Dieses Mal noch.»

Ich dachte, damit wäre das Thema beendet, aber schon am nächsten Abend, als ich nach der Arbeit bei ihr vorbeischaute – ich hatte mich kaum hingesetzt –, fing sie schon wieder damit an.

«Und ... warst du diese Woche mal wieder im Fitnesscenter?», fragte sie. Wir saßen auf der Terrasse, tranken Pfefferminztee, und sie streckte ein nacktes, gebräuntes Bein aus und winkelte den Fuß an, während sie sprach. «Es gibt da einen wunderbaren neuen Pilates-Lehrer, weißt du. Sehr sexy. Ich konnte meine Augen heute Morgen überhaupt nicht von ihm abwenden.» Sie machte ein miauendes Geräusch und kicherte. Ich war erschüttert.

«Mom!», protestierte ich. «Hör auf, um Gottes willen. Und nein, ich war nicht nochmal da. Das hab ich auch nicht vor. Ich weiß, du hast viel Geld für die Mitgliedschaft bezahlt, aber so wie die mich da gedemütigt haben, hab ich –»

Ihr Bein sank herunter, und sie wandte sich mir mit empörtem Blick zu. «Die haben dich gedemütigt?»

Ah. Großer Fehler. Jetzt, da ich so gut wie darüber hinweg war. Jetzt würde ich alles nochmal ausbreiten müssen.

«Ja», sagte ich widerstrebend und merkte schon, wie mir Tränen in die Augen stiegen. O nein. Reiß dich zusammen, Maddie, befahl ich mir selbst. Ich wollte nicht anfangen zu schluchzen und wie ein kleines Mädchen in Mamis Schoß heulen.

«Was meinst du damit?» Sie ließ nicht locker. «Und warum hast du mir das nicht vorher gesagt?» Ihr Blick wanderte zu ihrem Telefon, als wollte sie jetzt sofort anrufen und losschimpfen.

Ich seufzte. «Na ja ...», begann ich. Und dann brach, noch bevor ich mich daran hindern konnte, alles aus mir heraus.

«*Das* hat er gesagt?», zischte sie in regelmäßigen Abständen. «*Was* hat er gemacht?» Und als ich fertig war: «Wie *konnte* er nur? Wie konnte er nur, dieser unsensible kleine Arsch?» Sie hieb mit der Faust auf den Tisch, dass die Teetassen klapperten. Ich werd ihm das Grinsen austreiben, ich –»

Plötzlich zuckte sie zusammen, unterbrach sich und griff sich mit einer Hand an die Stirn.

«Alles okay, Mom?», fragte ich.

Sie schloss die Augen und riss sie dann wieder auf. «Nur Kopfschmerzen», sagte sie. «Hab ich in den letzten Tagen immer wieder. Aber kein Grund, sich Sorgen zu machen.» Dann griff sie nach dem Telefon und verkündete mit lauter Stimme: «Es ist an der Zeit, diesem verdammten Fitnessstudio mal ein paar Sorgen zu bereiten. Das war das letzte Mal, dass sie mein Mädchen zum Weinen gebracht haben.»

«Mom, warte», sagte ich. «Soll ich dir Paracetamol holen? Oder ein Glas Wasser?»

Sie schlug mit der Hand in meine Richtung, als wäre die Idee lächerlich. Sie würde eine Schwäche nie zugeben. «Nein, nein», sagte sie, die Augen auf der Telefonliste. «Hier. Fitnessstudio. Wollen wir doch mal sehen, was mein Freund, der Manager, zu diesem *schändlichen*, groben Idioten Jacob zu sagen hat …»

Ich sah weg, als sie zum Manager durchgestellt wurde, komplett auf Anschiss umschaltete und den armen Kerl am anderen Ende in eisigem Ton beschimpfte. Wenn sie richtig in Fahrt kam, konnte meine Mom einem wirklich Angst machen: Sie nahm kein Blatt vor den Mund. Ich betrachtete inzwischen den Garten, der wunderschön war – duftende Rosen standen in voller Blüte, fröhliche Wicken rankten sich an ihrem metallenen Wigwam empor, ihre papierdünnen Blütenblätter sahen aus wie die Flügel von Schmetterlingen, und der üppige Rasen erstreckte sich bis hinunter zu dem von Klematis bedeckten Gartenhäuschen. An dem knorrigen Baum in meiner Nähe waren erste winzige Äpfel zu sehen, und der Wind wiegte seine alten Äste und warf ein paar

Tupfer Sonnenlicht auf den Gartentisch. Ich saß normalerweise nicht in der Sonne – als Übergewichtige schwitzt man leicht und fühlt sich an heißen Tagen unwohl –, aber die Brise war sehr angenehm, und der Pfefferminztee schmeckte draußen irgendwie viel besser.

Erst als ich die Worte «Samstag? Ja, da kommt sie – und diesmal erwartet sie einen besseren Service» hörte, registrierte ich wieder, was meine Mutter sagte. Ich riss den Kopf herum und fühlte Furcht in mir aufsteigen. Sie hatte das Gespräch beendet, und ich wollte gerade sichergehen, dass sie mich nicht für eine *weitere* Stunde der Peinigungen hatte eintragen lassen, als sie sich schon wieder an den Kopf fasste und das Telefon fallen ließ. Es klapperte auf die Steinfliesen zu unseren Füßen, und der Deckel des Batteriefachs flog auf wie ein glänzendes Insekt.

«Mom!», rief ich alarmiert. «Geht es dir gut? Ich hol dir was.» Ehe sie widersprechen konnte, lief ich in die Küche, um Schmerzmittel zu suchen. Meine Hände waren feucht, als ich die Schranktür aufriss. Alles sah noch so aus wie in meiner Jugendzeit. Die Schmerzmittel hatten immer ganz oben gelegen, direkt neben dem Kühlschrank, in einer weißen Plastikwanne. Ich holte sie herunter und erwartete die üblichen Packungen Paracetamol und Aspirin, die entzündungshemmende Salbe, die sie gegen ihre Arthritis nahm, Pflaster und das alte Quecksilberthermometer, das mich durch die Masern, die Windpocken und andere Kinderkrankheiten begleitet hatte.

Als ich in den Behälter sah, erstarrte ich. Obenauf lagen zwei Päckchen Tabletten, an denen der Aufkleber der Apotheke mit der genauen Dosierungsanleitung haftete. Wofür waren die denn? Mom war eine Rossnatur, sie klagte nie über irgendwelche Leiden. Ich griff nach dem Nurofen und füllte ein Glas mit Wasser.

Als ich wiederkam, hielt sie sich immer noch den Kopf. Ich stellte das Glas auf den Tisch und legte einen Arm um sie. «Hier», sagte ich und versuchte, mit einer Hand das Nurofen zu öffnen. «Mom? Ich hab dir Schmerzmittel mitgebracht.»

Sie nahm vorsichtig ihre Hand weg, als hätte sie Sorge, dass ihr Schädel aufbräche, und blinzelte. «Danke, mein Schatz», sagte sie, nahm die Tabletten und schluckte sie hinunter. «Gleich geht's mir wieder gut.»

Ich zögerte. «Mom, ich hab gesehen, dass du was Neues in deiner Hausapotheke hast. Hattest du diese Kopfschmerzen schon öfter?»

Sie nippte an ihrem Wasser, ohne mich anzusehen. «Ein-, zweimal», sagte sie unbestimmt. Sie atmete tief ein und schien sich zu erholen. «Egal. Wir haben genug über mich geredet. Mike, der Manager vom Fitnessstudio, hat das alles *sehr* bedauert, was letzten Samstag passiert ist, er wird deine nächste Probestunde selbst leiten. Er ist gut, du wirst ihn bestimmt mögen.» Sie nahm noch einen Schluck Wasser und fuhr – wieder so energisch, wie ich sie kannte – fort: «Also, du hast am Samstagnachmittag um vier einen Termin bei ihm. Er hat gesagt, da ist es normalerweise ziemlich ruhig, du wirst also hoffentlich nicht wieder das Gefühl haben, vorgeführt zu werden.»

Ich öffnete den Mund, um zu protestieren – ich dachte, sie wollte sich nicht mehr einmischen –, aber sie sah immer noch so blass aus und, zum ersten Mal überhaupt, so fragil, dass ich meinen Protest hinunterschluckte und zustimmend nickte.

Am Samstag war mir allerdings sehr viel mehr danach zumute, mich den ganzen Tag unter meiner Decke zu verstecken und ein Transparent an die Wand zu hängen, auf dem stand: «Ich bleibe hier!»

Aber Paul war offensichtlich von meiner Mutter instruiert worden, denn er ließ mich nicht so leicht davonkommen.

«Komm, Maddie», sagte er und setzte sich auf mein Bett. Er war am Morgen als Erster aufgestanden und hatte mir einen Kaffee mit Magermilch und einem halben Stück Zucker gebracht. «Du hast das mit deiner Diät diese Woche so toll gemacht. Gib dem Fitnessstudio doch noch eine Chance. So schlimm wie letztes Mal kann es ja gar nicht sein.»

«Hmmmm», sagte ich unverbindlich und dachte, wie viel besser Kaffee doch mit richtiger Vollmilch und zwei Stück Zucker schmeckte.

«Komm schon», drängte Paul. «Du wirst dich danach so gut fühlen. Und ich sag dir was – wenn du ins Fitnessstudio gehst, hol ich uns heute Abend was vom Chinesen. Wie wär's?»

Ich hatte eine Vision von dampfenden, duftenden Aluschalen: wunderbar fettige Chow-Mein-Nudeln, klebriges Rindfleisch in Bohnensoße, Schweine-Klößchen und Krabbenchips ... Und Kalorien und Salz und Natriumglutamat ...

Ich seufzte und hätte am liebsten die Stirn gegen das samtbezogene Kopfteil des Bettes gerammt. Warum musste er mich so quälen?

«Paul – Takeaway-Essen ist jetzt tabu für mich, weißt du nicht mehr?», sagte ich schnippisch. «Ich versuche abzunehmen, nicht, mir immer noch mehr draufzuschaffen. Und am Montag werde ich bei FatBusters gewogen. Ich sterbe, wenn ich nach dieser ganzen Mühe kein einziges Pfund abgenommen habe.» *Und ich sterbe, wenn ich davon auch noch live im Radio berichten muss,* dachte ich, schon beim Gedanken daran wurde mir schlecht. Ich durfte Collette nicht diese Genugtuung verschaffen, auf gar keinen Fall.

Paul sah aus wie ein begossener Pudel. «Ich wollte ja nur nett sein», murmelte er, stand auf und ging aus dem Zimmer.

Danach fühlte ich mich noch schlechter. Die fiese, undankbare Maddie, die losballerte, obwohl er sie nur ermutigen wollte. Es war nur so, dass ich vor ein paar Tagen in so einer Abnehm-Zeitschrift gelesen hatte, dass es eine echt schlechte Idee war, sich mit etwas Essbarem zu belohnen. Ich musste Gefühle vom Essen trennen, es einfach als Nahrung betrachten, nicht als etwas, nach dem es einen gelüstete. Aber man musste Paul verstehen – es war schließlich erst eine Woche her, dass ich von der Aussicht auf chinesisches Essen so lüstern geworden wäre wie eine Zwanzigjährige.

Als ich das Bett endlich verließ, hatte ich von mir selbst die Nase voll. «Paul? Paul!», rief ich, zog meinen Bademantel über und band den Gürtel zu. Er passte gerade noch so um die Taille. «Warte!»

Er war im Bad und putzte sich die Zähne. «Entschuldige», sagte ich und schlang meine Arme um ihn. «Ich weiß, du hast es nett gemeint. Ich bin eine undankbare alte Kuh.»

«Grrrr», sagte er mit Zahnpasta im Mund.

«Wie wär's, wenn *ich dir* heute Abend eine DVD mitbringe statt chinesisches Essen?», sagte ich. «Du darfst dir was aussuchen. Sogar so einen schrecklichen Science-Fiction-Film, wenn du willst.» Ich zwinkerte ihm im Spiegel zu und kniff ihn in den Hintern. «So sehr liebe ich dich.»

Er grinste und spülte sich den Mund aus, dann sang er für mich «Eye of the Tiger» und tat so, als würde er in einen nicht vorhandenen Sandsack boxen.

Ich seufzte. «Also Rocky», sagte ich.

«Nein, du Schwachkopf», lachte er und trocknete sein Gesicht ab. «Das solltest du im Fitnessstudio sein, wie du begeistert rumboxt.»

Ich sah ihn an. «Ich boxe gleich nach dir, wenn du nicht aufpasst», warnte ich ihn, aber ich lachte auch, vor allem, als er nach einem etwas zu enthusiastischen rechten Haken auf der Badematte ausrutschte.

Und so kam es, dass ich mich um fünf vor vier wieder im Freizeitbereich des Jüngsten Gerichts befand. Der erste Mensch, den ich sah, als ich an der Rezeption vorbeiwatschelte, war das nette Mädchen, das mich letzte Woche im Café zu trösten versucht hatte und das ich dann bei FatBusters wiedergesehen hatte. Ich wollte nicht gesehen werden und versuchte, mit der Wand zu verschmelzen, so gut eine Übergewichtige das eben kann, aber ich hätte mir keine Gedanken machen brauchen, denn diesmal war sie diejenige, der die Tränen herunterliefen, während sie in ihr Telefon sprach. «So hab ich das doch gar nicht gemeint, Charlie», sagte sie, als sie an mir vorbeiging. «Es tut mir so leid! Bitte sei nicht wieder sauer auf mich!»

Ich zögerte und überlegte, ob ich warten sollte, falls sie das Telefonat beendete und ein Taschentuch brauchte (schließlich schuldete ich ihr eins), aber sie verschwand, immer noch weinend, durch den Haupteingang. Oje. Irgendwas hatte es mit diesem Ort auf sich, dass Frauen sich hier in Tränen auflösten. Ich hoffte, dass ich nicht auch wieder als schluchzendes Häufchen Elend gehen würde.

Ich stellte meine Tasche in den Spind und trottete wieder zur Rezeption, mir war ganz mulmig vor Nervosität. Ich hatte Angst, Jacob in die Arme zu laufen, vor allem, da er wahrscheinlich meinetwegen von seinem Boss einen Einlauf bekommen hatte. Dafür war er mir sicher nicht sonderlich dankbar. Bestimmt würde er mich angucken, als wäre ich irgendwas Ekliges, das er gerade unter seinen Designer-Turnschuhen gefunden hatte …

«Mrs. Lawson?» Eine freundliche Stimme unterbrach meine Gedanken.

Ich merkte, dass ich schon am Eingang des Fitnessstudios angekommen war. «Ja», sagte ich eilig zu dem großen, dunkelhaarigen Mann hinter dem Tresen. «Das bin ich. Maddie.»

«Hi, Maddie», sagte der Mann und streckte eine Hand aus. Er trug ein Poloshirt und Trainingshosen, hatte braune Augen und schöne weiße Zähne. «Ich bin Mike, der Leiter des Fitnessstudios. Ich hab mit Ihrer Mutter gesprochen und gehört, dass Sie letztes Wochenende hier eher unerfreuliche Stunden verbracht haben.»

Ich nickte mit vor Verlegenheit brennenden Wangen und gab ihm die Hand. O Gott. Mussten wir darüber nochmal sprechen?

«Also, es tut mir extrem leid», sagte er und sah mir direkt in die Augen. «*Extrem* leid. Wir sind eigentlich stolz auf unsere Kundenbetreuung, und es klang, als seien Sie bitter enttäuscht worden.» Er wandte sich einer Tür zu, die in eine Art Büro zu führen schien, und rief einem Mädchen mit blonden kurzen Haaren zu: «Catherine, hältst du bitte die Stellung? Ich geh mit Mrs. Lawson ins Besprechungszimmer.» Er sah wieder mich an. «Da können wir uns in Ruhe unterhalten.»

Es war jetzt schon alles so anders. Er war so höflich, so respektvoll. Er sah mir in die Augen, sprach mit mir wie mit einem vernünftigen Menschen, nicht wie mit einer Peinlichkeit in Lycra und glänzenden, kaum benutzten Turnschuhen.

Wir gingen in den verhassten Raum, in dem Jacob mir das Gefühl gegeben hatte, eine totale Niete zu sein.

«Ich möchte nochmal von vorne anfangen, Maddie», sagte Mike, sobald die Tür zu war. «Nicht mit dem Messen und Wiegen», fügte er schnell hinzu, als er meinen erschrockenen Gesichtsausdruck sah. «Ich meine, mit Ihrer Beziehung zu uns. Wir haben Sie letztes Mal enttäuscht, und ich schwöre, das wird nicht wieder vorkommen. Wir sind auf derselben Seite, Sie und ich, wir wollen dasselbe – Sie wollen glücklich und gesund sein und Ihre Ziele erreichen. Richtig?»

Ich nickte. «Richtig.»

«Also, sagen Sie mir, was erwarten Sie von Ihren Besuchen hier? Und, im Idealfall, was erhoffen Sie sich für die Zukunft?»

Fast hätte ich einen fiesen Witz gemacht und gesagt, ich erhoffe mir den Weltfrieden und das Ende der Armut in der Dritten Welt, aber seine braunen Augen sahen mich so ernst an, dass ich mich nicht traute. Stattdessen erzählte ich ihm vom Tag des Sports an der Schule, von FatBusters und dass mein Sohn nicht wolle, dass ich sterbe.

«Gut», sagte er, als ich endlich fertig war. «Das ist doch eine wunderbare Motivation, damit wird es Ihnen nicht schwerfallen, am Ball zu bleiben. Regelmäßiges Training kombiniert mit Ihrer neuen Diät – da werden Sie in null Komma nichts Erfolge sehen. Aber alles in Maßen, okay? Ich möchte, dass Sie es langsam angehen lassen.»

Ich nickte erleichtert. Es langsam angehen lassen – das war ganz in meinem Sinne.

«Dann mal los», sagte er und sprang auf. «Dann fangen wir mit Ihrem neuen Programm an. Ich bin bei jedem einzelnen Schritt bei Ihnen, Maddie.»

Mike machte seinen Job gut. Er war höflich, aufmerksam und schien intuitiv zu wissen, wann er mir einheizen und wann er mich bremsen musste. Nach der ersten halben Stunde hörte ich auf, mir Gedanken darüber zu machen, wie ich aussah, und tat einfach, was er mir sagte, sogar wenn ich auf einem riesigen Gymnastikball hin und her rollen sollte wie ein Riesenbaby. Er rollte selbst auf einem zweiten Ball neben mir herum, um mir Gesellschaft zu leisten, und erzählte dabei, wie das meine

Rumpfmuskeln stärke und Wunder für meinen Gleichgewichtssinn wirke. Ich hatte zu dem Zeitpunkt schon ein rotes Gesicht und war ziemlich außer Atem, nach der Aufwärmübung auf dem Fahrrad, einem Zehnminutenmarsch auf dem Laufband und verschiedenen Übungen auf den respekteinflößenden Geräten; aber falls er merkte, dass ich fix und fertig war, war er freundlich genug, es nicht zu zeigen.

Nach den längsten zehn Minuten meines ganzen Lebens auf dem Crosstrainer, gerade als meine Oberschenkel vor Qualen anfangen wollten zu schreien und ich so schwitzte, dass ich dachte, ich würde noch in meinem eigenen Schweiß ertrinken, sagte er (Gott sei Dank), dass es für heute reichte. «Das haben Sie toll gemacht», sagte er freundlich. «Sehr gut, Maddie.»

Meine Beine zitterten, als ich von dem Gerät stieg, aber seine Worte erfüllten mich mit einem lächerlichen Stolz. Ich kippte das Wasser, das er mir reichte, herunter, als wäre es der beste Drink, den ich je probiert hatte.

«Wie fühlen Sie sich?», fragte er. «Außer müde, meine ich. Wie fühlen Sie sich mental?»

Ich lächelte ihn an, die Endorphine pumpten durch meinen schmerzenden Körper, und plötzlich fühlte ich mich glücklich. «Ich fühle mich großartig», sagte ich, von meinen eigenen Worten überrascht. Ich lachte. «Ich fühle mich wirklich großartig!»

Und in dem Moment dachte ich bei mir, *vielleicht kann ich das wirklich schaffen.*

6. Notration

Jess

Die Stranddiät, die Kohlsuppendiät, die Soldatendiät, die Atkins-Diät – ich hab sie in den letzten Jahren alle ausprobiert. Ich hab die Bücher gelesen, ich hab gegessen, was ich sollte, ich hab mich im Spiegel betrachtet und mir geschworen, dass es diesmal anders laufen würde. Diesmal würde ich die Willensstärke haben, schlank und fabelhaft zu werden, Größe 36, wie damals, als ich Charlie kennenlernte.

Es funktionierte nie. Nach ein paar Tagen mit Grapefruits oder faulig riechenden Suppen oder verdammtem Hüttenkäse verzweifelte ich jedes Mal. Ich fühlte mich krank und müde statt strahlend und gesund, elend, weil ich nicht einfach ein Glas Wein trinken konnte, und war neidisch auf die Kollegen, die sich mit Kohlenhydraten vollstopfen konnten. Mein Magen knurrte, ich war gedanklich besessen von Schinken-Sandwiches und Kuchen, und die Diät, die zuerst so interessant und leicht gewirkt hatte, war nichts als eine Qual.

Dann kam das Verlangen nach Schokolade, und ich war, sosehr ich es auch zu unterdrücken versuchte, einfach nicht fähig, an etwas anderes zu denken. Die Verpackung von Cadbury-Schokolade tanzte ständig vor meinen Augen herum und flüsterte mir vom Kiosk aus zu, *Jess ... Jess ... kauf mich, pack mich aus, iss mich ... ich bin so köstlich, du willst mich doch, Jess!*

Das Problem war: Der ständige quälende Hunger hatte mich inzwischen so zermürbt, dass ich keine Kraft mehr hatte. Ich konnte die Stimmen, das Verlangen nicht abschalten. Ich konnte nicht nein sagen.

Und deshalb musste ich, obwohl ich wusste, dass ich mich später dafür hassen würde, rausgehen und mir ein Snickers kaufen, oder ein Mars oder ein Twix. Manchmal alle drei.

Wenn ich das Geld abzählte, sabberte ich schon, weil ich mir vorstellte, wie ich das glänzende Papier abmachte, den Schokoriegel an die Lippen führte und den Mund um den weichen, süßen Schokoladenüberzug schloss. Erst dann würde ich in die köstliche verbotene Süßigkeit beißen, und der Zucker würde um meine Geschmacksknospen herum explodieren, bis mein Herzschlag sich wieder verlangsamte und ich mich entspannte, überwältigt von Erleichterung. Die Welt war wieder gut. Ich kam in ihr zurecht.

Aber das Gefühl hielt nie sehr lange an. Oder vielmehr, es hielt so lange wie der Schokoriegel, also normalerweise höchstens eine Minute. Und ihm direkt auf den Fersen folgte das schreckliche Tief, das aus Enttäuschung und Selbstvorwürfen bestand. *Warum war ich schwach geworden? Warum hatte ich mich hängenlassen? So würde ich nie abnehmen, nie. Ich war zu schwach, hatte zu wenig Rückgrat, dem Verlangen zu widerstehen. Ich würde für den Rest meines Lebens ein erbärmlicher Fettsack sein ...*

Na ja, würde ich ein paar Stunden später sagen. Egal. Ich hätte wissen müssen, dass ich scheitere. Und was ist überhaupt so schlimm daran, dick zu sein? Mir macht das nichts. Es ist schließlich kein Verbrechen, Übergewicht zu haben, oder? Es tut doch niemandem weh.

An dem Punkt würde ich die Diätbücher zurück ins Regal stopfen, zu den verschmähten Ratgebern, und die Schuldgefühle mit einer schönen Tasse Tee und einem Keks ausmerzen.

Und so würde es weitergehen, bis zur nächsten Diät, und bis zum nächsten Sturz vom optimistischen *Dieses Mal schaffe ich es!* ins unvermeidliche *Ich bin so eine Versagerin.*

Es war so was wie ein Muster geworden, eine Schleife, der ich nicht entkommen konnte. Ihr könnt euch also vorstellen, dass ich in FatBusters keine besonders großen Hoffnungen setzte. Ich war in Mathe immer eine Niete gewesen, und schon der Gedanke daran, Kalorien zählen zu müssen, nervte mich. Außerdem war ich nie gut darin gewesen, am Ball zu bleiben. Schon mit acht hatte ich nach nur zwei Wochen den Ballettunterricht abgebrochen, weil mein Tutu kratzte. Ich hatte Dinge angefangen, sie aber nie durchgehalten, und bei Diäten dauerte es ewig, bis man Ergebnisse sah. Ich wusste einfach nicht, ob ich mir auf Dauer alle meine Lieblingsspeisen würde versagen können, für ein läppisches Pfund hier und ein paar Zentimeter da.

Aber diesmal hatte ich immerhin die ultimative Motivation: meine bevorstehende Hochzeit. Ob ich Lust hatte oder nicht, ich würde die Zähne zusammenbeißen, mich auf pappige Reiskekse verlegen und die Schokoriegel im Kiosk ignorieren. Diesmal musste ich es wirklich, wirklich, wirklich sch–

«Jess?»

Ich merkte, dass Phoebe mich zweifelnd ansah. Es war Freitag, und wir saßen in dem winzigen Aufenthaltsraum. Ich hatte gerade mein mitgebrachtes Mittagessen vertilgt – Tomatensalat und ein paar Weintrauben – und hatte immer noch Riesenhunger.

«Alles okay?», fragte sie. «Du seufzt die ganze Zeit. Was ist denn los?»

Ich setzte mein schönstes Lächeln auf. «Ach, nichts», sagte ich. «Alles okay, ich bin nur ein bisschen müde.»

Sie sah mich skeptisch an. «Gut», sagte sie. «Hey, hab ich dir eigentlich schon von morgen erzählt?»

«Nein», sagte ich und versuchte wegzugucken, als sie in ein riesiges Thunfischbaguette biss. Ich liebte Thunfisch mit Mayonnaise. Und Brot. Und Butter (am liebsten gesalzen). Und ... *hör auf, Jess.*

«Also», sagte sie, «ich hab morgen Geburtstag, deshalb wollen wir einen kleinen Streifzug machen. Wir fangen mit Cocktails in der *Star Bar* an, dann ziehen wir weiter ins *Slug and Lettuce*, und dann gehen wir zum Tanzen ins *Planet*. Ich weiß, das ist kurzfristig, aber ein paar Mädchen von hier kommen auch mit, Maisie und Jasmine, hast du Lust?»

Ich brachte nur ein «Hmmm» heraus und versuchte nachzudenken. Ich hatte in Erinnerung, dass Charlie morgen mit seinen Kumpels ausgehen und mich vorm Fernseher allein lassen wollte.

«Komm schon», sagte Phoebe und leckte sich ein Stückchen Thunfisch vom Daumen. «Das wird bestimmt lustig, mit so vielen Mädchen.» Sie sah sich um und senkte die Stimme. «Und Louisa hab ich nicht gefragt, da bist du also auf der sicheren Seite.»

Ich überlegte, so schnell ich konnte. Alkohol hatte schrecklich viele Kalorien, aber ich könnte doch den ganzen Abend Tonic light trinken, oder? Ich musste mich ja nicht betrinken, um mich zu amüsieren. Und Phoebe war wirklich nett – mit ihr auszugehen wäre mit Sicherheit lustiger, als zu Hause alleine *Big Brother* zu gucken.

«Ja, gerne», sagte ich und lächelte sie jetzt richtig an. «Danke, Phoebe, ich werde kommen.»

Leider war es dann doch nicht so einfach. «*Wo* gehst du hin?», fragte Charlie abends, als ich ihm davon erzählte.

Ich wiederholte, was Phoebe gesagt hatte. «In die *Star Bar* und ins *Slug and Lettuce*. Und noch irgendwohin tanzen, aber da geh ich nicht mehr mit, ich hab nichts ...»

Ich wollte eigentlich sagen, dass ich nichts zum Anziehen hatte, aber Charlie unterbrach mich. «Genau, da gehst du *nicht* mit», sagte er sanft. «Und in die anderen Läden auch nicht. Die sind doch voller Schlampen auf Männerfang. Ich möchte nicht, dass du den ganzen Abend angestiert wirst.»

Ich wollte protestieren, aber dann verließ mich der Mut. «Da wird mich niemand anstieren, Charlie, es geht doch nur darum, mit Phoebe anzustoßen, weil sie Geburtstag hat und ...»

«Ja», sagte er, immer noch mit dieser sanften, ruhigen Stimme. Ich fürchtete diese Stimme. Mir wäre es lieber gewesen, er hätte mich angeschrien oder was an die Wand geworfen. «Das sagst du *jetzt*. Aber ich weiß genau, wie du bist. Nach zwei Drinks kicherst du rum und flirtest mit diesen ganzen Kerlen. Und bevor du dichs versiehst ...»

«Mach ich überhaupt nicht», rief ich. Der Vorwurf verletzte mich. «Ich werde noch nicht mal was trinken!»

«Und bevor du dichs versiehst», wiederholte er, als hätte ich nichts gesagt, «liegst du auf dem Rücken und machst für einen von denen die Beine breit. Also: Nein, du gehst da nicht mit.»

«Charlie, bitte», sagte ich. «Ich ...»

Aber er stand auf und ging mit wutverzerrtem Gesicht an mir vorbei. «Du ekelst mich an», sagte er und knallte die Haustür hinter sich zu.

Ich riss sie wieder auf und rannte barfuß auf die Straße. «Wo willst du denn hin?», jammerte ich. «Charlie, komm zurück!»

Aber er stampfte wütend davon. Ich zögerte, fragte mich, ob

ich ihm hinterherrennen, ihn anflehen sollte zurückzukommen, und versprechen, dass ich nicht mit Phoebe und den andern weggehen würde. Dann sah ich, dass mich Mrs. Stanley aus Nummer 87 durch ihr Fenster beobachtete, und schlich entmutigt ins Haus zurück.

Ich zitterte, als ich die Tür hinter mir schloss. Ich zitterte von Kopf bis Fuß und versuchte nicht zu heulen. Mein erster Gedanke war, *er hat mich verlassen, und jetzt werde ich niemals heiraten.*

Mein zweiter Gedanke war, *o Gott, jetzt brauche ich ganz dringend was Leckeres zu essen.*

Vor ein paar Jahren, als ich noch mit den Mädels zusammengewohnt habe, wäre es ganz anders gewesen. Hätte irgendein Kerl mich angeschrien, hätten meine Freundinnen mich sofort in den Arm genommen, mich getröstet, und wir hätten lange Gespräche darüber geführt, *warum Männer solche Arschlöcher sind.* Gefolgt von *Findest du, ich sollte ihn anrufen?* und *Wer geht noch Wein holen?* Bis wir dann zu dem üblichen Schluss gekommen wären: *Lasst uns* Zeit der Zärtlichkeit *gucken und schön rumheulen.*

Aber jetzt konnte ich das nicht machen. Ich war zwar noch mit Gemma, Nat und Shelley befreundet, aber wir sahen uns nicht mehr so oft. Charlie hielt nicht so viel von ihnen, er sagte, sie hätten einen schlechten Einfluss auf mich und ich sollte meine Zeit nicht mit ihnen verschwenden, jetzt, da ich ihn hätte. Ich hatte das Gefühl, dass sie auch nicht so wahnsinnig viel von ihm hielten, bei den Blicken, die sie immer wechselten, wenn ich seinen Namen erwähnte. Ich war noch nie so eine, die ihre Freundinnen fallenlässt, sobald sie einen neuen Freund hat, aber er machte immer so einen Aufstand, wenn ich sie treffen wollte, dass ich die Freundschaft etwas vernachlässigt hatte.

Es war einfach so, dass sie ihn nicht so kannten wie ich. Okay, er war vielleicht nicht mehr ganz so charmant wie damals, als ich ihn kennengelernt hatte, und ja, er konnte manchmal ziemlich übellaunig sein, aber sie wussten ja nicht, wie lieb er zu Hause immer noch zu mir war. Geradezu sentimental. Schließlich hatte er mir einen Antrag gemacht, oder? Gut, er war ziemlich betrunken gewesen, aber immerhin war er auf ein Knie gesunken und hatte gesagt, «Willst du mich heiraten?», ehe er auf dem Wohnzimmerteppich zusammenbrach.

Jedenfalls liebte ich ihn, egal was sie von ihm dachten.

Als Shelley und ich es tatsächlich mal in einen Pub geschafft hatten (Charlie war bei einem Junggesellenabschied, der das ganze Wochenende dauern sollte), waren wir ziemlich beschwipst gewesen, und plötzlich hatte Shelley diesen besorgten, ernsten Blick. «Jess ... willst du Charlie wirklich heiraten? *Willst* du das wirklich?», hatte sie gefragt und mich angesehen, eine Hand auf meinem Arm.

«Natürlich will ich das», hatte ich gestammelt. «Warum fragst du denn das?»

«Nur, weil du ...» Sie presste die Lippen zusammen. «Na ja, weil du ... ich weiß nicht. Du bist irgendwie so anders. Stiller.»

Ich trank zu dem Zeitpunkt meine vierte Weißweinschorle, war also nicht mehr ganz klar im Kopf, aber ich erinnere mich noch, dass ich versuchte zu lachen, was aber nicht ganz gelang. «Oh, ich bin nur älter und weiser geworden, das ist alles», sagte ich und winkte ab, als wäre ich völlig sorgenfrei. «Ich schätze, wir werden einfach erwachsen. Man kann ja nicht ewig auf Partys rumhängen.»

Sie hatte nicht überzeugt gewirkt. «Hm. Na ja ... gut», sagte sie. «Wenn du dir sicher bist. Aber denk dran, wir sind immer für dich da, wenn du uns mal brauchst.» Sie hatte sich eine Handvoll

Erdnüsse in den Mund geworfen. «Es wär jedenfalls toll, wenn du öfter mal mitkämst, mit mir und den Mädels. Wir sollten bald mal wieder ausgehen, um der alten Zeiten willen.»

«Jaaa», stimmte ich ihr begeistert zu. «Unbedingt. Willst du noch was trinken?»

Bis jetzt war es noch nicht dazu gekommen, dass wir zusammen ausgegangen waren, obwohl ich immer noch versuchte, mal einen Termin vorzuschlagen. Und auch wenn ich mich am nächsten Morgen nicht mehr so genau an den Rest des Abends erinnern konnte – an Shelleys Frage, ob ich Charlie wirklich heiraten wollte, erinnerte ich mich noch mit absoluter Deutlichkeit.

Willst du Charlie wirklich heiraten? Willst du das wirklich?

Eigentlich ärgerte mich das. Es war sogar eine ziemliche Frechheit. Natürlich wollte ich Charlie heiraten! Ich meine, warum denn nicht? Er war großartig! Vielleicht war er dann und wann ein bisschen launisch, aber das war doch normal. Meistens war es sowieso meine Schuld, weil ich was Falsches gesagt hatte oder ihm mit meinen schlechten Angewohnheiten auf die Nerven gegangen war.

Wahrscheinlich war Shelley neidisch, weil sie sich immer noch von einem Date zum nächsten hangelte, nie länger als ein paar Monate mit ein und demselben Typen zusammenblieb und dann immer schon für den nächsten schwärmte. Mit Anfang zwanzig war das ja vielleicht alles gut und schön, aber jetzt, wo sie auf die dreißig zuging ... da sollte sie echt mal drüber nachdenken, ruhiger zu werden, so wie ich.

Trotzdem wurde ich das quälende Gefühl nicht los, dass Shelley und die anderen viel mehr Spaß hatten als ich. Aber andererseits war Spaß auch nicht alles, oder?

Charlie blieb den ganzen Abend weg, und als er wiederkam, war er betrunken, hatte ein rotes Gesicht und sah mich aus kalten Augen an.

«Tut mir leid», sagte ich schüchtern, als er ins Wohnzimmer ging. Ich hatte es mir auf dem Sofa gemütlich gemacht, eine romantische Komödie mit Jennifer Aniston gesehen und versucht, nicht an die Keks-Notration zu denken. Ja, okay, ein *paar* hatte ich gegessen, aber wenn einem der Verlobte wegläuft, ist das ja wohl ein Notfall. Zumindest war ich nicht losgegangen und hatte mir Schokolade gekauft. Darauf war ich wirklich stolz. *Und* ich hatte es geschafft, nach vier Keksen wieder aufzuhören. Das war meiner Meinung nach schon ziemlich heldenhaft.

Er lehnte sich gegen die Heizung und starrte mich an. Er starrte wirklich, als würde er mich hassen. «Wer ist es?», fragte er schließlich.

Ich blinzelte, nicht ganz sicher, was er meinte. Für den Bruchteil einer Sekunde dachte ich, er meinte den Schauspieler aus dem Film, den ich gerade sah, aber ich schaffte es, nichts Dummes zu sagen. «Ich ... was meinst du denn?», fragte ich vorsichtig.

Er trommelte mit den Fingern gegen die Heizung und starrte mich weiter an. «Ich habe gefragt, Wer. Ist. Es», wiederholte er. «Der Kerl, den du morgen treffen willst.»

Seine Angriffslust brachte mich durcheinander, außerdem bekam ich es langsam mit der Angst zu tun. «Es gibt keinen Kerl», stammelte ich. «Es geht um Phoebe, von der Arbeit. Um Phoebe und ein paar andere Mädchen. Nicht um Kerle.»

«Gut», sagte er und hörte auf, mit den Fingern zu trommeln. Im Hintergrund kicherte Jennifer Aniston.

Ich schluckte. «Charlie ... ich ... ich schwöre, es gibt keinen Kerl. Du bist der einzige Kerl, der mich interessiert.»

Da kam er auf mich zu, und ich hielt den Atem an. Plötzlich

hatte ich Angst, dass er gleich die Faust ballte und mich schlug. Aber er setzte sich aufs Sofa und ließ den Kopf hängen, als wäre der Kampf vorbei.

«Ich bin fast verrückt geworden», sagte er. «Ich hatte mir einfach in den Kopf gesetzt, dass du jemand anderen hast, das ist alles. Das hätte ich nicht ertragen.»

Ich biss mir auf die Lippe. «Ich habe keinen anderen», sagte ich ruhig. «Ich heirate *dich*. Ich liebe *dich*.»

Er wandte mir den Kopf zu und sah mich aus verquollenen Augen an. «Gut», sagte er.

Er streckte die Hand aus und griff nach meiner Brust. Er sah mich an und drückte fest zu, sodass ich zusammenzuckte und am liebsten vor Schmerz geschrien hätte. Aber er küsste mich heftig mit stoppeligem Mund und drückte mich gegen die Rückenlehne, eine Hand zwischen meinen Beinen. «Gut», murmelte er mir noch einmal ins Ohr, als er an meinem Höschen herumzerrte. Sein Atem roch nach Alkohol. «Denn wenn ich jemals rausfinde, dass du mich betrügst, bring ich dich *und* ihn um.»

Ich schloss meine Augen, als er in mich eindrang, und versuchte ihn auch zu küssen. «Tut mir leid», flüsterte ich wieder und wieder. «Tut mir leid.»

Der nächste Tag war ein Samstag, und ich musste arbeiten. Normalerweise liebte ich Samstage – im Salon war ordentlich was los, und die Zeit verging immer wie im Fluge –, aber als an dem Morgen der Wecker klingelte, fühlte ich mich angeschlagen. Ich hatte schlecht geschlafen und wünschte, ich könnte noch ein paar Stunden im Bett bleiben. Ich stellte schnell den Wecker aus und stand auf, weil ich fürchtete, dass Charlie wieder Sex wollte. Ich war wirklich wund, es tat richtig weh, auf die Toilette zu gehen. Ich starrte mein Spiegelbild an und strich mir die Haare aus der Stirn. Meine Haut sah grau und faltig aus und mein Gesicht dicker denn je, nach den Keksen gestern Abend. Kein Wunder, dass Charlie so sauer auf mich gewesen war. Ich war eine Enttäuschung für ihn, das wusste ich.

Ich duschte, schrubbte meinen Körper kräftig mit dem Luffa-Handschuh, als könnte ich mich selbst wegschrubben. Dann kippte ich einen Kaffee hinunter und aß zum Frühstück eine Banane. Das war nicht gerade viel, und mein Magen fühlte sich schrecklich leer an, als ich das Haus verließ, aber ich verdiente nicht mehr. Ich war schon zu lange dick und ekelhaft. Ich musste mich zusammenreißen. Ich musste strenger mit mir sein.

Die Kunden kamen und gingen, und die Zeit verging tatsächlich wie im Fluge. Es war eine gute Mischung aus Stammkunden, die ich inzwischen seit Jahren kannte, und solchen, die sich nur kurz die Augenbrauen machen ließen, bevor sie groß ausgingen, oder einen Verwöhngutschein einlösten, den sie geschenkt bekommen hatten. Ich war den ganzen Tag über in Gedanken und hatte Mühe, ein vernünftiges Gespräch zu führen und mich auf die Sorgen und Nöte der Kunden zu konzentrieren.

«Ist alles in Ordnung, Jess?», fragte Anna, eine meiner Lieblingskundinnen. Sie musste über fünfzig sein, hatte aber wunderschöne Haut und nicht mal die Andeutung von Falten am Hals. Sie war zur Massage gekommen, und normalerweise quatschten wir die ganze Zeit, aber diesmal war es mir nicht gelungen, das Gespräch am Laufen zu halten. «Sie sind heute so still.»

Ich bearbeitete gerade ihre linke Schulter und sagte wenig überzeugend: «Mir geht's gut.» Dann, um von mir abzulenken, sagte ich, «Aber wie geht es denn Ihnen? Ihr Rücken ist voller Knubbel. Beschäftigt Sie irgendwas?»

«Ach, das Leben, der Tod, die Steuer – das Übliche», sagte sie leichthin. «Und die Männer natürlich.»

«Natürlich», sagte ich und versuchte, nicht zu niedergeschlagen zu klingen.

Ich mied Phoebe den ganzen Tag, schob es vor mir her, ihr zu sagen, dass ich am Abend nicht mitkommen konnte. Aber dann, in meiner Pause am Nachmittag, sah ich sie, strahlend und quirlig, und wusste, dass ich es ihr sagen musste.

«Herzlichen Glückwunsch», sagte ich und gab ihr eine Karte und ein hübsches Armband, das ich am Tag zuvor gekauft hatte. «Pheebs, es tut mir so leid, aber ich fürchte, ich schaffe es heute Abend doch nicht. Es geht mir nicht so besonders gut.» Das war noch nicht mal gelogen, es ging mir wirklich nicht gerade gut, trotzdem kamen mir die Worte nicht leicht über die Lippen.

«Och, Mensch, wie schade», sagte Phoebe. «Aber du siehst echt ein bisschen angeschlagen aus. Na ja, wenn's dir bessergeht und du deine Meinung änderst – wir sind ungefähr ab acht in der *Star Bar*, okay? Komm einfach vorbei, wenn du willst. Meine Handynummer hast du ja, oder?»

Ich nickte. «Mach ich», sagte ich.

Phoebe öffnete das Geschenk, und ihre Augen leuchteten auf: «Wow! Jess, das ist ja wunderschön!», sagte sie und legte sich das Armband um, damit sie es bewundern konnte. Sie umarmte mich. «Du bist so ein Schatz – es gefällt mir total gut. Danke!»

Ich liebte es, Menschen zu beschenken, aber heute konnte ich ihre Worte kaum ertragen und gab vor, schnell noch was im Drogeriemarkt besorgen zu müssen, nur um der Situation zu entkommen. Was stimmte nicht mit mir? Der Streit mit Charlie wiederholte sich in meinem Kopf immer wieder. Ich hoffte nur, er würde heute bessere Laune haben. Konnte ich vielleicht irgendwas tun, um ihn aufzuheitern?

Als ich das Gebäude verließ, hatte ich die perfekte Idee und tippte seine Nummer ein. «Hey», sagte ich, als er dranging. «Ich dachte gerade, ich könnte uns heute Abend vielleicht was Schönes kochen – wir könnten zu Hause bleiben und einen romantischen Abend verbringen.»

«Ich hab was vor», sagte er.

Und das war's dann mit meinem Optimismus. «Oh», sagte ich. «Na ja ... vielleicht kann ich ja auch mitkommen?»

«Männerabend», sagte er. Im Hintergrund hörte ich den Fernseher laufen.

«Oh, verstehe», sagte ich.

«Was meinst du denn mit ‹Oh, verstehe›?», fragte er. «Hast du damit ein Problem?»

«Nein», sagte ich, schon wieder den Tränen nahe. Warum wurde er bloß beim geringsten Anlass immer gleich so aggressiv? «Ich meinte überhaupt nichts, ich dachte nur ...»

«Du klangst nur so gereizt, als hättest du was dagegen, dass ich was vorhabe oder so», sagte er. «Obwohl es dich ja gar nichts angeht, was ich mache.»

Ich fing an zu heulen. «So hab ich das doch gar nicht gemeint, Charlie», sagte ich, und die Tränen liefen mir über das Make-up. «Es tut mir leid! Bitte sei nicht wieder sauer auf mich.»

Aber er hatte schon aufgelegt. Ich lief, ohne etwas zu sehen, aus dem Gebäude, zitternd und heulend. Die Leute starrten mich an, aber das war mir egal. Er würde mich für eine andere verlassen, das wusste ich. Ich wusste es einfach.

7. Diät-Freundinnen

Lauren

«Und, wie ist die Woche gelaufen? Gibt es irgendwas zu beichten? Oder irgendwelche Triumphe zu berichten?»

Es war Montagabend, und ich war wieder bei FatBusters, zu meiner eigenen Überraschung. Um ganz offen zu sein: Ich hatte die ganze Woche über kaum an die Diät oder an Kalorien gedacht, und es hatte eine Weile gedauert, bis ich die Abkürzung *FB 18.30 h* in meinem Kalender an diesem Morgen entziffert hatte. Aber mein Wochenende war so langweilig gewesen – ich hätte es nicht ertragen, noch einen weiteren Abend in Gesellschaft meiner Katze die Wand anzustarren. Warum also nicht?

Die Kursleiterin, an deren Namen ich mich nicht mehr erinnerte, hatte eine neue Motivationsrede gehalten, und jetzt wurde von uns erwartet, dass wir die schrecklichen Verbrechen gestanden, die wir an unserer Taille verübt hatten. «Ich hab Freitagabend ein bisschen was getrunken», sagte eine Frau. «Das sag ich lieber gleich, ehe es die Waage verrät.» Sie lachte nervös. «Ich hatte Geburtstag, und meine Freundinnen haben Champagner mitgebracht, deshalb …»

«Das kennen wir alle», sagte die Kursleiterin – Alison, so hieß sie – mitfühlend. «Und Geburtstag ist Geburtstag, ich weiß. Aber versuch es nächstes Mal bei einem kleinen Glas zu belassen. Lass es dir auf der Zunge zergehen, du wirst sehen, das ist Vergnügen genug. Wenn man vor den anderen nicht sagen möchte, dass man Diät hält, kann man auch sagen, man müsste noch fahren, okay? Sonst noch jemand?»

Eine bebrillte Frau mit so vielen Rettungsringen, dass sie dem Michelinmännchen Konkurrenz machte, hob die Hand. «Ich hab gute Neuigkeiten – endlich», sagte sie glücklich. «Ich hab es geschafft, die ganze Woche lang die Finger von der Schokolade zu lassen – zum ersten Mal überhaupt!»

Alison war entzückt von diesen weltbewegenden Neuigkeiten. «Toll, Jocelyn!», schrie sie. «Das verdient Applaus, oder? Phantastisch!»

Wir klatschten alle pflichtbewusst, dann ging es weiter mit den Geständnissen.

«Ich habe Samstagabend vier Kekse gegessen», sagte ein Mädchen mit einem süßen Gesicht, dessen Unterlippe zu zittern schien. *Oje, oje,* dachte ich bei mir. *Ist es schon so weit gekommen? Weltuntergangsstimmung – nur wegen ein paar Keksen?*

Alison legte den Kopf schief und sah sie mitfühlend an. «Was war denn der Auslöser, meine Hübsche?», fragte sie. «Schlechten Tag gehabt? Oder einfach hungrig gewesen?»

Das Mädchen – oder eher die Frau, ich schätzte sie auf Ende zwanzig – sah auf ihre Hände herab, die verknotet in ihrem Schoß lagen. «Schlechten Tag gehabt», sagte sie leise.

«Okay», sagte Alison freundlich. «Das kann, glaube ich, jeder nachempfinden. Man hat einen schlechten Tag, kommt nach Hause, legt die Füße hoch und würde sich zum Trost am liebsten mit Süßigkeiten vollstopfen. Oder?»

«Ja», riefen wir alle im Chor, mich eingeschlossen, obwohl ich das gar nicht vorgehabt hatte.

«Nein!», tadelte sie uns und wedelte mit dem Finger. «Nein, nein, nein. Sobald ihr das Gefühl habt – dieses ‹Ich fühl mich ein bisschen elend, ich brauch was Süßes› –, müsst ihr eure Gewohnheit durchbrechen, zu essen, um euch besser zu fühlen. Das ist sehr wichtig. So … jetzt lasst uns doch mal überlegen, was … Jess, oder? … Was Jess sonst noch hätte machen können, um sich aufzumuntern. Was machen die anderen denn, statt Kekse oder Chips zu essen?»

«Einen guten Film sehen», schlug eine alte Dame vor. «Einen lustigen, der einen zum Lachen bringt, oder einen wirklich traurigen, damit man wieder weiß, wie gut man es hat.»

«Laufen gehen», sagte eine spießige, fast dünne Frau auf der andern Seite des Raumes. *Zicke*, dachte ich.

«Ich schmuse mit meiner besseren Hälfte», sagte einer der Typen verschämt und handelte sich damit von den Softies ein «Oooooh» ein.

«Sudoku.»

«Ich rufe eine Freundin an und plaudere ein bisschen mit ihr.»

Alison hob eine Hand, um den Vorschlägen Einhalt zu gebieten. «Wunderbar, wunderbar», sagte sie. «Alles gute Ideen. Mir gefällt vor allem die Idee, eine Freundin anzurufen. Mit jemand anderem zu reden ist großartig, vor allem, weil man ein bisschen darüber maulen kann, warum man schlecht gelaunt ist. Noch besser ist es …» Sie machte eine Pause, um die Wirkung zu steigern. «Noch viel besser ist es, wenn ihr jemanden aus dem Kurs anruft, jemanden, der wirklich versteht, wie es ist, in Versuchung zu sein.»

Die Anwesenden brachen in interessierte *Aaaah*-Rufe aus. Manchmal fühlte man sich hier wirklich wie im Kasperletheater.

«Ich wollte eigentlich erst später darüber reden, aber hey, ich bin schließlich spontan», sagte Alison, «machen wir es also jetzt. Ihr könnt das mit den Diät-Freunden halten, wie ihr wollt. An manchen Tagen ist vielleicht alles ganz einfach, und ihr denkt noch nicht mal ans Essen, aber andere Tage sind womöglich schwierig, und es verlangt euch nach Schokolade oder Käse oder nach irgendwas anderem, das ihr lieber nicht essen solltet.»

«Genau», murmelte eine Frau in meiner Nähe und nickte weise.

Alison lächelte ihr kurz zu und fuhr fort.

«Wenn ihr also *so* einen Tag habt, würde ich euch dringend raten, zum Telefon zu greifen und eurem Diät-Freund oder eurer Diät-Freundin davon zu erzählen. Ihr müsst ja nicht gleich den ganzen Abend rumjammern oder dramatisch werden. Erzählt einfach, wie es ist, wie ihr euch fühlt, und redet darüber. Und dann ist es an dem Diät-Freund, euch zu unterstützen, euch daran zu erinnern, worum es hier geht, zu sagen, ‹Hey, solche Tage haben wir alle mal, aber essen ist nicht die Lösung. Wie wär's, wenn du stattdessen was anderes machst?› Wie klingt das? Hebt die Hand, wenn euch der Gedanke gefällt, dass ihr Freundschaften schließt, um euch gegenseitig zu unterstützen.»

Viele Hände schossen in die Höhe. Alle, eigentlich. Bis auf meine.

«Sehr schön», sagte Alison, die nicht zu bemerken schien, dass ich mich als Einzige rausgehalten hatte. «Dann bildet doch mal Paare oder kleine Gruppen – sagen wir drei oder vier –, und dann könnt ihr Telefonnummern austauschen und euch auf ein paar Regeln einigen. Vielleicht hat jemand Schichtdienst und möchte zu bestimmten Tageszeiten nicht angerufen werden, weil er schläft oder so. Besprecht das, guckt, was für eure Gruppe wichtig ist.»

Stühle schabten über den Boden, als die Leute aufsprangen, um Grüppchen zu bilden. Ich fühlte mich unangenehm an den Sportunterricht in der Schule erinnert. Da hatte mich nie irgendjemand in seiner Mannschaft haben wollen – die lange Lauren, die noch nicht mal einen Ball fangen konnte.

«Hi, wie wär's mit uns dreien?», sagte in dem Moment eine Stimme.

Daniel Craig und George Clooney lächelten mich verführerisch an und – na gut. Nur ein kleiner Tagtraum. Es waren ein freundlich aussehendes blondes Pummelchen und die weinerliche Keksesserin (die gar nicht besonders dick war. Was machte sie hier überhaupt?).

«Wir drei sind doch die Neuen und so», sagte die Blonde, als ich nicht sofort antwortete. «Wär das okay?»

Ich muss sagen, ich fand den Gedanken nicht gerade reizvoll, dass die Keksesserin mich in Tränen aufgelöst anrief, weil sie an irgendwas geknabbert hatte oder sonst was Klaustrophobisches erlebt hatte, aber ich konnte auch schlecht nein sagen. «Klar», sagte ich achselzuckend. «Warum nicht?»

«Schön», sagte die Blondine und setzte sich ächzend neben mich. «Ich bin Maddie, und das ist Jess. Also ...» Sie spreizte die Hände. «Wie wollen wir's machen? Was genau versprechen wir uns davon?»

Nach kurzem Schweigen sagte Jess schüchtern: «Ein bisschen moralische Unterstützung wäre gut. Davon krieg ich zu Hause nicht so viel.»

«Ich auch nicht», sagte Maddie und verdrehte die Augen. «Mein Mann redet die ganze Zeit von Eis und Essenbestellen und so, ich werd noch verrückt.»

Jess nickte. «Und mein Verlobter ...», fing sie an, aber dann wurde sie knallrot und verstummte. *Aha*, dachte ich. *Krach*. Vielleicht hatte ich am Ende des Abends zumindest eine neue Kundin.

«Also, ich lebe mit der fettesten, gefräßigsten Katze aus ganz Birmingham zusammen», sagte ich, um die Stille zu durchbrechen, «die ist auch nicht gerade ein gutes Vorbild.»

«Klingt, als könnten wir alle ein bisschen Unterstützung gebrauchen», sagte Maddie. «Also, sollen wir Nummern tauschen oder ...» Sie sah sich nach Alison um und senkte dann die Stimme. «Vielleicht gehen wir danach einfach in einen Pub und plaudern ein bisschen?»

Das war eine Frau nach meinem Geschmack. «Ich bin dabei», sagte ich sofort. Noch eine Überraschung. Dieser Tag war wirklich voll davon.

Und so kam es, dass wir drei später ins *The Hat and Feathers* marschierten, alle ein bisschen verlegen, glaube ich. Maddie übernahm die Führung. «Was wollen wir denn nehmen?», fragte sie an der Bar. «Wollen wir mal völlig ausflippen und uns alle einen Diät-Drink bestellen?»

Ich lachte über ihren spöttischen Gesichtsausdruck. «Ich leiste mir heute richtig was und nehm eine Cola light», sagte ich.

«Ich nehm Tonic light», piepste Jess.

Maddie schielte über die Theke. «O Gott, ist das nicht deprimierend?», seufzte sie. «Was würde ich um ein großes Glas kühlen Weißwein geben ...»

«115 Kalorien», sagte Jess sofort und sah uns dann entschuldigend an. «’tschuldigung. Hab ich auswendig gelernt.»

«Gut, dass jedenfalls eine von uns das weiß», sagte Maddie. «Also, ich nehme ein Bitter Lemon. Ich übernehme die Getränke, war schließlich meine Idee. Setzt euch doch schon mal.»

Jess und ich fanden ein ruhiges Plätzchen und ließen uns auf der roten Samtbank nieder – ich fühle mich auf einem Barhocker nie wohl, weil mir immer bewusst ist, dass mein halber Hintern über den Rand hängt.

«Tja», sagte ich und fummelte an einem Bierdeckel herum. Mehr fiel mir nicht ein.

«Und wie ist es bei dir diese Woche gelaufen mit dem Abnehmen?», fragte Jess.

Ich rümpfte die Nase. «Ich hab ein Pfund zugenommen», sagte ich. «Ich hab die Diät immer wieder vergessen. Und mein Kalorienbuch hab ich schon verloren. Und du?»

«Ich hab ein Pfund abgenommen», sagte sie mit einem Anflug von Stolz. Die hatte es gut.

«Und das trotz der Kekse», stichelte ich und fühlte mich sofort mies, als ich ihren enttäuschten Gesichtsausdruck sah. «War doch nur ein Witz», sagte ich schnell. «Gut gemacht, das ist toll.»

Maddie kam mit den Getränken und stellte sie auf den Tisch. «Das ist die traurigste, billigste Runde, die ich jemals gesehen habe», verkündete sie und ließ sich neben mir auf die Bank plumpsen. «Aber, hey, wenn wir erst mal spindeldürre Tussen sind, wird sich das alles auszahlen.» Sie zog eine lustige Grimasse. «Als Alison gesagt hat, ich hätte zwei Pfund verloren, hätte ich sie vor Erleichterung am liebsten geküsst – ich weiß, das ist eigentlich tragisch.»

«Zwei Pfund», kreischte Jess. «Das ist ja Wahnsinn!»

«Das ist wirklich gut», sagte ich, weil Maddie so verdammt zufrieden mit sich wirkte. «Wie machst du das?»

«Salat», sagte sie, machte Hasenzähne und hielt sich schnüffelnd die Hände vor die Brust, worüber wir alle lachten, als wären wir geisteskrank.

Es ist doch komisch – wie oft sieht man jemanden an und bildet sich sofort ein Urteil. *Nee*, denkt man, *mag ich nicht. Wir haben nichts gemeinsam, abgesehen davon, dass wir beide der menschlichen Rasse angehören* (obwohl manchmal selbst das fraglich war, wenn man sich mal die Leute ansah, die bei Love Hearts die große Liebe suchten). In meinem Job war der erste Eindruck alles – und, ja, ich war stolz auf meinen Instinkt. Und trotzdem zeigte mir dieser Abend im *The Hat and Feathers*, wie falsch ich liegen konnte.

Nehmt zum Beispiel Jess. Ich will ja nicht total fies klingen, aber nachdem sie mit zitterndem Kinn diese Keksgeschichte erzählt hatte, hatte ich sie schlicht für eine Heulsuse gehalten. Und Maddie hatte ich in die Schublade «spießig und rechthaberisch» gesteckt, eine Mama im mittleren Alter, die sich ein bisschen gehenließ. Beide waren nicht unbedingt die Art Leute, mit denen ich normalerweise im Pub abstürzte.

Aber als wir da saßen und unsere trostlosen, kalorienarmen Getränke tranken und Geschichten austauschten, wurde mir klar, dass ich sie beide falsch eingeschätzt hatte. Maddie schaffte es innerhalb von Minuten, dass wir uns über ihre böse Chefin totlachten, und Jess lebte sichtbar auf, und wir quasselten wie alte Freundinnen.

«Wo arbeitest du, Maddie?», fragte ich, als Jess an die Bar ging. Wenn man selbständig ist, ist es immer wichtig, Kontakte zu knüpfen.

Maddie zögerte, als fragte sie sich, ob sie es mir sagen sollte oder nicht – interessant! «Birmingham FM», sagte sie etwas leiser als vorher und sah sich verstohlen um, als fürchte sie, belauscht zu werden. «Meine Chefin ist eine der Moderatorinnen – Collette McMahon. Sie macht die Mittagssendung.»

«Machst du Witze? Die hör ich jeden Tag», sagte ich – dann

fiel der Groschen. «O Gott, du hast aber nichts mit dieser Macht-Birmingham-schön-Kampagne zu tun, oder? Sie hat doch neulich mal FatBusters erwähnt ...» Mir blieb der Mund offen stehen. «Bist du das?»

Sie wurde knallrot. «Ich und meine große Klappe», seufzte sie. «Ja, das bin ich, das Lamm auf der Schlachtbank. Und diese schreckliche Frau hat beschlossen, dass wir diese Woche alle live auf Sendung über unsere Fortschritte berichten sollen. Kannst du dir das vorstellen?»

Jess stellte eine neue Runde Getränke vor uns ab und sah uns entsetzt an, offenbar hatte sie die letzten Sätze gehört. «O nein!», rief sie. «Das ist ja furchtbar. *Musst* du das machen?»

Maddie zuckte die Achseln. «Wenn ich da noch weiter arbeiten will, ja, dann muss ich das wohl machen», sagte sie. «Ich hab echt Schiss davor.» Sie seufzte wieder. «Das Blöde ist, ich wollte immer selbst Moderatorin sein und meine eigene Sendung haben, aber ich mach mir schon bei dem Gedanken daran, live in ein Mikro zu quatschen, und die ganze Stadt hört mir zu, vor Angst in die Hose.»

Ich tätschelte ihr tröstend den Arm. «Also, *ich* hör nicht zu, wenn's dich beruhigt», sagte ich.

«Und ich ...», fing Jess an, aber dann klingelte ihr Handy. Eben hatte sie noch mit geröteten Wangen gelächelt, aber sobald sie auf dem Display sah, wer anrief, erblasste sie. «Entschuldigung», sagte sie zu uns und wandte sich ab, um den Anruf anzunehmen. «Hi!», sagte sie mit unechter fröhlicher Stimme. «Ist bei dir alles in Ord–»

Ich wollte nicht lauschen, aber jeder Idiot hätte mitgekriegt, dass der Anrufer sie zur Schnecke machte. «Ich bin doch nur ...», versuchte sie zu sagen. «Ich dachte ...» Sie ließ die Schultern hängen. «Okay», sagte sie ruhig. «Bin gleich da.»

Sie legte auf, und Maddie und ich gaben vor, das Geschrei aus ihrem Telefon nicht gehört zu haben. Sie lächelte uns an, wirkte dabei aber nicht besonders überzeugend. «Das war Charlie, mein Verlobter», sagte sie. «Wollte nur mal hören, wo ich bin.» Sie sah auf die Uhr. «Gott, ist es schon so spät?», sagte sie. «Dann muss ich mal langsam los.»

Der Anruf hatte uns drei Dickerchen aus unserem netten Plausch gerissen. Na gut. Zurück zur Realität. Jess trippelte wie Aschenputtel auf ihren gläsernen Schuhen, nachdem sie die mitternächtliche Glocke gehört hatte. Und Maddie fiel plötzlich ein, dass sie die Schuluniformen ihrer Kinder bügeln und sich um ihre Mutter kümmern musste.

«Ich werde in den nächsten Wochen nicht zu FatBusters kommen», sagte sie beim Rausgehen. «Wir sind im Urlaub. Aber du hast ja jetzt meine Handynummer, also ruf mich an, wenn du deine Diät-Freundin brauchst, ja?»

«Mach ich», sagte ich. «Und du pass auf beim Eisessen. Mrs. Alison wartet mit der Waage, wenn du wiederkommst, vergiss das nicht!»

Sie lachte. «Schön, dass wir uns kennengelernt haben, Lauren. Dich auch, Jess. Bis bald.»

Jess verschwand im Dunkeln, blass und unruhig. Armes Kind.

«Du wirst nie erleben, dass ich mich irgendeinem Kerl gegenüber so unterwürfig verhalte», sagte ich zu Eddie, als ich nach Hause kam, und kraulte ihn am Kinn, bis er ein zufriedenes Schnurren von sich gab. «Aber deshalb», sagte ich, «habe ich wahrscheinlich auch nur dich zum Schmusen, hm?»

Der Gedanke machte mir noch den ganzen restlichen Abend zu schaffen – Jess ging zu einem Kerl, der sie angeschrien hatte (und vielleicht der Grund für ihr großes Kalorienbedürfnis gewesen war), und ich ging allein nach Hause. Wer machte es richtig? Wer hatte es besser?

Na ja, ich ganz offensichtlich – ich hätte es niemals mit jemandem ausgehalten, der mich aus dem Pub nach Hause befahl oder mich am Telefon anschrie. Aber trotzdem: Abend für Abend allein zu Hause zu sitzen war auch nicht gerade meine Traumvorstellung gewesen.

Ich seufzte und sah mich deprimiert in meinem winzigen Zimmer um. Als Brendan und ich uns getrennt hatten und er bei Ruth, der Zerstörerin, eingezogen war, hatte er seine Sachen mitgenommen, aber leider erinnerte mich immer noch alles Mögliche an ihn. Er hatte die Wandfarbe ausgesucht (Karamell), die Vorhänge (John Lewis) und das Sofa (Habitat). Er hatte mir an unserem ersten Hochzeitstag den gerahmten Rothko-Druck geschenkt und zum Geburtstag das antike Bücherbord. Brendan hatte Geschmack. Zumindest, wenn es nicht um Geliebte ging.

Dieses Zimmer war mal unsere Zuflucht gewesen, ein sicherer Ort, an dem wir uns von der Welt zurückzogen, Wein tranken und auf dem Sofa liegend darüber sprachen, wie unser Tag war, oder zusammen fernsahen. Wir hatten auf diesem Sofa auch Sex gehabt, ziemlich oft sogar, wenn ich so darüber nachdachte – ich lag über der samtigen Armlehne oder in den Kissen oder …

Ich rutschte unbehaglich auf genau diesen Kissen hin und her, eigentlich wollte ich überhaupt nicht mehr daran denken, wie es gewesen war, mit Brendan zu schlafen. Die Karamell-Wände schienen auf mich zuzukommen und mich darauf aufmerksam zu machen, dass mein Leben schrumpfte und schrumpfte und schrumpfte. Als wir das Zimmer gestrichen hatten, hatte es so hell und stilvoll gewirkt, aber jetzt wirkte es düster und trist. Ich musste unbedingt renovieren und diesen Mann entsorgen –

aber ich hatte keine Energie. Außerdem war ich, mal praktisch gedacht, so pleite wie noch nie.

Ich seufzte und griff automatisch nach den Karten der Pizzabringdienste, die immer griffbereit auf dem Couchtisch lagen, aber dann, im letzten Moment, stoppte ich meine Hand mitten in der Bewegung. Ich hatte so viel Essen bestellt, seit Brendan und ich uns getrennt hatten, dass mich die Fahrer von den Bringdiensten alle schon kannten. Die Nummer von dem indischen Takeaway war die, die ich am häufigsten anrief, noch öfter als meine Eltern oder meine Freunde. Es war mir ziemlich peinlich gewesen, als ich das gemerkt hatte, aber auch wieder nicht so peinlich, dass ich in die Küche gegangen wäre, um nur für mich etwas zu kochen. Warum sollte ich mir die Mühe machen, dachte ich, wenn das *Taj Mahal* und *Der goldene Drache* nur eine Kurzwahl entfernt waren?

Ich zögerte, stellte mir vor, dass Alison mich streng ansah, und schmiss dann, in einem ungewohnten Anfall von Tugendhaftigkeit, den ganzen Stapel zum Altpapier. So. Erledigt. *Willenskraft, Lauren*, sagte ich mir. Da ich dem Rest der Menschheit gegenüber so stur sein konnte – vielleicht schaffte ich es ja zur Abwechslung auch mal mir selbst gegenüber.

Also trank ich stattdessen ein Glas Wasser («Ihr fühlt euch gesättigt, und es ist wunderbar für eure Haut!», hörte ich im Geiste Alisons muntere Stimme), stellte den Fernseher an und zappte rum, bis ich auf eine Reisesendung über Madrid stieß. Als ich den Königspalast sah und dann die berühmte Stierkampfarena, die Brendan und ich während unserer Hochzeitsreise besucht hatten, wurde mir ganz elend. «Fast so gut wie die Stierkampfarena zu Hause in Birmingham», hatte er gewitzelt. Da waren wir noch in der Lage gewesen, Witze zu machen. Es schien eine Ewigkeit her zu sein.

Später wälzte ich mich im Bett und konnte nicht einschlafen. Ich hatte mich zwar ein für alle Mal gegen die romantische Liebe gewappnet, aber ab und zu verbrachte ich doch mal eine schlaflose Nacht und fragte mich, ob ich den Rest meines Lebens Single sein würde und ob mich jemals wieder jemand in den Armen halten würde. Die Erinnerungen an diese wunderbare Woche in Madrid – der Prado, die Tapas, der Sangria, die *pasión* – sorgten dafür, dass ich mich so einsam fühlte wie noch nie. Ob es doch besser war, sich mit dem Zweitbesten zufriedenzugeben? Besser jedenfalls als das Alleinsein?

Vielleicht war es an der Zeit, die Initiative zu ergreifen. Vielleicht sollte ich mir mal *selbst* ein Date verschaffen, statt mich immer nur um meine traurigen Kunden zu kümmern. Damit die alten Sofakissen mal wieder was anderes zu sehen bekamen als die Hinterteile von Eddie und mir.

Warum eigentlich nicht? Als Chefin hatte man schließlich einige Vorteile. Also ... wie sollte ich am besten vorgehen?

Am nächsten Morgen war ich so früh im Büro, dass ich noch eine Weile meine Ruhe hatte. Wenn Patrick irgendwas von meiner Strategie zur Verbesserung meines Liebeslebens mitbekäme, würde er sofort seine Nase in alles stecken und alles ganz genau wissen wollen. Es gab Dinge, die ein Mädchen besser für sich behielt.

Ich trank ein Glas Wasser, während ich darauf wartete, dass der PC hochfuhr, und dann noch eins. Wenn es nach Alison ging, sollten wir von dem Zeug jeden Tag zwei Liter trinken. Und den Rest unseres Lebens auf der Toilette verbringen, dachte ich. Aber, hey, wer war ich, die Weisheit von unserem Guru in Frage zu stellen?

Ah, endlich. Ich klickte die LoveMatch-Datei an und tippte meine Angaben ein.

Alter: 32
Sternzeichen: Skorpion

Eigenschaften, die du an einem Partner schätzt (bitte gib eine Bewertung zwischen 0 und 5 ab, wobei 5 ‹sehr wichtig› bedeutet):

Ehrlichkeit: 5
Intelligenz: 5
Humor: 5
Attraktivität, Leidenschaft und testosterongetriebene Sexyness: 5 ...

Okay, das Letzte hab ich erfunden, nur damit ihr versteht, worum es geht.

Es dauerte ewig, obwohl ich schon Hunderte von Kundenprofilen ausgefüllt hatte und das Formular auswendig kannte. Über einige Fragen musste ich wirklich nachdenken. Was *genau* suchte ich eigentlich bei meinem Traumpartner?

Freundschaft
Romantik
Ehe
Tagsüber was zusammen unternehmen
Abends zusammen ausgehen
Nachts zusammen zu Hause bleiben!

Am Ende hatte ich alles angekreuzt außer «Ehe». *So* verblendet war ich dann doch nicht.

Dann kam der Teil, in dem es um die eigenen Interessen ging. Ich machte ein Häkchen bei *Kunst, Architektur, Reisen, Gutes Essen,*

Wein, Design, Tiere, Fotografie und, um nicht wie eine totale Stubenhockerin zu wirken, auch noch bei *Tanzen*, obwohl ich damit eher das Ich-werd-verrückt-die-Scissor-Sisters-Gezappel meinte als irgendwas Kultiviertes.

War das für Joe zu streberhaft? Ich hoffte nicht. Ich klickte, um die Angaben an die Datenbank zu senden. Auf dem Bildschirm erschienen zwei rote Herzen, die sich umeinanderdrehten und sich dann langsam näher kamen. *Dein Love-Hearts-LoveMatch wird gesucht*, las ich. Yeah, yeah. Solange es Joe suchte, machte es mir nichts aus zu warten.

Nach ungefähr fünfzehn Sekunden prallten die beiden Herzen aufeinander, und auf dem Bildschirm erschien ein goldenes Feuerwerk. *Dein Love-Hearts-LoveMatch ist ...* – und dann erschien ein Gesicht. Ein Gesicht, das mir nichts sagte. David Holway? Wer bitte schön war David Holway?

Ich klickte auf sein grinsendes Gesicht. Patrick hatte ihn interviewt und in die Kartei aufgenommen – ein Buchhalter aus West Bromwich. Das sollte mein Traumpartner sein? Nein. Nein, ganz bestimmt nicht.

Ich probierte noch etwas anderes aus – den Kompatibilitätstest. Damit analysierte ich immer, wie gut die beiden, die ich zusammenführen wollte, zusammenpassten. Man brauchte nur zwei Profile und bekam dann eine Punktzahl auf dem Love-o-Meter. (Ich weiß – aber den Namen hab ich mir auch nicht ausgedacht.) Eine Punktzahl zwischen 75 % und 100 % bedeutete, dass zwei wirklich gut zusammenpassten. In so einem Fall war ich zumindest sicher, dass sich das Paar mögen würde, selbst wenn es nicht funkte. Bei einer Punktzahl zwischen 50 % und 75 % war ich nicht ganz so sicher – das waren sozusagen die B-Verabredungen, die so oder so laufen konnten. Alles unter 50 % brauchte man gar nicht erst zu probieren.

Ich lud erst Joes Profil hoch und dann meins, immer die Uhr im Auge – 9.45 Uhr. Patrick würde bald kommen, und ich musste das Programm in dem Moment schließen, in dem ich ihn hörte. *Ich* kannte Joe natürlich und wusste, dass ich die perfekte Partnerin für ihn war, aber ich wollte mal sehen, welche Punktzahl uns der Computer gab. Wenn der Computer 100 % sagte, hätte ich jedes Recht, Joe anzurufen und lachend zu sagen, *Hey, stell dir mal vor, unsere Datenbank behauptet doch tatsächlich, dass ich deine ideale Partnerin bin! Deshalb dachte ich ...*

Die Profile waren geladen und das Love-o-Meter stieg ... 20 % ... 30 % ... Dann blieb es stehen. 42 %? Das kann nicht sein! Ich starrte auf den Computer. Der Computer sagte nein! So ein beklopptes Programm. Das hatte doch von nichts eine Ahnung.

Ich ging wieder auf mein Profil. Und wenn ich es leicht änderte, sodass es irgendwie doch zu Joes Profil passte? Er war Schütze, wenn ich also auch angab, ein Feuerzeichen zu sein, kam vielleicht ein besseres Ergebnis raus ...

Aber in dem Moment kam Patrick pfeifend ins Büro, und ich musste die ganze Sache abbrechen, ehe ich was frisieren konnte. Mist. Aber auch, wenn LoveMatch und der Kompatibilitätstest nicht in meinem Sinne ausgegangen waren – mir würde bestimmt noch was anderes einfallen, um an ein Date mit sexy Joe zu kommen. Schließlich war ich nicht umsonst Skorpion und gut im Pläneschmieden.

«Okay», sagte ich eine Stunde später und fuhr mit dem Finger den Kalender entlang. «Am Freitag in einer Woche. Großes Speeddating in der Agentur, Patrick.»

Er sah von seinem Klatschmagazin auf. «Was? Wo denn? Ein bisschen kurzfristig, um eine Bar zu mieten, oder?»

«Wir machen es hier», verkündete ich. Ich war so entscheidungsfreudig, ich hätte eine Standleitung zum Premierminister organisieren sollen: Ich hätte die Probleme des Landes innerhalb von zehn Minuten gelöst. «Der Veranstaltungsraum ist frei, das hab ich gecheckt. Wir sollten eine Auswahlliste zusammenstellen – zwanzig Männer, zwanzig Frauen und ein paar in Reserve. Zwanzig Pfund pro Kopf, da sind Getränke und Knabberzeug drin – ich glaub, das ist so üblich. Dann dimmen wir das Licht runter, legen Barry White auf und gucken zu, wie sie ins Schwitzen geraten.»

«Und lästern», sagte Patrick und betrachtete mich amüsiert.

Wenn ich einmal etwas beschlossen hatte, war ich nicht mehr zu bremsen. Den Rest der Woche über feilte ich wie eine Besessene an der Gästeliste, schickte die Einladungen raus, bestellte Wein und alkoholfreie Getränke und testete Fingerfood. Natürlich bekam sexy Joe eine *sehr* besondere, persönliche Einladung – es hatte eine Weile gedauert, bis ich den richtigen Ton gefunden hatte (lustig und ein bisschen flirtend), aber schließlich, nach ungefähr zehn Versuchen, hatte ich es. Dann lehnte ich mich zurück, hielt den Atem an und versuchte, mich nicht jedes Mal zu Tode zu erschrecken, wenn es ping machte, weil eine neue E-Mail gekommen war …

«Sag mal, woran *denkst* du eigentlich?», fragte Patrick mit hochgezogener Augenbraue, als ich in Gedanken bei Joe war (wieder einmal). «Du bist gerade total rot geworden, Schätzchen, und hast einen dreckigen Blick drauf. Du hast dir doch nicht wieder diese nicht jugendfreien Websites angeguckt, oder?»

«Ich hab nur über meine Diät nachgedacht», schwindelte ich. Dabei hatte ich ausnahmsweise mal nicht ans Essen gedacht. Punkt. Ich dachte den ganzen Tag nur über das Speed-Dating nach: was ich anziehen sollte, welche amüsanten Anekdoten ich erzählen könnte, Flirttechniken. O ja. Ich würde heiß sein, sehr heiß, dampfend heiß.

Erst am Donnerstag fielen mir meine Diät-Freundinnen wieder ein. Das Radio war an, wie immer, und plötzlich hörte ich einen vertrauten Namen: «... Und dann wird unsere Assistentin Maddie davon erzählen, wie sie mit Hilfe von FatBusters dem Speck zu Leibe rückt. Aber zuerst will ich euch mal erzählen, wie es mit meinen Kosmetikartikeln läuft! Also ...»

«So eine blöde Tussi», sagte Patrick, der bemerkt hatte, dass ich zuhörte. «Diese Collette, meine ich. Was bildet die sich eigentlich ein?»

«Ich weiß», antwortete ich und strich mir die Haare aus dem Gesicht. Es war ein heißer Tag, und ich wünschte zum tausendsten Mal eine bessere Klimaanlage fürs Büro. «Patrick, du möchtest nicht zufällig ein absoluter Schatz sein und uns beiden ein Eis holen, oder? Ich bezahle.»

Ich bat Patrick normalerweise nicht, mir irgendwas zu holen – die Art Chefin war ich nicht –, aber ich wollte Maddie zuhören, ohne dass Patrick dazwischenredete. Er hob die Augenbrauen, sagte aber nichts, nahm nur den Fünfer, den ich ihm hinhielt, und deutete eine Verbeugung an. «Sehr wohl», sagte er und verschwand.

Als sich die Tür hinter ihm schloss, stellte ich das Radio lauter und den Anrufbeantworter an, damit ich in Ruhe zuhören konnte.

«Danke, Becky – also, ich muss sagen, Leute, Beckys Haare sehen nach dieser Pflege *phantastisch* aus. Ihr wisst ja, wir haben eine Webcam, ihr könnt euch also selbst davon überzeugen, wenn ihr wollt. Und jetzt wollen wir noch von Maddie hören, wie es läuft. Maddie will abnehmen und probiert den FatBusters-Kurs aus. Wann und wo der stattfindet, steht übrigens auf unserer

Website. Also, Maddie, wie bist du vorangekommen im Kampf gegen die Pfunde?»

Ich wusste ja, dass die Frau unsensibel war, aber es bestand doch wirklich kein Grund, Maddie vor allen Leuten so zu demütigen. Es gab eine quälende Pause – tatsächlich nur wenige Sekunden, aber lange genug, um den Atem anzuhalten. *Los, Maddie*, redete ich ihr zu. *Gib's ihr, das kannst du auch!*

«Ich war erst etwas nervös wegen dieses Kurses», hörte ich sie sagen. Sie klang jetzt panisch, nicht nur «ein bisschen nervös». «Es war mir ... unangenehm, ich wollte nicht, dass alle mich angucken. Aber weißt du was? Ich hab es genossen. Es waren alle so freundlich, alle unterstützen sich gegenseitig. Und ich hab schon zwei Pfund abgenommen.»

«Weiter so, Mädchen!», schrie Collette. «Dann hast du jetzt also zwei weniger – und wie viele Pfunde sollen noch purzeln, Maddie?»

Diese böse alte Hexe. Das war einfach nur gemein. So etwas Privates fragte man eine Frau doch nicht im Radio. Das machte man einfach nicht.

Ich konnte fast hören, wie Maddie mit den Zähnen knirschte. «Sagen wir einfach, ein paar noch, Collette», brachte sie heraus, ziemlich cool, fand ich, angesichts der Umstände. «Aber ich bin auch Mitglied in einem Fitnessstudio geworden, und nach einem etwas unglücklichen Start trainiere ich da jetzt richtig gern. Ja, ich bin übergewichtig», sagte sie und klang, als wäre sie jetzt ganz bei sich. «Ja, ich hab mich über die Jahre gehenlassen – ich bin eine berufstätige Mutter und versuche Arbeit, Kinder, Haushalt und alles andere unter einen Hut zu kriegen. Mich um mich selbst zu kümmern stand dabei nicht gerade an erster Stelle, das stimmt. Aber ich bin jetzt bereit, das zu ändern. Diesmal werde ich es durchziehen.»

Jippieh, Maddie! Ich hätte ihr am liebsten laut zugejubelt. Sie hatte es so würdevoll gesagt, war so ruhig geblieben, als Collette so unangenehm wurde. Die Antwort schien selbst Collette etwas aus der Fassung zu bringen.

«Okay», sagte sie etwas zögerlich. «Gut ... das ist ja schön für dich, Maddie. Und wenn *sie* das schafft, schafft ihr da draußen das auch! Ruft an und verratet uns eure Diät- und Fitnesstipps oder eure Schönheitsgeheimnisse. Wenn ihr irgendwas beizutragen habt zu unserer Macht-Birmingham-schön-Kampagne, ruft an. Hier kommt der neue Song von Will Young. In fünf Minuten hören wir uns wieder.»

Ich lächelte, als die Musik aus den Lautsprechern kam. Maddie hatte sich super geschlagen! Und Gott sei Dank hatte Collette nicht gesagt, von Maddie seien auch Fotos auf der Website, die alle begaffen konnten. Ich nahm mein Handy und schickte Maddie eine SMS:

> Super gemacht, DJane! Das klang klasse, genial.
> Bin stolz auf dich!

Dann schickte ich auch noch eine SMS an den Sender.

> Wollte nur sagen, «Weiter so, Maddie.» Ich bin auch auf Diät, und es war toll, jemanden so überzeugt darüber reden zu hören. Birmingham steht hinter dir, Maddie!

Ich war wirklich stolz auf sie. Und als Patrick wiederkam und mir die Wahl ließ zwischen einem Magnum (weiße Schokolade) und einem Erdbeer-Split, nahm ich das Erdbeer-Split und war auf mich selbst auch ziemlich stolz.

Ich dachte gerade, dass sexy Joe mich a) ignorierte, b) das Land verlassen hatte oder, am allerschlimmsten, c) mit einer wunderschönen Tussi durchgebrannt war und die Dienste der Agentur nicht mehr brauchte, als zu guter Letzt doch noch eine E-Mail kam. Ping!

> Von: Joe Smith
> An: Lauren@LoveHearts
> Re: Party time!
>
> Danke, komme gern. Joe.

Ja!

Okay, er hatte offensichtlich nicht so lange über die Nuancen und den Flirtquotienten seiner Worte nachgedacht wie ich, aber wen interessierte das? Schließlich war er ein Kerl, und Taten sagten mehr als Worte. Und vor allem kam er zu dem Speeddating-Abend. Jippieh! Das würde toll werden!

8. Augenstern

Maddie

Mein Schatz! Ich hab dich heute im Radio gehört, du warst wunderbar! So klar und eloquent! Ich hab mich schon gefragt, ob du dich beruflich umorientierst.»

Ich konnte ein Kichern nicht unterdrücken, als ich am Telefon diesen Wortschwall meiner Mom hörte. Ich war gerade von der Arbeit gekommen und, um ehrlich zu sein, selbst ziemlich zufrieden damit, wie die Sendung gelaufen war, trotz des kleinen Aussetzers am Anfang. «Danke, Mom», sagte ich. «Als ich erst mal angefangen hatte, hab ich es richtig genossen.»

«Das hab ich gemerkt! Du klangst so leidenschaftlich, so entschlossen. Wie schön für dich, Schätzchen. Wenn du so weitermachst, wirst du diese schreckliche Collette bald ablösen.»

Ich lachte. «Das glaub ich nicht», sagte ich. «Als ich das erste Mal ins Mikro sprechen musste, ist mir richtig übel geworden. Ich kriege jetzt schon hektische rote Flecken, wenn ich an das nächste Mal denke. Diese Kampagne soll den ganzen Sommer über dauern, hat sie gesagt. Ich glaube ja, das ist ihre Methode, umsonst an Kosmetikartikel zu kommen. Jedenfalls ...» Ich zögerte und überlegte, ob ich ein bisschen prahlen sollte. Ja, beschloss ich – wenn man sich vor seiner eigenen Mutter nicht selbst loben durfte, wo dann? «Es hat ein ganz gutes Feedback gegeben. Ein paar Hörer haben sogar angerufen und E-Mails geschickt und mir alles Gute gewünscht und nette Sachen über das Interview gesagt. Das hat mich echt gefreut.»

«Du hast es verdient», sagte Mom. «Du hast so professionell geklungen. Und ehrlich gesagt: Ich war wahnsinnig wütend auf Collette – wie die mit dir geredet hat! Ich glaub, wenn ich die mal in der Stadt treffe, kann ich mich nicht zurückhalten, dann verpass ich ihr eine Ohrfeige.»

«Mom!», sagte ich streng, obwohl ich die Idee eigentlich ziemlich gut fand. Das nächste Mal, wenn Collette anfing auszuteilen, würde ich einfach sagen, *Wart nur, bis ich das meiner Mom erzähle. Die verprügelt dich!* «Wie geht es dir denn?», fragte ich. «Warst du wegen deiner Kopfschmerzen beim Arzt?»

«Oh, mir geht's gut», sagte sie sofort. «Du setzt mir ja genauso zu wie Gerald wegen dieser Sache. Dabei ist das wirklich kein Grund zur Sorge. Wie geht's den Kindern? Haben sie schon Ferien, oder ist morgen noch Schule?»

Meine Mutter war furchtbar – wenn sie über etwas nicht reden wollte, schlug sie unfassbare Haken. Deshalb ignorierte ich den unverfrorenen Themenwechsel einfach.

«Mom, bist du *sicher*, dass es dir gutgeht?», insistierte ich. Wenn Gerald sie auch drängte, zum Arzt zu gehen, dann musste es etwas Ernstes sein, denn Gerald lebte normalerweise in seiner eigenen Welt und bekam kaum mit, wie es den anderen ging oder was sie machten.

«Nur ein kleiner Magen-Darm-Infekt, nichts Schlimmes», sagte sie entschieden. «Als ich heute deine Stimme im Radio gehört habe – das hat mir so einen Auftrieb gegeben, dass es mir schon viel besser geht.»

«Hmmm», sagte ich, immer noch nicht ganz überzeugt. Von

einem Magen-Darm-Infekt hörte ich zum ersten Mal. «Aber du lässt es ruhig angehen, in Ordnung? Versprochen?»

«Schätzchen, mir geht es gut», sagte sie gereizt. «Jetzt lass mich damit mal in Ruhe. Vergiss mich einfach und hab einen schönen Urlaub. Hoffentlich hält sich das Wetter. Und wenn ihr wieder da seid, kommt ihr alle zu mir zum Essen.»

«Das machen wir», sagte ich und war in Gedanken schon bei den Wäschebergen, die ich bis Samstagmorgen noch sortieren und packen musste. Morgen war der letzte Schultag, und wir fuhren für zehn Tage nach Süd-Wales. «Pass auf dich auf, Mom, bis bald.»

«Bis bald, Schätzchen», sagte sie. «Und, Maddie», fügte sie schnell hinzu, als ich schon fast aufgelegt hatte, «Ich habe dich sehr lieb. Tschüs.»

Ich legte das Telefon mit dem mulmigen Gefühl beiseite, dass irgendwas nicht stimmte. Allerdings hatte ich noch so viel zu erledigen, bevor wir in den Urlaub fuhren, dass ich keinen klaren Gedanken fassen konnte. Aber ich sollte recht behalten. Es stimmte tatsächlich etwas nicht.

Wir hatten ein Ferienhaus in Mumbles gebucht, und ich freute mich schon seit Ewigkeiten darauf. Manchmal machte mich der Alltag wirklich fertig, und ich war so beschäftigt damit, zu waschen und zu putzen und mich um meine Arbeit und um die Kinder und die Schule zu kümmern, dass die guten Seiten des Familienlebens etwas ins Hintertreffen gerieten – Zeit miteinander verbringen, dumme Insider-Witze machen, die zu *running gags* werden, beobachten, wie aus unseren kleinen Kindern große nette Kinder werden, und mich daran freuen, wie viel Glück ich eigentlich habe.

Das Häuschen war winzig und ziemlich baufällig, aber es hatte einen niedlichen sonnigen Garten und einen kleinen Schuppen, in dem wir ein Swingball-Set entdeckten. Paul und ich saßen am ersten Nachmittag in unseren Liegestühlen, hielten Händchen und sahen Ben und Emma dabei zu, wie sie lachten und Witze darüber machten, dass sie diesen Sommer Swingball-Meister werden würden. Am perfekten blauen Himmel ging langsam die Sonne unter, und ich merkte, wie mich das Glück überkam. Der ganze Stress – Arbeit, Schulwettrennen, Abnehmen – schien sich plötzlich von meinen Schultern zu erheben und sich in der warmen Abendluft aufzulösen. Wir hatten jetzt ganze zehn Tage Ferien – ich war selig.

Ich hob mein Glas mit Cola light in Pauls Richtung und lächelte ihn an. «Cheers», sagte ich. «Ich glaube, das werden wunderbare Ferien.»

Und so war es auch – zunächst. Wir verbrachten zwei wunderbare Tage am Strand, die Kinder waren ständig im Wasser und ganz selbstsicher geworden, weil sie unter den Wellen hindurchtauchen und sich vom Bodyboard wieder an den Strand tragen lassen konnten.

Dann, am Dienstag, goss es den ganzen Tag in Strömen.

«Die Ferien sind vorbei», witzelte Paul und schüttelte sich wie ein Hund, nachdem er morgens im Laden an der Ecke die Zeitung geholt hatte. «Das war's, wir hatten unsere Ration Sonne.»

Zwei Minuten später klingelte mein Handy. Anrufer unbekannt. «Hoffentlich niemand von der Arbeit», sagte ich und ging ans Telefon. «Hallo?»

«Maddie, hier ist Gerald.» Er klang seltsam. «Ich hab leider schlechte Nachrichten.»

Ich hatte gerade ein riesiges 1000-Teile-Puzzle rausgeholt, auf dem ein Landhaus zu sehen war, das ich mit den Kindern machen wollte, und bei seinen Worten bekam ich so einen Schreck, dass ich es schaffte, die Kiste auf den Boden zu schmeißen, sodass die Teile überall verstreut lagen.

Eine Sekunde lang konnte ich kaum sprechen, solche Angst hatte ich. «W-was ist denn? Ist was mit Mom?»

«Ja.» Es knackte in der Leitung, und ich presste das Telefon fester ans Ohr.

«Es tut mir so leid, dass ich dir das am Telefon sagen muss, aber ... es gibt keine gute Art, das zu sagen. Setz dich, Maddie. Es sind schlechte Nachrichten. Anna liegt im Krankenhaus. Sie hat einen Anfall gehabt, und jetzt machen sie ein paar Untersuchungen.»

«Einen Anfall?», wiederholte ich. «Was denn für einen Anfall?» Meine Beine wurden schwach, und ich sank in einen Sessel.

«Sie musste sich in den letzten Tagen ständig übergeben, und heute Morgen hat sie ... sie hat am ganzen Körper gezittert und das Bewusstsein verloren. Ich hab einen Krankenwagen gerufen, und jetzt sind wir im Queen-Elizabeth-Krankenhaus. Sie ist wieder bei Bewusstsein, aber ...»

«O Gott», sagte ich. «War es ein Schlaganfall? Hatte sie einen Schlaganfall?»

«Ich weiß es nicht», sagte er. «Sie haben ein EEG gemacht, und jetzt machen sie einen Gehirn-Scan –»

«O Gott», sagte ich nochmal. Ich hatte das Gefühl, in ein Loch zu fallen, immer tiefer. «O Gott.»

«Ich weiß, ihr seid im Urlaub, aber ich dachte, du solltest es wissen», sagte er. Er klang panisch.

«Danke. Ich mache mich gleich auf den Weg», sagte ich mit rauer Stimme, ich hatte das Gefühl, gleich ohnmächtig zu werden. «Ich komme, so schnell ich kann. Sag ihr, dass ich sie liebe. Sag ihr, dass ich komme.»

«Das mache ich», antwortete er.

Danach schien alles zu verschwimmen. Ich weinte und zitterte und war kaum in der Lage, Paul zu erklären, was Gerald gesagt hatte. Ich erinnere mich, dass ich auf dem Boden rumkroch, um die Puzzleteile einzusammeln, und dabei das Gefühl hatte, es sei sehr wichtig, absolut alle zu finden. Emma setzte sich neben mich und versuchte mich zu trösten, indem sie ihre kleinen Ärmchen um mich legte, aber ich nahm es kaum wahr. Ich sah die ganze Zeit Mom vor mir, meine superelegante, glamouröse und schöne Mutter, die einen Schlaganfall hatte und ins Krankenhaus gebracht wurde. Die Vorstellung, welche Angst und welche Schmerzen sie gehabt haben musste, war unerträglich.

Paul nahm die Dinge in die Hand. Er war wunderbar. «Lass die Puzzleteile liegen», sagte er zu mir, «das ist nicht wichtig. Wir packen jetzt ein paar Sachen zusammen und machen uns auf den Weg.»

Ben weinte auch. «Wird Granny sterben?», fragte er betroffen.

«Deine Granny ist aus hartem Holz geschnitzt», sagte Paul beruhigend. Aber die Angst in seinen Augen strafte seine Worte Lügen. «Komm», sagte er und nahm meine Hand. «Dann wollen wir dich mal zu ihr bringen.»

Es regnete auf dem ganzen Rückweg nach Birmingham – die Autobahn war ein einziges graues Elend, die Scheibenwischer quietschten hektisch hin und her, und die Autos kamen auf der nassen Straße ins Rutschen. Ich konnte nicht aufhören zu zittern, und in meinem Kopf war ein Durcheinander aus Gebeten und Hoffnungen. *Gott, bitte mach, dass es ihr gutgeht.*

Ich konnte mir nicht vorstellen, dass sie mal nicht mehr da sein würde – sie hatte mir immer alles bedeutet. Seit mein Dad abgehauen war, hatte es uns beide und den Rest der Welt gegeben. Sie war meine beste Freundin und Vertraute, der eine Mensch, der wirklich immer auf meiner Seite war. Es *musste* ihr gutgehen, es durfte einfach nicht anders sein. Ich hatte gewusst, dass sie nicht ganz auf dem Damm war, weil sie diese Kopfschmerzen hatte, aber dies hier klang sehr viel ernster. Ich mochte gar nicht daran denken, was die Ärzte sagen würden.

«Da sind wir», sagte Paul, als wir vor dem Krankenhaus hielten.

Ich blinzelte. Ich hatte noch nicht mal bemerkt, dass wir die Autobahn verlassen hatten. «Gut», sagte ich und versuchte mich zusammenzureißen. Ich musste stark bleiben, um meiner Mutter willen; ich durfte nicht zeigen, was für eine Angst ich hatte.

Paul setzte mich vor der Aufnahme ab und machte sich auf die Suche nach einem Parkplatz. «Ich bin so schnell ich kann wieder bei dir», sagte er. Ich nickte. Ich stand im Regen und fühlte mich wie in einem schrecklichen Traum. Bestimmt würde ich jeden Moment schweißgebadet aufwachen und bekam mein altes Leben zurück, in dem solche Dinge nicht passierten.

Ich wartete einen Moment, aber alles blieb, wie es war. Ich betrat das Krankenhaus und versuchte meinen Mut zusammenzunehmen. *Es wird alles gut*, sagte ich mir. *Alles wird gut*.

«Was haben sie gesagt, Mom?» Ich nahm ihre Hände – ihre schönen, wohlgeformten Hände, die über ihr tatsächliches Alter hinwegtäuschten. «Und jetzt erzähl mir nicht wieder diesen Mir-geht's-gut-Mist. Sag es mir einfach.»

Ihre Augen glänzten nicht so wie sonst. Sie wirkte gequält und blass, als wir uns auf die Plastiksitze im Wartebereich vor irgendwelchen Untersuchungszimmern setzten. Sie hielt sich sehr aufrecht, als sie sprach. «Ich bin praktisch ein Nadelkissen, mein Schatz, so viele Bluttests haben die gemacht», sagte sie und zeigte mir die kleinen rosafarbenen Pflaster auf ihren Armen. «Aber ich glaube, dieses Geduldsspiel müssen wir noch eine ganze Weile spielen. Die Ergebnisse von dem Gehirn-Scan werden an Dr. Brooks geschickt, und die meldet sich dann bei mir.» Sie zuckte die Achseln. «Ein paar Tage oder zwei Wochen … wer weiß.»

Ich hatte das Gefühl, dass sie etwas für sich behielt. «Aber … was glauben die denn, was mit dir nicht stimmt? Was hat den Anfall ausgelöst?»

Sie sah auf ihre Hände hinunter, die mit meinen verschränkt waren, und zögerte. Als sie gerade den Mund öffnete, um zu antworten, hörte ich Stimmen, und Paul und die Kinder kamen um die Ecke.

«Da bist du ja», sagte Paul. «Wie geht es dir, Anna?» Ben beäugte Mom zögernd, aber Emma ging direkt auf ihre Großmutter zu und umarmte sie. In meinen Augen kribbelten Tränen, als ich bemerkte, wie zärtlich sie ihre Arme um Moms Hals legte – Lichtjahre entfernt von den wilden, festen Gleich-zerquetsch-ich-dich-Umarmungen, die ich sonst von ihr kannte.

Mom sah Paul in die Augen. «Es geht mir schon besser», sagte sie. «Aber ich fühle mich schrecklich, weil ich euren Urlaub ruiniert habe. Es war sehr ungezogen von Gerald, euch anzurufen und hierherzuholen. – Es ist Geralds Schuld», fügte sie, immerhin mit einem Anflug ihres üblichen Zwinkerns, hinzu. «Die armen Kinder», sagte sie, tätschelte Emmas Rücken und lächelte Ben an. «Ganz schöne Nervensägen, Granny und Gerald, nicht?»

«Komm, wir bringen dich nach Hause, Mom», sagte ich. «Dann kannst du für heute in deinem eigenen Bett die Nervensäge spielen. Du siehst müde aus.»

Ausnahmsweise widersprach sie mir nicht. Und das war ein wirklich *sehr* schlechtes Zeichen, fand ich.

Mom wollte, dass wir direkt zurück nach Wales fuhren, aber ich konnte den Gedanken nicht ertragen, so weit von ihr entfernt zu sein. Schließlich beschlossen wir, dass Paul mit den Kindern wieder zurückfuhr und dass ich blieb, um ein Auge auf meine Mutter zu haben.

«Bist du immer noch sicher, dass wir fahren sollen?», fragte Paul am nächsten Morgen und reichte mir eine Tasse Kaffee.

Ich nippte dankbar daran; ich hatte kaum geschlafen. «Na ja, du hast Urlaub, und es ist alles bezahlt ... Es wäre doch blöd, das sausenzulassen», sagte ich standhaft. «Und wir müssen ja auch nicht alle hier rumhängen. Mom würde es dir sicher auch nicht danken.»

«Hm ... na gut», sagte er zweifelnd. «Aber wenn du deine Meinung änderst und Unterstützung brauchst – wir sind nur ein paar Stunden entfernt. Du brauchst nur was zu sagen, dann kommen wir wieder, okay?»

«Okay», sagte ich und versuchte, fröhlich und optimistisch zu klingen. «Danke, Liebling. Wahrscheinlich geht es ihr schon wieder besser, aber ... ich möchte einfach in ihrer Nähe sein.»

Und so fuhren Paul, Ben und Emma eine Stunde später wieder nach Wales, und ich ging schnurstracks zu Mom. Gerald kam an die Tür, er sah hohläugig und abgemagert aus und sagte, Mom liege mit starken Kopfschmerzen im Bett und wolle nicht gestört werden. Ich fragte, ob ich irgendwelche Besorgungen für sie machen solle, aber er sagte, er habe sich schon eingedeckt. Plötzlich fühlte ich mich überflüssig.

Ich ging wieder nach Hause und fragte mich, was ich machen sollte. Ich war es nicht gewohnt, mir selbst überlassen zu sein.

Normalerweise war mein Leben so geschäftig, so hektisch – ich jonglierte immer mit mehreren Dingen gleichzeitig, erledigte eine Pflicht nach der anderen. Als ich wieder an unserer Haustür ankam, war mir plötzlich zum Heulen zumute, ich fühlte mich einsam und konnte nicht aufhören, ans Essen zu denken. Ich wollte so gern zum Trost etwas essen – stapelweise Toast, ein dickes Stück Kuchen, Schokoladenkekse ... Komisch – gestern, als alles so stressig gewesen war, hatte ich kaum ans Essen gedacht, aber jetzt hatte ich nichts anderes im Kopf.

Vor meinem inneren Auge erschien Alison, die FatBusters-Frau, die warnend mit dem Finger wedelte. Ich stöhnte laut, solche Gewissensbisse hatte ich. Ich wusste, dass ich mich jetzt nicht vollstopfen sollte – ich hatte ja gar keinen Hunger. Aber, aber, aber ... ich wollte so gern, ich brauchte ein bisschen Auftrieb ...

Im allerletzten Moment, die Hand schon am Lebensmittelschrank, fielen mir meine Diät-Freundinnen ein. *Wen ruft ihr an? Die Diät-Freundinnen!*

Ich lächelte halbherzig, als ich mir vorstellte, wie Jess und Lauren in grellen Lycra-Supermankostümen angeflogen kamen, um mich zu retten und meine geheimen Kalorienbomben zu konfiszieren. Konnte ich sie anrufen? Ich zögerte. Lauren hatte mir neulich eine sehr nette SMS geschickt, als ich im Radio gewesen war, und ich hatte mich wirklich gefreut, von ihr zu hören. Aber sie hatte manchmal so was ... na ja, so was leicht Aggressives. Ich war zu verletzlich und weinerlich, um jetzt mit so was umgehen zu können.

Aber Jess war damals im Café vom Fitnessstudio so nett zu mir gewesen. Ich biss mir auf die Lippe und war ganz schüchtern, als ich mein Telefon hervorholte. Wahrscheinlich arbeitete sie und war gerade beschäftigt. Aber ... ach, was soll's. Wenn es mich davon abhielt, die Schokoladenkekse aufzuessen, war es einen Versuch wert.

Ich verließ die Küche und rief sie an. Jess ging nach dem dritten Klingeln dran.

«Hallo?»

«Hallo, Jess, hier ist Maddie, von FatBusters. Ähm ...»

«Oh, hallo, Maddie, alles okay bei dir? Ich dachte, du wärst im Urlaub?»

«Nein, ich ... ich bin früher zurückgekommen. Ich stör dich doch nicht, oder? Passt es dir gerade?»

«Ja, klar, ich mach gerade Pause – passt sehr gut. Und, wie geht's dir?»

«Ach ... nicht so gut», sagte ich unumwunden. «Meiner Mutter geht es nicht gut und ... na ja, ich rufe an, weil ich gerade ein kleines Fressgelage veranstalten wollte, um mich ein bisschen aufzumuntern. Ich hatte gehofft, dass Diät-Freundin Nummer eins mir helfen kann.»

«Oh, Maddie!», sagte sie so besorgt, dass ich am liebsten losgeheult hätte. «Das tut mir so leid mit deiner Mom. Aber ein Fressgelage hilft ja auch nicht. Fällt dir nicht vielleicht was anderes ein, was du machen kannst? Irgendwas, das nichts mit Essen zu tun hat?»

Ich seufzte. «Nein, irgendwie nicht», sagte ich. «Ich hab keine Lust, was im Haushalt zu machen, und fernsehen will ich auch nicht. Mir ist einfach nach was Leckerem zu essen.»

«Wie wär's mit einem Spaziergang?», schlug sie vor. «Da bekommst du einen klaren Kopf. Ist ein schöner Tag heute.»

«Wirklich?», sagte ich überrascht und sah aus dem Fenster. Ich hatte die strahlende Julisonne noch gar nicht bemerkt, die in unserem Garten lange Schatten warf. Ich hatte gedacht, es würde immer noch regnen, denn so fühlte ich mich. Ich seufzte.

Ich hatte auch keine Lust, einen Spaziergang in der Sonne zu machen. Dabei wurde mir nur heiß. «Vielleicht später», sagte ich halbherzig.

Jess zögerte, und plötzlich fühlte ich mich schrecklich, weil ich sie in die Rolle der Kummertante brachte. *Was sie als Nächstes vorschlägt, mache ich, egal was es ist,* beschloss ich. Schon damit die arme Frau entlassen war und weiter Pause machen konnte.

«Also, vielleicht ... hast du Lust herzukommen, und dann reden wir drüber?», sagte sie. «Meine Mittagspause beginnt um eins – wir könnten im Café einen Salat essen oder so. Du musst mir ja keine Einzelheiten erzählen, aber manchmal hilft es ja, Gesellschaft zu haben. Dann bist du jedenfalls weit weg von deiner Küche.»

Ich sah auf die Uhr. Es war erst halb elf. Ich war nicht sicher, ob ich bis eins durchhalten würde. Aber es würde den Tag ein bisschen einteilen. «Danke, Jess», sagte ich. «Das wäre wirklich schön. Bist du auch sicher, dass das okay ist? Ich will dir nicht die Zeit stehlen.»

«Das ist vollkommen okay», sagte sie so bestimmt, dass ich ihr glaubte. «Dann treffen wir uns um eins an der Rezeption.»

Ich legte auf. Zweieinhalb Stunden musste ich noch rumkriegen. Ich musste raus aus dem Haus, sonst würde ich schwach werden und mich vollstopfen. Mom wollte ich nicht belästigen – ich hatte Gerald gesagt, dass ich am Nachmittag wieder vorbeikommen würde, um zu sehen, wie es ihr ging. Nicole arbeitete sicher. Sie hätte zwar auf jeden Fall Mitgefühl, aber es würde heiße Schokolade mit Sahne geben und einen Keks, und genau deshalb versuchte ich mich, solange ich Diät hielt, von ihrem Restaurant fernzuhalten – zu viele leckere Versuchungen.

Dann hatte ich eine Idee. Es war ein Gedanke, der mir nie zuvor gekommen war. Ich würde ins *Fitnessstudio* gehen und ein bisschen trainieren, ehe ich Jess traf! Die Idee war so untypisch für mich, dass ich laut lachen musste.

Aber ich würde es machen. Mom würde total begeistert sein, wenn ich es ihr später erzählte, und das war auch ein guter Grund.

Jess war nett, als ich sie später traf, sie ermutigte und unterstützte mich – sie war ideal, um Dampf abzulassen, weil ich sie fast gar nicht kannte. Das Fitnessstudio hatte auch eine überraschend therapeutische Wirkung gehabt. So sehr sogar, dass ich an den folgenden Vormittagen auch hinging und meinen ganzen Frust an den Geräten ausließ. Mom lag immer noch mit schrecklichen Kopfschmerzen im Bett und lehnte hartnäckig jede Hilfe ab. Ich wollte helfen, aber ich konnte nicht viel für sie tun – und ich wusste, dass es sie nur wütend gemacht hätte, wenn ich ihr weiter zugesetzt hätte. Ich ging immer wieder bei ihr vorbei, aber normalerweise lag sie im Bett oder auf dem Sofa und fühlte sich zu schlecht, um sich zu unterhalten.

«Ich hab Angst», sagte ich eines Abends am Telefon zu Nicole. «Ich hab sie noch nie so gesehen, sie war immer so ... gut beieinander. Es ging ihr immer so gut. Und jetzt ist sie ganz matt und so krank, dass sie sich kaum aufsetzen und mit mir sprechen kann.»

«Scheiße», sagte Nicole. «So kann ich sie mir gar nicht vorstellen. Und das Krankenhaus hat immer noch keine verbindlichen Untersuchungsergebnisse? Was haben die denn gesagt?»

«Also, sie haben gesagt, dass das Blutbild ‹eine Unregelmäßigkeit› aufweist, was auch immer das heißen mag, aber dass es nicht ausgeprägt genug ist, um eindeutige Schlüsse zu ziehen. Wir müssen einfach warten. Es ist furchtbar.»

«Das kann ich mir vorstellen, Süße», sagte sie mitfühlend.

«Wenn ich etwas tun kann, brauchst du mich nur anzurufen, das weißt du ja. Wenn ich was besorgen soll oder euch beide rumfahren – ich mach alles.»

Als unsere Hausärztin in der nächsten Woche anrief und Mom bat zu kommen, damit sie über die Untersuchungsergebnisse sprechen konnten, war ich schon fast an dem Punkt, an dem ich es nicht mehr wissen wollte, so große Angst hatte ich vor der Diagnose. «Ich bring dich in die Praxis», sagte ich. «Keine Widerrede. Ich weiß, du willst alles allein machen, aber Pech. Diesmal komm ich mit.»

Einen Moment lang sah sie aus wie ein schlechtgelaunter Teenager, ich erwartete schon, dass sie mit dem Fuß aufstampfen und eine Diskussion vom Zaun brechen würde, aber stattdessen verdrehte sie die Augen, in denen sogar ein Funken von ihrem alten Humor aufblitzte. «Seit wann bist du denn so diktatorisch», murrte sie, wirkte aber auch erleichtert. «Dann bring mich eben, wenn du unbedingt willst.»

Als wir ins Sprechzimmer von Dr. Brooks kamen, sah ich ihrer Miene an, dass es etwas Ernstes war. Dr. Brooks war ungefähr in meinem Alter, schlank und langgliedrig, mit frechem Pony und scharfsinnigen Augen. Heute allerdings waren diese Augen voller Kummer, und ihre Lippen bildeten eine seltsame Linie. *O Gott*, dachte ich, als ich mich hinsetzte. *Es ist richtig schlimm.*

«Hallo, Anna, hallo, Maddie», sagte Dr. Brooks und holte tief Luft. «Es tut mir leid, ich habe schlechte Nachrichten», sagte sie ohne Umschweife. «Die CT-Ergebnisse zeigen, dass Sie in der rechten Hälfte Ihres Gehirns einen Tumor haben. Es ist ein ziemlich großer Tumor – etwa so groß wie ein Apfel. Und der hat am Montag den Anfall ausgelöst, und deshalb haben Sie in letzter Zeit unter Übelkeit und schlimmen Kopfschmerzen gelitten.»

Mom sagte nichts. Genauso wenig wie ich. Die Worte hallten

in meinem Kopf nach, und es dauerte ein paar Sekunden, bis ich sie verstand.

«Ein Tumor ... dann ist es *Krebs?*», fragte ich. Ich fühlte mich leer und taub, als könnte ich meine Gefühle nicht verarbeiten. Dann übernahm die Angst. «O nein.» Ich nahm Moms Hände, Tränen in den Augen. «O nein, Mom.»

«Ich weiß, es klingt beängstigend», fuhr Dr. Brooks ruhig fort, «aber ein Hirntumor ist nicht unbedingt ein Todesurteil. Das Krankenhaus möchte gerne, dass Sie heute Nachmittag kommen und noch ein paar Tests machen, bevor Sie sich für eine Therapie entscheiden.»

«Was für Tests?», brachte ich heraus. Mein Herz klopfte wie verrückt. «Was für eine Therapie?»

Sie schonte uns nicht. «Die Tests sollen ermitteln, ob der Tumor der Primärtumor ist – ob die Krebszellen also dort ihren Ursprung haben – oder ob der Krebs woanders herkommt und ins Gehirn gestreut hat», antwortete sie. «Wenn in Ihrem Körper noch weitere Tumoren entdeckt werden, Anna, wird das Auswirkungen auf die Behandlung haben. Deshalb müssen die Sie sich nochmal genau angucken, so schnell wie möglich.»

Mom hatte immer noch nichts gesagt, ihr Gesicht war eine Maske, die kein Gefühl verriet. «Danke, Dr. Brooks», sagte sie höflich.

Meine Mom. Die Diagnose kam direkt aus der Hölle, und sie gab die Vorstellung ihres Lebens.

Danach wurde alles noch schlimmer. Um es kurz zu machen: Nach einer quälend langen Wartezeit ergaben das CT und der Ultraschall, dass der Tumor in ihrem Gehirn zwar der Primärtumor war, dass sich aber «Schatten» auf ihrer Lunge befanden, was hieß, dass eine Bronchoskopie gemacht werden musste. Und als diese Ergebnisse da waren, zeigte sich, ja, auch hier fanden sich Krebszellen. Die Diagnose kam spät. Sehr spät. Wenn sie es eher entdeckt hätten, hätten sie ihr Gehirn operieren und den Krebs daran hindern können zu streuen, aber jetzt … Jetzt schien es nicht mehr viel Hoffnung für sie zu geben.

Sie starb, ich wusste es einfach. Es gab kein Zurück. Meine fabelhafte, lebhafte Mutter wurde vom Krebs aufgefressen, und es gab nichts, was ich dagegen tun konnte.

9. Einladungen

Jess

«Und, ist alles vorbereitet für den großen Tag?», fragte ich, als ich wieder ins Zimmer kam. Francesca lag mit dem Gesicht nach unten auf dem Massagetisch, ihre goldenen Haare waren mit einem Haargummi zusammengebunden, die Schultern waren nackt, ein dickes blaues Handtuch bedeckte ihren Körper.

Ich brauchte eigentlich nicht zu fragen, denn es war offensichtlich, dass sie vor Aufregung und Glück fast übersprudelte – ich hatte es an ihren Augen und dem Hundert-Kilowatt-Lächeln gesehen, das sie mir zugeworfen hatte, als ich sie von der Rezeption abgeholt hatte. Sie schien ein vollkommen anderer Mensch zu sein als die verkrampfte, angespannte Frau, die vor ein paar Wochen vor mir gesessen und Stress mit ihren Hochzeitsvorbereitungen gehabt hatte.

«Ich kann es überhaupt nicht erwarten», sagte sie, als ich das energiespendende Orangen-Ingwer-Öl zwischen meinen Händen verrieb. «Ich kann überhaupt nicht glauben, dass es morgen so weit ist. Nach so langer Zeit – nach so viel Arbeit, so viel Planung – werde ich tatsächlich Mrs. McCarthy ...» Ihr Kopf war von mir abgewandt, aber ich konnte hören, dass sie lächelte, als sie das sagte. «Morgen um diese Zeit haben wir schon unsere Eheversprechen gegeben und sind Mann und Frau ... oooohh!»

Ich begann mit der Massage und strich leicht mit beiden Händen über ihren Rücken und ihre Schultern, bis ihre Haut vor Öl glänzte. Es war ja schön zu hören, dass jemand glücklich war – ich hatte bisher einen schrecklichen Morgen gehabt. Als Allererstes hatte Louisa mich zu sich gerufen und doch tatsächlich mit mir geschimpft, weil ich dem Image des Salons schaden würde.

«Das geht so nicht, Jess», sagte sie. «Solange du die Uniform trägst, bist du ein Aushängeschild des Salons. Du musst immer professionell aussehen, jede Minute – und das heißt, dass du nicht heulend mit dem Telefon am Ohr rumrennen kannst. Reiß dich doch mal zusammen, um Himmels willen!»

Es war wie eine Ohrfeige. Kein «Ist alles in Ordnung, Jess?»; kein «Tut mir leid, dass du neulich so traurig warst, kann ich dir irgendwie helfen, Jess?» Nicht, dass ich ihr irgendwas Privates erzählt hätte, aber, na ja ... ich hätte mich über die Frage gefreut. Wahrscheinlich hatte Louisa an dem Tag geschwänzt, als bei ihrer Ausbildung «Einfühlsames Verhalten gegenüber Kunden und Kollegen» auf dem Stundenplan stand. Sie war ungefähr so einfühlsam wie George Bush.

«Tut mir leid», murmelte ich in der Hoffnung, so schnell wie möglich wieder gehen zu können.

«Ja, das sollte es auch», sagte sie. Sie kräuselte ihre zu dünnen, zu glänzenden Lippen und sah mich aus lächerlich überschminkten Augen von oben bis unten verächtlich an. «Ich kann es dir genauso gut jetzt schon erzählen», sagte sie. «Karen weiß nicht, ob sie nach ihrer Babypause zurückkommt; wenn nicht, werde ich ihre Position übernehmen. Und wenn ich hier die Chefin bin, dann werde ich ein bisschen frischen Wind in die Bude bringen. Und dann fliegen als Erstes die Faulpelze.»

«Ich bin kein Faulpelz!», protestierte ich. «Ich arbeite wirklich ...»

«Arbeit ist nicht alles», unterbrach sie mich und stieß einen roten Fingernagel in meine Richtung. «Es zählt auch das Image. Und gerade im Moment ...» Schon wieder dieser höhnische Blick, als wäre ich das abscheulichste Wesen der Welt. «Sagen wir einfach, du bist nicht gerade das beste Aushängeschild, wenn man ans Geschäft denkt, Jessica.»

Ich versuchte ihre gehässigen Bemerkungen abzuschütteln und mich auf Francescas Massage zu konzentrieren. «Und, wie sind die Pläne für morgen?», fragte ich sie heiter. «Ich möchte alles ganz genau wissen.»

«Also», fing sie an, «um acht kommt der Friseur, um mir und meinen Schwestern die Haare zu machen ...»

Ich ließ sie reden und reden, während ich ihre Schultern knetete. Louisa mochte mich nicht, das war offensichtlich. Und wenn sie hier dauerhaft die Chefin wäre, würde sie mir das Leben noch unerträglicher machen. Wahrscheinlich würde sie mich degradieren, mir nur die simpelsten Aufgaben übertragen und mich auf diese Weise langsam fertigmachen. Ich wollte nicht, dass das passierte. Ich durfte es nicht so weit kommen lassen, vor allem, weil die Hochzeit ja bezahlt werden musste.

Francesca hatte *ihren* Hochzeitstag jedenfalls offenbar unter Dach und Fach. Die Haare, das Make-up, die Lieferung vom Floristen, das Auto ... Es klang, als wäre bis zur letzten Glasperle am Schuh der kleinsten Brautjungfer alles geplant. «Wahnsinn», sagte ich, als ich es schaffte, ein Wort dazwischenzukriegen. «Und jetzt warten Sie nur noch, dass es losgeht – das muss aufregend sein.»

Vielleicht hatte sie einen Hauch von Wehmut in meiner Stimme gehört, denn sie drehte ihren Kopf leicht in meine Richtung und sah mich an. «Und bei Ihnen?», fragte sie. «Sagten Sie nicht, Sie heiraten auch in diesem Jahr? Was machen Ihre Pläne?»

Ich zögerte. Ich wollte ihr nicht die Stimmung verderben, aber ich war auch noch nie gut im Lügen gewesen. «Also ... okay», sagte ich endlich vage. «Ich glaube allerdings, wir sind nicht ganz so organisiert wie Sie und Ihr künftiger Ehemann. Wir haben noch nicht mal die Einladungen verschickt.»

«*Wirklich?*» Sie klang schockiert. Geradezu panisch. «Und wann wollten Sie nochmal heiraten ... tut mir leid, ich weiß es nicht mehr genau, aber war das nicht vor Weihnachten?»

«Ähm ... ja», sagte ich. «Hoffentlich.» Ich zwang mich zu lachen und wechselte das Thema. «Und haben Sie auch schon für die Hochzeitsreise gepackt? Geht es direkt nach dem Fest los?»

Als sie von dem Luxushotel erzählte, das sie für die Hochzeitsnacht gebucht hatten – mit Himmelbett und eigenem Balkon –, nagte der Neid an mir. Ich sah das gestärkte weiße Bettzeug und das schicke Badezimmer vor mir und Braut und Bräutigam, die langsam ein paar Tanzschritte machten und sich dann auszogen und zum ersten Mal als Ehemann und Ehefrau miteinander schliefen. Ich hätte am liebsten geheult. Ich wollte das auch alles, ich wollte es so sehr.

Aber ein Blick auf meine engsitzende Uniform, die über der Brust spannte ... ein Blick auf mein fettes Ich reichte, um mich daran zu erinnern, dass damit in absehbarer Zeit nicht zu rechnen war. Ich hatte die ganze Woche Diät gehalten, hatte keinen einzigen Keks oder irgendwelches Knabberzeug gegessen, aber ich sah immer noch so pummelig aus wie vorher. *Es zählt auch das Image*, hatte Louisa gesagt. Ich wusste verdammt gut, dass sie damit meine Wampe und meine Tränen meinte. Ich fragte mich, ob ich die Kalorien falsch gezählt hatte. Wahrscheinlich. Ich war noch nie gut im Rechnen gewesen. Es würde Ewigkeiten dauern, bis ich diese Fettmassen los wäre.

Charlie hatte den Dezember vorgeschlagen, als er beschlossen hatte, die Hochzeit aufzuschieben. Aber jetzt hatten wir Ende Juli, und der Dezember kam immer näher. Würde Charlie die Hochzeit noch weiter aufschieben?

Nach der Massage ließ ich Francesca ein paar Minuten Zeit, damit sie sich ausruhen und anziehen konnte, dann brachte ich sie in unser Nagelstudio, um mit der Maniküre zu beginnen. Ich fühlte mich immer ein bisschen unter Druck, wenn es darum ging, einer Braut die Nägel zu machen. Ich wusste, dass der Fotograf jede Menge Fotos von den Händen machen würde, wegen des Eherings, also durfte ich es auf keinen Fall vergeigen.

Ich ließ ihre Hände für ein, zwei Minuten in einem Kokosmilchbad einweichen und fragte sie, welchen Farbton sie sich vorstellte. Sie sagte, sie wolle eine klassische French Manicure – immer eine gute Wahl für eine Braut –, und entschied sich für das blasse Rosa.

«Und wie sieht *Ihr* Kleid aus», fragte sie und lächelte mich über den Tisch hinweg an, während ich ihre Hände mit einem Handtuch trocken tupfte.

Ich biss mir auf die Lippe. Wir saßen uns direkt gegenüber, sahen uns ins Gesicht – es würde nicht so einfach sein, ihr auszuweichen oder etwas vorzumachen. «Ich habe noch gar keins gekauft», gestand ich. «Weil ...» Ich legte das Handtuch in den Wäschekorb und richtete ihre Hände auf dem gepolsterten Brett zwischen uns aus. Ich spürte, dass sie mich neugierig ansah. «Weil ... na ja, ich mache gerade eine Diät», sagte ich schließlich und wurde rot. Ich nahm eine ihrer Hände und begann die Nägel zu feilen, ohne ihr in die Augen zu sehen. «Ich hoffe, dass ich vor der Hochzeit noch ziemlich viel abnehme. Deshalb ...»

«Ahhh», sagte sie mitfühlend. «So geht es ja vielen künftigen Bräuten! Ich hab mehrere in meinen Kursen.»

«In Ihren Kursen?» Das interessierte mich.

«Ja», sagte sie. «Hab ich das noch nicht erzählt? Ich gebe Salsa-Kurse – abends, in der Stadt. Kommen Sie doch auch mal, wenn Sie Lust haben, das ist genau das Richtige, wenn man ein bisschen abnehmen will, und es macht wirklich Spaß.»

Ich zögerte. Der Gedanke, meinen dicken Hintern in einem Raum voller Tänzerinnen mit sexy Schlangenhüften zu schwingen, klang eher nach einer Tortur. «Ich hab's nicht so mit dem Tanzen», sagte ich und wurde noch röter.

Sie grinste. «Genau da kann ich Abhilfe schaffen.» Sie wühlte mit der freien Hand in ihrer Handtasche und zog eine Visitenkarte hervor. «Hier», sagte sie. «Ich bin zwar jetzt ein paar Wochen auf Hochzeitsreise, aber wenn Sie es mal ausprobieren wollen: Ende August bin ich wieder da. Die erste Stunde ist umsonst – als kleiner Dank für die aufmunternden Worte letztes Mal. Und bringen Sie Ihren Freund mit. Ich sag Ihnen, in meinen Kursen fliegen die Funken. Es kann *sehr* heiß werden!»

«Danke», sagte ich. Mein erster Gedanke war gewesen, *Ooooh nein, das ist nichts für mich*, aber als sie das über Charlie sagte, überlegte ich doch. Mir gefiel die Idee, dass wir ein gemeinsames Hobby hatten, für das wir auch noch aus dem Haus gehen mussten. Wir gingen kaum noch als Paar aus, was sicher daran lag, dass es ihm unangenehm war, mit Jessie-mit-den-fünf-Rettungsringen gesehen zu werden.

Aber das könnte Spaß machen, dachte ich und stellte mir vor, wie wir zusammen Salsa tanzten. Wir könnten es sogar als Übung für unseren ersten Tanz bei der Hochzeit betrachten! Plötzlich sah ich mich schlank und leichtfüßig, in einem roten Kleid, und Charlie in einem sexy Anzug, die oberen Hemdknöpfe offen, mit zurückgegeltem Haar. Er wirbelte mich hin und her, und ich glitt herum und wiegte mich und bewegte meinen winzigen, wohlgeformten Hintern ...

Ich lächelte Francesca zu. «Vielen Dank», sagte ich. «Das mache ich vielleicht.»

Als ich an diesem Abend mit der Arbeit fertig war, fühlte ich mich geradezu optimistisch. Ich hatte es geschafft, mich nicht weiter über Louisa zu ärgern, und musste immer wieder an Francesca denken. Ich fragte mich, wie es ihr jetzt ging, am Abend vor ihrer Hochzeit, bestimmt bebte sie innerlich vor Aufregung und Vorfreude. Seit Charlie unsere Hochzeit verschoben hatte, war ich immer ein bisschen traurig geworden, wenn ich an meinen eigenen großen Tag dachte, aber Francescas Heiterkeit hatte mich angesteckt, und jetzt war ich selbst wieder voller Vorfreude.

Ich werde dieses Jahr heiraten!

Ich werde meine Diät durchhalten, bis ich Größe 38 habe!

Ich werde mit Charlie zu dem Salsa-Kurs gehen, und wir werden uns neu ineinander verlieben!

Wenn wir verheiratet wären, würde zwischen uns alles besser laufen, davon war ich überzeugt. Ich würde lockerer werden und mir keine Sorgen mehr machen, dass er eine andere, bessere (also dünnere) Frau findet. Denn wenn man sich einmal die Ehe versprochen hatte, war man aneinander gebunden. Ab da würden wir miteinander glücklich sein, für immer.

Ja, ich war guter Stimmung. So guter Stimmung sogar, dass ich schnell badete, als ich nach Hause kam, und dann verführerische Unterwäsche und einen leichten Morgenmantel anzog. Ich kam vor Hunger fast um, schaffte es aber, nichts zu essen. Ich genoss das leere, hohle Gefühl in meinem Magen sogar. Leere war gut. Leere bedeutete, dass ich mich diszipliniert hatte.

I'm in the mood for love ... summte ich, als ich den Computer einschaltete. Dann suchte ich im Internet nach einer angemessenen Location für unsere Hochzeitsfeier. Es sollte perfekt sein: romantisch, persönlich ... und für ein Butterbrot zu haben. Nein, nicht für ein Butterbrot. Nicht ans Essen denken.

Ich vertiefte mich völlig in die Websites, las Ratschläge und wahre Geschichten, sah mir Fotos an und sog alle Einzelheiten auf: die Kleider, die Blumen, die Torten ... Ich wollte wissen, wie sich all die Bräute vor mir auf ihre Hochzeit vorbereitet hatten. Was waren ihre Geheimnisse?

Wir haben eine ganz schlichte Lösung gesucht und im Garten meiner Eltern ein Festzelt aufstellen lassen, hatte eine Frau geschrieben. Das war ja gut und schön, wenn man einen riesigen Garten auf dem Land hatte, aber für die meisten Leute kam es leider nicht in Frage. Wir konnten ja wohl kaum in dem winzigen Garten meiner Mutter ein Dreimannzelt aufstellen, und schon gar kein Festzelt für hundert Gäste.

Unser Budget war nicht so groß, deshalb haben wir im Ausland gefeiert, nur wir zwei, schrieb eine andere. Die Fotos dazu waren wunderschön – Strand im Sonnenuntergang, Braut und Bräutigam mit Blumengirlanden um den Hals, im Hintergrund Palmen, beide sahen sonnengebräunt und sorglos aus.

Ich stellte mir Charlie und mich vor, wie wir uns in die Augen sahen, ich in einem Stofffetzen von Bikini, mit einem flachen braunen Bauch, er in der Hawaii-Badehose, die er letzten Sommer in Bournemouth gekauft hatte. Der Gedanke, im Dezember ein bisschen Sonne zu tanken, war verlockend. Aber meine Mom würde es mir nie verzeihen, wenn sie bei meiner Hochzeit nicht dabei wäre, wir müssten dann noch ein zweites Mal in Birmingham feiern, also praktisch eine Doppelhochzeit – mit doppelten Kosten …

Ich sprang auf, als ich die Wohnungstür hörte und Charlie hereinkam. Er lächelte, ein Glück. Er war die ganze Woche über so mürrisch gewesen, dass ich immer ganz vorsichtig gewesen war in seiner Nähe. Sogar nervös. Aber heute Abend lächelte er. Ein gutes Zeichen. «Hallo, Babe», sagte er und ließ seine Jacke aufs Sofa fallen. Dann bemerkte er, dass ich im Morgenmantel dasaß. «Oh, hey, was ist denn mit dir los?»

Ich lächelte und durchquerte das Zimmer, um ihn zu küssen. «Hey.» Ich legte meine Arme um seinen Hals. «Ich dachte, ich überrasche dich mal», sagte ich und sah ihn flirtend an.

Er versuchte, meinen Morgenmantel zu öffnen, aber ich machte einen Schritt zurück. «Ich hab ein bisschen wegen der Hochzeit recherchiert», fuhr ich fort. «Wir sollten wirklich bald ein Datum festlegen. Es ist ja nicht mehr lange bis Dezember, und die Leute sollten sich das Datum vormerken.» Ich atmete tief ein. «Ich dachte … wie wäre es mit dem Samstag vor Weihnachten? Vielleicht schneit es sogar! Wäre das nicht romantisch? Und wir hätten massenweise Kerzen, Stechpalmen und Efeu, Mistelzweige …»

«Verdammt», sagte er. Er klang verblüfft. Er hob sogar den Blick von meinem Dekolleté zu meinem Gesicht, um zu prüfen, ob ich es ernst meinte. «Na ja, ich müsste erst mal gucken, was für ein Spiel da in der Stadt ist, wenn da ein wichtiges Spiel ist …»

«Charlie!», schimpfte ich und stemmte die Hände in die Hüften. Er sagte es, als mache er Spaß, aber ich wusste, dass er es ernst meinte. «Das ist nicht gerade romantisch!» Dann seufzte ich, weil ich genau gewusst hatte, dass er das sagen würde, aber die winzige Hoffnung gehabt hatte, dass er es nicht sagen würde. «Das hab ich schon geguckt. Everton spielt auswärts.»

«Oh, okay», sagte er. Dann zuckte er mit den Schultern, kam einen Schritt auf mich zu und schob eine Hand unter meinen Morgenmantel. «Mmmm, gewagt», sagte er und streichelte meinen Seiden-BH. «Der ist hübsch.»

Ich stoppte seine Hand mit meiner. «Also, was meinst du? Samstag vor Weihnachten?»

Er sah erst auf meine Hand und dann in mein Gesicht. Seine Pupillen waren geweitet, und er hatte diesen etwas wilden Blick, den er immer hatte, wenn er erregt war. Er zwickte meine Brustwarze. «Ja, okay. Also Samstag vor Weihnachten. Und jetzt komm her.»

Erst in dem Moment merkte ich, dass ich die ganze Zeit den Atem angehalten hatte. «Oh, Charlie!», schrie ich und warf ihm die Arme um den Hals. «Oh, danke. Danke!»

Er nutzte die Chance, um meinen Morgenmantel ganz zu öffnen, und Sekunden später lagen wir auf dem Boden, und er war in mir und zerriss fast den BH, so eilig hatte er es damit, meine Brüste hervorzuholen. Ich kniff die Augen zusammen und spürte, wie das Blut durch meinen Körper pulste. Seine Worte hallten immer noch in meinem Kopf.

Ja, okay. Also Samstag vor Weihnachten. Und jetzt komm her.

Wir hatten ein Datum festgelegt. Wir hatten tatsächlich ein Datum festgelegt. In noch nicht mal fünf Monaten würde ich verheiratet sein. «Ich werde dich so glücklich machen», keuchte ich, während er sich über mir abrackerte. «Ich werde die perfekte Ehefrau für dich sein, Charlie.»

Er griff in meine Haare und brach über mir zusammen. Ich starrte grinsend an die Zimmerdecke, ich war die glücklichste

Frau der Welt. Direkt vor Weihnachten zu heiraten ... oh, ich war so aufgeregt. Jetzt musste ich nur schnell die Einladungen rausschicken, bevor er seine Meinung wieder änderte.

10. In die Magengrube

Lauren

Es schien ewig zu dauern, bis endlich der Abend kam, an dem wir zum Speeddating eingeladen hatten. Ich stürzte mich in die Vorbereitungen, damit ich nicht den ganzen Tag von Joe träumte. Am Wochenende ging ich shoppen, um *das* Killer-Outfit zu finden. Aber sämtliche Sommersachen sahen an mir furchtbar aus. Wenn es nach mir ginge, wäre immer Winter, denn da kann man Schichten über Schichten ziehen und muss sich keine Sorgen machen, dass irgendwas Wabbeliges zu sehen ist. Schließlich fand ich ein dunkelblaues Wickelkleid, das schmeichelhaft und sexy aussah (und wie würde es erst aussehen, wenn ich meinen Bauch-weg-Slip anzog), und dazu passende hochhackige Riemchenschuhe. Ich hatte im letzten Jahr eine ziemliche Leidenschaft für Schuhe entwickelt ... wahrscheinlich lag das daran, dass so viele schöne Klamotten mir als Pummel nicht passten. Bei Schuhen haben sogar die Dicksten noch große Auswahl.

Das ganze Gerenne am Wochenende und der Gedanke an das enganliegende Wickelkleid sorgten dafür, dass ich kalorienmäßig auf ein ganz gutes Ergebnis kam, und so hatte ich, als es am Montag Zeit für FatBusters war, tatsächlich drei Pfund abgenommen.

«Toll, Lauren», sagte Alison, als ich auf der Waage stand. «Hey, hier hat jemand drei Pfund abgenommen», rief sie der Gruppe zu.

Alle applaudierten, als hätte sie gerade verkündet, dass ich für den Friedensnobelpreis nominiert sei, und ich wurde rot wie ein Dorftrottel. «Lauren, das ist ja phantastisch», sagte Jess und kam mit leuchtenden Augen auf mich zu. «Toll!»

Es war doch dumm, wegen drei mickriger kleiner Pfunde so in Erregung zu geraten. Oder? Ich hatte ja nun wirklich nichts Weltbewegendes gemacht, wenn wir mal ehrlich sind – mein Körper wog einfach nur einen Bruchteil weniger als letzte Woche. Im globalen Maßstab wirklich nichts Besonderes, warum interessierte das diese Leute überhaupt? Sie schienen darüber ja glücklicher zu sein als ich. Aber, so trivial es auch war ... es war schön. Die Glückwünsche brachten mich ein bisschen zum Strahlen. Ja, Lauren, du wirst zum Ball gehen. Und ja, Lauren, der schöne Prinz Joe wird bezaubert von dir sein.

So langsam fand ich, dass Optimismus eine ganze Menge für sich hatte.

«Guten Abend, Ladys und Gentlemen!», schrie ich.

Es war Freitag kurz nach sieben, und ich stand voll unter Adrenalin. Wir hatten den Veranstaltungsraum mit Lichterketten und roten Girlanden geschmückt, und im Hintergrund spielte leise Klaviermusik (ich hatte mich dann doch gegen Barry White entschieden – zu kitschig und zu offensichtlich). Ich hatte zwei lange Reihen mit Zweiertischen aufgestellt, und Patricks Schwester, eine zwanzigjährige Kunststudentin, servierte Wein und Saft. Patrick selbst hatte in jeder Hand ein Tablett voller Canapés und ging mit ihnen durch den Raum. Und, ja, bevor ihr fragt – sexy Joe Smith war da, in Jeans und weißem T-Shirt, die Daumen in den Hosentaschen. *Mmmrrrau.*

Ich stand vorne auf einem kleinen Podest, etwas wackelig auf meinen gigantischen Absätzen, und strahlte ins Gewimmel. Einige kannte ich schon – Glatzen-Bob, unser am wenigsten erfolgreiches Love Heart (er war jetzt seit zwei Jahren bei uns und hatte über dreißig Frauen kennengelernt, ohne dass eine einzige ihn ein zweites Mal hätte sehen wollen). Ich versuchte zu raten, wer die anderen waren – die Fotos kannte ich ja. (War die mit der voluminösen Dauerwelle Emily Perks? Ich hoffte, das Schicksal würde sie mit einem voluminösen Friseur zusammenbringen, der sich um diesen tragischen Irrtum kümmerte.)

«Ich freue mich, euch alle heute Abend hier begrüßen zu dürfen», sagte ich ins Mikrophon. «Willkommen beim legendären Love-Hearts-Speeddating! Ich hoffe, ihr amüsiert euch gut … und vielleicht findet ihr ja sogar jemanden zum Verlieben.» Ich lächelte in alle Richtungen und sah so ziemlich jedem in die Augen – außer sexy Joe. Aus irgendeinem Grund verließ mich immer der Mut, wenn mein Blick sich ihm auch nur näherte, und ich musste den Kopf abwenden, ehe ich mich in Wackelpudding verwandelte. Ich durfte auf keinen Fall die Kontrolle verlieren – jedenfalls jetzt noch nicht.

Nun ist es ja nicht so, als wäre ich kühl und berechnend. Nein, nein, nein, nein, nein. Clever – ja. Ein bisschen raffiniert – na gut. Als Gastgeberin konnte ich ja nicht mit zwanzig Kerlen hintereinander scherzen und ihnen schöne Augen machen. Meine Rolle war eher die einer Seelsorgerin – ich musste mich darum kümmern, dass alle was zu trinken hatten, entspannt waren und sich wohlfühlten. Na ja, vergesst es. Das war mir nicht aufregend genug. Außerdem würde es nicht dazu führen, dass Joe sich in mich verliebte. Und deshalb sagte ich als Nächstes:

«Wir haben heute Abend leider ein paar Frauen zu wenig, deshalb nehme ich selbst auch teil – nur, damit die Jungs ein bisschen üben können. Ich kann euch auch ein bisschen Feedback geben, was eure Flirttechnik angeht. Seid also nicht schüchtern, probiert ruhig eure besten Sprüche an mir aus, okay?»

Ich machte einen Schmollmund, und einige lachten, aber ich sah auch, dass ein paar Frauen sauer wirkten. *Ihr kommt schon drüber hinweg, Mädels,* dachte ich. *Ich bin genauso verzweifelt wie ihr. Außerdem hab ich mir das alles hier ausgedacht, also darf ich auch als Erste die Männer ausprobieren, alles klar?*

«Für diejenigen, die zum ersten Mal beim Speeddating sind – es funktioniert folgendermaßen: Die Männer sitzen auf der linken Seite der Tische und die Frauen auf der rechten. Ihr habt drei Minuten Zeit, mit eurem Gegenüber zu sprechen, dann wird mein glamouröser Assistent Patrick» – er machte einen Knicks – «mit einem Glöckchen läuten, so.»

Ding, ding. Lachen.

«Das bedeutet, die Frauen müssen einen Tisch weiterziehen, die Männer bleiben sitzen. Ihr habt alle eine Nummer, einen Block und einen Stift, könnt euch also Notizen machen. Wenn ihr also jemanden wiedersehen wollt, schreibt auf jeden Fall die Nummer auf und gebt sie mir am Ende. Wenn es eine Übereinstimmung gibt, wenn also der andere euch auch treffen möchte, stellen wir den Kontakt her, damit ihr euch wiedersehen könnt.» Ich klatschte in die Hände. «Also, viel Glück. Los geht's!»

Es war, als würden Erwachsene Reise nach Jerusalem spielen, so schnell suchten sich alle einen Stuhl. Ich setzte mich drei Plätze von Joe entfernt, um nicht zu offensichtlich zu zeigen, warum ich diese Tortur mitmachte. Normalerweise durften die Frauen sitzen bleiben, und die Typen mussten sich bewegen, aber da ich mich nicht darauf verlassen konnte, dass er sich zu mir setzte, musste ich es so rum machen. Natürlich würde ich mich nach den drei Minuten mit ihm diskret zurückziehen. Ich hatte nicht die Absicht, mich den Typen einen ganzen Abend lang als Versuchskaninchen zur Verfügung zu stellen; schon gar nicht, nachdem ich die bunt zusammengewürfelte Truppe hier gesehen hatte.

Ich warf einen Blick auf Joes Tisch, an dem sich gerade eine eher attraktive Rothaarige mit blassem, porzellangleichem Teint niederließ. Mist.

Ding, ding. «Los geht's!», rief ich. Ich wandte mich dem Kerl an meinem Tisch zu, der mir irgendwie bekannt vorkam. «Erzähl mir von dir», sagte ich.

«Hi, ich bin Andrew», sagte er. Er hatte ein freundliches Lächeln – gute Zähne –, aber leicht blutunterlaufene blaue Augen. *Alkoholproblem?*, fragte ich mich.

«Ähm ... was macht ein schönes Mädchen wie du denn an so einem Ort?», fragte er.

Hilfe. «Ha, ha», antwortete ich freudlos. «Sehr originell. Was machst du denn von Beruf, Andrew?»

Die Frage schien ihn zu beleidigen. «Na ja, das solltest du eigentlich wissen, ich hab dir mein Profil ja erst letzte Woche geschickt», sagte er gereizt.

Genau. Als könnte ich mir jede einzelne Antwort merken. «Wir haben im Moment noch ungefähr dreihundert andere Mitglieder», sagte ich zuckersüß. «Sosehr ich mich bemühe, ich kann mir leider nicht sämtliche Details von jedem Einzelnen merken.» Ich schlug die Augen nieder und erinnerte mich plötzlich: Das war Andrew Preston, das Arschloch auf der Suche nach dem perfekten weiblichen Hinterteil. «Obwohl ... doch. Warst du nicht der, der eine Frau mit einem ... wie war das ... ‹sexy Arsch› sucht?»

Immerhin hatte er so viel Anstand, rot zu werden. Dann lachte er auf diese Haha-ich-bin-so-ein-verdammter-Macho-Weise. «Ist korrekt», sagte er. Kläff, kläff! Er sah mich lange an. «Oje. Du scheinst ein Problem damit zu haben. Du bist ganz rot geworden.»

«Ich hab ein Problem damit, wenn Frauen zum Objekt gemacht werden, ja, zu einem Stück Fleisch», sagte ich. «Und ich finde es ärgerlich, wenn ...» Ich unterbrach mich. Gleich würde ich mich ereifern, aber das hier war weder der richtige Ort noch der richtige Zeitpunkt.

Sein Fuß drückte sich unter dem Tisch an meinen. «Ganz schön kratzbürstig, oder, Chefin?», sagte er sanft. «Ich schätze, dein Motto ist nicht gerade ‹Der Kunde ist König›?»

Ich knirschte mit den Zähnen. Wie gerne hätte ich mich ordentlich mit ihm gestritten und ihn so richtig auseinandergenommen (*In diesem Fall ist der Kunde ein Scheißkerl, Schätzchen*, lag mir auf der Zunge), aber ich gab mich lieber professionell. «Gut, dann geb ich dir mal ein Feedback», sagte ich knapp und zog meinen Fuß so schnell weg, dass er zusammenzuckte. «Du bist ziemlich provokant, Andrew. Um nicht zu sagen, aggressiv. Frauen mögen das nicht. Vielleicht solltest du versuchen zu ...»

«Scheiße, Mann, du klingst wie meine Exfrau», klagte er, lehnte sich zurück und sah sich um. «Ich dachte, das soll Spaß machen hier.»

Ding, ding. Patrick ließ das Glöckchen klingen – Gott sei Dank. Je eher ich von diesem Trottel wegkam, desto besser. «Viel Glück», sagte ich kurz angebunden und ging zum nächsten Tisch, ohne auch nur eine Antwort abzuwarten. Ich blickte rüber zu Joe und sah, wie er die Rothaarige zum Abschied irgendwie nachhaltig, aber auf jeden Fall verschmitzt anlächelte. Vielleicht lächelte er vor Erleichterung, weil er sie los war. Vielleicht hatte sie schrecklichen Mundgeruch und Blähungen. Hoffentlich.

Jetzt saß ihm eine große Blondine mit einem Zinken von einer

Nase und einem ernsten Zug um den Mund gegenüber. «Hi, ich bin Marianne», hörte ich sie mit einer dünnen Stimme sagen.

Ich merkte, dass ich sie anstarrte, und wandte mich dem Typ mir gegenüber zu. «Hallo», sagte ich und streckte ihm meine Hand hin. «Lauren. Schön, dich kennenzulernen.»

«Hallo, Lauren», sagte er. Er hatte einen schlappen, leicht klebrigen Händedruck. «David Holway. Du siehst heute Abend toll aus.»

Ich schnappte nach Luft. David Holway? Mein angeblicher Traumpartner? Der Computer wollte mich ganz offensichtlich verarschen. «Danke, David», sagte ich etwas zu spät. «Mit einem Kompliment anzufangen ist immer gut. Leider hab ich gehört, dass du genau dasselbe zu dem Mädchen gesagt hast, das vor mir hier gesessen hat, was die Wirkung geringfügig schmälert.»

Er wurde rot. «Tut mir leid. Aber du siehst wirklich toll aus! Und das Mädchen vor dir auch.» Er zuckte mit den Schultern. «Was soll ich sagen? Ich bin eben ein richtiger Kerl.»

Für mich sah er nicht unbedingt aus wie ein richtiger Kerl. Er sah aus wie jemand, der einen sehr langweiligen Bürojob und ein langweiliges Leben hatte und dem wässrige Milch durch die Adern lief, nicht rotes Blut. Aber aus dem nervösen Zucken um seinen Mund schloss ich, dass er vermutlich in Tränen ausbrach, wenn ich das jetzt sagte. «Und, hast du schon mal Speeddating gemacht, David?», fragte ich.

Er schüttelte den Kopf. «Nein», sagte er. «Ist das erste Mal. Ich bin nicht viel ausgegangen, seit meine Frau weg ist. Hat 'ne Weile gedauert, bis ich mich wieder gesammelt hatte, weißt du.»

Oje. Bitte erschieß mich. «Hmhm. Vielleicht ist es keine so gute Idee, bei so einer Gelegenheit über Expartner zu sprechen, David», hob ich an – aber er wollte beichten und war nicht mehr aufzuhalten.

«Sie hat einen andern. Sie hat mich sechs Monate lang betrogen, dann hab ich's rausgefunden. Ich hasse sie. Ich hab zu ihr gesagt, wenn ich sie und ihn jemals zusammen sehe, knall ich durch. Und das meine ich so.»

Er ballte seine schmächtigen Fäuste und lief dunkelrot an. O nein. Das waren ziemlich lange drei Minuten.

«David», sagte ich. «Was wünschst du dir für die Zukunft? Ich meine, wie sollte eine neue Partnerin sein?»

Er starrte mich mit leerem Blick an. «Ehrlich», sagte er. «Und treu.» Er ließ den Kopf hängen. «Jemand, mit dem man einfach alles zusammen macht. Freundschaft.»

Ich muss fairerweise sagen, dass ich genau wusste, wie er sich fühlte, aber angesichts dieser Bedürftigkeit stellten sich mir alle Haare auf. «Ich hoffe, du findest das alles in einem Menschen», sagte ich freundlich. «Und wenn du versuchst, heute Abend gut gelaunt und optimistisch zu sein – wer weiß, vielleicht ist sie ja schon in der Nähe ...»

Er sah mich an, und in seinen Augen blitzte Hoffnung auf. «Du meinst ...» Er nahm meine Hand. O nein. Er dachte doch nicht, dass ich *mich* meinte, oder?

Ich zog meine Finger weg und tat, als würde ich einen Krümel von meinem Kleid schnippen. «Ich meine, heute Abend sind viele nette Frauen hier», sagte ich.

Ding, ding. Runde drei. Hurra! Endlich die Gelegenheit, sexy Joe ganz nahe zu sein. Ich stand auf, um die nächste Frau auf meinen Stuhl zu lassen, und sammelte mich eine Sekunde lang, ehe ich zu seinem Tisch ging. «Du siehst heute Abend sehr hübsch aus», hörte ich den sitzengelassenen David zu meiner Nachfolgerin sagen, und ich versuchte ein Kichern zu unterdrücken.

«Hi», sagte ich und setzte mich Joe gegenüber. Ich errötete heftig. Er küsste mich auf die Wange. Er roch wunderbar nach

Seife, zitronigem Aftershave und sauberem Hemd. Hmmmm. Er hatte sich Mühe gegeben. *Für mich?*, fragte ich mich. Ich hoffte es so sehr. Ich saß erst zwei Sekunden hier und wollte ihm schon die Kleider vom Leib reißen, seinen Rücken streicheln und ihn überall küssen …

«Hallo, nett, dich wiederzusehen», sagte er. «Das ist ein sehr schöner Abend, danke, dass du mich eingeladen hast.»

Mist. Ein sehr schöner Abend? Ich hatte mich darauf verlassen, dass er zutiefst gelangweilt wäre, wenn ich mich zu ihm setzte und ihn betörte. Ich hatte gehofft, dass die Rothaarige stank und Marianne so spannend war wie kalter Brokkoli. «Freut mich zu hören», log ich. «Schön, dass du kommen konntest. Und … wie geht's?»

Er lächelte. «Bestens», sagte er. «Ich hab echt viel zu tun, aber es macht großen Spaß. Und bei dir?»

Ich schenkte ihm mein schönstes Lächeln und hoffte, dass ich nichts zwischen den Zähnen hatte. «Kommt mir bekannt vor», säuselte ich. «Aber du weißt ja, was man sagt … Arbeit allein macht nicht glücklich, Joe … schön, dass du jetzt gerade was anderes machst.»

Er zwinkerte. «Oh, ich mache gern auch mal was anderes», sagte er. *Wwwwuah*, seine Stimme war so sexy, sie rieb sich praktisch an meinem Bein.

«Du scheinst ein ziemlich selbstsicherer Typ zu sein», fuhr ich fort und versuchte den Gedanken an irgendwelche Teile von ihm, die sich an mir rieben, zu verdrängen. «Wie findest du die Frauen denn bisher so? Gibt es schon jemanden, für den du dich interessierst?»

Ja, okay, das war nicht gerade subtil, aber die Uhr tickte, und man konnte es schließlich nicht langsam angehen lassen, wenn man nur drei Minuten hatte. Der Subtext war deutlich zu verstehen: *Mich, mich, nimm mich!* Aber aus irgendeinem Grund – war er ein bisschen schlicht? – sprang er auf diese versuchte Gedankenübertragung nicht an. Auch schien er nicht auf meine Komm-ins-Bett-du-heißer-Kerl-Körpersprache zu reagieren.

«Na ja, eigentlich ...», sagte er, senkte die Stimme und beugte sich näher zu mir.

Ich beugte mich auch zu ihm und fand diese Nähe ziemlich aufregend und verschworen. Mein Herz klopfte so sehr, dass es fast aus meinem sexy Wickelkleid sprang, und auf meinen nackten Armen bildete sich Gänsehaut. Mein Höschen pochte praktisch, so sehr begehrte ich ihn. «Ja?», fragte ich verführerisch.

Er sah verlegen aus. «Eigentlich gibt es schon jemanden, der mir gefällt», sagte er. Wurde er rot? Wie süß.

«Ich kann meine Augen gar nicht von ihr abwenden», sagte er. Oh. Mein. Gott. Er meinte mich, ich wusste es.

«Ja?», quiekte ich.

«Sie sitzt da drüben», sagte er und wandte den Blick von mir ab. Auf seinem Gesicht erschien ein verträumtes Lächeln. «Die Blonde da drüben. Ich hab noch nicht mit ihr gesprochen, aber sie ist *umwerfend*. Ich hab da so ein Gefühl ...»

Ich hatte das Gefühl, einen Schlag in die Magengrube bekommen zu haben. Ich schluckte und versuchte, mich nicht umzudrehen und die blonde Göttin anzustarren. Ich wollte es gar nicht wissen. Aber gleichzeitig wollte ich es doch wissen, unbedingt sogar. Ich musste wissen, wer dieses Püppchen war, auf das er stand, was sie hatte, das ich nicht hatte.

Wie in Zeitlupe drehte ich mich auf meinem Stuhl um. Fast erwartete ich, Cowboy-Musik und einzelne Gitarrensaiten zu hören, als ich schließlich meine Konkurrentin erblickte. Mist. Das war Serena Porter. Blaue Augen *und* große Titten. Sie kicherte mit zurückgeworfenem Kopf und faszinierend schwabbelndem Dekolleté.

Patrick, der das Glöckchen schon in der Hand hielt, sah, wie ich sie anstarrte, und bemerkte, dass Joe in dieselbe Richtung starrte, zweifellos mit heraushängender Zunge. Patricks verständnisvoller Blick sagte alles. Ich hatte keine Chance. Er läutete die Glocke, die wie eine Totenglocke klang.

Der Rest des Abends war ähnlich enttäuschend. Der schlimmste Moment, der absolute Tiefpunkt war gekommen, als Joe Serena an der Bar abknutschte, als wollte er ihr die Luft zum Atmen nehmen.

«Sucht euch ein Zimmer», murmelte Patrick und verdrehte die Augen.

«Such dir einen neuen Schwarm», murrte ich und versuchte, woanders hinzusehen. Scheiße. Scheiße! Ich war so lange kein Single mehr gewesen, dass ich vergessen hatte, was für eine Qual das war. Irgendwie hatte ich mir eingebildet, ich bräuchte nur mit dem Finger zu schnipsen und hätte wieder einen Kerl. Irrtum, Lauren. Völlig falsch. Ich stellte mir vor, wie Brendan-der-Betrüger sich kaputtlachen würde, wenn er mich jetzt sehen könnte. Was für eine Partnervermittlung führte ich eigentlich, wenn ich mir selbst keinen Partner besorgen konnte?

Am Ende des Abends sammelte ich die Blätter mit den Nummern ein und begab mich wieder auf das Podest. Zu dem Zeitpunkt waren die meisten Leute schon ziemlich betrunken und konzentrierten sich auf ihre angestrebten Partner. Ich hatte gesehen, dass ziemlich viele Telefonnummern ausgetauscht und ziemlich viel mit den Wimpern geklimpert worden war. Unfassbar, aber Glatzen-Bob schien Marianne-mit-dem-Zinken für sich eingenommen zu haben.

Ich nahm das Mikrophon in die Hand und gab mein Bestes auf dem Gebiet «Falsches Lächeln». «Was für ein wunderbarer Abend», log ich. «Vielen Dank, dass ihr gekommen seid. Ich hoffe, ihr habt ein paar neue Leute kennengelernt, und vielleicht sind ja sogar ein paar Funken geflogen.»

Hier und da wurde gelacht, aber ich hätte heulen können.

«Ich möchte euch zum Schluss noch etwas Wunderbares mitteilen», sagte ich. Langsam taten mir von dem falschen Lächeln die Kiefermuskeln weh. «Patrick und ich sind morgen zu einer Hochzeit eingeladen – aber nicht zu irgendeiner Hochzeit. Es heiraten zwei ehemalige Kunden, die sich vor zwei Jahren durch Love Hearts getroffen haben. Sie haben sich kennengelernt, sich verliebt und sind seitdem glücklich zusammen. Und es macht mich sehr glücklich, dass ich ihnen geholfen habe, sich zu finden.» Meine Stimme zitterte. Aaaaah. *Fang nicht an zu flennen, Heulsuse.* «Ich hoffe, dass jeder und jede von euch diesen besonderen Menschen findet, mit dem ihr den Rest eures Lebens verbringen wollt – ihr seid alle ganz großartige Menschen und verdient es, glücklich zu sein.»

Donnernder Applaus folgte meinen Worten, durch den Raum schien eine Welle des Optimismus zu schwappen. Die Leute lächelten mich an, sie lächelten einander an und prosteten sich zu ... Wir *sind* großartig, oder? Ja, wir verdienen es, glücklich zu sein.

Es hätte ziemlich bewegend sein können, wenn ich nicht so deprimiert gewesen wäre. *Die glauben das wirklich*, dachte ich verwundert. *Die glauben wirklich an das Bis-dass-der-Tod-uns-scheidet.*

«Danke auch dafür, dass ihr die Nummern aufgeschrieben habt. Patrick und ich werden die Blätter am Montag sortieren und euch die Ergebnisse so bald wie möglich mitteilen», fuhr ich fort. «Unsere Bar hat jetzt geschlossen, deshalb wünsche ich euch allen noch einen sehr schönen Abend. Danke.»

Mit anderen Worten: Beeilt euch und geht nach Hause, mir reicht's. Ich brauchte jetzt unbedingt eine Zigarette und einen großen Wodka.

Ich drehte die Lampen so hell wie möglich und begann, lautstark die Gläser und Flaschen wegzuräumen. Joe verließ den Raum mit dem Püppchen Serena im Arm, und ich musste mich zusammenreißen, um nicht mit dem Kopf gegen die Wand zu schlagen.

«Niemand wird sich jemals wieder für mich interessieren», jammerte ich, als alle Gäste gegangen waren. Ich stellte die Musik ab, unfähig, sie noch länger zu ertragen.

«Was ist denn jetzt los?», sagte Patrick, der hinter mir aufgetaucht war und mir eine Hand auf die Schulter legte. Zu meinem Entsetzen fing ich an zu heulen. Dicke Tränen liefen über mein gepudertes Gesicht und hinterließen Spuren, die aussahen wie die Schleimspuren von Schnecken.

Er umarmte mich, und ich nuschelte schluchzend unverständliches Zeug. «Ach, Schätzchen», sagte er und küsste mich auf den Kopf. «Vergiss diesen Deppen. Es tummeln sich so viele andere Fische im Meer.»

«Aber ich will keinen Sex mit einem Fisch haben», wimmerte ich.

«Nein, natürlich nicht», beruhigte er mich. «Aber ...»

Ich putzte mir die Nase und versuchte mich zusammenzureißen. Ich machte mich hier komplett zum Idioten. «Tut mir leid», sagte ich hicksend. «Du ... du hast nicht zufällig Lust, noch auf ein Glas Rotwein mit zu mir zu kommen, oder? Ich hab gerade die erste Staffel von *Mad Men* gekauft und ...»

Er tätschelte meine Schulter. «Das klingt gut. Zu Don Draper sage ich nie nein – und zu dir und deinem Sofa auch nicht. Du bestellst uns ein Taxi, und ich räume die Gläser weg.»

Ich war so froh, dass ich Patrick hatte. So, so froh. Ich wusste nicht, wie ich ohne ihn hätte zurechtkommen sollen.

«Willst du, Francesca Meredith Vickers, diesen Mann, Damon Paul McCarthy, zu deinem dir angetrauten rechtmäßigen Ehemann nehmen?»

«Ja, ich will.»

Ich saß hinten in der Kapelle, direkt neben Patrick, der geziert lächelte. Er versuchte, mich zum Lachen zu bringen, aber ich war in Gedanken bei meiner eigenen Hochzeit und nicht in der richtigen Stimmung. Ich musste immer wieder daran denken, wie Brendan mich angesehen hatte, als ich in den Raum gekommen war, in dem wir unser Versprechen gegeben hatten. Seine Augen waren so voller Liebe gewesen, die Art, wie er tonlos «Wow!» gesagt hatte, als er mein langes weißes Kleid sah ...

«Hiermit erkläre ich euch zu Mann und Frau. Sie dürfen die Braut jetzt küssen», sagte der Standesbeamte.

Alle klatschten, als Francesca und Damon sich zärtlich küssten. Ein Streichquartett begann zu spielen – und ich begann zu zittern. Francesca sah wunderschön aus. Sie trug ein traumhaftes schulterfreies Kleid, das mit Tausenden von winzigen Perlen bestickt war.

Patrick lehnte sich zu mir herüber. «Was ist los? Du siehst aus, als wärst du bei einem Massenselbstmord und nicht bei einer Hochzeit.»

So sensibel wie üblich, unser Pat. Ich starrte ihn an. «Ich denke nur nach.»

Ich denke nur nach. Seit gestern Abend tat ich überhaupt nichts anderes mehr als nachdenken, ich fühlte mich langsam wie eine

Betrügerin. Ich meine, ich war die Chefin von Love Hearts, und ich war ein verbitterter, überspannter Single. Wahrscheinlich der am wenigsten liebenswerte Single im ganzen Land. «Was *mache* ich nur?», hatte ich Eddie heute Morgen gefragt, als er geruhte, sich zum Frühstück zu mir zu setzen. «Bin ich völlig verrückt, in dieser Branche zu arbeiten?»

Er hatte mich mit seinen gelben Augen angeblinzelt und sich schnurrend auf meine Knie gelegt. «Dir ist das alles egal, nicht? Hauptsache, ich bringe Whiskas mit nach Hause», sagte ich und kraulte ihn hinter dem Ohr. «Oh, Eddie. Vielleicht sollte ich was anderes ausprobieren – einen anderen Job, der mich nicht mit der Nase darauf stößt, wie scheiße und ungeliebt ich bin. Vielleicht sollte ich lieber in einem Gefängnis arbeiten. Das wäre erhebender.»

«Komm, Amor, jetzt gibt's Schampus», sagte Patrick und zog mich am Ärmel. Ich sprang auf, als ich sah, dass schon alle aufgestanden waren. Die fröhlichen Hüte und Kleider der Damen mischten sich mit den gedeckten Anzügen der Herren. Ich hatte vorgehabt, das anzuziehen, was ich letzten Sommer zu allen Hochzeiten getragen hatte – das mintfarbene Etuikleid, das perfekt zu meinen jadegrünen, sehr hohen Schuhen passte, und eine dazu passende Clutchbag. Leider hatte ich heute Morgen den Reißverschluss nur halb zubekommen, weshalb ich in letzter Minute ein voluminöses rosafarbenes Teil bügeln musste, das zwar um die Hüften rum etwas nachsichtiger mit mir war, aber so formlos aussah, dass ich mir wie ein Pudding darin vorkam. Ich seufzte. Wären Diäten doch nicht so mühsam. Und wären Männer doch nicht entweder ...

Patrick starrte mich an. «Ist wirklich alles in Ordnung mit dir?» Er kniff nachdenklich die Augen zusammen. «Du denkst an diesen Kerl, oder? An Joe, von gestern Abend?»

Ich stand auf und richtete meinen Hut. «Sei nicht albern», sagte ich. «Du kennst mich doch, ich bin hart im Nehmen. Also, wo gibt's denn jetzt den Schampus?»

«Und jetzt möchte die *Braut*, glaube ich, etwas sagen, deshalb übergebe ich an meine wunderbare Frau, Mrs. Francesca McCarthy!»

Es wurde applaudiert. Der Empfang fand in einem schönen alten Herrenhaus in Worcestershire statt, in dem man sich fühlte wie in einem Jane-Austen-Roman. Das Haus lag in einem Park mit einem See und riesigen Laubbäumen überall. Wir hatten gerade ein köstliches Champagner-Hochzeits-Frühstück genossen, und ich war inzwischen etwas fröhlicher und zuversichtlicher. Der Vater der Braut, der Bräutigam und der Trauzeuge hatten ihre Reden gehalten, und jetzt wollte offenbar Francesca ein paar Worte sagen. Ich fand das gut von ihr, mir war immer schleierhaft gewesen, warum so viele Bräute nur stumm dasaßen.

«Hallo!», sagte sie jetzt ins Mikrophon und klang, als würde sie sich an das ausverkaufte Wembleystadion richten. Ein paar Frauen an einem nahe gelegenen Tisch – vermutlich ihre Freundinnen – jubelten und einige pfiffen. Francesca grinste verlegen und zuckte mit den Schultern. «Na ja, ich kann doch nicht nur die Kerle reden lassen, oder? Ihr kennt mich – ich will auch was zu sagen haben.»

Ich musste lächeln. Ich konnte gar nichts dagegen machen. Sie sprudelte über vor Glück. «Keine Sorge, ich werd nicht lange reden – ich weiß, ein paar von euch wollen endlich eine rauchen», sagte sie fröhlich. «Ich möchte euch allen nur ganz doll danken, dass ihr heute gekommen seid. Dies ist tatsächlich der schönste Tag meines Lebens, und ich freue mich wahnsinnig, dass so viele Freunde und Familienmitglieder hier sind, um ihn mit uns zu teilen. Damon hat ja schon unseren wunderbaren Brautjungfern gedankt, unserem Trauzeugen Phil und unseren Müttern für ihre harte Arbeit, das brauche ich also nicht alles nochmal zu sagen, aber es gibt noch einen anderen Menschen, dem ich danken möchte, denn wir wären heute alle nicht hier, wenn es sie nicht gäbe.»

Ah, wie süß, dachte ich. Die Hochzeitsplanerin sollte auch mal erwähnt werden.

«Vor zwei Jahren war ich gerade nach Birmingham gezogen», fuhr Francesca fort. «Ich kannte niemanden und war am Anfang wirklich allein. Deshalb bin ich zu dieser Partnervermittlung gegangen, Love Hearts, und …»

«Oh, Mist», murmelte ich und wurde blass.

«Und dort traf ich auf Lauren, die mich direkt mit Damon zusammenbrachte. Wir sind bei unserem ersten Date zu *Chez Jules* gegangen, und bevor ich die Vorspeise aufgegessen hatte, wusste ich, dass ich meinen Seelenverwandten getroffen hatte. Ich wusste, dass ich den Menschen gefunden hatte, mit dem ich den Rest meines Lebens verbringen wollte.» Ihre Stimme zitterte, als sie Damon liebevoll ansah.

«Ooooh», seufzten ihre Freundinnen einstimmig.

«Deshalb möchte ich Lauren ein gigantisches Dankeschön sagen, denn sie ist heute auch hier. Wo bist du, Lauren? Die hier sind für dich.»

Sie hielt einen wunderbaren Strauß in der Hand: rosa Rosen und Lilien und Schleierkraut.

«Los», zischte Patrick und stieß mir den Ellbogen in die Seite. «Lauren!»

Ich stand etwas benommen auf. Den meisten Leuten war es peinlich, eine Partnervermittlung in Anspruch zu nehmen. Solche Skrupel hatte Francesca offenbar nicht. Ich ging zu ihr, um die Blumen in Empfang zu nehmen, und sie umarmte mich. «Das war doch nicht nötig», sagte ich.

«Doch, das war nötig», flüsterte sie mir ins Ohr, als sie mich auf die Wange küsste.

«Tausend Dank, Lauren», sagte sie ins Mikrophon, als ich zurück zu meinem Platz ging. «Ich schulde dir was, weil du einen Ehemann für mich gefunden hast. Und damit möchte ich mein Glas erheben. Auf die wahre Liebe!»

Wahrscheinlich lag es an all dem Wein und dem Champagner, den ich schon intus hatte, aber als ich den duftenden Strauß auf den Tisch gelegt hatte und mein Glas erhob, stimmte auch ich ein: «Auf die wahre Liebe!»

«Du *weinst* doch nicht, oder?», fragte Patrick, der kaum verhehlen konnte, wie amüsant er das hier alles fand.

Ich blinzelte die Tränen weg, die mir tatsächlich in den Augen standen.

«Natürlich nicht», sagte ich. «Oooh, guck, jetzt schneiden sie die Torte an. Komm mit.»

Wir machten uns auf den Weg zu dem Tisch mit der Torte, und er grinste mich an. «Endlich bist du wieder die Alte.»

11. Kleine Erfolge

Maddie

«Und neun ... und zehn ... Sehr gut, Maddie. Sie wollen das aber wirklich!»

Auf Mikes Gesicht breitete sich ein Grinsen aus, als ich die Gewichte zurück auf den Boden legte und einen Seufzer ausstieß. Ich saß auf einem großen silbernen Gymnastikball und hatte gerade zehn Armbeugen gemacht und dabei einen Fuß hoch in die Luft gehalten – härter, als ihr vielleicht denkt.

«Danke», sagte ich schwach und ließ Wasser in meine Kehle gluckern. «Was kommt als Nächstes, mein strenger Aufseher?»

Er konsultierte sein Klemmbrett. «Brustdrücken, glaube ich. Hier lang!»

In einer Million Jahren hätte ich nicht gedacht, dass ich das mal sagen würde, aber inzwischen freue ich mich jeden Tag darauf, ins Fitnessstudio zu gehen. Ja, ernsthaft. Als Paul mit den Kindern in Wales war, bin ich jeden Morgen als Erstes dorthin gegangen. Keinen einzigen Tag ließ ich aus. Die Tabletten, die Mom nahm, machten sie müde, und sie schlief lange, und wenn ich trainierte, hatte ich wenigstens etwas zu tun, statt halb verrückt vor Sorge durchs Haus zu schleichen, bis ich gegen elf zu ihr gehen konnte. Ich stellte fest, dass es mich für den ganzen

Tag aufbaute, wenn ich eine Stunde trainierte; es gab mir das Gefühl, inmitten dieser beängstigenden Veränderungen die Kontrolle über mein Leben wiederzugewinnen. Und ich merkte, wie *gut* ich mich nach dem Training fühlte, wie sehr ich es liebte, wenn die Glückshormone danach durch meinen Körper schwirrten.

Falls Mike, der Leiter des Fitnessstudios, überrascht war, mich dort tagein, tagaus in meinem Fitnessanzug und meinen schon etwas weniger glänzenden Turnschuhen zu sehen, war er zu professionell, um es sich anmerken zu lassen. Vielleicht hatte irgendjemand ihm von Moms Krankheit erzählt, und er mied das Thema diskret. Vielleicht dachte er, ich wollte einfach was für mein Geld bekommen, nachdem ich Mitglied geworden war. Wie auch immer, jedenfalls war er immer voller Lob. «Ich denke, heute ist es so weit. Wir können das Laufband etwas schneller einstellen», sagte er, nachdem ich beim Brustdrücken zwanzig zermürbende Wiederholungen hinter mich gebracht hatte.

Ich schüttelte den Kopf. «Auf keinen Fall», sagte ich. «Ich bleibe ja so schon fast kleben, ich kann nicht noch schneller, Mike, wirklich nicht.»

Tatsächlich hatte ich sogar Angst vor dem Laufband. Ich hatte Angst, dass es zu schnell lief und mich am Ende abwarf. Ich beobachtete die anderen auf dem Laufband immer mit Ehrfurcht – ich war überzeugt, nicht koordiniert genug zu sein, um es ihnen gleichzutun. Und doch stampften die anderen heiter vor sich hin, die Beine pumpten im perfekten Rhythmus, die Arme schlenkerten zielsicher, die Augen waren entschlossen nach vorn gerichtet.

Nee. Das Stadium würde ich nie erreichen, das wusste ich. Ich würde immer die Mollige sein, die auf dem Laufband in der Ecke vor sich hin tapste, keuchend und mit rotem Gesicht, und immer wieder auf die Uhr sah, um zu gucken, wann endlich die zehn Minuten um waren. Aber das war in Ordnung so. Ich kannte meine Grenzen.

«Kommen Sie schon», versuchte er mich zu überreden. «Wir stellen es nur ein bisschen schneller – Sie werden den Unterschied kaum bemerken.»

Ich zögerte, einen Fuß auf dem Band.

«Sie haben doch keine Angst, oder?»

Ich schnitt eine Grimasse. Sollte das die Pausenhof-Taktik sein oder was? «Also gut», sagte ich und stieg auf das Laufband. «Da haben Sie mich ja schön manipuliert.»

Er lachte und drückte auf «Start». «Gut, dann wollen wir mal sehen ... Ich stelle die Geschwindigkeit heute auf sechs Komma fünf ein. Wenn das zu viel für Sie ist, drücken Sie einfach den Pfeil nach unten und stellen es wieder auf sechs, okay?»

«Okay», sagte ich und verfiel in große Schritte, als sich die Maschine in Bewegung setzte. Ich wollte vor ihm auf keinen Fall das Gesicht verlieren, indem ich die Geschwindigkeit senkte. Dafür müsste ich schon an der Grenze zum Kollaps sein. Ich wusste, dass er auf jeden Fall weiterhin total nett sein würde, aber ich fühlte mich wie ein eifriges Kind, das ihm gefallen und sich sein Lob verdienen wollte. Also stapfte und japste ich hartnäckig durch die zehn Minuten, ließ mir nicht anmerken, dass ich Seitenstechen hatte, und hoffte, er würde den Schweiß auf meinem Gesicht nicht bemerken. Ich würde es schaffen, ich würde es schaffen, ich würde es verdammt nochmal schaffen.

Ich hatte schon gemerkt, dass ich fitter war. Nach nur einer Woche, in der ich jeden Tag im Fitnessstudio gewesen war, hatte ich einen Unterschied bemerkt. Ich konnte jetzt zehn Sit-ups, nicht mehr nur fünf, ich nahm bei den Maschinen mehr Gewichte, und jetzt lief ich flott (für meine Verhältnisse jedenfalls) über das

Laufband, statt lethargisch zu schleichen. Ich merkte sogar, dass mein Körper an einigen Stellen fester wurde. Versteht mich nicht falsch – ich hatte mich nicht auf magische Weise in Madonna verwandelt oder so; aber ich fühlte mich anders, leichter. Und ich hatte mehr Energie. Das Verrückte war, je mehr ich trainierte, desto weniger hatte ich das Bedürfnis, mich mit Essen vollzustopfen. Wer hätte das gedacht?

Mom fand es auch gut, wenn ich hinterher bei ihr vorbeiwankte und ihr erzählte, dass ich die Rudermaschine ausprobiert oder eine ganze zusätzliche Minute auf dem Crosstrainer geschafft hatte. «Wie schön für dich, Schätzchen», sagte sie, im Bett oder auf dem Sofa liegend. «Du machst das toll. Und sobald ich wieder auf den Beinen bin, komme ich mit ins Fitnessstudio. Ich vermisse mein Pilates. Ganz abgesehen von der Maniküre dort.»

Zu ihrem Optimismus fiel mir nichts mehr ein. *Sobald ich wieder auf den Beinen bin ...* Glaubte sie daran wirklich? Als wäre der Krebs eine schwere Erkältung, die sie nach ein paar Tagen Bettruhe abschütteln könnte, wo doch die Spezialisten in Wirklichkeit beschlossen hatten, dass eine chirurgische Entfernung des Tumors wegen ihres Alters zu riskant war. Sie sollte so schnell wie möglich Cortison nehmen und eine Chemotherapie machen. Las man zwischen den Zeilen, wenn sie über die Chemotherapie sprachen, klang es, als würden sie auch diese nicht für erfolgversprechend halten. Bisher hatte noch niemand das Wort «Endstadium» benutzt, aber das war die Botschaft, die bei mir angekommen war. Man konnte die Dinge positiv sehen, aber man konnte auch auf das gute alte Abstreiten ausweichen.

Trotzdem, ihre Worte gaben mir zu denken.

«Mom, Pilates kommt wahrscheinlich nicht wirklich in Frage, aber wie wär's, wenn ich mich darum kümmere, dass jemand für eine Maniküre vorbeikommt?», fragte ich, als ich den Stapel DVDs auspackte, den ich in der Bücherei ausgeliehen hatte. (Schließlich konnte eine Frau von dem, was es tagsüber im Fernsehen gab, nur eine begrenzte Menge ertragen.)

Sie strahlte. «Ooh, das wäre schön», sagte sie. «Ja, bitte. Allerdings … die Dame, die immer meine Nägel macht, arbeitet im Beauty-Salon. Ich weiß nicht, ob sie Hausbesuche macht.»

«Ich kann ja mal fragen», sagte ich achselzuckend. «Wie heißt sie?»

«Jessica», sagte sie. «Nettes Mädchen. Sehr freundlich und wohlerzogen. Was ist denn so lustig?»

Ich lächelte. «Nichts», sagte ich. Ich liebe Zufälle. «Ich werd mal sehen, was ich tun kann.»

«Hallo, Jess? Hier ist Maddie von FatBusters. Hör mal, danke für neulich – es hat wirklich geholfen, mit dir zu reden.»

«War mir ein Vergnügen», sagte sie. «Wie läuft's mit der Diät? Alles okay?»

«Läuft gut», sagte ich. Ah, klar. Sie dachte, ich würde anrufen, weil ich wieder Hilfe von meiner Diät-Freundin brauchte. Wenn es doch nur so wäre. «Es ist nur … erinnerst du dich, ich hab dir doch erzählt, dass meine Mom krank ist? Jetzt stellt sich raus, dass sie eine Kundin von dir ist. Anna Noble?»

«Anna ist deine *Mom*? Das ist ja toll, sie ist so wunderbar», sagte Jess begeistert. «Sie ist eine meiner Lieblingskundinnen, wirklich. Ich hab gerade erst gedacht, dass ich sie länger nicht gesehen habe. Geht es ihr denn besser?»

In meinem Hals steckte ein Schluchzen fest, und ich musste tief durchatmen, bevor ich etwas sagen konnte. «Ähm … nein, leider nicht», sagte ich einfach. «Genau genommen hat sie Krebs. Und …» Ich hatte wirklich vorgehabt, mich zusammenzureißen, aber es war fast unmöglich, die Worte auszusprechen, ohne loszuheulen.

«Oh, Maddie», sagte Jess, und das Mitgefühl in ihrer Stimme reichte, um mir sofort die Tränen in die Augen zu treiben. «O Gott, das tut mir so leid.»

Ich wischte mir mit dem nackten Arm über das nasse Gesicht und versuchte, mich in den Griff zu bekommen. «Sorry», bekam ich nach einem Moment heraus. «Es geht ihr wirklich nicht besonders gut. Es gibt nicht viel, was man tun kann, aber heute hat sie gesagt, wie sehr sie es vermisst, ihre Nägel gemacht zu bekommen, und ich habe mich gefragt ...»

«Ich mach ihr die Nägel», sagte Jess sofort. «Jederzeit. Geht es ihr gut genug, um in den Salon zu kommen, oder soll ich abends mal vorbeikommen?»

«Würdest du das machen? Vorbeikommen, meine ich? Ich glaube nicht, dass sie im Moment rauskann. Aber wenn es dir nichts ausmacht, sie zu besuchen ...»

«Nein, das macht mir nichts aus», sagte sie. «Ich kann tagsüber leider nicht weg – meine Chefin hat mich im Moment auf dem Kieker –, aber abends kann ich auf jeden Fall mal, oder am Montag. Das ist mein freier Tag. Sag einfach irgendeine Zeit, und ich komme mit meiner Zaubertasche.»

«Morgen? Wär das zu früh?»

«Das geht. Dann komme ich direkt nach der Arbeit. Das ist sogar perfekt, weil Charlie mittwochs länger arbeitet, also brauche ich nicht ...» Sie unterbrach sich. «Ich komme gegen sechs. Wie ist denn die Adresse?»

Die Gute, sie hielt Wort und stand am nächsten Tag um Punkt sechs mit großen Augen vor der Tür. «O mein Gott», flüsterte sie und sah sich nervös um. «Es ist so groß! Das ist ja wie ein Herrenhaus oder so!»

Ich dachte erst, sie macht sich über mich lustig, aber dann begriff ich, dass sie wirklich vor Ehrfurcht erstarrt war, und versuchte, das Haus mit ihren Augen zu sehen. Wenn man selbst in einem Haus wohnt, nimmt man die Details nicht mehr wahr – man hält alles für selbstverständlich –, aber ja, die Halle *war* größer und verwinkelter als die meisten, mit der Innentür mit original viktorianischen Buntglasfenstern und den alten schwarz-weiß gewürfelten Fliesen. An der linken Wand hing ein riesiger Spiegel, und an der rechten führte eine breite Holztreppe mit geschnitztem Geländer nach oben.

«Komm rein», sagte ich und schob sie ins Wohnzimmer, wo Mom auf dem Sofa saß. «Hier ist sie. Mom?»

Meine Mom hatte ein aufgeschlagenes Buch von Maeve Binchy auf der Brust liegen und döste mit geschlossenen Augen vor sich hin, aber bei meinen Worten riss sie die Augen auf. Sie blinzelte und lächelte Jess entzückt an. «Wie schön, Sie mal wieder zu sehen, Schätzchen», sagte sie. «Vielen Dank, dass Sie hergekommen sind – nach Ihrer Arbeit auch noch. Ich hoffe, Sie sind nicht zu müde. Möchten Sie irgendwas essen oder trinken?»

«Nur ein Glas Wasser bitte», sagte Jess schüchtern zu mir. «Wenn das okay ist.»

«Natürlich», sagte ich, und dann, als ich sah, wie unsicher sie war, wurde ich plötzlich vollkommen emotional und umarmte sie. «Danke für alles», sagte ich. «Du bist so nett, wir sind dir wirklich dankbar.»

Sie war knallrot geworden, als ich sie losließ, und ich dachte sofort, ich hätte es übertrieben und eine Grenze überschritten. Aber dann nahm sie meine Hand und drückte sie. «Sehr gerne», sagte sie und strahlte dann Anna an. «Ich hab Sie vermisst, wissen Sie das? Was kann ich denn für Sie tun? Maddie hat gesagt,

Sie hätten gern eine Maniküre, aber ich hab auch ein paar Öle mitgebracht, falls Sie gern eine Massage hätten …»

Meine Mom strahlte bei diesem Vorschlag; in ihren Augen stand wahres Vergnügen. Ich musste in die Küche eilen, um Jess ihr Wasser zu holen, damit die beiden die Tränen in meinen Augen nicht sahen. Es war ein gutes Gefühl, etwas Schönes für Mom arrangiert zu haben, nachdem sie eine so schreckliche Zeit hinter sich hatte. Ich füllte eine Karaffe mit Wasser und Eiswürfeln und rief mir ihr erfreutes Lächeln nochmal ins Gedächtnis. Allein dafür war ich Jess etwas schuldig. Ich schuldete ihr eine Menge.

Paul und die Kinder kamen braungebrannt und mit einem Lächeln auf den Gesichtern aus Wales zurück. Ich umarmte sie, einen nach dem andern. Ich war noch nie so lange von ihnen getrennt gewesen, und in meine Wiedersehensfreude mischte sich ein schlechtes Gewissen, als mir auffiel, dass ich die ganze Woche über kaum an sie gedacht hatte, so beschäftigt war ich mit Mom und dem, was sie durchmachte.

Am nächsten Tag würde ich wieder arbeiten müssen, so ein Pech. Ich würde ein höchst kompliziertes Kinderbetreuungssystem organisieren müssen, denn bisher hatte sich Mom während der Schulferien immer um Emma und Ben gekümmert, und das kam im Moment natürlich nicht in Frage. Alle Ferienkurse, egal ob Theater, Abenteuer oder Sport, waren seit Monaten ausgebucht, wie mir überall versichert wurde, also rief ich sämtliche Freunde an, bot ihnen jeden Gefallen an, der mir einfiel, und um das Maß vollzumachen, bettelte ich auch noch ein bisschen.

Ich hatte Sorge, mich überhaupt nicht auf die Arbeit konzentrieren zu können, weil es mir schwerfiel, an etwas anderes zu denken als an Mom. Die Chemo sollte in der folgenden Woche beginnen. Was, wenn ihr die Haare ausfielen? Sie war so schön, und auch so eitel. Ich konnte den Gedanken nicht ertragen, dass sie mit Hilfe von Perücken und Hüten versuchte, sich ihre Würde zu bewahren. Selbst eine Schauspielerin wie sie konnte es nur bis zu einem bestimmten Punkt mit Fassung tragen.

«Ich glaub, es ist gut für dich, dass du wieder zur Arbeit gehst», hatte Paul am Abend vorher gesagt und meine Schultern massiert. Ich hatte wie verrückt gegoogelt, um alles über die Chemotherapie herauszufinden, und war völlig verkrampft. «Es wird dich ein bisschen ablenken.»

«Vermutlich», sagte ich, aber irgendwie kam es mir vor wie Verrat, zu versuchen, an etwas anderes zu denken als an Mom. Sollte ich nicht bei ihr sein und ihre Hand halten, statt mich davonzumachen, um Geld zu verdienen?

Paul schien meine Gedanken lesen zu können. «Komm schon, Maddie, sie hat dir selbst gesagt, dass sie kein Händeringen und Trübsalblasen möchte. Sie möchte, dass alles so normal wie möglich läuft. Und wenn du dich da voller Sorge rumdrückst, dann ...»

«Ich *drück mich nicht rum*», sagte ich empört, und Tränen schossen mir in die Augen. «Und ich blase kein Trübsal. Ich bin ihre Tochter! Ich versuche damit klarzukommen, dass sie Krebs hat!»

Er legte die Arme um mich und hielt mich fest. «Oh, Liebling, ich weiß, so habe ich es doch gar nicht gemeint», sagte er, sein Gesicht ganz dicht an meinem. «Tut mir leid, wein doch nicht ...»

Aber er hatte recht. Ich musste den Schein wahren. Auch wenn ich am liebsten meinen Kopf in Moms Schoß gelegt und den ganzen Tag lang geweint und geschimpft hätte, wie ungerecht das Leben ist, und sie angefleht hätte, nicht zu sterben, es hätte nichts genützt. Also ging ich nach einer weiteren schlaflosen Nacht etwas benebelt zur Arbeit.

Erst als ich an meinen Schreibtisch kam, wurde mir klar, dass heute Collettes vierzehntäglicher Macht-Birmingham-schön-Bericht dran war. Ich hätte fast auf dem Absatz kehrtgemacht. Aaaarrgh. Ich konnte heute wirklich keine abfälligen Kommentare von Collette ertragen, ich war im Moment viel zu verletzlich und weinerlich. Ich wünschte, ich wäre an diesem Morgen so vorausschauend gewesen, mich krankzumelden, um diese weitere Demütigung zu vermeiden.

«Hi, Maddie!», rief Becky, als ich meinen Computer anschaltete. «Hattest du einen schönen Urlaub? Das Wetter war ja toll.»

Ich brachte ein Lächeln zustande. «Das Wetter war ganz schön, ja», antwortete ich. Das war zumindest keine komplette Lüge – von den drei Tagen, die ich in Wales gewesen war, waren zwei richtig heiß gewesen; darüber konnte ich mich nicht beschweren. «Ach du meine Güte», sagte ich, als ich sah, wie viele E-Mails in meinem Eingangsordner waren. «Ich glaub, die muss ich erst mal durchgehen, ehe ich irgendwas anderes mache.»

Wenn das nicht kurz und bündig war, dachte ich und überflog die E-Mails. So weit, so gut. Und Collette war normalerweise so mit sich selbst beschäftigt, dass sie vergaß, sich nach dem Leben anderer Leute zu erkundigen – vor ihr war ich wahrscheinlich auch sicher.

Gerade als ich an sie dachte, erschien sie mit ihrem üblichen Coffee-to-go und einer neuen, erbsengrünen Tasche über der Schulter im Büro. Als sie mich sah, blieb sie wie angewurzelt stehen, sah mich von oben bis unten an, schlug dramatisch die Hand vor den Mund und machte ein schockiertes Gesicht. «Oh. Mein. Gott», sagte sie. «Maddie! Du schrumpfst! Du bist total geschrumpft!»

Einen Moment lang sah ich mich vor meinem geistigen Auge zum Däumling geschrumpft, aber dann wurde mir klar, was sie meinte.

«Becky, Em, Cathy, guckt euch mal Maddie an!», kreischte sie und wandte sich dann wieder mir zu. «Die Diät funktioniert, Schätzchen. Du siehst *verführerisch* aus!»

Ich rümpfte die Nase. Verführerisch? So ein Unsinn. Ich war eine Million Kilometer entfernt von verführerisch. Aber dennoch, trotz Collettes Übertreibung merkte ich, dass ich vor Freude rot wurde, als alle mich ansahen und dann nickten und zustimmten, dass ich definitiv ein paar Pfund abgenommen hatte und dass mein Gesicht schmaler aussah.

«Und uns hast du erzählt, du wärst im Urlaub gewesen – ja, klar», witzelte Collette. «Wir wissen genau, dass du auf der Fettfarm warst oder wie sich das nennt!»

Autsch. Kaum war sie mal ein winziges bisschen nett zu mir, musste sie das Messer in der Wunde umdrehen. Fettfarm. *Ich habe* tatsächlich *ein paar Pfund abgenommen, Collette, und zwar, weil ich halb verrückt bin vor Sorge um meine Mutter, die einen gewaltigen Hirntumor hat*, hätte ich fast gesagt, aber ich schaffte es, die Worte für mich zu behalten. Wahrscheinlich wäre ich nur in Tränen ausgebrochen, und sie hätte sich mit angeekeltem Gesicht und den Worten *Uh, lass mich bloß in Ruhe, du Verrückte* gerächt.

Ich sagte nichts. Wenn Blicke allerdings töten könnten, wäre sie erledigt gewesen, meine Hasswellen hätten sie sofort ausgeschaltet, und sie hätte sich vor Qualen und Reue auf dem Boden gewunden.

«Ist es wirklich schon zwei Wochen her, dass wir über unsere Kampagne berichtet haben?», gurrte Collette in der Mitte der Sendung. «Wir haben bis jetzt super Feedback für unsere Macht-

Birmingham-schön-Kampagne bekommen – Tausende von euch haben sich schon die Schönheitstipps auf unserer Website angeguckt und die Werbegeschenke bestellt, und wir haben Hunderte von E-Mails und SMS bekommen, in denen ihr uns schreibt, wie es bei euch läuft.»

Ich schnitt eine Grimasse in Beckys Richtung. Hunderte von E-Mails? Das dürfte ja wohl eine Übertreibung sein. Aber Collette spielte sich gern auf, das wussten wir ja beide.

«Ich wette, ihr sterbt vor Neugier, weil ihr wissen wollt, wie wir hier in den letzten zwei Wochen vorangekommen sind», fuhr sie fort. «Macht euch keine Sorgen, das Warten hat gleich ein Ende. Gleich nach diesem phantastischen neuen Song von Lily Allen gibt es einen vollständigen Bericht.» Sie drückte auf einen Knopf, damit das Lied losging, und bedeutete Becky und mir dann, ins Studio zu kommen. O Gott, jetzt waren wir dran. Mir war heute wirklich nicht danach, live auf Sendung über mich zu reden. Vergesst meine bisherigen Ambitionen, vergesst meine dummen Träume, Moderatorin zu werden, heute wollte ich einfach still und anonym sein, den Ball flachhalten und den Arbeitstag hinter mich bringen, damit ich nach Mom sehen konnte.

Es war ziemlich eng im Studio, und ich war mir meiner Masse sehr bewusst, als Becky und ich uns Collette gegenüber an den Tisch setzten, über dem das riesige Gäste-Mikrophon von der Decke hing. Hinter ihrer Mauer aus Monitoren sah Collette zu uns auf.

«Alles klar?», fragte sie. «Wunderbar. Dann mach ich die Einführung, dann kommst du, Bex, dann leiten wir zu Andy über, und dann zu dir, Maddie. Denkt dran zu lächeln, für die Webcam, okay?»

Ich blickte matt zu der Kamera, die direkt auf uns gerichtet war. O nein. Das hatte ich völlig vergessen. Also war ich nicht nur live auf Sendung, sondern auch noch auf Tausenden von Computern. *Hilfe.* Ich wünschte, ich hätte irgendwas Schmeichelhafteres angezogen und an dem Morgen mehr Zeit auf meine Haare verwendet. Sie hingen mir strähnig und ungepflegt auf die Schultern, und mein Schlabberoberteil hatte schon länger kein Bügeleisen gesehen. Offen gesagt war meine äußere Erscheinung in letzter Zeit nicht gerade meine Hauptsorge.

Collette zwinkerte uns zu. «Ihr hört Birmingham FM, und hier ist Collette McMahon, und das noch bis zwei Uhr. Wie versprochen, wollen wir jetzt mal hören, was das Team für Fortschritte macht mit unserer Kampagne Macht-Birmingham-schön. Noch schöner, als es sowieso schon ist, natürlich. Also, wenn ihr euch erinnert, vor zwei Wochen habe ich jedem von uns eine Aufgabe gegeben. Meine war es, eine Farbberatung auszuprobieren, Becky war bei einer Make-up-Stunde, Andy hat einen persönlichen Shopping-Assistenten bekommen, um sich umzustylen, und die gute alte Maddie macht mit dem Kampf gegen die Pfunde weiter. Puh! Ihr könnt echt nicht sagen, dass wir für euch nicht eine Menge auf uns nehmen!»

In der Tat. Wie unfassbar aufopfernd Collette war, dachte ich bissig, als ich ihrem Gequassel darüber zuhörte, wie sie es nach der Beratung zum ersten Mal gewagt hatte, ein grünes Oberteil anzuziehen, und wie sehr sie ihre göttliche neue, grüne Tasche liebte. Das hätte es nie gegeben, als Chip die Sendung moderierte.

Becky war die Nächste, und sie beschrieb stockend ihre Make-up-Stunde. Sie schien nicht so richtig zu wissen, was sie sagen sollte, und schnitt immer wieder hilfesuchende Grimassen, woraufhin Collette sie schließlich erlöste. «Guckt euch Beckys Werk auf unserer Website an, Leute», sagte sie. «Da sind ein paar Vorher/Nachher-Bilder zu sehen. Ich muss sagen, ihre Haut sieht im Moment wirklich *besonders* makellos aus. So, dann wollen wir mal hören, wie es Andy, unserem Chef, mit seiner kleinen Typveränderung geht. Andy, Schatz, du siehst natürlich immer wunderbar aus, aber hast du von deinem persönlichen Shopping-Assistenten irgendwelche neuen Stylingtipps für den Sommer bekommen?»

Andy, der in einem anderen Studio saß, erzählte kurz, wie er versucht hatte, hellblaue Boardshorts und Segelschuhe zu tragen, ohne wie ein kompletter Idiot auszusehen. «Ich hab zwar ein paar Kommentare geerntet», sagte er, «aber leider keine besonders netten. Und meine Frau hat mich nur kurz angeguckt und einen Lachanfall gekriegt. Ich schätze, ich bin einfach der Jeans-und-T-Shirt-Typ, Collette.»

«Na, mal gucken, was unsere Hörer dazu sagen», antwortete Collette. «Fotos von Andys trendigem Sommer-Outfit findet ihr auf unserer Website. Da könnt ihr auch abstimmen, ob er heiß aussieht ... oder nicht! Und vergesst nicht, ihr könnt für alle diese Erlebnisse Gutscheine gewinnen – für eine Farbberatung, für eine Make-up-Stunde bei *Selfridges* oder für zwei Stunden mit einem persönlichen Shopping-Assistenten. Also, bleibt dran! Aber ein Mitglied aus unserem Team ist noch übrig. Sie hat Kalorien gezählt und das Fett bekämpft ... Maddie.»

Ich schluckte, als sie sich mir zuwandte.

«Bevor wir hören, wie es ihr ergangen ist, empfehle ich euch dringend, mal einen Blick auf unsere Webcam zu werfen, damit ihr sehen könnt, wie Maddie die Pfunde verliert», sagte sie und grinste mich an. «Sie kommt langsam richtig gut in Form und ist jetzt hier bei uns, um uns alles zu erzählen. Dein Einsatz, Maddie.»

Ich holte tief Luft. Mir war schrecklich bewusst, dass die Kamera direkt auf mich gerichtet war, und mir graute bei dem

Gedanken, dass mein dickes, ängstliches Gesicht auf all diesen Computern zu sehen war.

«Also, ich hab eine ziemlich harte Zeit hinter mir», platzte ich raus und hielt dann überrascht den Mund. Wo war das denn hergekommen? Aber ehe ich mich davon abhalten konnte, flossen die Worte nur so aus mir heraus.

«Meine Mutter ist plötzlich krank geworden, und ich mache mir wirklich Sorgen um sie», sagte ich. Meine Finger zitterten und verkrampften sich, als ich versuchte, sie davon abzuhalten. Das Adrenalin schoss durch mich hindurch, während mein Mund von ganz allein funktionierte. «Und abgesehen davon, dass ich vor Sorge fast verrückt geworden bin, hab ich deshalb auch mal über meine eigene Gesundheit nachgedacht. Ich hab nicht besonders viel Sport gemacht in den letzten ... na ja, über dreißig Jahren, wenn ich ehrlich bin. Und seit es meiner Mutter so schlechtgeht, ist mir klar, wie wichtig Gesundheit und Fitness sind. Also war ich ziemlich viel im Fitnessstudio und ...»

Aus den Augenwinkeln sah ich Collette Komm-zur-Sache-Gesten machen, aber ich ignorierte sie. Ich hatte einen Lauf.

«Es ist komisch, ich dachte immer, dass ich als dicker Mensch im Fitnessstudio ausgelacht werden würde, so nach dem Motto, ‹Was will *die* denn hier?›. Aber man wird dort ganz toll unterstützt. Alle ermutigen und loben mich und vermitteln mir das Gefühl, dass es ganz wunderbar ist, etwas zu tun und fit zu werden. Und bei dem ganzen Stress und der Sorge um meine Mom ist das Fitnessstudio der Ort geworden, an dem ich mich stark fühle und an dem ich die Kontrolle habe, der mir das Gefühl gibt, dass ich das schon packe. Ich tue es für meine Mom und meinen Mann und meine Kinder, weil ich die Energie und die Kraft haben möchte, sie zu lieben und mich um sie zu kümmern, aber vor allem tue ich es für mich. Ja, ich tue es für mich – und das ist ein großartiges Gefühl.»

Ich unterbrach mich, etwas erschüttert von der Wortflut, die da aus mir herausgebrochen war. O Gott. *Was* hatte ich gerade gesagt? Hatte das überhaupt irgendeinen Sinn ergeben? Es war gewesen, als würde jemand anders sprechen, nicht ich. Beckys Arm lag um meine Schultern, und ich hatte nicht mal bemerkt, dass sie ihn dorthin gelegt hatte.

Es gab eine kurze Pause, ehe Collette einsprang und sie füllte. Sie wirkte etwas verblüfft, als hätte sie nicht erwartet, dass ich so lange reden würde. Das hatte ich allerdings auch nicht erwartet.

«Danke, Maddie», sagte sie. «Gut! *Das* kam nun wirklich aus tiefstem Herzen. Alle Vorschläge für unsere nächsten Verschönerungsaktionen sind willkommen – ich halte euch in meinem Blog auf dem Laufenden. Und gleich erfahrt ihr auch Näheres darüber, wie ihr Produkte gewinnt, mit denen ihr euch selbst noch mehr verschönern könnt, aber zuerst kommt Nita mit dem Verkehrsüberblick.»

Sie drückte einen Schalter, und wir hörten Nitas Stimme, die quälende Geschichten von der M42 erzählte. Becky drückte mich. «Alles in Ordnung?», fragte sie leise.

Ich nickte. «Ich glaube schon», sagte ich.

Collette stand auf und stemmte die Hände in die Hüften. «Maddie, das war ein bisschen unprofessionell», sagte sie. «Du solltest über das Abnehmen sprechen, nicht das ganze Zeug über deine Mutter. Du musst versuchen, bei der Sache zu bleiben. Die Leute denken ja, sie sind bei der Kummer-Show gelandet, nicht …»

Aber bevor sie weitersprechen konnte, erschien Andys Gesicht hinter der Glasscheibe und bedeutete mir rauszukommen.

«Jetzt bist du erledigt», sagte Collette und konnte ihre Schadenfreude nicht verbergen. «Sag nicht, ich hätte dich nicht gewarnt.»

Becky folgte mir hinaus, und auch Collette eilte hinterher, ganz erpicht darauf mitzubekommen, wie ich einen Anschiss bekam.

Andy hatte jedoch überhaupt nicht vor, mich herunterzuputzen, und legte mir lächelnd eine Hand auf die Schulter. «Maddie – ich wollte nur sagen, *das* war Hörfunk. Phantastisch», sagte er. «Du warst so eloquent, so mitreißend – du bist ein Naturtalent. Wirklich wunderbar, gut gemacht.»

Collette schnaubte vor Wut. «*Ich* habe Maddie gerade gesagt, dass ich es leider ziemlich unprofessionell fand», warf sie ein, ehe ich antworten konnte. «Sie hat viel zu lange geredet, sie hat sich wiederholt, sie –»

«Im Gegenteil», unterbrach Andy sie. «Ich fand dich großartig, Maddie. Ehrlich und inspirierend. Perfekt.» Er drückte meine Hand. «Und es tut mir übrigens sehr leid, das mit deiner Mutter zu hören», fügte er hinzu. «Sie hat über die Jahre so viel für uns getan – grüß sie ganz herzlich von uns, wenn du sie siehst. Ich werde Emily bitten, ihr Blumen zu schicken.»

«Danke», sagte ich benommen, während Collette zurück ins Studio stolzierte und mich feindselig ansah. «Das ... das ist sehr nett.»

Becky und ich gingen zurück an unsere Schreibtische. «Das muss hart gewesen sein», sagte sie ruhig. «Auf Sendung über die letzten Wochen reden zu müssen, wenn alles so schwierig ist. Es tut mir wirklich leid, dass du das machen musstest, Maddie. Hätte ich auch nur geahnt, dass deine Mom krank ist, hätte ich Collette das Stück gar nicht machen lassen.»

«Danke», sagte ich. Jetzt, da das Adrenalin langsam wich, spürte ich jede Minute meiner schlaflosen Nacht. Ich erinnerte mich, wie hasserfüllt Collette mich angesehen hatte, und schauderte. «Das war wahrscheinlich sowieso das letzte Mal, dass sie mich in der Sendung zu Wort kommen lässt», sagte ich erleichtert. «Sie wird mich unauffällig fallenlassen, und dann habe ich nichts mehr mit der ganzen doofen Kampagne zu tun, wart mal ab.»

Falscher hätte ich gar nicht liegen können.

«Schätzchen, du bist sehr, sehr ungezogen, deinetwegen musste ich heute weinen, als ich eure Sendung gehört habe, weißt du das?», sagte Mom ohne Einleitung, als ich nach meiner Schicht bei ihr vorbeikam. «Vor Stolz natürlich, und vor Schuldgefühlen, weil du meinetwegen so einen Stress hast. Oh, und ich habe einen Wahnsinnsblumenstrauß von deinem reizenden Chef bekommen. Meine Güte! Es müssen ja alle gedacht haben, dass ich gleich tot umfalle oder so.»

Ich lachte über die trotzige Art, mit der sie das sagte, aber gleichzeitig tat es mir in der Seele weh. Wie konnte sie so locker übers Sterben reden, nachdem es ihr plötzlich so nah gekommen war?

«Das ging aber schnell», sagte ich, als ich die Blumen in der Spüle sah, noch in Cellophan. «Andy hat sie erst heute Mittag bestellt. Ich stell sie in die Vase, ja?»

«Oh, würdest du das tun? Gerald hat dem Boten aufgemacht, aber du weißt ja, wie er ist, hat keine Ahnung von solchen Dingen, und ich hab mich nicht so gefühlt. Danke, Schätzchen. Gott», sagte sie, als ich an ihr vorbeiging, «du hast aber ganz schön abgenommen. Mike hat wohl ordentlich die Peitsche knallen lassen, was?»

«So ähnlich», sagte ich. «Er ist nett, nicht? Mike? Ich mag ihn wirklich. Und ich bin so froh, dass du mich in den Hintern getreten und mich beim Fitnessstudio angemeldet hast.» Ich nahm die tropfenden Blumen aus der Spüle und schnitt vorsichtig das Cellophan auf. Es waren süß duftende weiße Fresien, pinkfarbene Gerbera, rosa Rosen und cremeweiße und rosa Päonien, so voll und rund, dass sie aussahen wie Himbeereiskugeln. «Das beweist mal wieder, dass du einfach immer recht hast, Mom.»

Sie kicherte. «Ah, da bin ich aber froh, dass dir das endlich klargeworden ist. Hat ja eine Weile gedauert, aber ich wusste, dass du es am Ende begreifen würdest.»

Ich füllte eine Vase mit Wasser und arrangierte die Blumen, während wir darüber sprachen, wie es ihr ging. Dann konnte ich nicht mehr länger warten und platzte mit meinen guten Neuigkeiten heraus.

«Mom, weißt du, nachdem ich heute im Radio geredet habe, da haben wir die erstaunlichsten Reaktionen bekommen. Es haben über zweihundert Leute angerufen oder E-Mails geschrieben – und alle haben nette Sachen gesagt. Dass sie hoffen, ich mache weiter mit dem Training, und dass ich sie inspiriert habe. Und alle möglichen Leute haben auch gesagt, sie hoffen, dass es dir bald besser geht.»

Ich sah, dass sie leicht ihr Kinn reckte, auf diese stolze, erfreute Weise, die ich von ihr kannte. «Wie nett von ihnen. Und du hast es dir wirklich verdient. Ehrlich, Liebling, diese Collette wirkt neben dir wie eine totale Amateurin.»

«Das ist noch nicht alles», sagte ich lächelnd. «Andy, mein Chef, war so begeistert von den Reaktionen, dass er mich gefragt hat, ob ich auf der Website nicht einen wöchentlichen Blog schreiben möchte. Darüber, wie ich vorankomme. Ist das nicht cool?»

«Phantastisch», sagte sie und streckte die Arme aus, um mich zu drücken, zuckte bei der Bewegung aber zusammen. «Dieser dumme Kopf», sagte sie, kniff die Augen zusammen und legte eine Hand an ihre Schläfe. «Wirklich, beim kleinsten bisschen …»

«Alles in Ordnung? Soll ich dir Schmerztabletten holen?», fragte ich. Obwohl Gerald mir im Vertrauen gesagt hatte, dass sie jeden Abend unter unerträglichen Kopfschmerzen und Übelkeit litt, war sie geschickt darin, das vor mir zu überspielen.

Sie schlug vorsichtig die Augen auf. «Ich darf bis sechs Uhr keine mehr nehmen», sagte sie und zwang sich zu lächeln. «Nicht, dass ich ständig auf die Uhr gucke oder so.» Sie zog eine Grimasse. «Mir geht's gut. Allerdings kann ich diese elende Chemo kaum erwarten. Mir ist egal, ob ich danach völlig kahl bin, Hauptsache, ich werde diesen blöden Tumor los. Ich möchte einfach, dass alles wieder normal wird, das ist alles.»

Ich hielt ihre Hand, streichelte die weiche, fast durchsichtige Haut und versuchte, nicht daran zu denken, wie die Infusionsnadel ihre Venen durchstach.

«Ich auch», sagte ich. «Ich auch.»

12. Bittersüß

Jess

Samstagabend um sieben Uhr klopfte es an der Tür. Charlie war gerade gegangen, um einen Kumpel zu treffen, und ich dachte erst, er hätte etwas vergessen.

Aber so war es nicht. Shelley, Gemma und Nat standen vor der Tür, strahlend.

«Überraschung! Wir entführen dich heute Abend!», sagte Shelley, nahm mich beim Handgelenk und zog mich über die Schwelle.

«Was meinst du? Was geht hier vor?» Meine Finger waren vom Geschirrabwaschen ganz schaumig. «Ihr *entführt* mich?»

«Ja, genau», sagte Nat. «Trockne dir die Hände ab, Mrs. Feudel, und zieh Schuhe an. Du hast zwei Minuten.»

Sie hatte sich die Haare schneiden lassen, sie sahen wild und elfenhaft aus. Es passte zu ihren zarten Gesichtszügen.

Ich schluckte. «Aber ich ...», hob ich an.

Aber ich bin mit dem Abwaschen noch nicht fertig!

Aber ich kann nicht ausgehen, ohne dass Charlie es weiß!

Aber ich hatte mich auf einen ruhigen Abend eingestellt und wollte Hochzeitszeitschriften lesen und fernsehen!

«Kein Aber», sagte Gem streng. Sie sah aus, als wäre sie in ihre

Jeans hineingegossen worden, so eng waren sie. «Immer schön marschieren beim Formulieren.»

Ich musste lachen. Das war so ein Spruch von Colin, dem alten Kerl, der im *White Lion* arbeitete. Er rief es ungefähr alle zehn Sekunden, wenn er abends die Gläser einsammelte und versuchte, alle rauszuscheuchen. Ich hatte es ihn sehr, sehr lange nicht mehr sagen hören.

«Beeilung!», befahl Shelley und stellte ihren Fuß in die Tür. «Bleib einfach, wie du bist – du brauchst dich nicht umziehen oder so. Wir amüsieren uns ein bisschen. Wie in alten Zeiten, ja?»

Ich biss mir auf die Lippe und dachte über das Angebot nach. Es war Samstagabend, und es war Ewigkeiten her, dass ich mich so richtig unterhalten hatte mit den Mädels. Und wenn ich nicht zu spät wiederkam, brauchte Charlie ja gar nicht zu erfahren, dass ich überhaupt weg gewesen war.

«Ja, okay», sagte ich lächelnd und war plötzlich ganz begeistert von ihrem Überraschungsbesuch. Ich schlüpfte in meine Schuhe und griff nach Portemonnaie und Schlüsseln. Ich war noch geschminkt und hatte meine Haare morgens erst gewaschen, musste also eigentlich passabel aussehen.

«Wunderbar. Was machen wir? Schönheitspflege? Soll ich ein paar Cremes und was zu trinken mitnehmen? Wo gehen wir hin?»

«Wir brauchen keine Cremes und auch nichts zu trinken», sagte Nat, «obwohl ich persönlich dringend mal wieder einen Schönheitsabend mit dir gebrauchen könnte. Wenn ich so darüber nachdenke, wäre eine Gesichtsbehandlung nicht schlecht ...»

«Wir haben Susan gebucht», redete Gemma dazwischen. Nat neigte zum Schwafeln. «Bei uns zu Hause. Wir wussten ja noch, wie dringend du sie letztes Mal sehen wolltest, deshalb ...»

«Susan? Oooh, toll», sagte ich und merkte, wie mir ein Schauer über den Rücken lief, als ich die Haustür hinter mir zuzog und wir die Straße hinuntergingen. Jetzt war ich wirklich aufgeregt. Susan Ridley war eine Hellseherin, von der uns Nats Mutter vor ein paar Jahren erzählt hatte. Nats Mutter hatte sie in einer spiritualistischen Kirche kennengelernt, und Susan war unheimlich genau gewesen, hatte eine Nachricht von Nats verstorbener Oma überbracht («Vergiss nicht, die Clematis zurückzuschneiden»), einen unmittelbar bevorstehenden sportlichen Triumph für die Familie vorhergesagt (Nats Bruder war an dem Wochenende den Halbmarathon von Birmingham in unter zwei Stunden gelaufen) und eine Schwangerschaft ganz nah an zu Hause verkündet. Nat hatte mindestens viermal energisch bestreiten müssen, selbst schwanger zu sein, bis Mrs. Bingham, die frisch verheiratete Nachbarin, ihre frohe Botschaft überbrachte.

Damals hatten wir noch alle zusammengewohnt und Susan sofort für eine Sitzung bei uns in der Wohnung gebucht. Leider hatte ich an dem Abend, an dem sie kommen sollte, auf dem Rückweg von der Arbeit eine Autopanne, und als ich zu Hause ankam, hatte Susan schon ihre Tarotkarten zusammengepackt und war gegangen, und die anderen erzählten mir atemlos von den großen, dunklen Fremden und den aufregenden Reisen, die vor ihnen lagen.

Seitdem hatte ich mich oft gefragt, was sie mir gesagt hätte, aber ich hatte nie den Mut aufgebracht, sie alleine aufzusuchen. Jetzt würde ich meine Chance bekommen ... und ich konnte es kaum erwarten. Ich hoffte, sie würde mir sagen, wie wunderbar die Hochzeit werden würde.

«Dabei fällt mir ein», sagte ich, als wir ans Ende der Straße kamen. Ich wollte ihnen gerade das Datum sagen, das Charlie und ich für die Hochzeit festgelegt hatten, aber dann sagte ich doch lieber nichts. Das Problem war, ich hatte meine Mutter und meinen Vater noch gar nicht gefragt, ob sie an besagtem Samstag Zeit hatten – was ziemlich entscheidend war. Vorher sollte ich den anderen nichts von dem Datum erzählen. Und außerdem … plötzlich fiel mir ein, wie abschätzig Shelley über Charlie gesprochen hatte, als ich das letzte Mal mit ihr unterwegs gewesen war, und ich hatte keine Lust mehr auf das Thema.

«Was?», fragte Nat. «Was für eine dramatische Pause. Jetzt lass uns bloß nicht hängen!»

Ich lachte und überlegte, was ich sagen sollte. «Ähm … ich hab eure neue Wohnung noch gar nicht gesehen.»

Shelley stupste mich mit dem Ellbogen in die Seite. «Nein – und eigentlich ist die schon gar nicht mehr neu, Madame. Wir sind im *Januar* eingezogen. Du bist vielleicht eine Freundin. Du hättest schon lange mit einer Topfpflanze und einer Flasche Billigwein vor der Tür stehen müssen.»

Ich fühlte mich schlecht. Sie hatte recht. Ich war wirklich keine besonders gute Freundin gewesen. «Na, ich hoffe jedenfalls, ihr habt für mich aufgeräumt», sagte ich in dem Versuch, einen Witz zu machen. Als ich noch mit ihnen zusammengelebt hatte, war ich immer die Unordentlichste von allen gewesen. Einmal waren wir kurz davor gewesen, uns zu prügeln, weil ich mich immer wieder als unfähig erwies, Toast zu machen, ohne von der Arbeitsfläche bis zum Tisch eine Spur aus Krümeln zu hinterlassen. «Als würde man mit Hänsel und Gretel zusammenleben!», hatte sie getobt.

Inzwischen war ich erwachsen geworden und hatte kapiert, dass die Krümel nur dann verschwanden und die Wäsche und das Geschirr nur dann gewaschen wurden, wenn *ich* es tat. Außerdem machte ich gerne alles schön für Charlie. Für uns.

Als wir bei ihrem Haus ankamen, führte Shelley mich herum. Sie arbeitete bei einem Makler und hatte sich ein tolles Haus unter den Nagel gerissen. Es war eine Doppelhaushälfte mit vier Zimmern, die sie wirklich schön eingerichtet hatten. Die drei Schlafzimmer waren ein Mädchentraum mit riesigen, überquellenden Kleiderschränken, wuchtigen Spiegeln und Lichterketten, und in dem langen Wohnzimmer, aus dem eine Wand herausgebrochen worden war, stand ein riesiges weiches Sofa mit vielen bunten Kissen. Auf dem Kaminsims war eine rosafarbene Federboa drapiert, es gab einen großen Fernseher und stapelweise DVDs und Videos (es hätte mich gewundert, wenn *Schlaflos in Seattle* immer noch funktionierte, so oft wie wir den schon gesehen hatten). Hinten vor dem bis zum Boden reichenden Fenster, das zu dem verwilderten Garten hinausging, standen Stühle und ein Tisch, und an der Wand über dem Tisch hing eine phantastische Fotocollage von den dreien in verschiedenen Party-Outfits. Ich ging näher heran.

«O Gott, das war die Schuldisco-Nacht, nicht?», rief ich, als ich ein Foto der legendären Party entdeckt hatte, die wir in unserem alten Haus gegeben hatten. Wir trugen alle weiße Schulhemden, kurze Röcke und zerrissene Netzstrümpfe, hatten die Haare zusammengebunden und uns mit braunem Kajal Sommersprossen auf die Nase gemalt. «Guck mal, wie dünn ich da war», sagte ich und legte die Hände auf meinen dicken Bauch, um ihn zu verstecken.

«Jess, sag das doch nicht so», schimpfte Shelley. «Ich finde, dass du sogar abgenommen hast, seit ich dich das letzte Mal gesehen hab – ich meine, nicht dass das nötig wäre», fügte sie schnell hinzu. «Aber dein Gesicht wirkt schmaler.»

Ich wurde rot. «Findest du?», fragte ich.

«Ganz bestimmt», sagte sie und stellte sich neben mich. «Die Party war der Wahnsinn, nicht?», sagte sie leise. «Oh, und das hier war dein Geburtstag, weißt du noch? Vor drei Jahren, oder?

Als wir alle ins *The Ram* gegangen sind und du wegen einer Wette diesen Polizisten abknutschen musstest.»

Ich kicherte. «Und du und Gems, ihr seid ausgeschimpft worden, weil ihr zu Abba auf dem Tisch getanzt habt», sagte ich, und die Erinnerungen stürmten jetzt nur so auf mich ein. «Wie wir damals waren …»

«Glückliche Zeiten», sagte Gemma, die sich zu uns gesellt hatte. «Wir müssen dich öfter dazu kriegen, mit uns auszugehen, Jess. Selbst, wenn wir uns dafür hinter einem Auto verstecken müssen, bis Charlie das Haus verlässt, damit wir dich entführen können.»

Ich starrte sie mit offenem Mund an. «Das habt ihr nicht gemacht!»

Ehe sie antworten konnte, klopfte es an der Tür. «Das muss Susan sein!», kreischte Nat und lief hin, um zu öffnen.

Shelley griff aufgeregt nach meinem Arm und zog mich zum Sofa. «Setz dich, Jess», sagte sie. «Ich hole den Wein. Ich glaub, ich muss mir ein bisschen Mut antrinken.»

Susan Ridley war ganz anders, als ich sie mir vorgestellt hatte. Ich war davon ausgegangen, dass sie alle Wahrsagerinnen-Klischees auf einmal erfüllte: ein runzeliges, gebeugtes altes Weib mit Kopftuch und Kreolen und durchdringendem, leicht irrem Blick, der einem direkt in die Seele sah. Nichts davon.

Herein kam eine große Frau in den Dreißigern mit dunklen Locken, die enge schwarze Jeans trug und ein Retro-Shirt mit David Bowie drauf. «Hey», sagte sie, sah sich um und lächelte. «Wo soll ich mich hinsetzen?»

«Hi, Susan», sagte Gemma. «Ich bin Gemma, und das ist Jess. Wollen wir uns hier an den Tisch setzen?»

«Perfekt», sagte sie und ging durch den Raum. «Ich habe ein

gutes Gefühl bei diesem Raum, wisst ihr. Viel Musik und Tanz, sagen mir meine Geister.»

Gemma grinste. «Da hast du genau ins Schwarze getroffen», antwortete sie. «Wir schieben oft den Tisch zur Seite und tanzen hier, bevor wir ausgehen.»

Shelley kam mit einem Tablett herein, auf dem Weingläser standen. «Solange dir deine Geister nicht verraten, wie ich hier vor meiner Gymnastik-DVD ächze und stöhne, ist mir das egal», sagte sie. «Möchtest du was trinken, Susan?»

Nachdem Susan einen Pfefferminztee bekommen hatte und wir anderen unsere Gläser mit Sauvignon Blanc gefüllt hatten, konnte es losgehen. Plötzlich wurde ich ganz kribbelig. Was, wenn Susan sagte, dass mir oder jemandem, den ich kannte, etwas Schlimmes passieren würde? Was, wenn sie in meiner Hand las, dass ich auf dem Nachhauseweg vom Bus überfahren würde? Was, wenn ihre Geister ihr sagten, dass ich eine dicke Versagerin war, die keinen Wein trinken sollte, weil der für jemanden, der angeblich auf Diät war, viel zu viele Kalorien hatte? Ich stellte schnell mein Glas ab. Ich würde nur dieses eine trinken, schwor ich, und dann auf Wasser umsteigen. Ich wollte sowieso nicht, dass Charlie Alkohol an mir roch. Wenn er erfuhr, dass ich mich hinter seinem Rücken weggeschlichen hatte, wäre er nicht besonders glücklich.

«Wer will zuerst?», fragte Susan, nahm einen Stapel Tarotkarten aus einem violetten Samttuch und breitete sie vor sich auf dem Tisch aus.

Zum Glück drängelten sich die anderen darum, wem als Erstes die Karten gelegt wurden. Gemma gewann und setzte sich Susan gegenüber an den Tisch, während Shelley das Sofa verschob, damit wir alle in gemessenem Abstand sitzen und zuhören konnten.

Susan bat Gemma, die Karten zu mischen, und teilte den Stapel, zwei Mal. Dann legte sie auf dem violetten Samttuch ein Muster. Ich sah ihr zu, zittrig und beklommen. Plötzlich wirkte es so ernst – und irgendwie dumm. Was machten wir denn hier, mit Tarotkarten und Geistern herumspielen? Die Atmosphäre schien aufgeladen, elektrisch, als würde etwas passieren. Ich konnte nicht anders, ich musste an diese Horrorfilme denken, in denen böse Geister durch das Haus tobten, Möbel verrückten, Bilder von den Wänden rissen, Spiegel zerbrachen ...

Ich wünschte mir gerade, zu Hause zu sein und mit meinem Lottoschein der Auslosung zuzugucken, als Susan das dreckigste Lachen von sich gab, das ich je gehört hatte. «Meine Güte», sagte sie und sah prüfend die Karten an, die vor ihr lagen. «Du bist ein ziemliches Luder, oder?» Gemma lachte hell auf und schlug die Hand vor den Mund. Nat, Shelley und ich brachen auch in Lachen aus. Gemma *war* eine ziemliche Draufgängerin, das konnte man nicht anders sagen. Sie war immer diejenige, die man in der ganzen Wohnung hörte oder die einen am nächsten Morgen zum Prusten brachte mit den Geschichten von dem, was sie in der Nacht getrieben hatte.

«Also, wollen wir mal sehen ... hier ist die Karte der Liebenden, der Ritter der Stäbe, hier haben wir die Kaiserin ...» Susan sah Gemma an. «Bei dir ist im Moment aber ganz schön was los, nicht?»

Gemma stammelte irgendwas, und Shelley stieß mich mit dem Ellbogen an. «Die Frage ist wohl eher, wann bei Gemma mal nichts los ist», flüsterte sie. «In letzter Zeit hätte man ihr Schlafzimmer für einen Bahnhof halten können, bei so viel Kommen und Gehen.»

«Und die Geister sagen ... Ooh.» Susan hob die Augenbrauen und machte eine Pause, als würde sie zuhören. «Sie sagen, dass dieser Typ, den du im Moment triffst – ich verstehe den Namen nicht richtig. Vielleicht Gareth? Graham? Sie sagen, er ist gebaut wie eine Flasche Domestos, wenn du verstehst, was ich meine.»

Gemma schüttelte sich entzückt. «O Gott!», quiekte sie. «Er heißt Gary. Und ... ja, deine Geister haben recht. Er ist ... ähm ... ziemlich gut ausgestattet.»

Shelley und Nat lachten sich schief. «Ich werde ihm nie wieder in die Augen sehen können», kicherte Shelley.

«Weil du so damit beschäftigt bist, woanders hinzugucken», stieß Nat hervor.

«Wer ist Gary?», flüsterte ich verblüfft.

«So 'n neuer Kerl. Sie hat ihn erst letztes Wochenende kennengelernt», wisperte Shelley zurück.

«Allerdings ...», fuhr Susan fort. «Er mag ja ein großer Junge sein, aber er, ähm ...» Sie unterbrach sich und senkte die Stimme. «Ich hoffe, es macht dir nichts aus, wenn ich das sage, aber er ... ähm ... versteht sein Kapital nicht gewinnbringend einzusetzen. Wie sag ich es am besten ... also, es ist, als ob er am Geldautomaten stünde und immer wieder versucht, die richtige Nummer einzugeben, aber es kommt kein Geld raus. Hab ich recht?»

Gemma wischte sich die Augen, als wir alle in hysterisches Gelächter ausbrachen. «Du hast recht», kicherte sie. «Aber daran arbeite ich schon, keine Sorge.»

Susan sah für Gemma noch eine Reise nach Amerika voraus, eine Veränderung im Beruf für Shelley und einen großen blonden Mann für Nat. Es klang alles sehr aufregend, und nach zwei Gläsern Wein hatte ich mich endlich auch so weit entspannt, dass ich den Prophezeiungen gebannt lauschte.

Es machte so viel Spaß, dass ich etwas schockiert war, als Nat aufstand und Susan mich ansah und sagte, «Okay, dann ist jetzt Nummer vier dran. Jess war dein Name, oder?»

«Oh», sagte ich törichterweise. «Bin ich dran?»

«Sie ist eine Blitzmerkerin, unsere Jess», frotzelte Gemma. Ich wurde rot, stand auf und ging zum Tisch hinüber. Ich hatte Herzklopfen, als ich mich zu Susan setzte. Mein Mund war trocken, und ich befeuchtete meine Lippen.

«Dann mal los», sagte sie munter und gab mir die Karten. «Misch sie und teil sie in drei Stapel, die du von links nach rechts vor dir hinlegst, Süße. Ich möchte, dass du währenddessen über die Fragen nachdenkst, auf die dir die Karten Antworten geben sollen. Einfach nur drüber nachdenken – du brauchst nichts zu sagen.»

Ich tat, was sie gesagt hatte. Meine Finger zitterten leicht, als ich die großen, glatten Karten hielt. Die erste Frage, die mir in den Kopf kam, war: Wird es mit mir und Charlie gutgehen?

Dann kam ich mir illoyal vor. Ich sollte an was anderes denken, statt Charlie anzuzweifeln. Was sollte ich fragen? Ich konnte Susans starkes Parfüm riechen, ein etwas abstoßender Patschuli-Geruch, der mir das Hirn vernebelte. *Denk nichts Schlechtes über ihr Parfüm, sie kann wahrscheinlich deine Gedanken lesen!*, warnte mich eine Stimme in meinem Kopf, und ich ließ vor Nervosität fast die Karten fallen.

«Das reicht, wenn du so weit bist», sagte Susan, und ich merkte, dass ich immer noch die Karten mischte. Mit einem schlechten Gewissen teilte ich sie schnell so auf, wie Susan gesagt hatte, und sie nahm die drei Stapel von rechts nach links auf und legte sie zu einem Deck zusammen. Sie nahm sie vom Tisch, hielt sie einen Moment und sah mich beobachtend und nachdenklich an.

Ich fühlte mich unter dem tiefen Blick ihrer braunen Augen entblößt, als könnte sie direkt in mich hineinsehen. Es war kein angenehmes Gefühl. «Die Geister geben mir den Namen Angela.

Kanntest du eine Angela? Sie ist inzwischen in die Welt der Geister hinübergegangen, aber das ist noch nicht lange her.»

Ich schluckte. «Meine Oma hieß Angela», sagte ich mit rauer Stimme. «Sie ist vor zwei Jahren gestorben.»

Susan nickte. «Angela ist im Moment bei uns», sagte sie, und ich sah mich um, als erwartete ich, dass meine Oma mit ihren silberblauen Locken am anderen Ende des Tisches saß und einen Keks in ihren Tee tunkte. «Sie sagt ... sie hat die Faust geballt. Sie ist wütend – aber nicht auf dich. Auf einen Mann. Sie sagt, er ist ein Tyrann, und sie mag keine Tyrannen.» Sie sah mir direkt in die Augen. «Ergibt das irgendeinen Sinn?»

Ich sah weg und schüttelte den Kopf. «Nein», sagte ich.

Susan zuckte mit den Schultern. «Manchmal kommen die Botschaften der Geister etwas verworren bei mir an – so verstehe ich sie jedenfalls. Vielleicht wird es ja später klarer. Dann fangen wir mal an, die Karten zu lesen.»

Sie drehte drei Karten um. Auf einer war eine Frau zu sehen, die eine Krone trug und auf einem Thron am Ufer saß. Die nächste Karte zeigte eine Frau, die aufrecht im Bett saß, die Hände vor dem Gesicht, hinter sich eine Reihe Schwerter. Und die dritte ... ich schnappte nach Luft. Die dritte Karte hieß «Tod» und zeigte ein Skelett in einer Rüstung, das auf dem Rücken eines Pferdes saß, zu dessen Füßen ohnmächtige und sterbende Menschen lagen.

Du meine Güte. Genau, was ich befürchtet hatte. Wer würde sterben? Ich? Charlie? Meine Mutter? Mein Vater?

Susan tätschelte mir die Hand. «Jeder reagiert so, wenn er die Todeskarte sieht, aber es bedeutet nicht, was du denkst, keine Angst. Es steht für Wandel, Umbruch – das muss nicht heißen, dass jemand stirbt.» Sie betrachtete die Karten. «Mal sehen ... Gut, wir haben also die Königin der Kelche – ich nehme an, das bist du. Sie ist sanft und emotional, ein freundlicher Mensch, aber ich bemerke auch Schwächen. Ein Mensch, der Angst vor dem Alleinsein hat. Ich verstehe es so, dass du jemand bist, der eher in einer Beziehung bleiben würde, selbst wenn es keine gute Beziehung ist.»

«Nein», sagte ich schnell und schüttelte den Kopf. «Das glaube ich nicht.» Ich konnte nicht zum Sofa gucken, wo die anderen saßen, ich wollte ihre Gesichter nicht sehen. Ich wünschte, sie würden das nicht hören.

«Die Todeskarte steht für eine große Veränderung in deinem Leben, eine Veränderung, über die du keine Kontrolle hast», sagte sie. «Und die Neun der Schwerter hier ist eine unglückliche Karte – sie steht für Täuschung und Verlust, und sogar für Gewalt. Es ist die Karte des Märtyrers, aber aus dem Leiden entsteht auch neues Leben, die Karte hat auch eine positive Botschaft, es ist also nicht nur schlimm.»

Ich war auf meinem Stuhl zurückgewichen. Das war kein Spaß mehr. Wie kam es, dass den anderen alle nette Dinge vorhergesagt worden waren, und meine Karten sprachen nur von Tod und Gewalt?

Ich guckte demonstrativ auf die Uhr. «Danke, aber ich sollte jetzt wirklich nach Hause», sagte ich und erhob mich.

Aber Susan nahm überraschend fest meine Hand. «Hab keine Angst», sagte sie. «Du musst keine Angst haben. Nicht vor mir jedenfalls. Aber vor ihm solltest du Angst haben. Er ist nicht gut für dich, dieser Mann. Du musst von ihm wegkommen.»

Ich schüttelte ihre Hand ab. «Das ist ein totales Missverständnis», sagte ich abwehrend, mit schriller, hoher Stimme. «Ich bin sehr glücklich. Ich liebe ihn. Und ich hab es satt, dass immer alle auf ihm rumhacken.» Ich wandte mich den anderen zu, die wie die Vögel auf der Stange auf dem Sofa saßen und mich anstarrten.

«Habt ihr das geplant? Habt ihr sie dazu gebracht, das alles zu sagen, oder was? Ich finde das überhaupt nicht lustig. Ich weiß, dass ihr Charlie nicht mögt, aber ich mag ihn. Und … und jetzt geh ich nach Hause.»

Sie sprangen auf und flehten mich an zu bleiben, aber ich hörte nicht hin. Ich stürmte wütend aus der Tür und marschierte so schnell nach Hause, dass ich ganz außer Atem dort ankam. Was für ein Spaß. Erst versteckten sie sich hinter den Autos, bis Charlie weg war, und dann brachten sie mich mit dieser Quacksalberin zusammen. Wahrscheinlich hatten sie Susan vorher eingetrichtert, was sie über Charlie sagen sollte. Ich war nur froh, dass ich noch nichts von dem Hochzeitstermin erzählt hatte. Denn jetzt würde ich sie auf keinen Fall mehr einladen. Ich wollte sie nie wiedersehen.

«Guten Abend allerseits. Ich hoffe, ihr habt alle den Sonnenschein genossen … na ja, die fünf Minuten, in denen heute die Sonne geschienen hat bei dem ganzen Regen. Wie geht es euch denn? Hat jemand Neuigkeiten, möchte jemand anfangen?»

Es war Montagabend, also Zeit für FatBusters. Ich hoffte, ich würde diese Woche gut abschneiden, denn ich hatte das ganze Wochenende über gehungert und war überzeugt, ein paar Pfunde verloren zu haben. Sogar, als ich heulend von der Tarot-Katastrophe zurückgekommen war, hatte ich nichts gegessen, obwohl ich mir so gern zum Trost etwas gegönnt hätte. Aber ich hatte widerstanden und mich stattdessen damit beschäftigt, Hochzeitskleider aus meinen Zeitschriften auszuschneiden und sie dann an den Kühlschrank und innen an die Türen der Küchenschränke zu kleben, als Mahnung, dass ich nicht vom Käse oder von den Schokoladenkeksen naschen sollte. Und weil ich mich wegen der zwei Gläser Wein so schlechtfühlte, die ich getrunken hatte (jeweils 115 Kalorien), hatte ich mich dann über die Toilette gehängt und versucht, sie wieder hochzuwürgen. Ich hatte es aber nicht geschafft und noch mehr geheult. Mein Hals war davon ganz wund, und ich fühlte mich vollkommen nutzlos. Nicht mal zur Magersüchtigen taugte ich.

Aber auf der anderen Seite hatte ich es geschafft, mich bei Moms und Dads Barbecue am Sonntagnachmittag zurückzuhalten. Ich hatte mich so darauf gefreut, ihnen unsere großen Neuigkeiten zu überbringen, obwohl sich nicht alles so entwickelt hatte wie erwartet.

Ich hatte kaum alle begrüßt, als ich damit herausplatzte, so aufgeregt war ich.

«Ich muss euch was erzählen! Wir haben einen Termin für die Hochzeit festgelegt – Samstag vor Weihnachten! Wir wollen die Einladungen so schnell wie möglich rausschicken, ich wollt's euch nur schon mal sagen, dann könnt ihr Tante Jean oder den andern schon mal Bescheid geben, wenn ihr mit ihnen sprecht, damit sie sich das Datum vormerken und –» Ich unterbrach mich. Charlie sah mich mit diesem *Halt den Mund!*-Blick an. Mir war nicht klar, warum. «Das wollt ich euch nur erzählen», sagte ich lahm.

Mom und Dad hatten sich angesehen. «Das ist ja ... das ist ja toll, Schätzchen», hatte Mom gesagt. Dann hatte sie Charlie vielsagend angesehen und gesagt, «Und der Termin steht jetzt fest? Ich meine, habt ihr schon irgendwo reserviert?»

«Na ja, bis jetzt nicht», sagte ich. «Aber wir ...»

Charlie unterbrach mich. «Wir hoffen, dass es dieser Tag wird, Mrs. Linley.»

«Ja», sagte ich, erfreut, weil er das Wort «hoffen» benutzt hatte. «Wir suchen noch nach dem geeigneten Ort, aber wenn ihr Zeit habt, können wir hoffentlich bald was buchen.»

Mom sagte mit spitzen Lippen, «Na ja, dann beeilt euch mal lieber. Samstag vor Weihnachten? Das meiste ist wahrscheinlich schon ausgebucht.» Sie kniff ein wenig die Augen zusammen und sah erst Charlie und dann wieder mich an. «Wir *haben* an dem Wochenende Zeit, aber ... na ja. Wahrscheinlich wird es das Beste sein, wenn ich warte, bis ihr etwas reserviert habt, ehe ich es jemandem sage, ja? Das letzte Mal soll sich ja nicht wiederholen.»

Es hatte eine schreckliche Stille geherrscht, bis Dad in die Hände geklatscht und in einem nicht besonders überzeugenden fröhlichen Tonfall gesagt hatte, «Wer möchte denn selbstgemachte Bowle?»

Egal, sie konnten denken, was sie wollten, wir würden im Dezember heiraten, und ich würde bis dahin zehn Kilo abnehmen. Ich würde es ihnen allen zeigen.

Ein Flüstern zu meiner Linken riss mich aus meinen Gedanken. «Hey, Jess.»

Ich drehte mich um und sah, dass Maddie sich auf den Stuhl neben mir gesetzt hatte. «Oh, hi», flüsterte ich. «Alles in Ordnung?»

Sie schien bei der Frage zu erstarren, und ich fühlte mich furchtbar. Gott, ich war so dumm – immer tappte ich in jedes Fettnäpfchen. Natürlich war nicht alles in Ordnung bei ihr. Ich hatte ja letzte Woche gesehen, wie zerbrechlich und schwach ihre Mutter war. Wie konnte ich nur so was Blödes sagen.

«Ja», sagte sie mit einem unechten Lächeln, das, sobald sie glaubte, ich würde wegsehen, von ihrem Gesicht rutschte wie Butter von einem heißen Messer. Ich hatte wirklich Mitgefühl mit ihr. Meine Mutter hatte mich zwar verletzt, weil sie meine Hochzeitspläne nicht ernst nahm, aber zumindest ging es ihr gut, sie war gesund und aktiv und, ärgerlicherweise, immer noch so dünn, dass sie in ihr Hochzeitskleid passte (eine Tatsache, an der sie solchen Gefallen fand, dass sie immer mal in dem Kleid erschien, wenn sie und Dad an ihrem Hochzeitstag ein bisschen was getrunken hatten, mit rosa Wangen und einer langen Schleppe, die hinter ihr die Treppe hinunterglitt). Sie war jedenfalls noch sehr lebendig. Ich schwor mir, bald bei ihr vorbeizuschauen, um es wiedergutzumachen.

«Diese Woche möchte ich über Bewegung sprechen», sagte Alison. Alle stöhnten, und sie wackelte mit dem Zeigefinger. «Na, na, na. Das ist nicht die richtige Einstellung! Bewegung ist euer Freund, Leute. Es werden dabei wahnsinnig viele Kalorien verbrannt – und es gibt alle möglichen lustigen Arten, sich zu bewegen. Und, ja, ich weiß, was du denkst, Derek – ihr hört sicher gerne, dass *das* auch als Bewegung zählt!»

Alle lachten, und Derek wurde knallrot.

Alison hob abwehrend die Hände und sagte mit unschuldiger Miene, «Was? Ich spreche über einen Spaziergang durch den Park, was denkt ihr denn?» Wieder lachten alle, als sie ein gequältes Gesicht machte. «Ehrlich! Was habt ihr denn für schmutzige Gedanken, alle miteinander?» Sie grinste. «Also, reden wir über Sport. Wer tut denn was?» Ein paar hoben ihre Hände, darunter auch Maddie. Meine Hand blieb unten. Ich plante zwar, mit Salsatanzen anzufangen, hatte bisher aber noch nichts unternommen. Ich hatte Charlie noch nicht mal gefragt, ob er Lust hätte mitzukommen, weil ich noch sehr genau im Ohr hatte, dass er ein paar Tänzer, die neulich im Fernsehen gewesen waren, «einen Haufen Schwuchteln» genannt hatte.

«Ich hab angefangen, nach der Arbeit im Park mit ein paar Freunden Rounders zu spielen», sagte eine Frau mit kurzen schwarzen Haaren. «Warley Park, jeden Mittwochabend, falls jemand von euch Lust hat dazuzukommen.»

«Wunderbar», sagte Alison. «Das ist gesellig und sportlich – perfekt. Ich hoffe, ihr geht danach nicht noch in den Pub, Maria?» Maria wurde rot und kicherte, sagte aber nichts. «Sonst noch jemand? Tracey – was machst du?»

«Ich geh in meiner Mittagspause schwimmen», sagte Tracey. «Es ist wirklich entspannend, ein paar Bahnen zu ziehen.»

«Und es verbrennt richtig viele Kalorien und ist gut für die Kondition», sagte Alison. «Sehr schön, Tracey. Maddie? Schön, dich wiederzusehen. Welche Art von Sport machst du?» Aber ehe Maddie antworten konnte, fiel Alison geradezu die Kinnlade runter. «Meine Güte!», rief sie und zeigte mit dem Finger auf sie. «Das warst *du* im Radio, oder? Meine Tochter hat gesagt, dass auf Birmingham FM von FatBusters gesprochen worden ist, also hab ich mir den Podcast angehört. Hat das sonst noch jemand gehört?»

Ungefähr fünfzehn Hände schossen in die Luft, und Maddie wurde puterrot.

«Sieht aus, als wäre meine Tarnung aufgeflogen», witzelte sie.

Es entstand ein ziemliches Stimmengewirr, als alle ihr gratulierten. «Du warst toll!»

«Weiter so, Maddie! Du machst das wunderbar!»

«Nachdem ich dich gehört hab, bin ich zum ersten Mal seit zehn Jahren ins Fitnessstudio gegangen – morgen habe ich meine erste Stunde. Ohne dich hätte ich mich das nie getraut.»

Lauren, die ich gerade erst auf der anderen Seite des Raums entdeckt hatte, sagte, «Du warst phantastisch, Maddie.»

Ich hatte keine Ahnung, wovon die alle redeten. In unseren Behandlungsräumen waren nur Walgesänge und Panflöten zu hören, deshalb kam ich nur im Auto auf dem Nachhauseweg dazu, Radio zu hören, aber nie tagsüber.

Alison machte mit den Händen eine dramatische *«Cut!»*-

Geste. «Okay, okay, tut mir leid, das war meine Schuld, dass wir so vom Thema abgekommen sind», sagte sie. «Falls ihr es nicht wisst, Maddie arbeitet bei Birmingham FM für die Sendung von Collette McMahon.»

Vereinzelt waren Buh-Rufe zu hören. «Das ist so eine Zicke», sagte eine Frau mit perlenverzierten Rastalocken.

«Und Maddie hat darüber berichtet, wie es war, in letzter Zeit so oft ins Fitnessstudio zu gehen», sagte Alison mit funkelnden Augen. «Ich muss sagen, Mädchen, du siehst gut aus.»

Maddie wurde rot. «Danke. Ja, ich hab in letzter Zeit ziemlich viel trainiert, und es hat mich wirklich schockiert festzustellen, dass es sogar Spaß macht», sagte sie. Dann sah sie zu Tracey hinüber, der Frau, die ein paar Minuten vorher gesprochen hatte. «Ich hab mich allerdings noch nicht getraut, in den Pool zu gehen – ich hab zu große Angst, eine Flutwelle zu verursachen, wenn ich ins Wasser steige.»

Alison nickte. «Ich glaube, diese Angst kennt jeder hier. Nicht vor der Flutwelle, Maddie! Ich meine, sich vor den Blicken der Öffentlichkeit im Badeanzug zu zeigen. Als ich noch dick war und das erste Mal ins Schwimmbad gegangen bin, hatte ich Angst, dass meine Kinder anfangen zu weinen, wenn sie sehen, dass ich da langwatschele wie ein Wal mit Badekappe. Aber manchmal, Leute, muss man den Sprung einfach wagen. Du machst das jedenfalls großartig, Maddie, mach weiter so. Und ihr anderen – euch gebe ich diese Woche die Aufgabe, eine neue Sportart auszuprobieren und uns nächste Woche zu berichten, wie es war. Was immer ihr wollt. Und habt Spaß dabei! Nur so werdet ihr Kalorien vernichten, vergesst das nicht.»

Als Nächstes war das Wiegen dran, und ich war sehr erfreut zu sehen, dass ich drei Pfund abgenommen hatte.

«Wunderbar, Jess», sagte Alison und klopfte mir auf die

Schulter. «Hey, hört mal alle her, Jess hat diese Woche drei Pfund verloren!»

Alle beklatschten mich, und ich merkte, wie mein Gesicht in einer Mischung aus Stolz und Verlegenheit ganz heiß wurde. Aber dann war Maddie dran und haute mich völlig um.

«Sechs Kilo!», schrie Alison. «Maddie hat sechs Kilo in drei Wochen abgenommen – *bitte*, Applaus!»

Es wurde geklatscht und gejohlt, als Maddie zu ihrem Platz zurückging – die Leute standen sogar auf, als wäre sie berühmt.

«Vergiss die Anhänger für dein Bettelarmband nicht», rief Alison und ließ die Anhänger an ihrem Armgelenk klimpern. «Du hast sie dir verdient!»

Lauren kam zu uns herüber, als Maddie sich wieder setzte. «Gute Arbeit, ihr beiden!», sagte sie lächelnd. «Das schreit aber danach, dass wir anschließend mit einem Diät-Drink anstoßen, oder?»

Ich lächelte ebenfalls. Ein Drink konnte ja kaum schaden. Wenn ich nur auf ein Getränk mitginge, würde Charlie es nicht merken.

«Klingt gut», sagte Maddie.

«Find ich auch», stimmte ich ihr zu. «Das machen wir.»

«Da wären wir wieder», sagte Lauren. Wir hatten den ganzen Weg zum Pub gequatscht und saßen jetzt auf derselben roten Samtbank wie letztes Mal, auf dem Tisch drei Getränke. «Ein Hoch auf Mrs. Gewichtsverlust, unseren Radio-Star Maddie!»

Wir ließen unsere Gläser aneinanderklirren. «Und ein Hoch auf euch beide», sagte Maddie. «Das war eine gute Idee, Lauren. Tut mir leid, dass ich in letzter Zeit so wenig da war – ich bin als Diät-Freundin wohl eher nutzlos. Habt ihr beiden denn in den letzten Wochen Kontakt gehabt?»

Wir sahen uns an, und ich war etwas verlegen. Ich hatte Lauren nicht angerufen, und sie hatte mich nicht angerufen. Ich fand sie, ehrlich gesagt, ein bisschen furchteinflößend und hatte das Gefühl, dass sie nicht viel von mir hielt. «Ähm … nein», sagte ich zögernd.

«Oje, ich hatte das mit den Diät-Freundinnen total vergessen», gestand Lauren fröhlich. «Tut mir leid, ich bin völlig unbrauchbar.»

«Also, wann immer eine von euch mich anrufen will, tut es», sagte Maddie. «Ich hab Jess ja auch angerufen, als ich fast schwach geworden wäre. Und, Lauren, ich muss dir sagen, sie war großartig. Sie hat dafür gesorgt, dass ich nicht vom rechten Weg abkomme, als ich drauf und dran war, nach den Keksen zu greifen. Das war dann sogar der Tag, an dem ich zum ersten Mal ins Fitnessstudio gegangen bin, und seitdem …» Sie zuckte mit den Schultern. Sie lächelte, und ich wurde rot, gleichzeitig beschämt und erfreut. Es war schön zu hören, dass ich geholfen hatte.

«Ich sollte wirklich auch anfangen, Sport zu machen», sagte ich, schuldbewusst wegen meiner ausgesprochen trägen Lebensweise. «Das Fitnessstudio kann ich mir bei meinem Gehalt allerdings nicht leisten.»

«Ich weiß, das sind Halsabschneider», sagte Maddie. «Ich bin da nur Mitglied, weil … na ja, meine Mutter hat mich praktisch dazu gezwungen.»

Ihr Gesicht wurde von Traurigkeit überzogen, als wäre ein Schleier gefallen, und ohne nachzudenken, legte ich einen Arm um sie.

«Immerhin», sagte Maddie angespannt, «kann man zu den Kursen gehen, ohne Mitglied zu sein.» Ihre Augen leuchteten auf. «Hey – wir sollten zusammen hingehen. Aus Solidarität gegen die Dünnen und so. Es gibt eine Menge Anfängerkurse, für die man nicht besonders sportlich sein muss ... was meint ihr?»

Was meinte ich? Ich musste an den Sportunterricht in der Schule denken, an kalte, verregnete Hockeyfelder, graue Hosen, die an meinen nackten Beinen rieben, daran, wie ich die Bälle beim Netzball nicht gefangen und behauptet hatte, meine Periode zu haben, um nicht beim Schwimmen mitmachen zu müssen ...

«Ähm ...», sagte ich und suchte nach einer Ausrede. «Ich weiß nicht, wie meine Chefin das finden würde. Sie sagt immer, dass ich so ein schlechtes Aushängeschild für den Salon bin. Und wenn sie mich dann mit rotem Gesicht und schweißnass sieht, schmeißt sie mich wahrscheinlich sofort raus.»

Lauren zögerte ebenfalls. «Vielleicht ...», sagte sie wenig überzeugend zu Maddie. Dann wandte sie sich entrüstet mir zu. «Deine Chefin klingt aber nach einer richtigen Zicke, Jess. Es geht sie doch nichts an, was du in deiner Freizeit machst.»

Mein Gesicht fühlte sich heiß an. Lauren hatte recht, aber ich wusste, dass ich nie den Mut haben würde, Louisa das zu sagen. «Sie hat mich einfach auf dem Kieker», murmelte ich. Aaargh. Ich wünschte, ich hätte Louisa nicht erwähnt. Ich kam ja rüber wie ein Opfer. Glücklicherweise fiel mir etwas Besseres ein.

«Ich hab eigentlich drüber nachgedacht, mit Salsatanzen anzufangen», sagte ich schnell. «Aber ich weiß nicht so genau, ob ich mich allein traue – und ich glaube nicht, dass ich meinen Verlobten überzeugen kann mitzukommen. Ihr habt nicht zufällig Lust, oder?» Mein Herz klopfte, als die Worte heraus waren, und ich wappnete mich dafür, dass sie den Vorschlag ablehnten. Warum sollten sie mit mir zusammen tanzen wollen?

Aber Lauren wirkte interessiert. «Wie lustig – ich hab auch

über Salsa nachgedacht. Eine meiner früheren Kundinnen ist Salsa-Lehrerin und –»

«Aber nicht Francesca, oder?», platzte ich heraus und fühlte mich dann wie ein Idiot. In einer Stadt wie Birmingham gab es Hunderte Salsa-Lehrerinnen.

Aber sie sah mich überrascht an. «Ja!», antwortete sie. «Ich war am Samstag bei ihrer Hochzeit – ich hab sie und ihren Mann zusammengebracht, durch meine Agentur. Bist du mit ihr befreundet?»

Ich lächelte. «Nein, nicht befreundet. Sie ist auch eine *meiner* Kundinnen. Ich hab ihr die Nägel für die Hochzeit gemacht», sagte ich. Lauren guckte verständnislos, deshalb fügte ich hinzu, «Ich bin Kosmetikerin.»

Lauren lachte. «Die Welt ist klein», sagte sie.

«Ich hab langsam das Gefühl, du kennst jeden», sagte Maddie lächelnd zu mir.

«Wie *war* denn die Hochzeit?», fragte ich Lauren erwartungsvoll und beugte mich vor. «Als ich sie kennengelernt hab, war sie deshalb so nervös, aber als sie am Freitag da war, wirkte sie wirklich froh.»

«Das war sie auch», sagte Lauren. «Es war eine großartige Hochzeit, und das sagt eine eingefleischte Zynikerin wie ich. Ihre Nägel sahen übrigens auch großartig aus – hast du gut gemacht, Jess.»

Ich wurde wieder rot. Ich war heute Abend ja wie eine Ampel.

«Prost», sagte ich.

«Ist das dein Job?», fragte Maddie Lauren. «Einsame Herzen und so?»

Lauren nickte und rümpfte die Nase. «Ehrlich gesagt glaubte ich zwischendrin, dass das alles sinnlos ist», gab sie zu. «Ich bin geschieden und hatte das Gefühl, ich hab den falschen Job – zu verbittert für dieses romantische Geschäft. Aber diese Hochzeit war einfach ... *herrlich*, und Francesca hat diese kleine Rede gehalten und mir gedankt und ...» Sie lachte und wirkte leicht verlegen. «Na ja, irgendwie hat sie mir den Glauben an die Liebe zurückgegeben. Und jetzt bin ich auch wieder total optimistisch, was die Arbeit betrifft, und will die Agentur voranbringen, alles Mögliche unternehmen.» Sie sah mich aufgeregt an. «Und jetzt, wo ich höre, dass du Kosmetikerin bist, überlege ich, ob ich nicht ein paar von meinen Damen in deinen Salon schicke, damit sie sich vor dem Date ein bisschen verwöhnen lassen ... was meinst du?»

Ich spitzte sofort die Ohren. «Tolle Idee – wir könnten Aktionen zusammen machen», sagte ich. «Ich spreche mal mit unserer Managerin darüber.» Vielleicht wäre das auch eine Möglichkeit, bei Louisa zur Abwechslung mal gut dazustehen.

«Und ich wette, wir können dich auch in der Sendung irgendwo unterbringen, Lauren», warf Maddie ein. «Der Valentinstag wäre natürlich ein naheliegender Aufhänger, aber bis dahin könnten wir ja schon mal eine Lobeshymne auf deine Agentur singen – vielleicht können wir sogar diese Francesca dazu bringen, ihre Geschichte zu erzählen ...»

Lauren sah vollkommen begeistert aus, ihre grünen Augen leuchteten und auf ihrem Gesicht breitete sich ein strahlendes Lächeln aus. «Ihr zwei seid großartig», sagte sie. «Tausend Dank! Ich bin FatBusters langsam wirklich dankbar – ich hab nicht nur ein paar Pfund abgenommen, ich hab auch euch beide kennengelernt. Läuft ziemlich gut, würde ich sagen.» Sie hob ihr Glas. «Cheers – aufs Abnehmen und auf die Freundschaft!»

Wir lächelten uns an und ließen die Gläser klingen. «Aufs Abnehmen und auf die Freundschaft», sagten wir im Chor.

13. Zufluchtsort

Maddie

Im August wurde es immer schlimmer. Mom begann mit der Chemotherapie, die sie sehr müde machte. Ich war wachsam wie ein Falke und bemerkte, dass sie immer vergesslicher wurde – wenn ich ihr etwas erzählte, konnte sie sich am nächsten Tag nicht mehr daran erinnern, was mich deprimierte. Außerdem litt sie unter unerfreulichen Nebenwirkungen – ihr Mundraum war wund, und sie musste Cortison nehmen, um gegen die Übelkeit und den Durchfall anzukämpfen. Inzwischen hatte sie außerdem große Schmerzen, weshalb Gerald und ich beschlossen, dass sie in einem Pflegeheim besser aufgehoben war, in dem sie rund um die Uhr gepflegt wurde, solange sie so litt.

Ich besuchte sie so oft wie möglich zusammen mit Emma und Ben und versuchte, sie bei Laune zu halten. Aber wenn wir zu zweit waren, gestand sie mir, dass sie Angst vorm Sterben hatte. Immer wieder quälte sie sich mit Gedanken daran, wie es sich anfühlen würde, wie beängstigend, wie schmerzvoll. Sie sagte immer wieder, wie leid es ihr täte, mich zu verlassen, und wie wütend sie auf sich selbst sei, weil sie so krank war. Es brach mir das Herz, aber ich wusste, dass es wichtig war, sie reden zu lassen; ich wollte, dass sie das Gefühl hatte, mir alles sagen zu können. Ich hatte mich in der Vergangenheit so oft auf sie verlassen, und sie war die Starke gewesen. Jetzt war es an mir, für sie stark zu sein, zu versuchen, sie zu trösten, und ihre Hand zu halten, während sie mir von ihren Ängsten erzählte.

Dann, eines Morgens Anfang September, an einem warmen, klaren Tag mit gelb gefärbten Blättern, kam der Anruf. Sie war im Schlaf gestorben, hatte einfach aufgehört zu atmen. Ihr Körper hatte aufgegeben, hatte den Kampf beendet. Sie war von mir gegangen.

«Nein, nein», schrie ich ins Telefon. «Noch nicht. Bitte noch nicht!»

Es war so plötzlich gekommen. Noch vor sechs Wochen hatte sie sich pudelwohl gefühlt, hatte mich herumkommandiert, mein Leben in die Hand genommen, war meine beste Freundin und meine engste Verbündete gewesen. Und jetzt ... jetzt war sie nicht mehr da. Es war, als wäre mir das Herz herausgerissen worden. Ich konnte kaum atmen vor Schmerz.

Ich weiß nicht, wie ich die folgenden Tage überstanden habe. Ich war wie betäubt, allem und jedem gegenüber. Ich konnte nicht schlafen, ich brachte kaum einen zusammenhängenden Satz heraus, ich funktionierte einfach nicht. Das Einzige, was mir durch den Kopf ging, war, dass sie gestorben war, dass ich sie nie wiedersehen, nie wieder mit ihr sprechen würde ... diese Gedanken bildeten eine Endlosschleife, der ich nicht entkommen konnte. Ich fühlte mich furchtbar schuldig, weil ich nicht eher gemerkt hatte, dass etwas mit ihr nicht stimmte; ich war wütend auf mich, weil ich nicht besser auf sie geachtet hatte. Was, wenn sie den Krebs eher entdeckt hätten? Sie hätte noch Jahre leben können, wenn sie die Diagnose eher gestellt hätten.

Die Trauer war überwältigend. Sie hüllte mich vollkommen

ein, verschlang mich geradezu. Wie sollte ich ohne sie ein normales Leben führen?

«Mami, es macht mich so traurig, dass du so traurig bist», sagte Emma eines Tages zu mir, ihre kleine Hand auf meinem Rücken.

«Es tut mir leid, mein Schatz», brachte ich hervor und nahm sie in den Arm. *Es tut mir leid, dass ich nicht für dich da bin, gerade jetzt, wo du auf die weiterführende Schule kommst. Es tut mir leid, dass ich nicht aufhören kann zu weinen und den Rest meines Lebens im Bett verbringen möchte.*

Ich nahm ihre Hände in meine und versuchte, mich zusammenzureißen und etwas Beruhigendes zu sagen. Und während ich nachdachte, betrachtete ich ihre Hände. Ich hatte sie seit Ewigkeiten nicht mehr bewusst angesehen, und als ich es jetzt tat, zog sich etwas in mir zusammen. «Du hast Grannys Hände», sagte ich und blinzelte die Tränen weg. «Oh, Ems ... deine Hände sind genau wie Grannys – guck dir diese schönen langen Finger an, so schön geformt, genau wie ihre ...» Und dann küsste ich ihre Hände, hob sie an meine Lippen und umarmte sie noch einmal, gleichzeitig lachend und weinend.

Danach sah ich sie überall. Mom, meine ich. Bens breiter Mund war genau wie ihrer – warum hatte ich das vorher nicht bemerkt? Wenn er einen Flunsch zog, weil ihm etwas missfiel, wie er lachte, so herzlich – das war sie. Ich erkannte sie manchmal sogar in meinem eigenen Gesicht, wenn ich in den Spiegel sah – in der Neigung meines Kopfes, in den ziemlich fleischigen Ohrläppchen –, und dann empfand ich diesen stechenden Schmerz. Warum hatte ich diese Dinge nicht eher bemerkt? Warum hatte ich nicht nach den Gemeinsamkeiten zwischen uns gesucht, nach dem, was die eine Generation an die nächste weitergegeben hatte? Oder machte ich mir etwas vor, klammerte ich mich an diese Strohhalme, um mich damit zu trösten, dass ein Teil von ihr immer noch bei mir war, dass sie nicht völlig verschwunden war?

Die Beerdigung war ziemlich hart. In der *Post* erschien ein Artikel über ihren Tod, mit einem großartigen Nachruf und Einzelheiten der Trauerfeier. Ich wusste, dass sie in der Stadt sehr beliebt gewesen war – auf dem Höhepunkt ihrer Karriere hatte sie die Weihnachtsbeleuchtung eingeschaltet und Supermärkte eröffnet und war über die Jahre bei allen möglichen Wohltätigkeitsveranstaltungen erschienen –, aber ich hätte nie erwartet, dass Hunderte von Leuten zum Krematorium kommen würden, um ihr die letzte Ehre zu erweisen. Es nahm mir den Atem, die vielen Schauspielerkollegen, Freunde, Nachbarn und Fans zu sehen. Paul war bei mir und Emma und Ben, aber sie waren blass und weinerlich und blieben immer an meiner Seite; alles, was ich machen konnte, war, meine Arme um sie zu legen. Ich fragte mich, ob mein Dad auch auftauchen würde, aber wenn er es tat, erkannte ich ihn nicht. Es war schließlich fast dreißig Jahre her, dass ich ihn zuletzt gesehen hatte. Ich wusste nicht mal, ob er noch lebte.

Gerald, der im letzten Monat geschrumpft zu sein schien, hielt eine Rede und las «Steht nicht an meinem Grab und weint», woraufhin wir alle damit anfingen, und dann war ich dran. Ich wollte unbedingt eine Grabrede halten, aber ich war so emotional, dass ich nicht mal sicher war, ob ich es schaffen würde, nach vorne zu gehen, geschweige denn all das loszuwerden, was ich über sie sagen wollte.

«Meine Mom war ein wunderbarer Mensch», begann ich, und meine Stimme kippte bei dem Wort «Mom». Es schien in meinem Hals festzustecken, und ich brauchte einen Moment, um mich zu sammeln, ehe ich weitersprechen konnte. «Sie hat mit ihrem Lächeln jeden Raum erleuchtet, sie hat mit ihren Geschichten jeden zum Lachen gebracht, und auf der Bühne war sie phantastisch. Sie hat es geliebt aufzutreten, sie hat es geliebt zu unterhalten, sie war gesellig und lustig, und sie hatte ein großes Herz. Aber sie war nicht nur der Mittelpunkt jeder Party, sie war auch unglaublich freundlich. Sie hat mich alleine erzogen, und ich kann ehrlich sagen, dass sie da war, wann immer ich sie brauchte.» Meine Augen standen voller Tränen, und ich schluckte. Dies war das Schwerste, was ich jemals hatte tun müssen. «Ich vermisse sie jetzt schon so sehr. Ich vermisse es, nicht mehr zum Plaudern bei ihr vorbeigucken zu können, ich vermisse es, ihr Lachen zu hören, ich vermisse sogar, wie sie immer mein Leben in Ordnung bringen wollte.» Mir entfuhr ein Schluchzen, und ich spannte meinen ganzen Körper an, aus Angst, die Kontrolle zu verlieren. *Komm schon, Maddie*, sagte ich mir. *Nur noch die Rede zu Ende halten, dann kannst du locker lassen.*

Ich holte tief Luft. «Ihre erste Bühnenrolle hatte sie hier in Birmingham, als Miranda in Shakespeares *Der Sturm*, ein Stück, das sie liebte», sagte ich. «Und jetzt würde ich gern ein kurzes Stück daraus vorlesen.»

Noch einmal tief Luft holen. Ich wollte ihr gerecht werden, sie sollte stolz auf mich sein, vor allem, weil so viele Schauspieler da waren.

«Das Fest ist jetzt zu Ende …», begann ich, meine Stimme zitterte bedenklich. Fast schaffte ich es, ohne einzubrechen, aber als ich lesen wollte «Wir sind aus solchem Stoff, wie Träume sind, und unser kleines Leben ist von einem Schlaf umringt», musste ich ständig schluchzen. Paul kam nach vorn und stellte sich neben mich, seine Hand auf meinem Rücken, und ich schaffte es gerade noch, allen zu danken, dass sie gekommen waren, bevor ich nicht mehr konnte.

Sie hatte den Wunsch gehabt, eingeäschert zu werden, und sosehr ich die Vorstellung gehasst hätte, dass sie begraben wurde und ihr schönes Gesicht unter der Erde vermoderte – ich konnte nicht hinsehen, als sich die Vorhänge um den Sarg schlossen und die ersten Noten von «Somewhere Over The Rainbow» ertönten.

«Werden wir Granny nochmal wiedersehen?», fragte Ben und steckte seine Hand in meine, als wir hinausgingen.

«Nein, Schätzchen», sagte ich und drückte seine Hand. «Das werden wir nicht.»

Am nächsten Samstag fuhren wir mit Gerald in den Lickey Hills Country Park und stiegen auf die Spitze des Beacon Hill. Mom hatte es immer geliebt, von dort oben über die Stadt zu sehen – an einem klaren Tag konnte man kilometerweit gucken. Auch ich hatte eine Menge Erinnerungen an diesen Ort – wenn es geschneit hatte, waren wir als Kinder dort rodeln, wir sind im Wald spazieren gegangen und haben im Café eine Pause gemacht und Eis gegessen ... Mir standen schon wieder Tränen in den Augen, als mir diese Bilder in den Kopf kamen.

Ich nahm die Urne aus meiner Tasche und drehte vorsichtig den Deckel ab.

Ben und Emma sahen mit großen Augen hinein. «Was machen wir damit?», fragte Ben unsicher.

«Das», sagte ich und holte eine Handvoll von dem puderigen Staub hervor. Ich warf ihn in die Luft und sah zu, wie der Wind ihn davontrug. «Auf Wiedersehen, Mom», flüsterte ich.

«Darf ich?», sagte Gerald, auch seine Augen waren feucht. Er griff in das Gefäß, holte ebenfalls eine Handvoll heraus und wartete, dass der Wind die Asche von seiner Hand wehte. «Leb wohl, schöne Anna, ruhe in Frieden», sagte er heiser, den Blick zum Himmel gerichtet.

Emma wirkte nicht besonders überzeugt, nahm aber von der Asche und verteilte sie in der Luft. «Tschüs, Granny», hörte ich sie flüstern. «Ich hab dich so lieb gehabt. Ich vermisse dich.»

Ben tauchte als Nächster seine Hand hinein, und dann drehte und drehte er sich, sodass die Asche in alle Richtungen davonflog. «Wiedersehen, Granny, ich hoffe, du zeigst Jesus, wo der Hammer hängt», schrie er.

Paul wirkte entsetzt, aber die Vorstellung brachte mich zum Lachen. Ich stellte das Gefäß auf die Erde, holte noch etwas Asche heraus und rannte über den Hügel und verteilte sie mit ausgreifenden Bewegungen in der Luft. «Danke, Mom», rief ich in den Wind. «Danke für alles.»

Ich schob es ein paar Tage vor mir her, Moms Haus zu betreten. Emma ging jetzt auf die Schule für Große – ich musste allerdings wirklich aufhören, sie so zu nennen –, und ich war deshalb ungefähr genauso begeistert und aufgeregt wie sie. Bei der Arbeit hatten sie mir zwei Wochen Sonderurlaub gegeben und mir eine nette Karte geschickt, die mich zu Tränen gerührt hatte, und bisher hatte ich es geschafft, die Zeit mit all dem Zeug rumzubringen, um das man sich zu kümmern hatte, wenn die Schule wieder losging – neue Sportsachen und Schuluniformen kaufen, ungefähr eine Million Namenschilder annähen, Ewigkeiten in der Schlange stehen, um beiden Kindern bei Clarks neue Schuhe zu kaufen und Büchertaschen, Trinkflaschen und Brotdosen zu suchen, nachdem man sie sechs Wochen nicht gebraucht hatte.

Aber als ich am Montagmorgen nach Hause kam, nachdem ich die Kinder zur Schule gefahren hatte, fühlte sich das Haus leer und still an, und plötzlich hatte ich das dringende Bedürfnis, in Moms Haus zu sein – wenn ich es überhaupt ertragen konnte, dort zu sein, mit ihrem Duft überall. Auf dem Weg und als ich die Tür aufschloss, war ich noch ganz ruhig, aber als ich in ihrer Halle stand, umgeben von all ihren Sachen, mit dem furchtbaren Wissen, dass sie nie wieder hier sein würde, fiel ich auf die Knie und heulte wie ein Kind.

Vor mir befand sich ihre Garderobe, und mein Blick fiel auf den traumhaften Chanel-Mantel mit den vier Taschen, den sie so geliebt hatte, und ich weinte noch mehr. Sie würde ihn nie wieder tragen. Und da war ihre pinkfarbene Hobbs-Jacke mit dem schönen Futter, der cremefarbene Regenmantel mit dem Gürtel von Marks & Spencer, oh, und die Hüte natürlich – die schwarze Baskenmütze, wegen der ich sie immer aufgezogen hatte, die klobige blaue Wollmütze, die sie getragen hatte, wenn sie im Garten arbeitete …

Ich stand auf und drückte mich an die Mäntel, nahm sie in den Arm und schluchzte, als ich den unverkennbaren Geruch ihres Parfüms wahrnahm, *Rive Gauche*. O Gott. Wie sollte ich jemals in der Lage sein, ihre Habseligkeiten zu sortieren, sie für die Wohltätigkeitsorganisationen zusammenzupacken, die wertvollsten Dinge, die ich behalten wollte, in Kartons zu legen, das Haus auszuräumen und es zu verkaufen … Es schien vollkommen unvorstellbar. Ich wollte einfach alles so lassen, wie es war, das Haus wie ein Museum konservieren und es als meinen Zufluchtsort behalten, an den ich kommen konnte, wenn ich um sie trauern, mich ihr nahe fühlen wollte.

Ich ging hoch in ihr Schlafzimmer und vergrub mich in ihrem Bett, rollte mich zusammen, wie ich es als Teenager so oft gemacht hatte, wenn ich nicht schlafen konnte oder mich irgendwas beschäftigte. Dieses Mal aber würde sie nicht kommen, um mich zu trösten oder mich zu streicheln, bis ich eingeschlafen war. Dies Mal lag ich alleine unter der Decke, umklammerte ihre Kissen und weinte.

Wieder einmal war das Fitnessstudio ein Ort des Trostes. Ich hatte ein paar Termine ausfallen lassen, weil ich mich so benommen gefühlt hatte, dass ich froh war, wenn ich überhaupt den Tag überlebte, und Mike hatte ziemlich schnell zum Hörer gegriffen.

«Los, Maddie, ziehen Sie wieder die Turnschuhe an», sagte er. «Wir lassen es langsam angehen, wenn Sie im Moment ein bisschen empfindlich sind. Sie werden sich danach viel besser fühlen, das verspreche ich ...»

Ich stellte fest, dass Mike jemand war, dem man nur schwer etwas abschlagen konnte – er war sehr überzeugend und wusste, welche Knöpfe er bei mir drücken musste. Weshalb ich an diesem Nachmittag lethargisch und mit trübem Blick im Fitnessstudio auftauchte.

Er sah mich an und umarmte mich. «Es tut mir so leid, Maddie», sagte er und schloss seine muskulösen Arme fest um mich.

Die Umarmung versetzte mir kurz einen Schock. Als wir dort neben dem Gestell mit den Gewichten standen, durchströmte mich ein eigenartiges Gefühl. Ein anderer Mann hielt mich im Arm, und es fühlte sich gut an. Tröstend. Sicher. Und irgendwie ... *interessant ...*

Ich löste mich verlegen aus seiner Umarmung. Für ihn war es wahrscheinlich gewesen, als würde er einen Heißluftballon umarmen, sagte ich mir. Ich war überrascht, dass er überhaupt mit den Armen um mich herumreichte. «Danke», sagte ich, ohne ihm in die Augen zu sehen. Dann schämte ich mich. Schämte mich, dass ich in Gedanken aus unserem Fitnesstrainer-Kundinnen-Verhältnis ein Mann-Frau-Verhältnis gemacht hatte. *Dumme Kuh*, schalt ich mich selbst. Ich war durch die Trauer und den Schlafmangel emotional erschöpft und fing an, komische Sachen zu denken.

«Also», sagte er und wirkte selbst ein bisschen peinlich berührt, als er mit einem seiner abgewetzten Turnschuhe scharrte. Ich fragte mich, ob er das Gefühl hatte, eine Grenze übertreten zu haben. «Ich dachte, wir machen heute einen strammen Spaziergang statt der üblichen Routine. Gehen zur Abwechslung an die frische Luft und ein bisschen durch den Park. Was meinen Sie?»

Ich starrte ihn ungläubig an. «Nur gehen? Sie versuchen doch nicht, mich zu irgend so was Schrecklichem wie Joggen zu kriegen, oder?»

Er hob die Hände, als würde ihn die Frage schockieren. «Maddie Lawson, ich hätte nie gedacht, dass Sie so misstrauisch sind!»

«Sie streiten es also nicht ab», sagte ich, die Hände in die Hüften gestemmt.

Er lachte. «Na los», sagte er und zeigte mit dem Daumen auf den Ausgang. «Auf geht's.»

Es war gut rauszugehen, er hatte recht. Es war ein lauer Tag, leicht bewölkt, es wehte eine leichte Brise – ideal für einen Spaziergang. Wir verließen das Fitnessstudio und gingen die ruhige Straße des Wohngebiets entlang. Vögel zwitscherten. Ab und zu fuhr ein Auto vorbei. Katzen sonnten sich in Vorgärten und sahen uns durch Augenschlitze verschlafen an. Ich war etwas zu kurzatmig für eine lange, tiefgründige Unterhaltung, aber wir schafften es, über das Wetter zu plaudern, über die neue Serie *X-Factor* und solche Dinge. Nichts Bedeutsames, nur banale Sachen. Genau was ich brauchte – und alles, wozu ich fähig war, um es etwas treffender auszudrücken.

Wir waren ... also, *mindestens* fünf Minuten gegangen, da klatschte er in die Hände und grinste. «Gut – jetzt haben wir uns aufgewärmt, jetzt fangen wir mit dem Training an», sagte er.

Ich zog eine Grimasse. «Ich dachte, das *wäre* das Training?»

Er lachte. «Netter Versuch, Maddie», sagte er. «Wir gehen einfach ein bisschen schneller. Genau zwischen Spazierengehen und Laufen, so.»

Er fing an zu joggen, und ich merkte, wie meine gute Laune in sich zusammenbrach. «Das ist joggen!», schrie ich bockig hinter ihm her. Ich hatte irgendwie das Gefühl, als hätte er mich betrogen, mich überlistet.

«Los», rief er über die Schulter. «Mitmachen.»

Er war so ein Tyrann. Es war zum Verzweifeln. Er erinnerte mich an ... oh, nein. Jetzt hatte ich alles ruiniert, weil ich an Mom gedacht hatte und daran, wie sie mich immer herumkommandiert hatte. Und dann – so was Peinliches – fing ich an zu heulen, mitten auf der Straße, die Tränen liefen aus mir heraus, als hätten sie nur auf eine Gelegenheit gewartet zu entkommen.

Mike joggte zu mir zurück und legte vorsichtig eine Hand auf meine Schulter. «Oh, Maddie», sagte er betroffen. «Maddie, tut mir leid, Süße, ich hätte nicht drängeln sollen.»

Ich brachte keine Antwort hervor, so durcheinander war ich. Ich vermisste sie so. Und während ich da überwältigt vor Trauer stand und schluchzte, spürte ich seine Arme um mich. Er hielt mich fest und streichelte meine Haare und machte tröstende kleine Geräusche. «Immer raus damit», sagte er. «Wein dich aus.» Mich ausweinen? Dann würden wir nächste Woche noch hier stehen. In mir drin hatte sich so viel Traurigkeit angestaut, ich konnte mir kaum vorstellen, dass sie jemals wieder ganz verschwinden würde.

Aber das Leben musste schließlich weitergehen. Das sagten immer alle, das war die Botschaft, die bei mir ankam. In der Grundschule waren die anderen Mütter sehr nett zu mir gewesen, sogar die zickige Vanessa Gray hatte es geschafft, mir mitfühlend zuzunicken, aber nach einer Woche war ich nichts Besonderes mehr, und es gab andere Neuigkeiten – Caroline Thompsons fünfte Schwangerschaft und Lisa Jacksons kaputte Ehe. Ich war die Schlagzeile von gestern, Altpapier.

Bei der Arbeit war es dasselbe. An dem Tag, als ich zurückkam, behandelten mich meine Kollegen wie feinstes Porzellan, als könnte ich zerbrechen, wenn sie mich auch nur falsch ansehen, aber ab dem dritten Tag wurde von mir erwartet, dass ich meinen Job ordentlich machte und mich so einbrachte wie vorher. «Hast du deinen Diät-Blog schon auf den neuesten Stand gebracht?», wollte Andy wissen. «Es haben sich eine Menge Leute nach dir erkundigt.»

«Können wir uns nachher mal zusammensetzen, um ein paar Ideen zu sammeln?», fragte Becky, die müde aussah. «Die gehen uns sonst diese Woche noch aus.»

KAFFEE BITTE, TROCKNE HIER DRIN AUS, stand in Collettes E-Mail. Zumindest schrieb sie mal «bitte», dachte ich und erhob mich von meinem Platz, um den Anordnungen Ihrer Majestät Folge zu leisten.

Selbst Paul und die Kinder wollten anscheinend, dass meine Trauerphase so bald wie möglich vorbei war. Sie waren schon wieder ganz die Alten, Paul sang fröhlich unter der Dusche, die Kinder spielten in ihren Zimmern laute, tanzbare Musik, als wäre ihnen alles völlig egal. Ich hatte das Gefühl, sie mit meiner Traurigkeit runterzuziehen, sie anzustecken, als wäre sie eine Infektion, und gab mir Mühe, mich normal zu verhalten, stellte den Tee auf den Tisch, fragte jeden, wie der Tag war, half bei den Hausaufgaben und bügelte Hemden. Aber es war die ganze Zeit, als würde ich die Ehefrau und Mutter nur spielen. Ich war nicht mit dem Herzen bei der Sache.

Die Mädchen von FatBusters, Lauren und Jess, waren wunderbar zu mir. Jess war bei der Beerdigung gewesen und zu mir gekommen, um mich in den Arm zu nehmen, und Lauren hatte mir über den Sender eine wirklich nette Karte geschickt. Ich plagte mich immer noch mit der Diät, knabberte an Sellerie- und Karottenstückchen wie Bugs Bunny und kochte mir meine fettarmen Abendessen. Zu meiner Überraschung hatte ich bis Mitte September weitere sechs Kilo abgenommen, obwohl ich sicher war, dass das meiste davon der Tatsache zu verdanken war, dass ich vor lauter Heulen fast dehydriert war. Trotzdem bedeutete das, dass ich mir den nächsten Anhänger für mein Armband kaufen konnte – daran gab es nichts zu rütteln. Ich würde einen besonders schönen aussuchen, schwor ich mir, der mich an Mom erinnern sollte.

Als ich seit einer Woche wieder zur Arbeit ging, war es an der Zeit für einen neuen Bericht über die Macht-Birmingham-schön-Kampagne.

«Denkt dran, Mädels, immer schön professionell bleiben», sagte Collette, als Becky und ich ins Studio kamen. «Fasst euch kurz und kommt zum Punkt, okay? Los geht's. *Da sind wir wieder, Leute*», sagte sie, als der Song von Leona Lewis zu Ende ging, sofort im Moderatorinnen-Modus. «Jetzt kommt das, worauf ihr alle schon gewartet habt – die neueste Fortsetzung von unserer Macht-Birmingham-schön-Kampagne! Dies ist die letzte Woche, in der die Kampagne läuft, also, mal sehen, wie weit wir gekommen sind. Tausende von euch haben uns E-Mails geschickt oder uns angerufen und erzählt, wie sie vorangekommen sind, und ich muss sagen, als ich letzten Samstag durch die Stadt gelaufen bin, fand ich, dass ihr alle noch großartiger ausseht als sowieso schon.» Sie lachte kehlig, ohne dass sich ihr Gesichtsausdruck verändert hätte. Sie war eine derartige Blenderin. «Und auch wenn ich daran nicht ganz unschuldig bin, verdient ihr dafür alle ein dickes Lob.»

Ich sah Becky an, die leicht die Augen verdrehte. Collette gab sich nicht gerade besondere Mühe mit ihrer Einführung.

«Einige Leute ernähren sich gesünder, und ganz viele von euch haben mit einer neuen Sportart angefangen. Eine Menge Hörer trainieren auch für den Halbmarathon im nächsten Monat», fuhr sie fort. «Wir sind fitter, wir sind glücklicher, wir sind gesünder … das gilt auch für die Belegschaft von Birmingham FM! Wenn ihr uns eure Geschichte noch nicht geschrieben habt, tut es. Bis dahin wollen wir hören, wie es dem Birmingham-FM-Team ergangen ist – unserer lieben Becky, Andy und Maddie. Diesmal haben Becky und ich ein wunderbares neues Spa in der Stadt ausprobiert, Andy hat mit den Jungs in Bodymoor Heath trainiert, und Maddie … die gute alte Maddie hat die Pfunde bekämpft und sieht jetzt ganz fabelhaft aus.» Sie zwinkerte mir zu, aber ich fühlte mich wie betäubt. *Egal*, dachte ich. Ich konnte nicht anders, ich nahm ihnen übel, dass sie mir von dem Ausflug ins Spa nichts gesagt hatten, gerade als es mir gutgetan hätte, mich ein wenig verwöhnen zu lassen. Wahrscheinlich wollten sie die Trübsal blasende Maddie nicht dabeihaben, dachte ich mürrisch, als Becky begann, über ihre Algenpackung und ihre verjüngende Gesichtsmaske zu reden.

Andy war der Nächste und lieferte einen lustigen Bericht darüber, wie er am Morgen nach dem Football-Training kaum aus dem Bett gekommen war und dass er sich seine Wembley-Träume im reifen Alter von sechsundvierzig Jahren jetzt wohl aus dem Kopf schlagen müsse.

Dann war ich an der Reihe. Ich war alles andere als vorbereitet, obwohl ich Becky versichert hatte, dass es für mich in Ordnung wäre, live zu reden.

«Und jetzt zu Maddie», sagte Collette wachsam, als dächte sie an meinen letzten Ausbruch. «Wie läuft's mit dem Abnehmen?»

Ich holte tief Luft. Ruhig, professionell, bei den Fakten bleiben. So hatte ich es mir vorgenommen. «Mit dem Abnehmen läuft's super», brachte ich heraus. «Ich gehe regelmäßig ins Fitnessstudio und mache immer noch Diät. Ich habe schon mehr als zehn Kilo abgenommen und bin wirklich stolz darauf.»

Collette öffnete den Mund, als wolle sie mich unterbrechen, aber ich ließ sie nicht. «Meine Mom ist vor ein paar Wochen gestorben», sagte ich ohne Umschweife und mied dabei Collettes Blick. «Es ist schwer zu sagen, wie hart das war – wie hart es immer noch ist. Aber gerade meine Trauer motiviert mich, so gesund und fit zu werden, wie es geht. Ich möchte nicht, dass meine eigenen Kinder mich früher verlieren als nötig.»

Ich konnte sehen, dass Collette herumgestikulierte, aber ich ignorierte sie. «Ich hatte früher wirklich wenig Selbstwertgefühl, wisst ihr», sagte ich und nahm jetzt richtig Fahrt auf. «Ich habe schlecht von mir selbst gedacht, nicht viel von mir gehalten. Aber wenn man fitter wird, ändert sich das. Klar, ich bin kein Supermodel und kein Pin-up-Girl und werde auch nie eins sein. Ich bin immer noch nicht selbstbewusst genug, um in einem kurzen Top rumzulaufen, und ich glaube nicht, dass es Röhrenjeans in Größe sechsundvierzig gibt. Aber darum geht es auch gar nicht. Es geht darum, dass ich trotz der Trauer um meine Mutter und der großen Lücke, die sie hinterlassen hat …» Meine Stimme begann zu zittern, und ich musste einmal tief durchatmen. «Trotz all der Traurigkeit kann ich zum ersten Mal, seit ich denken kann, aufrichtig behaupten, dass ich mich in meiner Haut wohlfühle. Und das, Leute, ist die viele Arbeit im Fitnessstudio wert, das kann ich euch sagen.»

Ich hörte auf zu reden, und einen Moment lang herrschte verlegene Stille. Ich wagte es nicht, zu Collette hinüberzusehen, weil ich dachte, sie wäre wütend auf mich, weil ich mich nicht an ihre Vorgabe gehalten hatte. Aber als ich schließlich aufsah, erkannte ich in ihrem Blick widerwilligen Respekt. Sie nickte kurz und machte dann weiter.

«Danke, Maddie. Ich denke, ich spreche für alle hier, wenn ich dir zu diesem spektakulären Erfolg gratuliere. Ich weiß, dass die letzte Zeit für dich schwer war, es ist also wirklich löblich, dass du am Ball geblieben bist. Gut gemacht.» Sie räusperte sich laut. «So viel also zu unserer Kampagne. Ich hoffe, ihr habt alle gerne verfolgt, was wir alles ausprobiert haben. Denkt dran, auf unsere Website zu gehen, da könnt ihr noch mehr Einzelheiten erfahren, und schreibt uns, damit wir wissen, wie es euch ergangen ist. Jetzt ist es Zeit für die Nachrichten mit Alastair Barlow.»

Sie drückte auf einen Knopf. Ich fühlte mich leer, jetzt, da ich es hinter mir hatte. Es hatte irgendwie etwas Kathartisches, live auf Sendung so über mich selbst zu sprechen, und obwohl ich überzeugt war, diesmal kontrollierter gewesen zu sein, maßvoller, war ich darauf gefasst, dass Collette mir den Kopf waschen würde, wenn die Mikrophone aus waren.

Aber Becky sagte zuerst etwas. «Wow, Maddie, ich weiß nicht, wie du das machst», sagte sie, nahm meine Hand und drückte sie. «Du bist so wortgewandt und so ehrlich – das war wirklich gutes Radio. Von Herzen, richtig schön.»

«Danke», sagte ich schwach und wartete immer noch auf die Reaktion von Ihrer Majestät.

Aber Collette brachte tatsächlich ein Lächeln zustande. Man hätte es auch eine Grimasse nennen können, aber ich erkannte darin ein Lächeln. «War echt gut», sagte sie. «Die Telefonanlage spielt jetzt schon verrückt.» Sie zeigte auf mehrere Signallämpchen auf ihrem Schreibtisch, die aussahen wie weihnachtliche

Lichterketten. «Danke euch beiden, das Stück hat super funktioniert.»

O Gott. Konnte das wahr sein? Lob von Collette – live und persönlich. Das hatte ich nicht erwartet. Genauso wenig hatte ich erwartet, was kurz danach kam – ein Anruf von Andy. «Hi, Maddie, könntest du mal kurz zu mir rüberkommen? Nur für ein kurzes Gespräch.»

Sein Tonfall verriet nichts, und ich fragte mich, ob es um ein gutes oder um ein schlechtes kurzes Gespräch ging, als ich den Flur entlang zu seinem Büro ging. Bei Andy konnte man nie wissen, in welcher Stimmung er gerade war. Er konnte ziemlich aufbrausend und bissig sein; ich hatte mehr als einmal mitbekommen, wie er seine Sekretärin Janette angebrüllt hatte, und ich fürchtete sein Naturell. Es hätte mich nicht überrascht, wenn er meinen Beitrag in der Luft zerrissen hätte, direkt nachdem Collette zum ersten Mal in der Geschichte der Menschheit etwas Nettes zu mir gesagt hatte.

Ich klopfte vorsichtig an und ging hinein.

Andys Büro war sehr jungenhaft und spartanisch, mit einer Gitarre in der Ecke und signierten Fotos von The Who und Led Zeppelin, die eingerahmt im Regal standen, und mehreren Goldenen Schallplatten an der Wand. Neben dem Aktenschrank stand ein riesiger Starschnitt von U2, deren Pappgesichter mich mürrisch anstarrten.

«Setz dich», sagte Andy. Er lächelte, seine Augen leuchteten hinter den Brillengläsern – das war doch sicher ein gutes Zeichen?

«Hallo», sagte ich nervös und faltete meine Hände im Schoß, nachdem ich mich hingesetzt hatte.

«Maddie», fing er an. «Ich kann dir gar nicht oft genug sagen, wie wunderbar natürlich du live wirkst. Wie letztes Mal hast du uns in ein paar Sätzen ein bisschen was über dich verraten – und die Resonanz ist jetzt schon erstaunlich. Die Leute rufen an, schicken E-Mails, SMS. Du hast sie berührt, meine Liebe – und unsere Hörer wollen mehr.»

«Danke», sagte ich verblüfft.

Er trommelte mit den Fingern auf seinen Schreibtisch. «Also, Collette ist mit ihrer Kampagne ja durch, das ist auch okay – sie hatte ja gesagt, dass die nur für den Sommer gedacht ist», fuhr er fort. «Aber ich habe mich gefragt, wie du es finden würdest, mit deinem Teil weiterzumachen? Vielleicht redest du einmal die Woche über deine Diät und die Fitnessaktion, dazu könnten die Hörer anrufen, du könntest Fitness-Tipps geben, neue Rezepte präsentieren ... Ich dachte, wir nennen es ‹Weiter so›. Was meinst du?»

Ich saß mit offenem Mund da. Einen Moment lang konnte ich tatsächlich nicht sprechen. Was für eine tolle Idee. Mein eigener kleiner Sendeplatz, an dem ich mein Ding machen konnte. Oh. Mein. Gott. Ein Traum wurde wahr.

«Wirklich?», sagte ich schließlich. «Ist das dein Ernst?»

Er nickte grinsend. «Ist mein Ernst. Heißt das ... ja?»

Ich grinste auch, und, oh, mein Herz klopfte mir bis zum Hals. «Ja!», lachte ich. «Auf jeden Fall. Bist du sicher? Ist das auch kein Scherz? Oder bist du nur nett, weil ich dir leidtue?»

Er schüttelte den Kopf. «Das ist kein Scherz, Maddie. Die Leute lieben dich. Ich glaube, das kann wirklich gut funktionieren.» Er zwinkerte. «Gut gemacht, Mädchen. Richtig gut.»

14. Würze des Lebens

Lauren

Ich habe den Herbst immer geliebt. Ich genieße den Neuanfang regelrecht, dieses Die-Schule-geht-wieder-los-Gefühl, das der September mit sich bringt: Es erfüllt mich jedes Mal mit Hoffnung und guten Vorsätzen, viel mehr als der erste Januar, an dem ich bisher meistens einen schrecklichen Kater hatte und mich wegen des beschissenen Schlamassels, der mein Leben war, furchtbar fühlte. Außerdem gibt es im September immer richtig gute Schreibwaren in den Läden. Für schöne Stifte habe ich eine Schwäche.

Dies Jahr war, was den Optimismus anging, keine Ausnahme. Als der August sich seinem stickigen Ende zuneigte und der September mit seinen frischen, kühlen Morgenstunden und seinen goldgelben Blättern herankam, hatte ich plötzlich das Gefühl, viel mehr Energie zu haben als sonst – ich war mit viel mehr Eifer bei meinem Job und beim Leben im Allgemeinen. Es lag nicht nur daran, dass ich über den Sommer mehr als drei Kilo abgenommen hatte und mich leichter fühlte, es hatte sich auch in mir etwas geändert, als hätte ich mich endlich von der Bitterkeit verabschiedet, an die ich mich so lange geklammert hatte. Ich war jetzt über Brendan hinweg, ich hatte mich damit abgefunden. Okay, meine Ehe hatte nicht funktioniert, aber hey – deshalb war *ich* doch kein schlechter Mensch. Deshalb musste ich mich nicht schlechtfühlen.

«Lauren Malone, hatten Sie mit irgendjemandem Sex, ohne es mir zu sagen?», fragte Patrick eines Morgens und sah mich quer durchs Büro mit zusammengekniffenen Augen an. «Nur, weil du heute Morgen so wahnsinnig gut gelaunt bist. Geradezu ärgerlich gut gelaunt.»

Ich sah ihn ausdruckslos an und kapierte dann, dass ich gesummt hatte. Schlimmer, ich hatte «I'm in the Mood for Dancing» von den Nolan Sisters gesummt. Mann, war das peinlich.

«Ich muss nicht gevögelt haben, um guter Laune zu sein», ließ ich ihn mit einem gewissen Maß an Arroganz wissen. Dann überkam mich eine neue Welle der Euphorie, und ich vergaß, weiterhin arrogant zu sein. «Ich hab gerade eine Marketingidee gehabt für die Agentur», fuhr ich fort. «Was hältst du von dem Slogan ‹Frühling im Herbst!›?»

«Gefällt mir», sagte er und hob die Augenbrauen. «Gefällt mir gut. Aber so leicht lass ich mich nicht abspeisen. Sag schon, wer ist es? Dieser Joe, den du so toll gefunden hast?»

Schön wär's, dachte ich. Aber ich sagte es nicht und sah ihn nur vernichtend an. «Patrick! Wirklich, so entstehen Gerüchte ...»

Er sprang von seinem Stuhl auf. «O GOTT! Du hast es wirklich getan! Du dreckiges Flittchen!»

Ich zog eine Grimasse. Sollte er doch denken, was er wollte. Ich machte mich wieder an meine Pressetexte, und da mir klar war, dass er mich immer noch anstarrte, summte ich sogar noch lauter.

Maddie hielt Wort. Noch ehe die Woche um war, rief sie an und sagte, wann ich ins Studio von Birmingham FM kommen könnte, um ein Interview für Collettes Sendung aufzunehmen. Zufälligerweise hatte Collette gerade selbst einen neuen Kerl aufgetan, war total verliebt und fand die Idee großartig. «Wir machen eine neue Serie über Helden aus Birmingham, und dabei sollst du die Rolle von Amor übernehmen», hatte Maddie am Telefon gesagt. «Du bist eine Heldin, weil du so viele glückliche Paare in Birmingham zusammengebracht hast. Und wie wir alle wissen, regiert die Liebe die Welt, blablabla.»

Ich lachte darüber, wie sie Collettes hohe, hauchige Stimme nachmachte. «Danke, das ist toll», sagte ich. «Dann freue ich mich auf das Blabla am Freitag.»

Erst als ich in der Empfangshalle von Birmingham FM wartete – umgeben von Schwarz-Weiß-Fotos der Moderatoren, aus den Lautsprechern über meinem Kopf trällerte Gary Barlow –, wurde ich langsam nervös. Ich würde im Radio sprechen! Bestimmt würde ich mich total zum Deppen machen.

Die blonde Rezeptionistin mit dem perfekten Make-up lächelte mich an. «Maddie geht jetzt gerade auf Sendung, aber ich hab ihr eine Nachricht hinterlassen, dass Sie da sind, sie wird also sicher direkt danach zu Ihnen kommen», sagte sie. «Kann ich Ihnen einen Tee oder einen Kaffee bringen, solange Sie warten?»

«Einen Kaffee, bitte, schwarz», sagte ich und setzte mich auf das weiche cremefarbene Sofa. Maddie ging gerade auf *Sendung*? Was hatte das denn zu bedeuten?

Das Lied war zu Ende, und ich hörte Collettes vertraute Stimme. «Das waren natürlich die Jungs von Take That, immer wieder schön», sagte sie. «Und jetzt startet unsere *faszinierende* neue Reihe.»

Ich spitzte die Ohren. Collette klang nicht besonders glücklich über diese neue Reihe, worum auch immer es da ging.

«Auf allgemeinen Wunsch ist es unser aller Maddie Lawson,

die die neue Sendung moderiert, und sie heißt ‹Weiter so›.» Collettes Ton klang eindeutig spöttisch. «Wenn ihr auch Gewichtsprobleme habt und den Pfunden zu Leibe rücken wollt» – *autsch!* –, «findet ihr das sicher ... interessant.»

Was für eine dumme Kuh!

Mein Herz schlug schneller, um Maddies willen, ich hoffte, sie würde sich von dieser brutalen Einführung schnell erholen und es schaffen, schlagfertig zu reagieren. Ich wusste genau, dass ich niemals fähig gewesen wäre, so eine Bemerkung auf die leichte Schulter zu nehmen – ich hätte den Kampf aufgenommen und der gehässigen Schlampe einen bissigen Kommentar entgegengeschleudert.

Maddie war professioneller. Wenn Collettes Einführung sie getroffen hatte, ließ sie es sich nicht einen Moment lang anmerken. «Herzlich willkommen», sagte sie mit ihrer freundlichen, warmen Stimme. «Ich bin ganz begeistert, diese wöchentliche Sendung moderieren zu dürfen – herzlichen Dank an alle, die Anteil an den Ereignissen der letzten Zeit hatten. Ich bringe jetzt achtundneunzig Kilo auf die Waage, bin also immer noch elefantös, aber schon ein etwas dünnerer Elefant als vor meiner Diät und meinem Fitnessplan. Mein Ziel sind gesunde vierundsechzig Kilo, ich hab also noch einen langen Weg vor mir ... aber ich bin entschlossen, mit eurer Hilfe und der meiner Freunde von FatBusters Erfolg zu haben.»

Ich lächelte, als sie FatBusters erwähnte. Alison würde sie dafür lieben!

«Sie ist toll, nicht?», sagte die Rezeptionistin. «Maddie, meine ich. Nette Frau.»

Ich nickte. «Sie ist wunderbar», stimmte ich ihr zu. Maddie sagte gerade, dass die Leute anrufen sollten, wenn sie irgendwelche Tipps oder Fragen hätten, und praktisch im selben Moment begannen drei Telefone zu klingeln. Kaum war die Rezeptionistin drangegangen und hatte die Anrufer durchgestellt, da klingelte es schon wieder.

Wow, dachte ich und war sehr stolz auf meine Freundin. Wenn diese Anrufe alle für sie waren, hatte sie wirklich ein paar begeisterte Hörer. Weiter so, Maddie!

Ich nippte an meinem Kaffee und gab mir Mühe, trotz der klingelnden Telefone auch den Rest zu verstehen. Maddie erzählte jetzt eine lustige Geschichte darüber, wie sie zum ersten Mal überhaupt gejoggt war, und entschuldigte sich für etwaige kleinere Erdbeben in der Gegend von Harborne. «Mein Fitness-Guru Mike hat gesagt, ich soll zwei Minuten gehen, eine Minute joggen», erklärte sie. «Zwei gehen, eine joggen, zwei gehen, eine joggen. Klingt wie ein Strickmuster, aber, glaubt mir, es ist sehr viel schmerzvoller ...» Sie gluckste, und ich gluckste auch. «Ich höre, wir haben Darcey Matthews in der Leitung, der vermutlich auch gerade Kalorien zählt ...»

Maddies zehn Minuten flossen so leicht dahin, und ich hörte ihr so gerne zu, dass ich enttäuscht war, als sie vorbei waren. Dann war wieder Collette zu hören, die abschätzig und uninteressiert klang und «Fat Bottomed Girls» von Queen spielte. *Grrr.*

Einen Moment später kam Maddie herbeigeeilt, um mich zu begrüßen, und obwohl ich nicht der rührselige Typ bin, konnte ich nicht anders, ich musste sie umarmen. «Hey, du warst *gut*», sagte ich. «Du warst phantastisch, Maddie, ich fand's ganz toll! Machst du das jetzt wirklich jede Woche?»

Sie nickte, und ihre Grübchen kamen zum Vorschein. «Ja», sagte sie. «Danke, freut mich, dass es dir gefallen hat. War es wirklich okay? Ich hatte ein Skript, aber ich hab den Faden verloren und frei geredet. Ich war so nervös, dass ich nicht mehr sicher war, ob das alles irgendeinen Sinn ergibt.»

«Das hat sehr viel Sinn ergeben, und du hast absolut professionell geklungen», sagte ich. «Wirklich. Das Einzige, was mich echt ärgert, ist, dass ich nach dir komme.» Ich stieß sie lachend mit dem Ellbogen an. «Du bist so egoistisch! Nach dir klinge ich doch wie das Allerletzte.»

Sie grinste mich an. Sie war so hübsch, bei genauerer Betrachtung. Ihre Augen waren ganz hellblau und funkelten, wenn sie lächelte. Ihr Gesicht war deutlich schmaler als bei unserem ersten Treffen. Sobald ihre Wangenknochen zum Vorschein kämen, würde sie atemberaubend aussehen.

«Ahhh, komm mir nicht so», sagte sie und drückte mir ebenfalls den Ellbogen in die Seite. «Komm mit, wir bereiten das Interview vor.» Sie hakte sich bei mir ein, und zusammen verließen wir die Eingangshalle.

Ich kriegte Stielaugen, als wir an den Büros vorbeigingen. O Gott, da war Maria Alonzo, die glamouröse Moderatorin, die zusammen mit Pete McKenzie die Frühstückssendung machte. Ich hörte sie jeden Morgen, wenn ich mich fertig machte – und da war sie! Ich versuchte, nicht zu offensichtlich zu glotzen, als ich auf dem Flur direkt an ihr vorbeiging. Und da waren die Studios, große Glaskästen mit schalldichten Wänden und reihenweise Bildschirmen. In einem sah ich Collette, mit Kopfhörern, die mit einer Hand auf der Hüfte dastand und gestikulierte, während sie in das große Mikro sprach, das von der Decke hing.

«Sie steht gern», sagte Maddie. «Sie sagt, ihre Stimme klingt dann besser.»

Ich wurde jetzt richtig nervös. «Wie genau läuft das denn?», fragte ich, als wir an einem Schreibtisch vor dem Studio stehen blieben, an dem eine Frau mit braunen Locken etwas tippte. «Werde ich mit ihr da drinnen sein?»

Sie nickte. «Genau. Du bist in ungefähr zehn Minuten dran,

wenn es dir recht ist. Es wird nur ein kurzes Interview, und sie ist vollkommen auf deiner Seite – du wirst dir also nicht so bissige Kommentare anhören müssen wie ich.» Sie verzog das Gesicht. «Versuch, ruhig zu bleiben und die wichtigsten Dinge loszuwerden, die du sagen willst. Wiederhol sie ruhig nochmal mit anderen Worten. Du wirst das ganz sicher gut machen, und es ist schneller vorbei, als du denkst. Das ist übrigens meine Kollegin Becky», sagte sie und zeigte auf die gelockte Frau. «Becky, das ist Lauren, die Frau von Love Hearts.»

Becky drehte sich um und lächelte mich an. «Hallo», sagte sie. «Schön, Sie zu sehen. Ich hab mir gerade Ihre Website angesehen – da sind ja im Moment ein paar ganz schön fesche Typen dabei.»

Ich gab ihr sofort meine Karte. Solche Gelegenheiten ließ ich mir nie entgehen. «Allerdings», flunkerte ich und rechnete fast damit, dass mich für diese schreckliche Lüge der Blitz treffen würde. «Wenn Sie einen von ihnen kennenlernen wollen, rufen Sie mich einfach an.»

Becky steckte die Karte in ihre Tasche und zwinkerte mir zu. «Vielleicht mache ich das», sagte sie. «Oh, wir haben übrigens Francesca McCarthy auf Leitung eins», fuhr sie fort. «Collette wird mit ihr reden, direkt wenn Sie fertig sind, ist das in Ordnung?»

«Vollkommen in Ordnung», sagte ich, froh, das zu hören. Francesca war gerade erst von ihrer Hochzeitsreise zurück, und ich war nicht sicher gewesen, ob sie den Jetlag schon überwunden hatte und überhaupt bereit war zu dieser Sache. Der Hochzeitsgesellschaft zu erzählen, dass man seinen Ehemann über eine Partnervermittlung kennengelernt hatte, war eine Sache, es ganz Birmingham zu erzählen eine andere.

Collette gestikulierte hinter dem Fenster, und Maddie zeigte ihr den hochgereckten Daumen. Dann wandte sie sich mir zu. «Bereit?»

Wie Maddie vorhergesagt hatte, war mein Live-Interview blitzschnell vorbei. Meine größte Sorge war gewesen, dass Collette unverschämt zu mir sein würde und dass ich im Gegenzug noch unverschämter sein und meinen guten Ruf komplett ruinieren würde, aber sie war ganz überschwänglich, fast übertrieben, schwärmte, wie wunderbar doch die Liebe sei und was für ein besonderer Mensch ich sei, weil ich so viel Romantik in der Stadt verbreitete.

Ehrlich gesagt wand ich mich ziemlich – ich fand das schlecht gemacht von ihr und eher ätzend –, aber ich schaffte es, zu lächeln und mir nichts anmerken zu lassen.

«Jeder hat es verdient, glücklich zu sein und zu lieben, Collette», sagte ich und versuchte, nicht an Patrick zu denken, der sich wahrscheinlich vor Lachen in die Hose machte, wenn er hörte, was für einen Schmalz ich da von mir gab. «Jeder hat es verdient, diesen einen besonderen Menschen zu treffen, seinen wahren Seelenverwandten. Für mich gibt es nichts Schöneres, als zwei Menschen zusammenzubringen und zu sehen, dass ihre Träume wahr werden. Ich glaube fest an ein Happy End. Das gibt es nicht nur im Märchen!»

Gott, ich musste gleich kotzen. Kitschiger ging es ja wohl nicht. Aber Collette strahlte mich hinter langen, klebrigen Wimpern hervor an, ihr schien es also nichts auszumachen.

«Wo wir gerade von Happy End reden», sagte sie milde, «wir haben eine ganz frisch verheiratete Dame in der Leitung. Hallo, Francesca, hörst du mich?»

Es war ein Knacken zu hören und dann Francescas Stimme. «Hallo, Collette! Hallo, Lauren! Ja, ich höre euch gut.»

«Francesca, du bist eine von Laurens Erfolgsgeschichten. Magst du uns erzählen, was passiert ist?»

«Unbedingt», sagte Francescas Stimme. «Also, ich bin nach Birmingham gezogen und war wirklich allein. Keine Freunde, keine Verabredungen ... es war ein Albtraum. Deshalb habe ich mich an Love Hearts gewendet und mich mit Lauren unterhalten. Sie war total nett, hat sich Ewigkeiten Zeit genommen, um mit mir darüber zu reden, was für einen Mann ich gerne kennenlernen würde und so. Und schon am nächsten Tag hat sie mir das Profil von diesem Typen gemailt, Damon. Ja, der ist ganz okay, hab ich mir gedacht und mich mit ihm verabredet ...»

«Das war offenbar die richtige Entscheidung!», unterbrach Collette sie. «Und, wie war's? Hat er gehalten, was das Foto versprach?»

Francesca lachte. «Ich hab mich sofort in ihn verliebt, Hals über Kopf. Wir sind gerade von unserer Hochzeitsreise zurückgekommen, wir haben geheiratet!»

«Gratuliere!», schrie Collette erstaunlich enthusiastisch, wenn man bedachte, dass sie das schon gewusst hatte. «Wunderbar, Francesca, was für eine schöne Geschichte. Danke, dass du uns davon erzählt hast. Dank auch an Lauren. Du bist eine Heldin, meine Liebe, schön, dass du gekommen bist. Wir ziehen den Hut vor dir!»

«Danke, dass ich kommen durfte», sagte ich und nahm mir vor, Francesca einen riesigen Blumenstrauß zu schicken, sobald ich wieder im Büro war. Was für ein Schatz!

«Wenn jemand von euch Genaueres wissen möchte – diesen Monat gibt es einen Nachlass von zwanzig Prozent für neue Mitglieder, geht auf unsere Website, da steht alles ganz genau. Worauf wartet ihr noch, Leute?», schloss Collette. «Mir ist ganz romantisch zumute, deshalb kommt hier Whitney Houston mit ‹The Greatest Love of All›.»

Als ich den Sender verließ und in die Agentur zurückkehrte, hatte ich ein riesiges Stimmungshoch. Wahnsinn! Ich war im Radio gewesen! Ich konnte mir kaum vorstellen, dass die Plauderei mit Collette in Tausende von Haushalten und Büros und Autos in der Stadt übertragen worden war. Erst jetzt, wo mein Adrenalinspiegel sank, merkte ich, wie angespannt ich im Studio gewesen war, wie mir davor gegraut hatte, das Falsche zu sagen. Aber ich hatte nicht das Falsche gesagt!

Als ich an meinen Schreibtisch zurückkehrte, erwartete ich von Patrick trotzdem das volle Programm. Nachäffen, Wiederholen meiner Kommentare, Lächeln mit der Hand auf dem Herzen und so weiter. «Oh, aber ich *glaube* an die Liebe», hörte ich ihn in Gedanken schon mit klimpernden Augenlidern erklären. «Wirklich! Die Liebe ist etwas so Wunderbares!» Er würde gnadenlos sein, ich wusste es.

Aber als ich hereinkam, sah er mich kaum an. Alle Telefone klingelten, und er war vollauf damit beschäftigt, Notizen zu machen und einen Anruf nach dem anderen entgegenzunehmen. Ich hatte ihn noch nie so gehetzt gesehen. «Das wäre wunderbar», sagte er. «Sie können das Profil online ausfüllen oder persönlich herkommen. Persönlich? Okay, kein Problem. Augenblick ... wir sind im Moment ziemlich beschäftigt, aber wie wär's Ende nächster Woche?»

Ich eilte an meinen Schreibtisch, um auch einen Anruf entgegenzunehmen, blieb aber erstaunt stehen, als ich das hörte. Ziemlich beschäftigt? Ende nächster Woche? Normalerweise hatten wir praktisch immer Termine frei. Es war ja geradezu peinlich.

Patrick sah meinen Gesichtsausdruck und nickte mit großen Augen. *Oh, ja.* Wir waren offensichtlich beschäftigt.

Wow. Kam das alles durch mein kleines Interview? Ich setzte mich an den PC und riss die Augen auf, als ich sah, dass unser Agenturkalender nächste Woche voller Termine war. Ausgebucht. Wenn das kein Erfolg war!

«Oka-a-a-ay», sagte ich, sammelte mich schnell und ging ans Telefon. «Love Hearts, Lauren am Apparat, wie kann ich Ihnen helfen?»

«Oh! Lauren! Ich hab Sie im Radio gehört», quiekte eine aufgeregte weibliche Stimme. «Ich wär nie auf die Idee gekommen, eine Partnervermittlung zu benutzen, aber nach dem, was diese Francesca da erzählt hat ... das möchte ich auch!»

Und so ging es den Rest des Tages weiter. Anruf für Anruf für Anruf. E-Mail für E-Mail für E-Mail. Gegen fünf Uhr waren wir für die nächsten drei Wochen komplett ausgebucht und hatten über hundert potenzielle neue Kunden. Ich hatte kaum Zeit, etwas zu Mittag zu essen, geschweige denn mit Patrick zu plaudern, und als die Telefone sich endlich beruhigten, ging ich zu ihm und klatschte ihn ab.

«Meine Güte», sagte ich. «Wir sind ja so was von angesagt. Ganz Birmingham ist auf der Suche nach der großen Liebe.»

Er stellte seinen Computer aus und fuhr sich mit den Händen durch die Haare. «Allerdings», sagte er. «Gut gemacht, Chefin. Bombenspiel!»

Wie bitte? Kein Nachäffen, keine klimpernden Augenlider? «Danke», sagte ich überrascht. Patrick war normalerweise nie ernst. «Du hast aber auch verdammt hart gearbeitet. Komm, ich geb dir einen aus. Oder nein, wir gehen essen, wir haben schließlich was zu feiern!»

Den nächsten Monat über war ich busy, busy, busy. Ich arbeitete rund um die Uhr, ich strich die Wohnung in meinen Lieblingsfarben, ich wagte sogar den Sprung ins kalte Wasser und ging mit Jess zum Salsatanzen. Eddie war schon richtig sauer auf mich, weil ich so wenig zu Hause war, aber der Tag schien einfach plötzlich nicht mehr genug Stunden zu haben. Ich überlegte sogar, ob ich noch jemanden einstellen sollte, so viele neue Kunden und Termine hatten wir. Aber ich genoss es sehr, und es war ein tolles Erfolgserlebnis, wenn die Verabredungen gut liefen und wir ein positives Feedback bekamen.

«Du scheinst ja im Moment magische Kräfte zu haben», sagte Patrick zu mir, als sich ein Paar nach dem anderen beim ersten Date gut verstand. «Hast du nicht noch ein bisschen Feenstaub, den du über mich streuen kannst, bitte? Ich hab heut Abend selbst eine Verabredung.»

Ich lachte, vielleicht etwas zu dreckig. «Wenn ich noch Feenstaub hätte, würd ich den erst mal über mich selbst streuen, vielen Dank», antwortete ich. Und dann, seltsam eifersüchtig, fragte ich, «Mit wem triffst du dich denn überhaupt?»

«Ein Typ, den ich am Samstag im *Route 2* getroffen habe», sagte Patrick. «Heißt Steven. Ist Designer und gerade aus Newcastle hergezogen.»

«Hey-ey», witzelte ich in dem Versuch, wie Cheryl Cole zu klingen, aber ich klang eher wie ein Trottel. Ich überlegte, was ich Gutes sagen könnte, aber mir fiel nichts ein, und ich hasste Steven jetzt schon ein bisschen. Der sollte mir ja nicht meinen Kumpel wegnehmen, dachte ich düster.

«Ist er attraktiv?», fragte ich. «Ist es Liebe? Und hat er einen Zwillingsbruder, der hetero ist? Für mich?» Ich machte nur Witze, aber in meiner Stimme schwang dieser verzweifelte Ton mit, der mir überhaupt nicht gefiel.

Er zuckte die Achseln. «Weiß ich noch nicht», sagte er. «Wir haben bis jetzt nur ein paar SMS hin- und hergeschickt. Ich kenn auch seinen Body-Mass-Index und seine Schuhgröße noch nicht oder so. Frag mich morgen nochmal.»

Ich setzte ein Lächeln auf, konnte aber einen Seufzer nicht unterdrücken. Wir verbrachten unsere Mittagspause gemeinsam am Kanal, und plötzlich hatte ich das Bedürfnis, mich ihm zu offenbaren.

Er legte freundschaftlich einen Arm um mich, und ich hatte das Gefühl, die schlimmste Zicke weit und breit zu sein, weil ich mich nicht für ihn gefreut hatte.

«Tut mir leid», murmelte ich. «Ignorier mich einfach – ich bin nur neidisch. Ich würde alles geben, um selbst ein Date zu haben.»

Er drückte meinen Arm. «Aaaah, ich schätze, da musst du nicht mehr lange warten», sagte er.

«Wieso? Was meinst du denn?», fragte ich.

Er fummelte an seiner Chips-Tüte herum und tat sehr beschäftigt. «Nur ... weißt du, du hast dich verändert, Lauren. Du wirkst irgendwie glücklicher in letzter Zeit.» Er warf sich Chips in den Mund. «Außerdem siehst du toll aus – du hast ganz schön abgenommen. Ich steh ja *fast* schon selbst auf dich.» Er zwinkerte. «Aber im Ernst, ich sag dir – deine Tage als Single sind gezählt, Süße.»

Ich sah ihn misstrauisch an und wartete auf die sarkastische Bemerkung, die sicher noch folgen würde. Aber es kam keine.

«Mann», sagte ich schließlich. «Was ist denn mit dir los?»

Er stupste mich an. «Was ist mit *dir* los, meinst du wohl. Wo ist denn meine übelgelaunte Freundin, was hast du mit ihr gemacht? Wo ist der Miesepeter, der über Karten zum Valentinstag und händchenhaltende Pärchen gespottet hat?» Er seufzte. «Ich vermisse sie.»

Ich stupste ihn ebenfalls an, so fest, dass er fast in den Kanal fiel. «Ey, du unverschämter Blödmann. Willst du dieses Jahr zu Weihnachten einen Bonus oder nicht?» Aber ich lachte, und er auch.

«Ist mein Ernst», sagte er. «Denk dran, was ich gesagt habe. Bis Ende des Jahres bist du verliebt, oder … oder ich bin Vin Diesel.»

15. Salsa

Jess

»Hey! Du bist gekommen – oh, ihr beide!«, sagte Francesca überrascht. «Kennt ihr beiden euch denn?»

«Ja, wir kennen uns», sagte ich und lächelte erst sie und dann Lauren an. «Hattest du eine schöne Hochzeitsreise?»

«Die schönste überhaupt», sagte sie und seufzte verträumt. Sie war sonnengebräunt und sah auf mühelose Weise hübsch aus; sie trug ein enganliegendes schwarzes Kleid mit weit schwingendem Rock und das lange Haar zu einem lockeren Pferdeschwanz gebunden. «Herrlich. Der ganze Hochzeitsstress hat sich *absolut* gelohnt.» Sie wandte sich Lauren zu und umarmte sie. «Na, du. Danke für die Blumen, Süße. Was für eine nette Überraschung!»

Lauren umarmte sie ebenfalls, was mich überraschte. Lauren hatte bisher auf mich nicht wie jemand gewirkt, der die Leute sofort umarmte, aber sie sah ehrlich erfreut aus, Francesca wiederzusehen.

«War mir ein Vergnügen», sagte sie. «Das Geschäft brummt, dank dir. Jeder will meine nächste Erfolgsgeschichte sein!»

Francesca grinste. «Na, ich hoffe, du hast heut Abend ein paar Visitenkarten mitgebracht», sagte sie leise. «Wir haben hier eine

Menge Leute, die auf der Suche nach der großen Liebe sind, weißt du …»

«Ich bin doch Profi», sagte Lauren, hob lustig eine Augenbraue und klopfte auf ihre dicke, pflaumenfarbene Handtasche. «Darauf bin ich vorbereitet.»

Ich sah mich um, noch konnte ich nicht ganz glauben, dass wir hier waren, über der Bar Havanna in der Stadt. Das Gebäude war viktorianisch, und ich vermutete, dass dieser Raum in seiner Blütezeit ein eleganter Salon oder sogar ein Speisesaal gewesen war, mit seinem riesigen alten Kamin an der einen Wand und der Reihe weißgestrichener Schiebefenster an der gegenüberliegenden. Mehrere Deckenventilatoren kreisten über unseren Köpfen und schickten einen kühlen Luftzug durch den Raum – *Leute, es ist Herbst!*, wollte ich rufen. *Und wir sind in Birmingham, nicht in den Tropen!* –, und ungefähr dreißig Leute standen plaudernd und lachend in kleinen Grüppchen und warteten, dass es losging.

Ich hatte Charlie gesagt, dass ich lange arbeiten musste, weil Donnerstag war und wir Buchungen für den Abend hatten, allerdings nicht mehr so viele, jetzt, da der Sommer vorbei war. Er hatte mir geglaubt und hatte irgendwas über Trinkgeld zur Seite legen und Ferien gesagt – ich nahm an, er meinte unsere Flitterwochen. Wie romantisch er war, solche Pläne zu machen!

Ich hatte Ewigkeiten darüber nachgedacht, was ich an diesem Abend zu dem Kurs anziehen sollte. Immer wenn ich im Fernsehen Salsatänzer gesehen hatte, sahen die Frauen unfassbar glamourös aus, mit schmalen Taillen und trainierten Oberkörpern, und trugen enganliegende Kleider in bunten Farben mit sexy schwarzen Tanzschuhen. Ich hatte mich schließlich zwingen müssen, nicht mehr über diese Frauen nachzudenken; es war zu entmutigend. Ich hatte weder eine schmale Taille noch einen trainierten Oberkörper, aber andererseits, zum Glück, auch kein enganliegendes Kleid, das alle meine Speckröllchen zeigte. Ich hatte mich schließlich für ein langes, weites dunkelblaues T-Shirt und schwarze Leggings mit Pumps entschieden. Lauren trug ein elegantes rotes Hemd und eine enge schwarze Hose, die ziemlich sexy aussah. «Ich hab mich für den Matador-Look entschieden», hatte sie gewitzelt, als ich sie draußen getroffen hatte.

Ich hätte mir keine Sorgen machen brauchen – es waren alle Arten von Leuten in allen Arten von Klamotten da. Eine Hürde war also schon mal genommen.

«Wärmen wir uns mit einem Merengue auf», sagte Francesca jetzt und ging munter nach vorne. «Am besten fängt erst mal jeder für sich mit den Schritten an.» Sie stellte einen CD-Player an, es waren Schlagzeug-Rhythmen zu hören, gefolgt von Trompeten. Mehrere Leute begannen ihre Hüften zu der Musik zu wiegen, aber ich fühlte mich schrecklich unsicher. Was hatte ich mir bloß dabei gedacht, hierherzukommen? Charlie hatte bei den wenigen Gelegenheiten, bei denen er mich tanzen gesehen hatte, immer gesagt, ich würde mich so hölzern bewegen.

Als Francesca etwas an der Stereoanlage einstellte, spürte ich, wie mir die Angst in die Glieder kroch.

«Wir können immer noch weglaufen, wenn wir wollen», zischte Lauren mir ins Ohr. Ich bemerkte, dass sie genauso bange aussah wie ich. «Geben wir dem Ganzen eine halbe Stunde. Wenn es schrecklich wird, schleichen wir uns raus und gehen in den Pub, okay?»

«Okay», stimmte ich sofort zu. Es würde eine lange halbe Stunde werden, das wusste ich einfach.

«Gut, dann geht es los», sagte Francesca. «Wir üben zuerst den Oberkörper. Stellt die Füße nebeneinander und bleibt so, breitet die Arme aus und bewegt euren Brustkorb von einer Seite zur anderen, so.»

Ich tat es ihr gleich und kam mir vor wie eine Bauchtänzerin. Mein Bauch wabbelte wie Götterspeise, und ich war froh, dass ich das T-Shirt darübertrug.

«Dann kommen jetzt die Knie dazu», sagte Francesca. «Links, rechts, links, rechts. Wenn ihr die Knie beugt, dürft ihr auch die Hüften bewegen. Versucht, den Oberkörper nicht zu neigen, wenn ihr ihn bewegt. Sehr schön!»

Ich wiegte meine Hüften im Rhythmus und merkte, dass ich mich ein bisschen entspannte.

«Und jetzt kommen die Schritte dazu», sagte Francesca. «Wenn ihr den Merengue noch nie getanzt habt: Es ist wie ein Marsch – ein, zwei, eins, zwei –, nur macht ihr die Schritte zur Seite und nicht nach vorn. So ... links, rechts, links, rechts ... Ihr solltet merken, wie eure Hüften sich auf und ab bewegen. Schritt, zusammen, Schritt, zusammen ...»

Du meine Güte! Ich tat es wirklich! Meine Füße machten genau, was sie sollten, gleichzeitig mit allen anderen. Es war eigentlich ganz einfach.

«Wiegt die Hüften», rief Francesca, machte einen kleinen, sexy Kreis und wackelte mit dem Hintern. «Zeigt mir den Rhythmus, Leute!»

Ihr werdet es nicht glauben, aber ich genoss es jetzt wirklich. Ich wiegte und bewegte mich zu der lebhaften Musik, links, rechts, links, rechts. Ich hatte vergessen, wie sehr ich das Tanzen liebte, wie froh es mich machte. Als ich noch mit den Mädels zusammengewohnt hatte, waren wir jedes Wochenende durch die Clubs gezogen, und sie zogen mich immer mit dem alten Song von Sister Sledge auf: «I wonder why ... she's the greatest dancer!» Ich war immer die Letzte auf der Tanzfläche gewesen –

sie mussten mich am Ende des Abends geradezu wegschleifen. Damals war ich überhaupt nicht unsicher gewesen. Wie konnte es sein, dass ich das vergessen hatte?

In letzter Zeit hatte ich mich zu fett gefühlt, um tanzen zu gehen. Und das einzige Mal, dass ich mit Charlie in einem Club gewesen war, hatte er gedroht, einen Typen zu schlagen, von dem er dachte, dass er mich angesehen hatte (hatte er aber, glaube ich, gar nicht).

Jedenfalls war ich jetzt hier, und ich tanzte, und es war toll. Wirklich toll. Ich war viel zu beschäftigt damit, meinen Bauch hin und her zu schwingen, um mir Sorgen darüber zu machen, dass ich zu dick sein könnte. Und ich liebte diese Musik! Man musste einfach lächeln, wenn man sie hörte. Warum hatte ich nicht schon eher daran gedacht, so was zu machen?

«Gut gemacht, Leute», sagte Francesca. «Sind jetzt alle warm und bereit, Salsa zu tanzen? Wunderbar. Dann üben wir jetzt mal den Rückwärtsschritt, der ist das Entscheidende beim Salsatanzen. Wir üben es zuerst allein und dann mit Partner. So, meine Damen, ihr macht einen Schritt zurück, Wechselschritt, vor, Pause. Vor, Wechselschritt, zurück, Pause. Zeigt mal. Eins, zwei, drei, Pause, fünf, sechs, sieben, Pause. Eins, zwei drei … fünf, sechs, sieben … Und jetzt die Herren, so geht euer Schritt …»

Als der Kurs zu Ende war, war ich vollkommen erledigt, schweißnass, und alles tat mir weh. Es war kaum zu glauben, dass ein bisschen tanzen so anstrengend sein konnte, aber ich war wirklich außer Atem, hatte ein Gesicht wie eine Tomate, und ungefähr die Hälfte meiner Haare hatten sich aus dem Pferdeschwanz gelöst. Und, Junge, war ich jetzt dankbar für diese Ventilatoren an der Decke.

«Und, wie war's? Hat es euch gefallen?», fragte Francesca,

als sie auf Lauren und mich zukam. Irgendwie sah sie immer noch großartig aus, zwar glänzte auf ihren Armen und Beinen ein bisschen Schweiß, aber ihr Make-up war noch vollkommen intakt.

«Das war phantastisch», sagte Lauren und strich sich die feuchten Haare aus dem Gesicht. «Das war ja ein richtiges Training – es hat großen Spaß gemacht.» Sie rieb sich grinsend den Po. «Ich werde morgen leiden, das weiß ich jetzt schon.»

Francesca nickte. «Das wirst du wahrscheinlich», sagte sie. «Salsa ist ziemlich anstrengend, wenn man es noch nie gemacht hat. Aber ihr wart beide toll – ihr habt es wirklich gut gemacht. Und, was meint ihr – kommt ihr nächste Woche wieder?»

Ich zögerte, unsicher, wie ich das mit Charlie deichseln sollte, aber Lauren nickte wie ein Wackeldackel. «Auf jeden Fall», sagte sie. «Oder, Jess?»

«Ähm ... ja», sagte ich. Warum schließlich nicht? Mir hatte es auch gefallen, sobald ich mich einmal überwunden hatte, mit Partner zu tanzen. Ich hatte Sorge gehabt, jemandem auf die Füße zu treten oder irgendwie eklig zu sein mit meinen schweißnassen Händen, aber wie sich herausstellte, machte das alles nichts. Ich hatte insgesamt mit ungefähr sechs verschiedenen Partnern getanzt und mit allen von ihnen gelacht. Ich war stolz auf mich, weil ich mich getraut hatte, mal was anderes zu machen.

«Braves Mädchen!», sagte Francesca lachend und klopfte mir auf den Rücken. «Das sind gute Nachrichten. Dann sehen wir uns nächste Woche, meine Damen!»

«War das toll», sagte Lauren, als wir zusammen die Straße entlanggingen. «Ich bin so froh, dass du das vorgeschlagen hast, Jess, so was hätte ich alleine niemals gemacht.»

«Ich auch nicht», sagte ich. Mit Lauren zusammen war es viel einfacher gewesen. «Und alle waren so freundlich, nicht?»

«Ein bisschen zu freundlich, der ein oder andere», sagte sie und schnitt eine Grimasse. «Dieser Typ, mit dem ich am Ende getanzt habe, Raoul, der hat sich ganz schön an mich rangemacht. Und zugepackt hat der. Außerdem hatte er einen Ständer. Ich wette, ich hab morgen an den Oberschenkeln überall blaue Flecken.»

Ich kicherte, weil sie so ein angeekeltes Gesicht machte. Lauren war für mich so eine Art Offenbarung. Am Anfang hatte mich ihre manchmal etwas heftige, rotzige Art ein bisschen eingeschüchtert, aber heute Abend war sie total lustig, und wir amüsierten uns prächtig zusammen. Ich hatte meine Meinung über sie vollkommen geändert.

«Ich hoffe, du hast ihm eine von deinen Visitenkarten gegeben», sagte ich.

«Das hab ich», antwortete sie. «Ich hab auch schon überlegt, Francesca zu fragen, ob sie ein paar von meinen Klienten Privatstunden gibt. Das würde die auf jeden Fall auf Trab bringen. Aber so, dass die Fenster beschlagen.» Sie gab mir einen Stups. «Hey, und hast du nochmal drüber nachgedacht, ob wir irgendwie mit deinem Salon kooperieren können?»

«Ja – das ist bestimmt kein Problem», sagte ich euphorisch. «Ich rede morgen mit Louisa darüber. Ich bin sicher, dass sie von der Idee begeistert ist, und deine Klienten bestimmt auch. Eine absolute Win-win-Situation!»

Wieder zu Hause, stellte ich erleichtert fest, dass Charlie nicht da war. Ich konnte also direkt in die Badewanne gehen, ohne dass meine Ausrede geplatzt wäre, dass ich länger arbeiten musste. Ich fiel ins Bett und schlief wie ein Stein.

Wie vorhergesehen, litt ich am nächsten Tag schwer. Mein Hintern fühlte sich an, als wäre er mit dem Rohrstock geschlagen worden, und meinen Beinen ging es nicht viel besser. Jeder Muskel schmerzte, wenn ich mich bewegte. Sogar, als ich in die Küche ging, um Frühstück zu machen.

Aber: Wer schön sein will, muss leiden – sagten das die Fitness-Experten nicht immer? Und wenn ich irgendwann auch nur halb so fit aussah wie Francesca, würde ich die Leiden ertragen, beschloss ich und pfiff fröhlich vor mich hin, als ich fettreduzierte Cornflakes in eine Schüssel schüttete und fettarme Milch darübergoss. Wenn Charlie eine schlanke Braut wollte, sollte er eine schlanke Braut bekommen. Schließlich brauchte ich, wenn er Überraschungsflitterwochen plante, einen Bauch, der sich im Bikini sehen lassen konnte, nicht?

Gerade als ich darüber nachdachte, hörte ich, wie die Post in den Briefkasten geworfen wurde, und eilte hin, um sie zu holen. Ich hatte in letzter Zeit ziemlich viele Hochzeitsmagazine bestellt, eins dicker als das andere. Aaah – ein dicker cremefarbener DIN-A4-Umschlag sah sehr vielversprechend aus. Ich riss ihn auf und zog ein glänzendes Heft hervor.

Ich drehte es richtig herum und musste nach Luft schnappen, als ich das wunderschöne alte Landhaus auf dem Cover sah. Es war perfekt mit seinen honigfarbenen Steinen, großen Fenstern und spitzen Giebeln. Es lag am Ufer eines glänzenden Sees und war umgeben von Bäumen. Nicht zu groß für unsereins – aber elegant genug, um aus der Hochzeit etwas wirklich Besonderes zu machen. Ooooh! Mir war ganz zitterig zumute, als ich das Heft durchblätterte und den Festsaal mit dem großen marmornen Kamin sah. Die Außenanlagen sahen auch atemberaubend aus – sie waren sehr weitläufig, es gab viele hohe Bäume, und dann natürlich diesen friedlichen See. Und vielleicht schneite es an unserem Hochzeitstag sogar, dachte ich aufgeregt. Es würde sein wie im Märchen, das große Haus unter einer Decke aus frischem weißen Schnee, in den Fenstern dicke Kerzen … *Das ist es*, flüsterte eine Stimme in meinem Kopf. *Da möchte ich heiraten!*

Ich frühstückte zu Ende und stopfte die Broschüre in meine Tasche. Was für ein Start in den Tag! Und der Rest würde genauso wunderbar sein, ich wusste es einfach. Einer meiner Lieblingskunden, Matt, hatte nach dem Mittagessen eine Massage gebucht, ich würde definitiv Pluspunkte bei Louisa sammeln, wenn ich ihr von Laurens Vorschlag erzählte, und in meiner Teepause würde ich mir die Broschüre mit dem Haus noch einmal ansehen und darüber ins Träumen geraten. Ich vergaß meine Schmerzen, machte ein paar Salsaschritte und sang unter der Dusche ein Liedchen.

Den Neun-Uhr-Termin hatte an diesem Morgen eine neue Kundin namens Daisy Farthing gebucht, die eine De-luxe-Maniküre bekam. Ich hatte gern als Erstes eine Maniküre – es war eine Gelegenheit, zu sitzen und sich mit der Klientin zu unterhalten, außerdem war es für den Bizeps nicht anstrengend, anders als so manche Massage.

Aber der erste Mensch, den ich sah, als ich in den Wartebereich kam, war Shelley, die dort saß und mich mit ihrem Dackelblick ansah. Ich war völlig schockiert – was machte *die* denn hier? – und beschloss schnell, sie zu ignorieren. Ich hatte sie seit dem schrecklichen Tarot-Abend nicht mehr gesehen und war nicht ans Telefon gegangen, wenn sie angerufen hatte. Die hatte Nerven, hier aufzutauchen – aber was sollte das?

In den schwarzen Korbsesseln warteten noch zwei weitere Kundinnen, die ich erwartungsvoll anlächelte, obwohl mein Herz heftig klopfte. «Daisy Farthing?», fragte ich.

Beide Frauen schüttelten den Kopf, und aus dem Augenwinkel sah ich Shelley aufstehen. «Das bin ich», sagte sie in einem Ton, der entschuldigend klang.

Ich erstarrte. «Das glaube ich kaum», sagte ich kühl.

«Doch», sagte sie, dickköpfiger Stier, der sie war. «Ich habe eine Maniküre bei dir gebucht.»

«Das muss ein Fehler sein», sagte ich und kreuzte die Arme vor der Brust. Die anderen Frauen starrten uns inzwischen an. «Auf meiner Liste steht Daisy Farthing.»

«Es ist kein Fehler», sagte sie. «Ich bin Daisy Farthing, und ich bin hier, um eine Maniküre zu bekommen.»

«Das ist doch lächerlich», fauchte ich und wurde langsam wütend wegen dieser Frechheit. «Spiel doch hier keine Spielchen. Wir wissen beide sehr gut, dass du *nicht* Daisy F–»

«Gibt es hier ein Problem?», hörte ich eine mir bekannte Stimme. Eine bekannte, eisige Stimme.

Mist. Hinter mir war Louisa aufgetaucht. Wie lange stand sie da schon? Ich ballte die Fäuste so fest, dass die Fingernägel sich in meine Handballen gruben. «Nein, es gibt kein Problem», murmelte ich und sah Shelley düster an.

«Da bin ich aber froh, Jessica», sagte Louisa und warf mir einen stechenden Blick zu.

Ich wusste, wenn ich noch einen Moment länger dort stünde, würde ich die Fassung verlieren, also stürmte ich wortlos aus dem Raum. «Miss Farthing, richtig?», hörte ich Louisa mit dieser zuckersüßen Stimme sagen, die sie sich für die Kunden aufhob. «Ich entschuldige mich. Wenn Sie mit mir kommen wollen? Ich bringe Sie in ein Behandlungszimmer und sorge dafür, dass eine andere Kosmetikerin Ihre Maniküre macht.»

«Aber ich möchte, dass Jess es macht», sagte Shelley, so laut, dass ich es hören konnte, als sie Louisa in den Flur folgte, in dem ich mich auch noch befand. «Jess, deshalb habe ich doch bei dir gebucht – weil ich mit dir reden wollte.»

Ich kannte Shelley seit Ewigkeiten, schon immer, so schien es mir jedenfalls. Wir waren zusammen in derselben Straße aufgewachsen, waren fast Nachbarn gewesen, und da ich ein Einzelkind war und sie drei ältere Brüder hatte, waren wir als Kinder die ganze Zeit zusammen gewesen, hatten erst endlose komplizierte Spiele mit unseren Barbies gespielt und waren dann mit unseren Rädern durch den Park gefahren, als wir etwas älter waren. Und als wir da rausgewachsen waren, sind wir zusammen auf Pfennigabsätzen die Straße hinuntergestakst und in den Jugendclub gegangen, um dort was zu trinken, gelegentlich eine Zigarette zu teilen und über all die Jungs zu kichern, die wir gut fanden.

Wir waren damals unzertrennlich. Shelley hatte ihr eigenes Kreppeisen, ich einen Lockenstab, und zusammen hatten wir genug Haarspray, um die Ozonschicht zu zerstören – wir hatten also alles, wovon Teenager der Neunziger frisurentechnisch nur träumen konnten. Wir müssen im Laufe der Jahre Stunden im Zimmer der anderen verbracht, uns gestylt und zu Songs von den Spice Girls und All Saints vor dem Spiegel Tanznummern geübt haben, mit Bürsten als Mikrophone.

Aber jetzt, in diesem Moment, bedeutete diese gemeinsame Geschichte nichts. Wir drei – Shelley, Louisa und ich – befanden uns jetzt im Flur. Bei Shelleys Worten drehte ich mich um, mir war ein bisschen schlecht. Ich habe Konfrontationen dieser Art schon immer gehasst und renne normalerweise instinktiv so weit weg, wie ich kann, aber hier gab es kein Entrinnen.

«Ich möchte aber nicht mit *dir* reden», sagte ich leise. Irgendwie schaffte ich es, das mit erhobenem Kopf zu sagen; irgendwie schaffte ich es, meine Würde zu bewahren, und fing nicht an zu schreien.

«Ich wollte mich nur für neulich Abend entschuldigen», versuchte Shelley es noch einmal. «Das war nicht geplant, ich schwöre es. Wir wussten nicht, dass sie dir das alles sagen würde.» Ihre Augen sahen groß und traurig aus. «Jess – bitte! Ich wollte dich nicht ärgern. Du weißt doch, dass das alles nur Blödsinn war, es hat nichts zu bedeuten.»

Ich blieb eisern, ich wollte nicht nachgeben. Ich war seit diesem Abend so wütend auf Shelley und die anderen gewesen, es hatte mich so verletzt. Ich hatte das Gefühl gehabt, dass sie sich alle gegen mich verschworen, als gehörte ich nicht mehr zu ihnen, als wäre ich eine Außenseiterin, über die man lachen und sich lustig machen konnte.

Louisa wirkte jetzt *richtig* genervt von mir.

«Miss Farthing, darf ich Sie in einen Behandlungsraum führen», sagte sie. «Ich glaube nicht, dass Jessica noch bei uns arbeiten wird», fügte sie hinzu, scheinbar an Shelley gewandt, aber sie schnaubte verächtlich in meine Richtung. «Ich glaube, wir haben alle genug von ihrer unprofessionellen Einstellung.»

In mir rastete etwas aus. Unprofessionell? Ich arbeitete schon lange für diesen Salon, und ich arbeitete hart. Ich war professioneller, als diese höhnische Zicke jemals sein würde. Mir war ganz heiß vor Wut, und ich riss mir das Namenschild von meiner schrecklichen, unvorteilhaften Uniform und warf es Louisa vor die Füße. «Das kommt mir gerade recht», sagte ich.

Dann drehte ich mich auf dem Absatz um und ging. Die konnten mich alle mal.

«*Was* hast du gemacht? Du bist gegangen? Du hast deinen Job hingeschmissen?»

Charlie sah mich ungläubig an, als dächte er, ich würde nur einen Witz machen. Wenn es doch so wäre.

«Du dumme Kuh – wieso machst du denn so was? Was hast du dir denn dabei gedacht?»

Was ich gedacht hatte? Hmm ... so was wie «Leck mich am Arsch, Louisa», soweit ich mich erinnerte. Allerdings sagte ich das nicht. «Es ist ... einfach passiert», murmelte ich stattdessen und ließ den Kopf hängen, damit ich ihn nicht ansehen musste.

Ich wünschte, ich hätte es ihm nicht jetzt gesagt. Ich hatte es gar nicht vorgehabt – ich hatte es eigentlich für mich behalten und mir so schnell wie möglich einen neuen Job suchen wollen, erst dann wollte ich beichten. Aber er war früher von der Arbeit gekommen, als ich erwartet hatte, und hatte mich auf dem Sofa vorgefunden, wo ich heulend die Stellenanzeigen durchsah. Er hatte nicht lange gebraucht, um die Wahrheit aus mir herauszubekommen.

«Na wunderbar», stöhnte er. «Ganz wunderbar, Jess. Dann sitzt du jetzt jeden Tag auf deinem Arsch rum, oder was? Während ich stundenlang maloche?»

«Nein!», protestierte ich. «Ich kann mir doch einen andern Job suchen – ich werde mir einen andern Job suchen.»

«Ach, einfach so, ja?», sagte er verächtlich. «Bei den Arbeitslosenzahlen? Es streiten sich doch Hunderte um jeden freien Arbeitsplatz.» Er sah mich grollend an. «Du bist wirklich ein Idiot. Das war ein guter Job, den du da hattest.»

«Ich weiß», sagte ich, den Tränen nahe. «Aber ...» Aber die Chefin war furchtbar zu mir, und ich hatte genug davon, dass Shelley mich demütigt und ...

«Na ja», sagte er kalt. «Dir wird ja klar sein, was das bedeutet, nicht?»

Ich fühlte einen Stich und sah auf. «Was denn?»

«Wir müssen die Hochzeit wieder verschieben», sagte er.

Täuschte ich mich, oder klang er irgendwie zufrieden? So oder so, die Worte waren ein Schlag ins Gesicht.

«*O nein!*», rief ich. «Nein, Charlie! Aber ... ich hab dieses schöne Haus für die Feier gefunden ...» Ich suchte in meiner Tasche nach der Broschüre und hielt sie ihm dann flehend hin.

Er sah sie höhnisch an und schlug sie mir dann aus der Hand. Die glänzenden Seiten sahen aus wie Schmetterlingsflügel, als sie auf den Boden fiel.

«Erwartest du vielleicht, dass *ich* alles bezahle? Wohl kaum», sagte er auf diese giftig-sanfte Weise. «Wie sollen wir uns eine Hochzeit leisten, wenn nur einer von uns Geld verdient? Das können wir nicht.» Er verschränkte die Arme vor der Brust. «Wirklich toll, Jess. Großartig.»

Ich brach in Tränen aus, die Bilder des wunderschönen Landhauses verschwammen, und ich flehte ihn an, seine Meinung zu ändern, aber er bewegte sich nicht. Er bewegte sich kein bisschen.

Erst in dem Moment wurde mir schlagartig klar, was ich getan hatte. Ich dachte an Matt, der damit rechnete, mich später zu sehen, der Wert darauf legte, von mir behandelt zu werden, einer meiner treuesten und liebenswürdigsten Kunden. Jetzt hatte ich ihn enttäuscht. Mir fiel ein, dass ich Lauren versprochen hatte, mich um die Verwöhnstunden für ihre Klienten zu kümmern, als wäre ich irgendeine große Nummer. Sie hatte ich auch enttäuscht.

Und, das Allerschlimmste, ich würde dieses Jahr wieder nicht heiraten ...

O Gott. Alles war so schnell so schiefgegangen. Ich hatte alles ruiniert.

16. Wackelpudding

Lauren

«Komm schon», sagte ich zu Jess, als sie, Maddie und ich uns in unserer Ecke im Pub niederließen. «Erzähl deiner Tante Lauren, was los ist.»

Es war FatBusters-Abend, und Jess hatte während des Kurses die ganze Zeit ein Gesicht gemacht wie ein geprügelter Hund. Ich hatte mich darauf gefreut, sie nach dem Salsa-Kurs wiederzusehen, aber als ich in den Raum gekommen war, hatte ich sie kaum erkannt. Das schüchterne Lächeln und ihr Bedürfnis, es allen recht zu machen, waren verschwunden. Sie hatte einfach dagesessen und in ihren Schoß gesehen, die Schultern nach vorn gebeugt, als trügen sie das Gewicht der ganzen Welt.

Ich hatte meinen Hintern neben ihrem geparkt und gefragt, «Wie geht's dir?»

Sie schüttelte den Kopf, und ich stellte erschrocken fest, dass sie Tränen in den Augen hatte. «Schrecklich», sagte sie.

«Bist du krank?», fragte ich. Sie sah leichenblass aus, und ihre Augen waren ganz rot.

Sie schüttelte wieder den Kopf, und die Tränen drohten bei der Bewegung überzulaufen. «Nein», sagte sie. «Ich hab nur ... eine Scheißzeit.»

Bestimmt ging es um ihren furchtbaren Kerl, dachte ich. Jedes Mal, wenn sie von ihm sprach, klang es, als sei er ein ziemlicher Trottel, und mir gefiel *über*haupt nicht, wie sie jedes Mal zu Diensten war, wenn er anrief. Ich zögerte, unsicher, was ich sagen sollte (*Sag lieber nichts Schlechtes über ihn, Lauren*), und wünschte, Maddie wäre hier. Sie würde wissen, was zu tun war.

Aber solange Maddie nicht da war, musste ich irgendwas sagen, also hatte ich Jess' Hand genommen und sie gedrückt. «Danach gehen wir zusammen in den Pub, ja?», sagte ich. «Dann erzählst du mir alles.» *Solange du nicht weinst*, hatte ich im Geiste nervös hinzugefügt. Ich war nicht besonders gut, wenn Tränen im Spiel waren; ich schaffte es nie, das Richtige zu sagen, wenn die Leute anfingen zu flennen.

Und jetzt saßen wir hier im Pub, alle drei, und ich hatte kaum den Mund aufgemacht, als Jess die Tränen hinunterliefen. «Es ist alles schiefgelaufen», schluchzte sie. «Ich weiß nicht, was ich machen so-o-o-ll!»

«Oh, Schätzchen!», sagte Maddie überrascht und legte sofort einen Arm um sie. «Was ist denn passiert?»

Jess sagte eine Weile nichts, ließ sich einfach nur an Maddies großen weichen Busen sinken und weinte. Dann wischte sie sich über die Augen. «Tut mir leid», sagte sie. «Ist schon in Ordnung. Nur ...» Sie seufzte.

Er hat sie verlassen, dachte ich. Das miese Arschloch.

«Lass dir Zeit», sagte Maddie ruhig. «Atme erst mal durch.»

Jess schniefte. «Tut mir leid», sagte sie wieder. «Es ist alles auf einmal passiert. Ich hab meinen Job verloren, Charlie hat die Hochzeit verschoben, ich bin rückfällig geworden und hab die Diät unterbrochen ...»

«Hey, hey», rief ich. «Eins nach dem andern. Du hast deinen Job verloren? Wann denn?»

«Freitagmorgen», sagte sie und wirkte beschämt. «Und, Lauren, es tut mir wirklich leid, dass ich dich enttäuschen muss, ich hab es nicht geschafft, mit … mit …» Sie fing wieder an zu weinen. «Ich hab nicht mit meiner Chefin über deine Agentur gesprochen, und …»

«Hey, mach dir *darum* doch keine Gedanken», sagte ich. Die Gute. Ich zog ein Taschentuch aus meiner Tasche und gab es ihr. «Du hast mich überhaupt nicht enttäuscht – das war doch nur eine Idee, mach dir keine Sorgen. Was ist denn passiert?»

Sie erzählte stockend die Geschichte, wie ihre Freundin auftauchte und die Schlampe von einer Chefin dazwischengefunkt hat und wie sie dann schließlich ausrastete und davonstürmte.

«Und Charlie ist wirklich sauer auf mich und sagt, jetzt können wir es uns nicht leisten zu heiraten», schloss sie schluchzend. «Langsam glaube ich, wir heiraten überhaupt *nie*.»

«Oh, Schätzchen, ihr heiratet bestimmt», sagte Maddie mitfühlend und streichelte Jess' bebenden Rücken. «Das klingt allerdings nach ein paar schrecklichen Tagen», fügte sie hinzu. «Wie schnell findest du denn einen neuen Job?»

Jess verzog das Gesicht. «Weiß nicht», sagte sie. «Im Moment gibt es nichts. Ich war auf allen entsprechenden Websites, aber es ist keine einzige Kosmetikerinnenstelle frei. Und vom Salon krieg ich jetzt auch keine Empfehlung mehr. Nicht, nachdem ich weggelaufen bin.» Sie putzte sich die Nase und seufzte schwer. «Am Ende werde ich Straßenkehrer. Ich bin so ein Idiot.»

«Nein, bist du nicht», sagte Maddie sofort. «Bist du überhaupt nicht. Irgendwas wird sich schon finden, ganz sicher. So ein nettes Mädchen wie du findet auf jeden Fall schnell wieder einen Job, Jess.» Sie dachte nach. «Könntest du auch als Sekretärin arbeiten? Wir suchen beim Sender immer mal wieder Aushilfen. Da könnte ich vielleicht was machen.»

Aber Jess schüttelte traurig den Kopf. «Nee», sagte sie. «Ich kann nicht tippen, ich kann nicht rechnen, ich hätte keine Ahnung, womit ich überhaupt anfangen soll.» Sie seufzte wieder. «Nägel anmalen und falsche Wimpern ankleben, das ist alles, was ich kann.»

Mein Kopf schwirrte, und ich hatte eine Idee. «Moment mal», sagte ich langsam und dachte nochmal darüber nach. «Weißt du, ich bin immer noch an diesen Verwöhnstunden für meine Klienten interessiert. Und an Typberatung, für die, die ein bisschen Hilfe brauchen.»

Sie erbleichte. «Na ja ... Louisa hasst mich jetzt noch viel mehr, wo ich dafür gesorgt hab, dass sie personell unterbesetzt ist. Ich vermute, es ist besser, wenn du ihr nicht sagst, dass du mich kennst», sagte sie mit schuldbewusstem Gesichtsausdruck.

«Ich meine doch nicht mit der fiesen alten Zicke», sagte ich. «Ich meine mit *dir*, du Trantüte! Wie wär das? Ich kann dir bestimmt 'ne Menge Kunden besorgen, Jess.» Auf einmal sprudelten die Einfälle nur so. «Wir könnten den Leuten anbieten, dass sie vor ihrem Date eine Behandlung von dir kriegen. Sie können in die Agentur kommen und dort von dir eine Maniküre bekommen oder eine Massage, die die Anspannung löst, oder so ... oder du besuchst sie zu Hause oder ...»

Jess hatte aufgehört zu weinen, sah aber unsicher aus. Misstrauisch sogar, als wäre es zu gut, um wahr zu sein. Ich sah förmlich, wie sie sich fragte, wo der Haken war. «Ich weiß nicht ...», sagte sie und biss sich auf die Lippe.

«Also, ich schon», sagte ich überzeugt. «Ich finde, das ist eine großartige Idee. Du kannst es ja einfach mal ausprobieren und dich gleichzeitig nach einem neuen Job umschauen – so kommt ein bisschen Geld rein. Und man weiß ja nie, vielleicht gefällt es dir ja, dein eigener Boss zu sein ...»

Sie kaute immer noch auf ihrer Lippe herum, aber in ihren Augen lag jetzt doch ein Hoffnungsschimmer.

«Glaubst du wirklich, das könnte funktionieren?»

«Absolut!», sagte ich. Ich wollte sie ja nicht einwickeln, ich war selbst total aufgeregt. «Ich glaub, das könnte ein richtiger Knaller werden, Jess. Ich hab so viele Klienten ... und die können es doch alle gebrauchen, ein bisschen verwöhnt zu werden vor ihrem heißen Date, oder?» Ich streckte eine Hand aus. «Sind wir im Geschäft? Gründen wir die Firma ‹Lauren und Jess›?»

Sie lächelte mit roten Wangen und schüttelte mir die Hand. «Wir sind im Geschäft», sagte sie. «Oh, Lauren, das ist genial. Ich stell mal eine Liste auf, was ich machen könnte und wie viel das kosten würde ...»

«Ich könnte auch helfen», warf Maddie enthusiastisch ein. «Ich könnte bestimmt dafür sorgen, dass ihr in der Sendung ein bisschen Werbung kriegt, wenn wir einen guten Aufhänger für die Geschichte finden.»

Jess' Augen funkelten. Sie setzte sich jetzt aufrechter hin und sah aufgeregter aus, als ich sie je gesehen hatte.

«Meine Güte», sagte sie. «Das könnte ich wirklich machen. Oder? Ich behandele seit Jahren umsonst Freundinnen und ...»

«Na, dann fang mal an, sie zur Kasse zu bitten. Aber sofort.»

Sie nippte an ihrem Drink. «Eigentlich ... Shelley, meine Freundin, die sich als Daisy ausgegeben hat, hat angerufen und sich entschuldigt und gesagt, dass sie und die Mädels Behandlungen bei mir buchen wollen, gegen Geld, meine ich. Ich hab vorher noch nie Geld von ihnen genommen, aber ...»

«Mach es», unterbrach ich sie. «Und sieh zu, dass du dieser Shelley das Doppelte abnimmst dafür, dass sie dich überhaupt in die Scheiße geritten hat.»

Jess lächelte. «Na ja, sie hat jedenfalls gesagt, es tut ihr wirklich, wirklich leid, und sie gibt sich die Schuld daran, dass ich gekündigt hab, obwohl ich ja, ehrlich gesagt, gar nichts anderes mehr machen konnte, nach dem, was Louisa gesagt hat. Es war ja nur noch der Tropfen, der das Fass zum Überlaufen gebracht hat. Wäre es an dem Tag nicht passiert, dann an einem anderen.» Sie zuckte mit den Schultern, und einen Moment lang sahen ihre Augen wieder traurig aus. «Aber, ja, Shelley hat gesagt, dass sie und zwei andere Freundinnen für die teuersten Behandlungen bezahlen werden, die ich anzubieten hab, nachdem sie so viele Maniküren und Kosmetikbehandlungen umsonst bekommen haben.»

«Na also», sagte Maddie. «Deine ersten Kundinnen. Und wenn ich so darüber nachdenke, könnte ich selbst gut eine Kosmetikbehandlung gebrauchen ...»

«Und ich hätte gern eine Rückenmassage», sagte ich und holte meinen Kalender hervor. «Wann würde es dir passen?»

Sie blinzelte. «Ernsthaft jetzt?»

«Allerdings», sagte Maddie und grinste. «Mach mal lieber schnell eine Preisliste. Du bist gefragt, jetzt schon!»

«Und vergiss nicht, dir Visitenkarten drucken zu lassen», erinnerte ich sie. «Die können wir doch verteilen, wenn wir nächstes Mal beim Salsa sind.»

Sie lachte und wirkte etwas benommen, als könnte sie immer noch nicht ganz glauben, was wir sagten.

«Danke», sagte sie. «Euch beiden. Ihr seid toll. Was würde ich ohne euch machen?»

Die nächsten Monate flogen nur so vorbei. Jedes Mal, wenn Maddie, Jess und ich montags im *Feathers* saßen, schienen wir alle immer dasselbe zu sagen: *Ich hab so viel zu tun!* Jess startete richtig durch, seit Maddie in ihrer Sendung eine neue Reihe eingeführt hatte, in der über Firmen berichtet wurde, die während der Rezession gegründet wurden. Durch mich hatte sie auch haufenweise Arbeit, und die Kunden liebten sie und kamen immer wieder. Mir war klar, warum. Ich hatte inzwischen eine Massage, eine Gesichtsbehandlung und eine Maniküre bei ihr gebucht, und sie war jedes einzelne Mal verdammt gut gewesen. Sie beherrschte nicht einfach nur die Techniken, es hatte auch mit ihrer Art zu tun – sie war auf so sanfte Weise freundlich, dass sich die Behandlung gleich noch luxuriöser anfühlte. Außerdem hatte zu ihrer Begeisterung eine ehemalige Kollegin, Phoebe, angefangen, ihre Nummer heimlich an viele ihrer alten Kunden aus dem Salon weiterzugeben. Sie hatten den sanften Druck ihrer Hände vermisst und wechselten jetzt treu zu ihrem neuen Ein-Frau-Unternehmen. Es lief also alles wunderbar, und sie war richtig froh – abgesehen von der Sache mit der Hochzeit natürlich. Der Hochzeit, die immer noch wegen «zu knapper Mittel» auf unbestimmte Zeit verschoben war, trotz des ganzen Geldes, das dank Jess im Moment reinkam. Je mehr ich über diesen Charlie hörte, desto mehr wünschte ich, Jess würde ihm den Laufpass geben. Er klang, als wäre er die reinste Zeitverschwendung.

Maddie schien nach dem schrecklichen Sommer, den sie hinter sich hatte, auch langsam wieder auf die Beine zu kommen. Die Pfunde fielen weiterhin nur so von ihr ab, und eine riesige Hörerschaft schaltete jede Woche ihre Sendung ein, um zu erfahren, wie es mit ihrem Fitnessplan lief. Sie hatte sogar Fanpost bekommen, beichtete sie uns kichernd. Aber es umgab sie immer noch diese matte Traurigkeit, in ihren Augen stand diese Wehmut, und ich wusste, dass sie ihre Mom schrecklich vermisste. Man sah es an ihrer Körperhaltung, wenn sie dachte, dass niemand sie ansah – als hätte die Trauer sie niedergestreckt, als wäre der Kummer einfach nicht zu ertragen. Ich fühlte wirklich mit ihr, wusste aber nie genau, was ich sagen sollte. Ich hatte so einen Verlust noch nie erlebt; ich konnte es nur mit der Trennung von Brendan vergleichen, die schon schlimm genug gewesen war.

Was mich betraf – ich arbeitete wie bekloppt, ich riss mir wirklich den Arsch auf. Ich hatte mit Francesca eine Salsa-Veranstaltung organisiert, die bei meinen Kunden einschlug wie eine Bombe – wie eine Sexbombe quasi. Ich hatte noch nie so viele knutschende Paare gesehen wie nach diesem heißen Tanzabend und überlegte ernsthaft, Francesca zu fragen, ob wir nicht jeden Monat so einen «Salsa-Abend für Singles» organisieren sollten. Außerdem veranstaltete ich jetzt regelmäßig ein Speeddating, bei dem Jess eine «Beauty-Bar» machte, die der Hit war. Es war natürlich nicht ganz ohne Ironie, dass mein eigenes Liebesleben, während ich mich um das all dieser Leute kümmerte, so trostlos war wie immer, trotz Patricks Vorhersage.

Dann, Anfang Dezember, an einem Tag, der so kalt war, dass ich Thermo-Unterwäsche trug und mir eine Oma-Decke über die Knie gelegt hatte, bekam ich einen Anruf.

«Lauren?»

Ich schluckte. Die Stimme kannte ich. Aber ich tat natürlich so, als käme sie mir nicht bekannt vor.

«Ja, hier ist Lauren. Was kann ich für Sie tun?», sagte ich fröhlich und hoffte, dass meine Stimme nicht zitterte.

«Ich weiß nicht, ob du dich an mich erinnerst ...» Sollte das ein Witz sein? Wie sollte ich ihn denn *vergessen?* «... hier ist Joe Smith. Ich war im Sommer bei dem Speeddating und habe jemanden kennengelernt ... aber es hat nicht funktioniert. Deshalb hab ich mich gefragt ...» Er räusperte sich nervös.

«Ah, Joe, ja ... Willst du wieder aktives Mitglied werden? Das ist kein Problem», sagte ich, und mir war vor Aufregung so heiß, dass ich glaubte, meine Thermo-Unterwäsche würde jeden Moment in Flammen aufgehen. «Warum kommst du nicht vorbei, dann zeige ich dir ein paar Profile von den Frauen, die in letzter Zeit neu zu uns gekommen sind.»

«Super», sagte er. «Das mache ich.»

«JA!», rief ich, sprang auf und boxte in die Luft, nachdem ich den Hörer aufgelegt und mit ihm einen Termin für den nächsten Tag ausgemacht hatte. Das bedeutete, dass ich drei Termine hintereinander haben würde, was ich wirklich nicht gerne machte, aber je schneller ich Joe Smith wiedersah, desto besser. Serena, das Püppchen, war Geschichte – was für eine gute Nachricht. Jetzt musste ich nur noch Fotos meiner unansehnlichsten Klientinnen raussuchen und ihm präsentieren, und mit ein bisschen Glück würde er mich dann mit glänzenden Augen ansehen und sagen, «Lauren, eigentlich ...»

O *ja.*

In dieser Nacht konnte ich kaum schlafen und versuchte zu entscheiden, was um Himmels willen ich anziehen sollte. Auf jeden Fall schon mal nicht die Thermo-Unterwäsche und die Oma-Decke. Das Problem war, dass mir im Moment die Hälfte meiner Klamotten zu groß war, und da ich gearbeitet hatte wie eine Bekloppte, war auch keine Zeit gewesen, neue zu kaufen. Es gab natürlich noch die Klamotten aus der Zeit mit Brendan, als ich noch nicht so fett war, aber ... in die passte ich doch sicher noch nicht rein?

Um zwei Uhr morgens, als ich immer noch nicht schlafen konnte, weil mir ständig Bilder eines muskulösen, nackten, sexy Joe Smith durch den Kopf gingen, schleuderte ich die Decke weg, knipste die Nachttischlampe an und wühlte in meinem Kleiderschrank, in dem ich ganz hinten die Sachen in Größe achtunddreißig bis vierzig fand. Passen bestimmt nicht, Lauren. Bild dir nichts ein, sagte ich mir.

Trotzdem, mein Herz hüpfte wie ein überdrehter Lachs, als ich die Bügel aus dem Schrank nahm und sie auf das Bett legte. Ahhh ... dieses traumhafte dunkelgrüne Kleid, das ich bei meiner ersten Verabredung mit Brendan getragen hatte – ein wunderschönes Winterkleid mit langen Ärmeln und Jersey-Verzierungen und einem blassen Blumenmuster. Ich hatte es seit Ewigkeiten nicht getragen; ich hätte meinen fetten Hintern nicht reinbekommen. Aber jetzt ...

Ich hielt es mir an, drapierte es über meinem Flanellpyjama (man kann anziehen, was man will, wenn man jede Nacht alleine schläft) und betrachtete mein Spiegelbild. Ooooh, ich hatte ganz vergessen, *wie* schön es war, wie selbstsicher ich mich darin gefühlt hatte, als ich Brendan getroffen hatte. Das Kleid machte auch ein tolles Dekolleté. Brendan war den ganzen Abend über kaum in der Lage gewesen, mir in die Augen zu sehen.

Ach, egal, ich würde es anprobieren – ich konnte nicht anders. Auch wenn arktische Kälte herrschte und es mitten in der Nacht war. Ich musste es einfach wissen.

Ich zerrte an meinem Schlafanzugoberteil, zitterte, als die eiskalte Luft meine nackte Brust berührte, und zog das Kleid über den Kopf. Ich traute mich kaum zu atmen, als der Stoff über meinen Körper rutschte. Ich drehte mich um, damit ich mich im Spiegel sehen konnte ... und schnappte nach Luft.

Wow. Es passte wieder. Es passte mir tatsächlich wieder. Okay, mit Schlafanzughose sah es ein bisschen seltsam aus – ich zog sie schnell aus und bemerkte die Gänsehaut kaum, die ich überall hatte – aber ... Wow.

Ich drehte mich, um mich von der Seite sehen zu können, und versuchte, mich von hinten zu betrachten, indem ich über die Schulter sah. «Guck dir *das* an», flüsterte ich Eddie zu, der zusammengerollt am Ende des Bettes lag. Er hatte die Ohren angesichts dieser unerwarteten mitternächtlichen Betriebsamkeit zu lustigen weichen Spitzen aufgestellt; und er hatte seinen grimmigsten Ich-bin-keine-glückliche-Katze-Blick aufgesetzt. Mich beeindruckte das nicht. «Wirklich, Eddie, *guck* mal», drängte ich ihn aufgeregt.

Als ich das letzte Mal versucht hatte, dieses Kleid anzuziehen, waren fast die Nähte gerissen, und meine Wampe hatte sich unter dem Stoff unansehnlich abgezeichnet. Ich hatte es entsetzt wieder ausgezogen, aber der schreckliche Anblick hatte sich mir eingeprägt. *Du bist ein Kloß, Lauren!*, hatte ich gedacht, das Kleid wieder aufgehängt und es in die hinterletzte Ecke des Schranks geschoben.

Das hatte sich jetzt geändert. Der Kloß war Vergangenheit. Dank des Salsatanzens sahen meine Arme unter dem jadegrünen Stoff definiert und schlank aus, und die Fettrollen, die die Nähte an der Taille strapaziert hatten, waren verschwunden. Mit hohen Schuhen, einer langen Kette und ein paar Tropfen Chanel No. 5 würde ich morgen toll wirken.

Ich warf meinem Spiegelbild eine Kusshand zu. Die alte Lauren war wieder da, und das fühlte sich wunderbar an. «Schön, dich wiederzusehen», sagte ich zu mir selbst.

Dann hängte ich vorsichtig das Kleid auf, ging wieder ins Bett und schlief sofort ein, grinsend wie ein Honigkuchenpferd.

«Hallo, Joe. Wie geht's?»

Er küsste mich auf die Wange, seine Hand lag ein paar Sekunden lang auf meinem Rücken. Es war ein phantastisches Gefühl, als würde seine Hand genau dort hingehören. Einen wilden Moment lang wünschte ich, ich hätte dort irgendeinen Superkleber verteilt, damit er seine Hand nie wieder wegnehmen könnte. Er sah besonders attraktiv aus, in einem olivgrünen

Hemd unter seinem schwarzen Harrington-Jackett (die habe ich schon immer geliebt) und dunklen Jeans, die sich an seinen perfekten Hintern schmiegten. Nicht, dass ich ihn angestarrt hätte oder so.

«Gut, danke», sagte er. «Na ja, ein bisschen Stress bei der Arbeit, das Übliche, aber …» Er sah mich an, als würde er mich zum ersten Mal richtig wahrnehmen. «Du siehst so anders aus, Lauren», sagte er. «Hast du abgenommen?»

Oh! Zehn Punkte für Joe, das hatte er gut beobachtet.

«Ja, ich hab wohl ein paar Pfund abgenommen», sagte ich leichthin und führte ihn in eins der Besprechungszimmer. Als wir zusammen hineingingen, spürte ich, wie mein Herz klopfte, und ich wischte einen nicht vorhandenen Krümel von meinem Kleid. Ich hatte mir wirklich Mühe gegeben. Ich hatte meine Haare so geföhnt, dass sie mir in glänzenden kupferroten Wellen über die Schultern fielen, und ich trug eine schwere Kette, die zu meinem grünen Kleid und den schwarzen turmhohen Absätzen toll aussah.

«Möchtest du einen Kaffee? Oder Tee?»

Er sah mich immer noch an. Das lief ja traumhaft.

«Wirklich, Lauren», sagte er und musterte mich von Kopf bis Fuß. «Du siehst … scharf aus.» Er hustete schnell, als hätte er sich plötzlich wieder gefasst. «'tschuldigung. Bisschen unangebracht», murmelte er.

«Überhaupt nicht», sagte ich kokett und zwinkerte ihm zu. «Du siehst auch … nicht schlecht aus. Also … hattest du Kaffee gesagt?» Ich wusste, dass er sich gar nicht dazu geäußert hatte, aber er sah mich so intensiv an, dass ich plötzlich eine Ablenkung brauchte.

«Kaffee wäre wunderbar, ja. Danke.»

«Natürlich. Setz dich doch. Ich werde meinen Assistenten

bitten, uns welchen zu bringen», sagte ich und verließ den Raum. Ich fragte mich, ob er meinen Hintern ansah. Hoffentlich. Durch das ganze Salsatanzen war er viel knackiger geworden, und durch die hohen Absätze wackelte er noch ein bisschen mehr, wenn ich ging. Ich eilte zu Patrick.

«Patch, sei ein Schatz und bring uns Kaffee, ja? Machst du das bitte? Ich geb dir nach der Arbeit ein Bier aus.»

Ich hätte Patrick normalerweise nicht um so niedere Tätigkeiten gebeten, aber ich wollte mit Joe auch kein Risiko eingehen, indem ich versuchte, mit meinen Power-Stilettos heiße Getränke zu transportieren. So wie ich mich kannte, würde mit Sicherheit eine Katastrophe passieren, mit Verbrennungen und allem Drum und Dran. Und bis jetzt war alles so unfassbar vielversprechend gelaufen: Ich hatte es geschafft, nach dem Schminken nicht wie Barbara Cartland auszusehen, das grüne Kleid wirkte immer noch überwältigend (ich hatte es nicht nur geträumt), ich war zur Arbeit gekommen, ohne meine Strümpfe zu ruinieren oder mir in den Schuhen die Knöchel zu verstauchen, und Joe hatte doch tatsächlich gesagt, ich würde *scharf* aussehen! Ich würde auf keinen Fall zulassen, dass eine Verbrennung alles verdarb.

Patrick zog eine Augenbraue hoch, sagte aber nichts außer einem leicht vorwurfsvollen «Wird gemacht, Chef».

«So», sagte ich, als ich wieder bei sexy Joe war. Ich setzte mich sehr gesittet, schlug ein Bein über das andere, die Hände auf dem oberen Knie. Das Besprechungszimmer war nicht groß, es stand nur ein Tisch mit zwei Stühlen und einem PC drin, aber heute schien es noch kleiner zu sein als sonst. Geradezu intim. Und ... puh! Lag es an mir, oder war es hier drin ziemlich warm? Ich konnte Joes würziges Aftershave riechen, und mir wurde ein bisschen schwindelig davon. «Du hast gesagt, mit deiner Ex hätte es nicht funktioniert. Gab es dafür einen besonderen Grund?

Manchmal hilft es, zu wissen, was schiefgelaufen ist, was gefehlt hat, um den passenden Partner zu finden.»

Und dabei können wir gleich ein bisschen über Serena lästern, dachte ich gehässig.

Wie sich herausstellte, stimmte mit Serena, laut Joe, einiges nicht. Sie hatte sich keine Mühe mehr gegeben, klagte er. Ich dachte, er würde über ihr Sexleben reden, aber er meinte ihr Äußeres. «Sie ist nachlässig geworden», sagte er, als Patrick mit einem Tablett mit Kaffee und Keksen hereinkam. «Es war, als würde sie denken, sie müsste nicht mehr auf sich achten, sobald wir zusammengekommen waren. Sie hat aufgehört, sich die Beine zu rasieren. Sie hat sogar mal vergessen, ihre *Achseln* zu rasieren, das war echt abstoßend.» Er wirkte entsetzt. «Und abends hing sie auf dem Sofa rum, in dieser ausgebeulten grauen Trainingshose.» Er verzog das Gesicht. «Das ist nicht besonders sexy, oder?»

«Nein, natürlich nicht», sagte ich und nahm mir vor, meinen Flanellpyjama zu verbrennen. «Danke, Patrick», fügte ich hinzu, da er immer noch da stand und zuhörte.

«Was ist mit ihrer Persönlichkeit?», fragte ich, als Patrick den Raum verlassen hatte. «Hat sie deine Erwartungen erfüllt?»

Er sah mich einen Moment lang ausdruckslos an. «Persönlichkeit ... Ja, die war okay», gab er zu. «Oh, aber am schlimmsten war es, sie ohne Make-up zu sehen. Verdammt. Das war wie im Horrorfilm.»

Ich lachte, aber es war ein falsches Lachen. So langsam tat Serena mir, ehrlich gesagt, leid. Durfte die Frau sich nicht ab und zu mal ungeschminkt und in der Jogginghose auf dem Sofa entspannen? Offenbar nicht.

«Die Sache ist die, Lauren», sagte er mit seiner tiefen, sexy Stimme und beugte sich verschwörerisch vor. Ich war froh, dass ich saß, denn durch diese Nähe wurde mir wieder ganz schwindelig. «Die Sache ist die, ich möchte Perfektion. Ich will alles. Schönheit, Intelligenz, Freundschaft, Spaß ...» Er grinste und sah mir direkt in die Augen. Ich fühlte mich ganz schwach und konnte kaum atmen, so flatterig war mir zumute. «So jemanden wie dich eigentlich.»

Mein Gehirn brauchte einen Moment, um seine Worte zu verarbeiten. «Jemanden wie mich?», wiederholte ich.

Er langte über den Tisch und nahm meine Hand in seine. Er hatte raue Finger und einen festen Händedruck. Oh. Mein. Gott. «Erzähl mir nicht, dass du das nicht auch fühlst», sagte er heiser. «Da ist doch was zwischen uns, nicht? Ich finde dich so wahnsinnig attraktiv ... ich kann kaum glauben, dass ich das vorher nicht gemerkt habe.»

In mir drin schien alles aus Wackelpudding zu sein. Passierte das wirklich? Sexy Joe Smith hielt meine Hand und sagte mir, dass er auf mich stand ... Es musste ein Traum sein. Ich würde jeden Moment aufwachen, und Eddie würde auf mir stehen und mir sein kleines rosa Po-Loch ins Gesicht halten. «Ich ...» Ich schluckte, mein Gesicht brannte, und ich versuchte, mir etwas einfallen zu lassen, was besonders witzig oder kokett war. Etwas, das den Handel besiegeln würde. «Ich weiß nicht, was ich sagen soll», antwortete ich stattdessen mit schwacher Stimme. Und dann brachte ich, falls er seine Meinung änderte, ein «Ja» heraus. «Ja, ich fühle es auch. Dass da was zwischen uns ist, meine ich.» O Gott. Hatte das auf ganz schlimme Weise zweideutig geklungen?

Er lächelte. «Dann ... darf ich dich mal zum Essen ausführen? Dann können wir uns besser kennenlernen. Ja?»

«Ja», hauchte ich verwundert. «O ja.»

Ich war völlig benommen, als er weg war, konnte gar nicht glauben, was passiert war. Er hatte offenbar immer samstags frei und wollte uns irgendwo, wo es schön war, einen Tisch reservieren. Er wollte mich einladen. Er würde sich ganz bald melden.

Ich kniff mich immer wieder, aber ich war immer noch nicht aufgewacht. Wer hätte das gedacht? Sexy Joe wollte tatsächlich mit mir essen gehen! Sexy Joe hatte mich «scharf» und «attraktiv» genannt – Tatsache. Ich hatte es mit eigenen Ohren gehört. Weihnachten war ziemlich früh gekommen. Ein besseres Geschenk als *das* konnte es gar nicht geben.

«Also, ich halte ihn für ein Arschloch», sagte Patrick verächtlich. «Wie der über seine Ex geredet hat, als wäre sie eine Barbiepuppe! Gemein.»

«Na ja, ich nehme an, da ist noch mehr gewesen», erwiderte ich schnell. «Wahrscheinlich hat er das nur gesagt, damit er nicht lange ausführen muss, wie langweilig und dumm sie war.»

«Hmmm», sagte Patrick, sah aber nicht überzeugt aus. «Ich traue ihm nicht. Pass auf dich auf.»

Ich ärgerte mich, dass er allem immer einen Dämpfer verpassen musste.

«Ich dachte, du wolltest, dass ich mich wieder umgucke», erinnerte ich ihn sauer. «Was ist denn mit deiner mysteriösen Vorhersage, dass ich bis Weihnachten wieder einen Freund habe?»

«Ja, aber doch nicht ihn», entgegnete er. «Ich will nur ... ich will nur nicht, dass dir wehgetan wird, Lauren. Das ist alles.»

Ich lachte rau. Noch ein falsches Lachen. Langsam wurde ich gut darin. «Mir, wehgetan? Sei nicht dumm», sagte ich. «Es ist doch nur eine Verabredung! Er hat mich ja nicht gefragt, ob ich ihn heirate oder so.»

In dem Moment kündigte die Gegensprechanlage meinen nächsten Termin an, ich konnte die Unterhaltung also ohne weiteres beenden. Ich schüttelte Patricks Worte ab – er war nur neidisch, sagte ich mir. Neidisch, weil ich ein Date mit sexy Joe hatte. Und das konnte ich ihm ja wohl kaum vorwerfen. Wer wäre das schließlich nicht?

Glücklicherweise waren nicht alle so pessimistisch, was meine Verabredung betraf. Jess und Maddie waren wesentlich aufgeregter.

«O mein Gott, das ist ja großartig», hatte Jess am folgenden Montagabend geschrien. Wir waren wie üblich nach der FatBusters-Sitzung im *Feathers* und ich hatte ihr und Maddie gerade sämtliche pikanten Details erzählt. «Der klingt ziemlich lecker!»

«Und das *Simpsons* ist guuut», seufzte Maddie. «Herrliches Essen, und ziemlich fein. Meine Mom hat mich vor ein paar Jahren dorthin zum Mittagessen ausgeführt, und ich muss sagen, ich hab im Leben selten so gut gegessen.» Sie gab mir einen Stups mit dem Ellbogen. «*Und* es gibt dort Zimmer.»

«Zimmer?», wiederholte ich verständnislos.

«Ja, Zimmer», sagte sie und zwinkerte mir zu. «Also, pack am Samstag sicherheitshalber deine Zahnbürste in die Handtasche. Falls es zwischen euch so funkt, dass er dich auf einen Absacker mit nach oben nehmen will. Wenn du verstehst, was ich meine.»

«Oooh», sagte ich, und mir wurde ganz anders bei dem Gedanken. «Na ja, ich weiß nicht genau … ich meine, es ist ja nur ein erstes Date …» Sex mit Joe. Sosehr ich mir das wünschte, der Gedanke machte mir auch Angst. Ich hatte mich seit Brendan für niemanden mehr ausgezogen – ich hatte noch nicht mal geknutscht. Was, wenn ich vergessen hatte, wie es ging?

«Na klar», sagte Maddie schnell und legte ihre Hand auf meine.

«Entschuldige, es macht mir Spaß, über dein aufregendes Liebesleben nachzudenken, Lauren. Bei mir ist im Moment unter der Bettdecke nicht viel los, deshalb ...»

«Was, obwohl du jetzt so eine verführerische Mama bist?», fragte ich überrascht. Maddie hatte in dieser Woche, wie die Fat-Busters-Waage-der-Wahrheit angezeigt hatte, schon wieder drei Pfund abgenommen. «Ich hätte gedacht, dein Gatte jagt dich jeden Abend durchs Schlafzimmer.»

Sie zog eine Grimasse. «Pustekuchen», klagte sie. «Aber das wollt ihr gar nicht wissen. Erzähl uns lieber mehr über diesen Traumprinzen, den du da aufgetan hast. Was willst du denn anziehen?»

Ja, was eigentlich? Ich brauchte was Besonderes, was Schönes, was ihn total umhaute. Ich würde meine Kreditkarte zücken müssen. «Hat am Samstag jemand Zeit zum Shoppen?», fragte ich.

Zum Glück hatten sie beide Zeit. Leider zeigte sich aber, dass offenbar auch alle anderen gekommen waren. Es war Mitte Dezember, und das Stadtzentrum wogte nur so vor mit Weihnachtsgeschenken beladenen Leuten, zu denen noch die Touristen kamen, die scharenweise den deutschen Weihnachtsmarkt auf dem Victoria Square bevölkerten.

Nachdem ich mehrere Stunden lang alle erdenklichen Kleider anprobiert hatte – lange, kurze, schlichte, glitzernde –, war ich gerade kurz davor zu verzweifeln, als ich das perfekte Kleid fand. Es war schwarz und ziemlich schlicht und hatte kurze Flügelärmel und einen weich fallenden V-Ausschnitt. Der Stoff fühlte sich an wie Samt, war aber leichter und dehnbarer und hatte ein wunderschönes Blumenmuster, das man aber nur von nahem sehen konnte. Es war elegant, aber nicht langweilig, und würde toll aussehen, wenn ich meine Haare hochsteckte und silberne Ohrringe trug.

«Hurra», sagte Maddie, als ich der Kassiererin meine Kreditkarte reichte. «Heißt das, wir können jetzt Mittag essen?»

«Genau das heißt es», sagte ich.

Wir gingen zu dritt die New Street hinauf, und ich war richtig glücklich. Über uns blinkten die Lichter, und der Weihnachtsmarkt war in vollem Gange, mit Ständen, an denen Holzspielzeug und handgezogene Kerzen verkauft wurden, außerdem gab es Lebkuchen und Plätzchen. Ein Riesenkessel mit Glühwein dampfte in der Kälte, und der Duft von gegrillten Würstchen waberte durch die Luft. Zu unserer Linken war eine Riesenrutsche, auf der man Kinder kreischen und lachen hörte, und ein paar Meter weiter stand ein Karussell, das fröhliche Musik spielte. Es war alles so wunderbar weihnachtlich – fast, als wäre es eine Filmkulisse.

Das letzte Weihnachtsfest war das schlimmste meines Lebens gewesen. Ich war am Boden zerstört, weil Brendan mich verlassen hatte, und wollte mich nur mit Eddie, meiner Decke und einer ganzen Dose Quality Street verkriechen, solange der Rest der Welt ohne mich glückliche Familie spielte. Am Ende waren dann meine Eltern und mein Bruder gekommen, um mich zu retten und mich zu zwingen, Weihnachten bei ihnen zu verbringen, aber ich heulte mir trotzdem die Augen aus.

Dieses Weihnachtsfest würde anders sein. Ich konnte es förmlich riechen.

17. Süße Versuchungen

Maddie

Ich fürchtete mich vor Weihnachten. Ich fürchtete mich wirklich. Der Gedanke an ein Weihnachtsessen ohne Mom war einfach unerträglich. Unvorstellbar.

Mom hatte Weihnachten immer besonders geliebt. Sie liebte alles daran – Geschenke aussuchen, uns alle ins Weihnachtsmärchen einladen, das Haus mit Efeu und Mistelzweigen dekorieren, den größten Baum kaufen und ihn mit den silbernen Kugeln behängen, die sie schon seit den Siebzigern hatte ... an Weihnachten war sie absolut in ihrem Element. Es war schließlich ein Fest. Eine Party. Und darin war sie immer gut gewesen. Sie plante wie eine Besessene – das Essen, die Musik, die Dekoration. Sie nahm jedes Jahr andere Farben – letztes Jahr waren es Gold und Lila. Minimalismus war noch nie ihr Ding gewesen.

Aber dieses Jahr würde alles so anders sein. Ihre Abwesenheit würde mich verfolgen, würde mir den ganzen Tag verderben, ich wusste es. Wie sollte ich über irgendein Missgeschick mit dem Truthahn lachen, Knallbonbons ziehen und einen dummen Hut tragen, wenn sie mir nicht gegenübersaß und ich sie nicht anlächeln konnte? Wie sollte ich den Tag überstehen, ohne all die vergangenen Weihnachtsabende zu beweinen, all die Erinnerungen, die mich mit jeder Tür überfielen, die die Kinder am Adventskalender öffneten?

Und was die Gedanken an den Januar betraf und das ganze neue Jahr, das sich trostlos vor mir erstreckte wie ein leeres Tagebuch ... es war einfach zu furchtbar. Mom war die ganze Zeit in meinem Kopf, sprach mit mir, erinnerte mich an Sachen, die wir zusammen gemacht hatten, an Unterhaltungen, die wir gehabt hatten. Ich konnte ihre Stimme hören, ihr Lachen, ich konnte den Duft ihres Parfüms heraufbeschwören, wenn ich wollte. Aber würde sie Ende nächsten Jahres auch noch bei mir sein, oder würde sie dann schon blasser sein, aus meinem Gedächtnis verschwinden? Ich durfte das nicht zulassen. Ich wollte, dass sie mich nie verließ.

Es war schwer. Ich ging nicht besonders gut damit um. Ich hatte das Gefühl, den Rest der Familie mit meiner Traurigkeit runterzuziehen, das Elend im ganzen Haus zu verteilen wie unsichtbaren Rauch. Ich hatte all diese guten Vorsätze gehabt, den Kindern eine genauso gute Mutter zu sein, wie Mom mir eine gewesen war, aber ich war vom Trauern einfach erschöpft – zu erschöpft, um ihnen die Aufmerksamkeit zu schenken, die sie verdient hatten. Es war anstrengend, den Tag zu überstehen, jeden Tag aufs Neue, und ich hatte das Gefühl, mich mit jeder verstreichenden Zeiteinheit – mit jedem Tag, jeder Woche, jedem Monat – immer weiter von den letzten kostbaren Umarmungen zu entfernen.

Deshalb war ich froh, eine Ausrede zu haben und rauszugehen, um etwas so Normales zu tun, wie Lauren am Samstag beim Kleiderkaufen zu helfen, obwohl es auch furchtbar war, durch das weihnachtlich beleuchtete Birmingham zu gehen, mit blinkenden Lichtern und der fröhlichen Musik, die aus jedem Geschäft drang. Ich muss zugeben, dass ich etwas neidisch auf Lauren und ihre Verabredung war. Nicht, weil ich es ihr missgönnte – das tat ich keine einzige Minute. Es war schön, sie so aufgeregt und mit leuchtenden Augen zu sehen, und sie sah in dem Kleid, das sie schließlich kaufte, absolut umwerfend aus. Ich beneidete sie eher um dieses Kribbeln beim ersten Date mit einem tollen Mann – um das Flirten und den Blickkontakt, vielleicht ein bisschen füßeln unterm Tisch ... Gott, wie ich diese Zeiten manchmal vermisste.

Nicht schlimm. Ich war schließlich eine glücklich verheiratete Frau; Paul und ich hatten im September unseren vierzehnten Hochzeitstag gefeiert, und außerdem fühlte ich mich emotional viel zu ausgelaugt für ein wildes Sexleben. Trotzdem, es wäre schön gewesen, ab und zu Leidenschaft zu empfinden. Ein bisschen zu flirten ...

Es war komisch, wie das Abnehmen – bis dahin waren es sechzehn Kilo – die Dinge veränderte. Als ich noch richtig fett war, hatte Paul mir immer gesagt, dass ich in seinen Augen schön war. Jetzt, wo ich schlanker war und mich in meinem Körper eine Million Mal wohler fühlte, sagte er nichts dergleichen. Und Flirten und Füßeln spielten auch keine besonders große Rolle in meinem Leben.

Ein paar Wochen vorher hatte eine Frau bei FatBusters, Trish, uns erzählt, dass sie mit ihrem Freund Schluss gemacht hatte. Sie hatte gesagt, seit sie angefangen hätte, zu laufen und abzunehmen, sei er immer flapsiger zu ihr geworden, als würde er sich nicht für sie freuen. Er hatte versucht, sie davon abzubringen, behauptete, sie würde vom Laufen gewaltige muskulöse Waden bekommen und es würde ihre Knie ruinieren. «Mir ist dann klargeworden», sagte sie, «dass ihn das Ganze ärgerte, er war sogar eifersüchtig, weil ich glücklich war und mich wohlfühlte in meiner Haut. Mir wurde klar, dass er mich nur mochte, wenn ich dick war und mich unattraktiv fühlte. Dadurch hat er sich sicher gefühlt, weil er wusste, dass andere Typen sich nicht für mich interessieren würden.»

«Ahhh, ja», hatte Alison weise gesagt. «Das ist leider eine typische Reaktion. Ihr werdet sehen, dass es das auch bei Freundinnen gibt, dass sie unsicherer werden mit jeder Kleidergröße, die ihr abnehmt. Es ist traurig, aber Tatsache ist, dass ihr plötzlich eine größere Bedrohung für sie seid. Ihr seid nicht mehr die dicke Freundin oder Partnerin, auf die sie herabsehen können und wegen der sie sich selbst besser fühlen können. Ihr seid ebenbürtig – und manche Leute können damit nicht umgehen.» Sie lächelte Trish mitfühlend zu. «Tut mir leid, das über deinen Kerl zu hören, Schätzchen. Eine Schande, dass er nicht Manns genug ist, sich mit dir an deinem Erfolg zu freuen. Aber – es zeigt, dass er nicht gut genug für dich war, hm?»

An dieses Gespräch hatte ich in letzter Zeit ein paarmal denken müssen. Konnte es sein, dass das Paul und mir auch passierte?, fragte ich mich. Ich hatte sogar ein paarmal festgestellt, dass er versuchte, meine Diät zu sabotieren. Gerade letzte Woche zum Beispiel hatte ich lange arbeiten müssen und ihn gebeten, sich ums Abendessen zu kümmern. Es war Hühnchen im Kühlschrank gewesen und massenhaft Gemüse, und im Schrank waren Reis, Nudeln und Kartoffeln – und was hatte er gemacht? Er war zur Pommesbude gegangen.

Ich war in die Küche gekommen, hatte diesen wunderbaren Pommesduft gewittert und war vor Verlangen fast ohnmächtig geworden. Er und die Kinder aßen schon – große, dicke Pommes, mit Salz bestreut und tropfend vor Essig. Mein Magen knurrte, und ein paar Momente lang war ich ernsthaft in Versuchung. Ich hatte seit Monaten keine Pommes gegessen und geiferte förmlich bei dem Gedanken daran, einen in Ketchup zu tunken und ihn mir in den Mund zu stecken …

Dann riss ich mich zusammen und wurde ärgerlich. Mehr noch, ich wurde richtig wütend. Ich war total geladen.

«Wie lange mache ich jetzt diese Diät, Paul?», schrie ich ihn an und versuchte, den köstlichen Iss-mich-Geruch nicht einzuatmen. «Wie lange sage ich schon, dass ich versuche, nichts Fettes zu essen? Verdammt nochmal!»

Er sah mich entgeistert an, sagte aber nichts.

«Schrei ihn nicht an, Mom», sagte Emma. «Er wollte uns eine Freude machen.»

«Ja, aber eine Freude, die für mich im Moment tabu ist», blaffte ich und warf mein noch eingepacktes Abendessen direkt in den Mülleimer. Der Deckel schwang hin und her wie ein breites Grinsen, als würde er sich über mich lustig machen, und ich hätte am liebsten gegen die Wand geboxt. «Verdammt nochmal, dann mach ich mir eben mein eigenes Abendessen. Ist es wirklich zu viel verlangt, dass du ein bisschen Gemüse schnippelst?»

Nicole hatte gelacht, als ich die Geschichte am nächsten Tag erzählte. «Er ist eben ein Mann, das ist alles», hatte sie gesagt und mir ein Wasser mit Zitrone eingegossen, als ich bei ihr an der Bar saß. «Wahrscheinlich hatte er einfach viel wichtigere Dinge im Kopf ... Fußball oder die Nachrichten oder ... oder seinen Schwanz, vermutlich.»

Ich schniefte. «Das bezweifle ich», sagte ich und drehte mich auf dem Barhocker. «Er scheint überhaupt kein Interesse mehr an Sex zu haben. Typisch, oder? Gerade wenn ich anfange, mich halbwegs attraktiv zu fühlen, zum ersten Mal seit Jahren, legt er ein verfluchtes Keuschheitsgelübde ab. Langsam glaube ich, dass es ihm besser gefallen hat, als ich so richtig dick und fett war.»

«Sei nicht albern», sagte Nicole und reichte mir das Glas. «Er betet dich an – das hat er immer schon getan. Und du siehst großartig aus, Maddie. Wahrscheinlich will er nicht, dass du eingebildet wirst, wenn er dich die ganze Zeit mit Komplimenten überhäuft, das ist alles.»

«Hmmm», sagte ich, nicht überzeugt.

«Vielleicht solltest du ein paar Verführungstricks aus dem Hut zaubern, mal gucken, ob ihn das in Schwung bringt», sagte sie mit einem Funkeln in den Augen. «Koch ihm was Schönes, unterbrich die Diät einmal und trink ein Glas Wein. Vielleicht gönnst du dir sexy neue Unterwäsche, eine kleine Anregung für ihn ...»

«Hmmmm», sagte ich wieder. «Ich bin nicht sicher, ob die Welt schon bereit ist für meinen Hintern in einem Nichts aus Spitze, aber ...»

Sie lachte. «Du sollst ihn ja nicht der Welt zeigen, du Exhibitionistin! Du musst ihn doch nur Paul zeigen!»

Ich dachte darüber nach, während sie jemand anderen bediente. Es war wirklich keine schlechte Idee. Wenn Paul sich von der neuen, besseren Maddie tatsächlich ein bisschen bedroht fühlen sollte, war es an mir, ihm zu zeigen, dass ich ihn immer noch begehrte ...

Und Paul war nicht der Einzige, der darauf aus zu sein schien, meine Diät zu sabotieren. Collette tat auch ihr Bestes, um mein Kalorienzählen zunichtezumachen. Seit ich jede Woche meine Sendung «Weiter so» präsentierte, brachte sie ständig kalorienreiche Leckereien mit ins Büro und achtete darauf, sie in unmittelbarer Nähe meines Schreibtischs zu platzieren. Einmal war es ein Baumkuchen. Ein großer von Waitrose mit drei verschiedenen Schokoladen. Ein andermal ließ sie ein großes Glas mit gesalzenen Erdnüssen auf dem Doppelschreibtisch von Becky und mir stehen und sagte allen, sie könnten sich bedienen. Letzte Woche hatte sie sogar warmen Obstkuchen mit Schlagsahne aus der Bäckerei unten auf der Straße mitgebracht. Das reichte, um jemanden, der Diät hielt, verrückt zu machen. Der köstliche Duft wehte mir um die Nase, das Geräusch des Messers, als es durch den Kuchen fuhr, das *Hmmmm, lecker*, das Collette permanent von sich gab.

Blöde Ziege, dachte ich und stellte mir vor, wie ich die Erdnüsse über ihrem Kopf ausschüttete und ihr das Kuchenmesser in die Augäpfel stieß. Nicht, dass mich die Köstlichkeiten in Versuchung gebracht hätten oder so.

Aber bei Collette wusste ich jedenfalls, woher es kam. Sie war eifersüchtig – eifersüchtig, dass ich so tolles Feedback für «Weiter so» bekam, wütend, dass Andy die Sendung gerade auf fünfzehn Minuten verlängert hatte, und völlig angepisst, weil ich manchmal mehr E-Mails bekam als sie.

> Liebe Maddie, tausend Dank für die Diät-Tipps diese Woche. Du bist klasse!

> Hallo, Maddie, gratuliere, dass du schon wieder eine Kleidergröße kleiner hast! Du bist ein Vorbild!

> Liebe Maddie, deine Ideen für ein fettreduziertes Weihnachtsmenü haben mir sehr gut gefallen – sie werden verhindern, dass ich dieses Jahr so gefräßig bin wie sonst!

> Liebe Maddie, ich wünschte wirklich, deine Sendung wäre länger, ich könnte dir den ganzen Vormittag zuhören!

Ja, ich wusste, warum Collette so verzweifelt darauf aus war, dass ich scheiterte, dass ich klein beigab und ja sagte zu einem Stück Kuchen und – oh, na gut – zu einem Löffel Sahne obendrauf. Denn dann müsste ich natürlich in meiner Sendung zugeben, dass ich vom Pfad des Kalorienzählens abgekommen war, denn wenn ich mein Vergehen nicht beichtete, wäre sie nur allzu bereit, mich zu verpfeifen.

Es war diese Einsicht, die mir die Willenskraft gab, ihren dummen Versuchungen zu widerstehen, und ich wusste, dass es sie nervte. Es bereitete mir großes Vergnügen zu denken: *Hahaha, Collette – nimm deinen Kuchen und steck ihn dir sonst wohin. Ich werde keinen einzigen Krümel davon essen.*

«Du kommst doch heute Abend zu der Party?», fragte Mike, als wir durch den Park joggten.

Es war spät am Samstagnachmittag, und ich war total kaputt von der langen Kleidersuche mit Lauren und Jess. Ich hatte mich ziemlich überwinden müssen, Jogginghose und Turnschuhe anzuziehen, vom Sport-BH gar nicht zu reden, der aus so robustem Material war, dass man mit ihm auch ein Auto hätte abschleppen können. Aber jetzt schnaufte ich neben Mike her, und mein Atem verdampfte in der frischen Winterluft. Die Bäume waren inzwischen alle kahl, und die goldenen Blätter waren lange abgefallen und zusammengefegt.

«Party?», wiederholte ich. «O Gott, ist die heute?» Ich hatte eigentlich vorgehabt, mich heute Abend auf meinen Mann zu stürzen, vor allem, weil ich auf dem Nachhauseweg in einem Anfall von Wagemut ein neues Höschen – schwarzer Satin mit Spitze – und ein dazu passendes Babydoll gekauft hatte und mich seitdem immer fragte, ob ich mutig genug sein würde, es auch zu tragen.

«Ja, die ist heute», sagte er. «Aber du kommst, oder? Wir haben einen wirklich guten DJ gebucht, und es gibt Glühwein und ein Buffet ... Das wird ein toller Abend.»

«Ich weiß nicht», sagte ich, hin- und hergerissen. «Ich hatte eigentlich was anderes geplant für heute Abend, aber ...»

Das Herzüberwachungsgerät, das er an der Brust trug, piepte, und er verlangsamte seinen Schritt. Wir joggten immer drei Minuten, gingen dann eine Minute und joggten dann wieder drei Minuten. Und wenn er mit mir fertig war, brach ich regelmäßig auf der nächsten Bank zusammen und keuchte minutenlang, mit lila Gesicht und kaum in der Lage zu sprechen.

«Ach, komm schon», drängte er. «Die Weihnachtsparty vom Fitnessstudio ist immer so toll. Ganz entspannt und nett. Du kannst ein schönes Kleid anziehen, tanzen ... Komm, Maddie, sag, dass du kommst. Ohne dich ist es nicht dasselbe.»

Seine Beharrlichkeit schmeichelte mir. Es war schön, sich zur Abwechslung mal gefragt zu fühlen, und mein Widerstand schmolz unter seinem Blick dahin.

«Klingt gut», sagte ich. «Also ... mal sehen. Wahrscheinlich.»

Als ich später nach Hause kam, war ich ziemlich gut gelaunt. Das Laufen schien immer meinen Kopf frei zu machen, sodass ich nicht ständig über Mom nachdachte oder traurig war. Normalerweise versuchte ich, mir die Kraft einzuteilen, und ich war zu atemlos, um viel zu reden. Ich stapfte einfach still vor mich hin, in Gedanken nur bei meinen Füßen, die abwechselnd den Boden berührten. An diesem Tag hatte ich es geschafft, zwanzig Minuten lang abwechselnd zu laufen und zu gehen, was mein Rekord war, und ich war wirklich stolz auf mich.

«Wo warst du?», fragte Paul, als ich durch die Haustür kam. Er klang gereizt, als wäre er sauer auf mich. «Du warst stundenlang weg.»

«Tut mir leid», sagte ich und zog meine Turnschuhe aus. «Es hat länger gedauert, als ich dachte, beim Shoppen zu helfen, und dann bin ich noch kurz ins Fitnessstudio gegangen.»

«Oh, klar», sagte er. «Hätt ich mir denken können.»

«Was?», sagte ich, betroffen. «Was soll das denn heißen?»

«Na ja, da bist du im Moment ja ständig. Als wärst du besessen. Kannst du jetzt nicht mal aufhören mit diesem Diät-Kram? Für mich siehst du gut aus.»

Ich war überrascht, wie heftig er reagierte.

«Aber ... ich gehe gerne ins Fitnessstudio», sagte ich. «Ich fühl mich gut dadurch. Und ich möchte noch mehr abnehmen, ich will weitermachen.» Ich merkte, wie meine gute Laune in sich zusammensank wie ein geplatzter Reifen. «Paul ... es wäre toll, wenn du mich ein bisschen mehr unterstützen würdest, weißt du.»

Er schnaubte. «Ich, dich unterstützen? Maddie, ich mache seit Monaten nichts anderes. Wie wär's, wenn du zur Abwechslung mal mich unterstützt?»

Ich konnte kaum glauben, was er da sagte. «Paul – ich hab dieses Jahr einiges durchgemacht. Mom ist gestorben. Ich versuche abzunehmen ...»

«Ja, aber du bist nicht die Einzige, die Probleme hat», sagte er. «Du bist nicht die Einzige, die Unterstützung braucht. Eine Ehe ist doch was, das auf Gegenseitigkeit beruht, oder? Und ...» Er unterbrach sich, wirkte irritiert. «Ach, vergiss es. Vergiss alles, was ich gesagt habe.»

Ich starrte ihn an. «Was denn?», fragte ich, jetzt ziemlich aufgewühlt. Paul war normalerweise so ausgeglichen – er hatte keine Gefühlsausbrüche oder Stimmungsschwankungen. «Was stimmt denn nicht?»

Er sah mir nicht in die Augen. «Vergiss es», wiederholte er

laut. «Willst du einen Kaffee? Wenn ich verspreche, die fettarme Milch zu nehmen?»

Ich biss mir auf die Lippe, sein sarkastischer Ton gefiel mir nicht. «Nein, danke», antwortete ich. «Ich geh duschen.»

Oben zog ich mich aus und stellte mich unter den heißen Wasserstrahl, immer noch verwundert. Warum war Paul so sauer auf mich? Womit hatte ich das verdient? Und was meinte er damit, dass ich ihn nicht unterstützte? Soweit ich wusste, verlief sein Leben wie immer. Er hatte ja keinen Elternteil verloren, seine Eltern waren immer noch so fit und gesund wie immer.

Ich seifte mich ein und fühlte mich elend. Ich hatte unsere Beziehung in letzter Zeit vernachlässigt, das stimmte. Ich war so mit meinen eigenen Gefühlen beschäftigt gewesen, dass ich kaum über ihn nachgedacht hatte. Vielleicht hatte er einfach genug davon, dass ich Trübsal blasend durchs Haus schlich und ihn nicht beachtete.

Ich strich mit den Händen über meinen nassen, nackten Körper und dachte an die Unterwäsche, die ich gekauft hatte. Hatte ich den Mut? Die Kinder übernachteten beide bei Freunden. Ich könnte mir heute Mühe geben, meine schwarze Spitzenwäsche anziehen und versuchen, mich mit Paul zu versöhnen. Mich entschuldigen, dass ich ihm meine Dankbarkeit nicht ausreichend gezeigt hatte. Denn, um ehrlich zu sein, bis zu seinem Wutanfall eben war er wunderbar gewesen, mein Fels in der Brandung, als Mom krank war und gestorben ist.

Ich wusch mir die Haare und fühlte mich schon besser. Ja. Ich würde es tun. Um unserer Ehe willen würde ich die Verlegenheit überwinden und meine innere Sexbombe herauslassen.

Ich schloss die Schlafzimmertür ab, als ich mir die Haare fönte und mich großzügig eincremte. Es war lange her, seit ich mich getraut hatte, mich selbst nackt im Spiegel zu betrachten, aber ich wagte es, holte tief Luft und ging dann zu dem Ganzkörperspiegel an der Innenseite der Schranktür.

«Wird schon schiefgehen», murmelte ich und hob meinen Blick.

Es war immer noch eine dicke Frau, die mich da anstarrte, aber mit einem Kinn weniger und einer ganz neuen Figur. Vorher war ich der klassische walförmige Klumpen gewesen – die Brüste hingen über den Bauch, der Bauch hing über die Hüften, riesige fleischige Oberarme und einen Hintern wie zwei runde Sofakissen.

Aber jetzt ... Jetzt schien der Klumpen zu schmelzen. Mein Bauch, mein Hintern und meine Hüften waren immer noch teigig und wabbelig, hatten die Farbe und Beschaffenheit von ungebackenem Brot, aber zwischen den Speckfalten deutete sich eine Taille an. Und an meinen Armen war zwar immer noch reichlich Winkfleisch, aber es waren definitiv auch Muskeln zu erkennen. Wer hätte das gedacht?

Ich wandte mich sittsam ab, als ich mit klebrigen Fingern das Höschen und das Babydoll anzog. Dann, nach einem weiteren tiefen Atemzug, trat ich einen Schritt zurück und betrachtete mich. Mein lieber Schwan. Der Stoff des weich fallenden Höschens schmeichelte mir erstaunlich, es waren eher sexy Shorts aus durchsichtigem Schwarz, die an den Seiten von schwarzen Satinbändern zusammengehalten wurden ... es überließ nicht allzu viel der Phantasie.

Ich zwinkerte meinem Spiegelbild zu, die Hand auf der Hüfte, und übte dann einen glühenden Komm-her-Baby-Blick. Ich sah sinnlich aus. Ich sah verrucht aus. Und ja, ich sah sexy aus. Ich!

Foxy lady, hörte ich Jimi Hendrix im Geiste sagen. Ich kicherte.

So. Jetzt würde ich es Paul zeigen. Ich war nicht sicher, ob er davon einen Ständer oder einen Herzinfarkt bekommen würde – aber es gab nur eine Möglichkeit, das herauszufinden …

«Paul?»

«Hmmm?» Er saß mit finsterem Blick vor dem Computer in der Ecke des Wohnzimmers und drehte sich nicht um, als ich ihn ansprach.

«Paul … ich möchte dir was zeigen.» Ich stand in der Tür und trug meinen Morgenmantel, bereit, Paul die Überraschung seines Lebens zu bereiten, wenn er sich umsah. Ich hielt den Morgenmantel vorne mit den Händen zusammen und würde, hatte ich mir überlegt, ihn abwerfen und Paul meinen sexy, verruchten, sinnlichen Anblick bieten, sobald er sich umdrehte.

Es war nur so, dass er sich nicht umdrehte.

«Einen Moment», murmelte er und seufzte den Bildschirm an. «Verdammte Scheiße.»

«Paul …» Mein Adrenalinspiegel senkte sich langsam wieder, und meine Nerven begannen zu flattern. *Komm schon, Paul,* versuchte ich ihn zu beeinflussen. *Guck mich einfach an! Guck deine Frau an und nicht den blöden Computer, nur einen Moment!*

«Was?», sagte er ungeduldig. Er hatte sich immer noch nicht umgedreht und tippte irgendwas, wobei er umständlich mit seinen Zeigefingern auf der Tastatur rumstocherte. «Kann das nicht warten? Ich bin beschäftigt.»

Ein kleines Schluchzen kam aus meiner Kehle, und ich drehte mich um und rannte die Treppe hoch. «Ja, das kann warten», rief ich nach unten. «Macht überhaupt nichts.»

Macht überhaupt nichts, dass ich mich deshalb gequält hab, du nutzloser Kerl, hätte ich am liebsten geschrien. *Und, ja, das kann schon warten. Du wirst lange warten müssen, ehe du mich wieder in dieser Aufmachung siehst, Freundchen.*

Ich stürzte zurück ins Schlafzimmer. Ich fühlte mich gedemütigt und heulte in meine Hände. Jetzt hatte ich mir solche Mühe gegeben und wusste nicht, wo ich hinsollte. Obwohl …

Als mir einfiel, was Mike vorhin gesagt hatte, hörte ich sofort auf zu heulen. Die Weihnachtsparty im Fitnessstudio musste inzwischen schon angefangen haben. *Du kommst doch, oder?*, hatte er gefragt, und seine Stimme hatte geradezu hoffnungsvoll geklungen.

Ich ließ die Hände über mein sexy Höschen gleiten, stand dann auf und suchte in meinem Schrank nach einem Kleid für die Party. Scheiße. So eine Scheiße. Wenn Paul sich nicht für mich interessierte, würde ich eben allein zu der Party gehen. Es wurde Zeit, dass ich mich ein bisschen amüsierte.

Und genau das tat ich. Ich zog das Babydoll aus – wenn ich tanzen wollte, brauchte ich *etwas* mehr Unterstützung im Brustbereich, damit ich mit meinen fliegenden Brüsten niemanden verletzte –, aber im letzten Moment beschloss ich, das neue Höschen anzubehalten. Ich fühlte mich so weiblich darin, so sexy. Das war doch erlaubt, oder?

Im Nachhinein muss ich sagen, dass ich in einer gefährlichen Stimmung war. Ich hätte zu Hause bleiben, es nochmal bei Paul versuchen sollen, nicht verärgert abrauschen, weil er zu vertieft war, um mich anzusehen. Aber nein. Ich fühlte mich zurückgewiesen und war aufgebracht, ich hatte das Gefühl, etwas beweisen zu müssen. Also ging ich, in meinem sexy Höschen und meinem schönsten roten Kleid. Dieses Aschenputtel *ging* zum Ball, beschloss ich.

Die Party fand in Studio Eins statt, dem größten Raum im Fitnessstudio. Sie hatten eine Discokugel aufgehängt und bunte Lichtampeln, und aus den großen Lautsprechern schmetterte

Tanzmusik. Die Leute wirbelten lachend auf der Tanzfläche herum, und ich brauchte eine Weile, um ihre Gesichter zu erkennen, weil ich sie normalerweise nur verschwitzt in Jogginghosen und Turnschuhen zu sehen bekam.

Das Adrenalin und das Draufgängertum, die mich hergebracht hatten, verschwanden plötzlich, als ich mich in dem riesigen Spiegel sah, der eine Wand des Studios bedeckte. *Guck dir die an*, sagte eine Stimme in meinem Kopf. *Eine trutschige Frau mittleren Alters, die fast aus ihrem Kleid platzt. Du Idiot, Maddie. Was hast du dir bloß eingebildet?*

Ein Tisch in meiner Nähe bog sich fast unter Würstchen im Schlafrock, Chips, Sandwiches, einer Käseplatte – genau die Dinge, die ich liebte, aber nichts davon war natürlich während meiner Diät erlaubt. Weihnachten war definitiv die schwierigste Zeit im ganzen Jahr, wenn man abnehmen wollte, dachte ich und wandte mich ab, damit ich die Versuchung nicht direkt vor Augen hatte. Aber jetzt zog von einem anderen Tisch – noch schlimmer – der Duft von Glühwein zu mir herüber. Ahhhh ... Glühwein ... noch mehr Versuchungen.

Meine Entschlossenheit geriet ins Wanken, als mir der Geruch nach Zimt und Gewürzen in die Nase drang. Ach ... ach, mach ruhig, sagte ich mir, unfähig, länger zu widerstehen. Ich würde nur ein Glas trinken. Mir ein bisschen Mut antrinken, um wieder in Partylaune zu kommen.

«Hey», hörte ich eine Stimme, als ich in der Schlange auf meinen Wein wartete. «Da bist du ja – schön siehst du aus, Maddie.»

Es war Mike. Er wirkte ganz anders ohne Trainingssachen, dachte ich. Wie ein Mann, nicht wie ein Fitnesstrainer, in seinen 501-Jeans und einem anthrazitfarbenen Hemd. «Danke», sagte ich und lächelte ihn an. Seine Brust fühlte sich durch das Hemd hart und muskulös an, und ich fragte mich, wie er wohl ohne

Klamotten aussähe. *Ich wette, er hat ein wahnsinniges Sixpack*, dachte ich.

«Wartest du auf ein Glas Wein?»

Die Stimme von Tina, einer der Bürokräfte des Studios, die gerade Dienst hinter der Bar hatte, riss mich aus meinen Gedanken. Meinen unangebrachten Gedanken. «Ähm ... Ja, bitte», antwortete ich und hoffte, dass ich nicht rot geworden war, als ich das Glas nahm, das sie mir hinhielt. «Danke, Tina, der riecht köstlich.»

Ich nippte daran. Er schmeckte auch köstlich. Ich hatte lange keinen Alkohol mehr angerührt – abgesehen von ein paar elenden Stunden mit einem Glas Brandy, als Mom gestorben war –, und der warme, würzige Wein berauschte mich. Ich spürte, wie der Alkohol durch mich hindurchfloss, in meinen Blutbahnen tanzte. Ich fühlte mich sorglos und leichtsinnig. Aus den Lautsprechern dröhnten die ersten Takte von «Atomic» von Blondie, und ich kippte den Rest meines Glases auf einmal hinunter.

«Komm», sagte ich zu Mike und griff nach seiner Hand. «Wir tanzen.»

18. Olivenbrot

Lauren

Viel Glück, Lauren. Hoffe, es wird ein schöner Abend. Maddie x

Schnapp ihn dir! Wir wollen Montag alles ganz genau wissen! Jess x

Ich lächelte beim Lesen der SMS, die direkt nacheinander kamen, als ich auf dem Weg ins *Simpsons* war. Oooh, ich freute mich wirklich auf diesen Abend. Ich trug das schwarze Kleid und einen Bauch-weg-Slip, hatte meine hohen schwarzen Lieblingssandaletten angezogen und eine silberne Kette angelegt. Außerdem trug ich das neue silberne Bettelarmband, das ich mir gegönnt hatte, mit zwei runden Silberkugeln. Auf der ersten, die ich mir ausgesucht hatte, waren Herzen eingraviert, die andere hatte ein zartes Blattmuster. Sie waren so hübsch – und so teuer. Es kam nicht oft vor, dass ich mir so etwas leistete, aber, hey, ich hatte schließlich sechs Kilo abgenommen. Ich hatte es mir verdient.

Es war ein kalter, sternenklarer Abend, aber mir war warm und ganz kribbelig, als ich mich dem Restaurant näherte, vor dem ein mit einer Lichterkette geschmückter Baum stand. Ich stolperte fast vor Aufregung, als ich die Stufen zur Tür hochging. «Ich bin mit einem Freund verabredet», sagte ich zu dem makellos gepflegten Maître, der mich begrüßte. «Joe Smith?»

«Selbstverständlich, Madame», sagte er und konsultierte sein Reservierungsbuch. «Wenn Sie mir hier entlang folgen möchten?»

O ja, ich mochte. Ich ging vorsichtig an den mit blütenweißen Tischtüchern bedeckten Tafeln vorbei, und das Atmen fiel mir plötzlich Meter für Meter schwerer. O Gott. Da war er, der wunderbarste Mann der ganzen Stadt, saß an einem Zweiertisch und wartete auf mich. Wie hatte ich das gemacht? Kaum in der Lage, mich von seinem Anblick loszureißen, glitt ich auf meinen Stuhl, und er lehnte sich hinüber, um mir die Wange zu küssen, sein Gesicht strich weich an meinem entlang. Er trug ein blassblau gestreiftes Hemd, war frisch rasiert und duftete schwach nach Sandelholz. Ohhhh ... *ja.* Und mit mir, Lauren Malone, war er heute Abend verabredet. Ich musste mich zusammenreißen, um nicht auszuflippen.

«Du siehst phantastisch aus», sagte er mit tiefer Stimme, die im Ohr kitzelte.

«Danke», bekam ich heraus und wurde so rot, dass man es sicher trotz Make-up sah.

Er nahm meine Hand. «Es ist schön, wenn eine Frau sich Mühe gibt», sagte er. «Ich finde das sehr attraktiv. Sehr weiblich.»

«Du hast dich aber auch schick gemacht», sagte ich. Das war die Untertreibung des Jahres. Er sah aus wie ein Model, wirklich – wie jemand, von dem man gar nicht glauben kann, dass er echt ist. Wie jemand, der in jedem noch so vollen Raum auffällt.

Er bestellte Brot und Wein für uns. Ich hätte roten bevorzugt, aber er sagte, der Sancerre sei exzellent, und da die Flasche fünfunddreißig Pfund kostete, wollte ich nichts sagen. Außerdem war er schließlich Koch. Er kannte sich mit Wein aus. Ich würde ihm vertrauen und ausnahmsweise mal den Mund halten – etwas, das ich gleichzeitig aufregend und nervend fand. Es passte nicht zu mir, mich unterzuordnen, aber vielleicht probierte ich es heute Abend einfach mal aus.

Ich konnte kaum die Speisekarte lesen, so nervös war ich. Der Brotkorb enthielt Sauerteig-, Oliven- und Polentabrot, mir lief das Wasser im Mund zusammen. Oooh ... dieser Abend wurde immer besser. Wie ich Brot liebte, wie ich es vermisst hatte mit seinen vielen leckeren Kalorien.

Ich nahm ein Stück Sauerteigbrot, knabberte daran und schwelgte in seinem Geschmack. Mmmm. Meine Geschmacksknospen feierten ein Fest, so aufgeregt waren sie, und ich versuchte, nicht darüber nachzudenken, dass dieses Brot meine ganzen Diät-Anstrengungen zunichtemachte. Aber – das war es wert. Ich würde als Hauptspeise einen Salat bestellen, nahm ich mir vor, und versuchen, mich beim Wein zurückzuhalten ...

Ich verschluckte mich fast, als ich spürte, wie sich Joes Oberschenkel unter dem Tisch an meinen presste. Das Blut schoss mir sofort ins Gesicht – und in zahlreiche andere Körperteile. Wow. Zusammen mit dem Brot, das sich so köstlich in meinem Mund auflöste, war das die erotischste Erfahrung, die ich in diesem Jahr gehabt hatte.

«Und, wie war dein Tag?», fragte er, und ich fing nervös und ziemlich schnell zu erzählen an, vom Shoppen mit den Mädels und von dem Weihnachtsmarkt in der Stadt und ... ach, so ungefähr von allem, mein Mund war irgendwie überdreht.

Aber er schien sowieso nicht besonders gut aufzupassen. «Du siehst echt heiß aus», unterbrach er mich murmelnd. «Ich glaub, ich halt höchstens bis zur Vorspeise durch, dann muss ich dich anfassen.»

«Oh», sagte ich etwas verdattert. Erfreut natürlich. Begeistert eigentlich. «Ach ja?», gurrte ich und ließ meinen Fuß sein Hosenbein hinaufwandern.

«Mmmm», antwortete er. «Ich habe vor, dich heute Abend *viel* besser kennenzulernen.» Bei diesen Andeutungen lief ein Schauer der Vorfreude durch meinen Bauch-weg-Slip. (Na ja, er erbebte leicht, aber das Material war so gummiartig und unnachgiebig, dass auch das etwas zu bedeuten hatte.) Joe nahm wieder meine Hand und begann, sie mit seinem Daumen zu streicheln, wobei er – oh, unerträglich langsam – Kreise auf meine Haut zeichnete.

Ich war jetzt schon Feuer und Flamme für ihn. «Ich auch», sagte ich. Wir blickten uns in die Augen, und ich sah, dass seine Pupillen geweitet waren. Sicher waren meine auch riesig und lüstern. Unfassbar. Sexy Joe wollte Sex mit mir haben. Mit MIR.

Aber erwartete er, *heute Abend* mit mir Sex zu haben?, fragte ich mich. Ich war unsicher, ob ich geil oder panisch werden sollte. Das hatte ich nicht vermutet. Ich hatte entgegen Maddies Rat meine Zahnbürste nicht eingepackt. Ich trug noch nicht mal schöne Unterwäsche, nur dieses hautenge Riesenhöschen, das mich total zusammendrückte – mir wurde ganz schwindelig davon – und das definitiv unsexy war.

Ich löste mich langsam in eine Pfütze des Verlangens auf, deshalb lenkte ich das Gespräch auf ein unverfänglicheres Thema. «Erzähl mir was von dir», sagte ich. «Wie bist du zum Kochen gekommen?»

Er zuckte mit den Schultern. «Na ja, ich konnte schon immer ganz gut mit meinen Händen umgehen», feixte er. «Und köstliches Essen zu kreieren ist für mich eine Kunstform. Ich betrachte mich selbst als modernen da Vinci, als van Gogh der Küche ...» Ich wollte gerade einen Spruch darüber machen, dass er dann besser nicht zu nah mit dem scharfen Messer an sein Ohr kommen sollte, als mir klarwurde, dass er es todernst meinte.

«... denn beim Essen sollte es nicht nur um den Geschmack gehen», fuhr er fort. «Es muss alle Sinne ansprechen – das Auge und die Nase genauso wie die Zunge. Es sollte genossen werden, verehrt, umfassend gewürdigt ...»

Meine Güte, dachte ich. Er war doch nur ein Koch. Trotzdem, ich wusste, was er meinte mit dem Genießen, Verehren und umfassend Würdigen ...

«Es gibt nichts Schlimmeres als Leute, die gutes Essen *nicht* zu würdigen wissen», sagte er mit vollem Mund. «Diese Frauen, die immer nur im Salat rumstochern und sich ein ordentliches Essen verbieten ... erbärmlich. Meiner Erfahrung nach hat der kulinarische Appetit eine Menge mit dem sexuellen Appetit zu tun. Meinst du nicht auch, Lauren?»

«Ich ...», fing ich an. Ich hatte gerade gedacht, dass er für jemanden, der so leidenschaftlich darüber sprach, gerade ziemlich mechanisch ein Stück Olivenbrot heruntergeschlungen hatte und mit dem anderen beim Reden herumfuchtelte wie mit einem Taktstock. Trotzdem, der Gebrauch des Wortes «sexueller Appetit» hatte mich umgehauen. «Ja», sagte ich schließlich kleinlaut. Wollte er das Olivenbrot überhaupt *essen?*, fragte ich mich. Denn es gab nur zwei Stücke, und ich hatte gehofft, auch eins zu bekommen, aber ich mochte nicht fragen.

Ich nippte an meinem Wein und hörte zu, wie er lang und breit über seine Karriere redete, darüber, dass er der beste Koch in Birmingham war – nein, in den West Midlands, nein, eigentlich im ganzen Land – und dass er seine eigene Restaurantkette eröffnen wollte, die allen anderen die Gäste abspenstig machen würde ...

Er redete offenbar gern. Mochte den Klang seiner eigenen

Stimme. Und, ja, okay, er *hatte* eine schöne Stimme – tief und sexy, die Art Stimme, von der man sich gern etwas Scharfes ins Ohr flüstern lassen würde –, trotzdem wünschte ich so langsam, ich hätte ihm die Frage nicht gestellt. Ich versuchte weiterhin, immer mal was einzuwerfen und das Thema, wie großartig er war, zu beenden, aber er war nicht zu stoppen und redete immer weiter. Und weiter. Und weiter.

Nach einer Weile hatte ich das Gefühl, gar nicht da zu sein, als könnte ich auch irgendjemand anders sein, der ihm gegenübersaß. Er schien nicht das kleinste bisschen daran interessiert zu sein, was ich zu sagen hatte, oder gar an meiner Persönlichkeit. So viel zum Thema «mich besser kennenlernen». Das Einzige, was ihn zu interessieren schien, war, ob ich eine Strumpfhose oder Strümpfe trug, denn seine Hand kroch forschend unter den Saum meines Kleides.

Okay. So war das. Jetzt kapierte ich. Er wollte niemanden, der einen eigenen Kopf hatte, eigene Gesprächsthemen. Er wollte einfach eine Frau, die sich in seinem Arm gut machte, eine, vor der er prahlen konnte und der er bei der ersten Gelegenheit das Höschen runterziehen konnte (meins runterzuziehen würde ihn allerdings einige Anstrengung kosten, wenn man bedachte, wie viel ich gezerrt und gezogen hatte, bis es an Ort und Stelle war). Und während ich mich noch geschmeichelt fühlte, dass er mich attraktiv genug fand, um sich mit mir in der Öffentlichkeit zu zeigen (Danke, Joe!), wurde mir schlagartig klar: Das reichte mir nicht. Mir fiel der Vergleichstest wieder ein, den der Computer mit unseren Profilen gemacht hatte. Der Computer hatte nein gesagt …

So langsam tendierte ich dazu, dem Computer zuzustimmen. Lauren sagte auch nein.

«Das war ganz klar ein Irrtum, dass ich den Michelin-Stern

nicht bekommen habe», schwadronierte Joe weiter. «Diese Prüfer sind eben Idioten, die erkennen erstklassiges Essen nicht, die sind einfach zu blöd ...»

Dieses Oberschenkel-Andrücken ärgerte mich langsam. Ich drohte mich nicht mehr jedes Mal in Wackelpudding zu verwandeln, wenn er mich ansah. Ich war ... gelangweilt. Enttäuscht. Was für eine Enttäuschung, dachte ich immer wieder. Was für eine schreckliche Enttäuschung dieser Joe Smith war.

Immerhin war das Essen gut. Das Essen war das Beste an der ganzen Verabredung. Ich wählte Rindfleisch, und als es auf meiner Zunge schmolz – das war an sich schon wie ein Orgasmus. Und einen anderen würde ich heute Abend mit Sicherheit nicht haben, dachte ich deprimiert. Er füßelte immer noch, und es ging mir jetzt wirklich auf die Nerven – nicht nur, weil es mich vollkommen abtörnte, wie er da seit zwanzig Minuten prahlte, sondern auch, weil er offensichtlich davon überzeugt war, dass er mich in der Tasche hatte und ich ihm nicht würde widerstehen können. Hm. Ich glaube, doch, Freundchen. Er sah gut aus, ja, aber das reichte nicht. Ich hatte den ganzen Abend über kaum einen Grund gehabt zu lächeln, und amüsiert hatte ich mich schon gar nicht.

Scheiße.

Als wir mit dem Hauptgang gerade fertig waren, klingelte mein Telefon. «Entschuldige», sagte ich und nahm es aus der Tasche. Normalerweise hätte ich es klingeln und die Mailbox drangehen lassen – ich fand es immer unhöflich, beim Abendessen ans Telefon zu gehen –, aber er war so schlechte Gesellschaft gewesen heute Abend, dass ich froh war, seinem Gelaber mal entkommen zu können.

Patrick stand auf dem Display, wie ich dankbar feststellte. «Hallo?»

«Hallo», sagte er. «Tut mir leid, dass ich störe, ich wollte nur wissen …»

«Einen Unfall?», rief ich dramatisch und fasste mir mit der Hand an den Hals. «O nein. Ist sie schwer verletzt?»

Es gab eine kurze Pause. «Ahhh. Läuft es so schlecht?», sagte er trocken. Ein fixes Kerlchen, mein Patrick.

«O Gott, wie schrecklich», sagte ich und hielt mir die Hand vors Gesicht. «Natürlich mach ich das. Sagen Sie ihr, sie soll durchhalten, ich bin auf dem Weg.»

Ich klappte das Telefon zu und tat, als müsste ich schniefen. «Joe – es tut mir so leid, ich muss ganz schnell los», sagte ich und stand auf. «Meine Schwester hatte einen Autounfall und ist schwer verletzt. Sie liegt auf der Intensivstation. Danke für den schönen Abend, aber ich muss los. Tschüs.»

Er starrte mich an, erhob sich halb, als wollte er mich umarmen, aber ich hatte genug. Ich wollte nicht, dass er mich berührte. Ohne seine Antwort abzuwarten, drehte ich mich um und lief mit klopfendem Herzen hinaus.

«Also, wie schlimm war er, auf einer Skala von eins bis zehn?», fragte Patrick und goss Rotwein in einen riesigen Cognacschwenker. Nachdem ich das Restaurant verlassen hatte, war ich in ein Taxi gesprungen und direkt zu seiner Wohnung gefahren. Und ich erholte mich nur langsam.

«Tausend», sagte ich, verdrehte die Augen und trank gierig. Patrick hatte schon zwei Gläser rausgeholt, als ich ankam, der Gute. «Vielleicht sogar tausendundeins. Er kriegt ein paar Punkte, weil er so extrem attraktiv ist, und das Essen war lecker, aber …»

«Aber dann hat er alles verdorben, weil er ein arrogantes Arschloch ist», beendete Patrick den Satz. «Wie isch vor'ergesagt 'abö.» Er hob eine Augenbraue. «Hast du etwa Durst?»

Ich hatte es irgendwie geschafft, fast das ganze Glas auszutrinken. So viel zum Thema Abstinenz und Diät. «Ich bin ausgetrocknet», antwortete ich und hielt ihm das Glas hin, damit er mir nachschenkte. Gott, was das für eine Erleichterung war, hier in Patricks Wohnung zu sein, mit dem schönen schokobraunen weichen Ledersofa und den hellen Mohair-Kissen, dem gemütlichen Licht, dem riesigen gerahmten Chagall-Druck an der Wand, und in der Anlage lief Goldfrapp. Meine Wohnung war immer noch erst zur Hälfte gestrichen, und obwohl das Takeaway-Essen jetzt der Vergangenheit angehörte, hatte ich nicht das Gefühl, dass sie jemals eine so erwachsene Wohnung werden würde wie die von Patrick.

«Prost, Partner», sagte ich, als er mein Glas wieder gefüllt hatte. «Echt, ich war noch nie so froh, deinen Namen auf dem Display zu sehen. Du musst irgendwie telepathisch meine Verzweiflung gespürt haben.» Ich seufzte. «Und du hattest recht, wie immer. Er war einfach nur furchtbar. So selbstgerecht. Ich glaube nicht, dass seine Freundin eine eigene Meinung zu irgendwas haben dürfte. Manchen Frauen passt das ja vielleicht ganz gut, aber ich ...» Ich zog eine Grimasse.

«Du bist eine erfolgreiche Geschäftsfrau, du bist klug und wunderbar und witzig, und du brauchst mit Schweinen wie dem keine Zeit zu verschwenden», sagte Patrick. Er beendete meine Sätze heute Abend viel besser, als ich es selbst konnte.

«Vollkommen richtig», sagte ich und zog eine riesige Tafel Schokolade aus meiner Handtasche. Ich hatte das Taxi am Ende von Patricks Straße halten lassen, damit ich Schokolade, zwei Flaschen Rotwein und eine große Schachtel Zigaretten kaufen konnte. Was soll's, wenn ich sündige, dann richtig, dachte ich. «Aber weißt du, was komisch ist? Ich bin gar nicht so niedergeschmettert, wie ich dachte – also, wie ich mich eigentlich fühlen müsste. Ich meine … ja, ich bin enttäuscht, dass er nicht das Gesamtpaket ist. Er sieht super aus, klar, aber was die Persönlichkeit angeht, da hatte ich schon bessere Verabredungen mit … *Kakerlaken*. Aber ich bin nicht am Boden zerstört.» Ich brach die Vollmilchschokolade auf und steckte erst Patrick und dann mir ein Stück in den Mund. «Weil ich was Besseres verdient hab, wie du immer sagst.»

«Hört, hört», sagte Patrick und erhob sein Glas. «Ich wusste, dass er oberflächlich ist, schließlich fand er dich erst gut, als du abgenommen hattest. Wenn er auch nur ein bisschen Verstand hätte, hätte er sich schon in dich verliebt, als er zum ersten Mal mit dir gesprochen hat.» Seine Augen wanderten zur Uhr. «Er war einfach nicht gut genug für dich.»

«Nein, war er wohl nicht», sagte ich. «Der Kompatibilitätstest hatte recht.»

Er lachte. «Den hast du gemacht?»

Ich wurde rot, aber bevor ich mich rechtfertigen konnte, klingelte es an der Tür.

«Ah», sagte er.

«Erwartest du noch jemanden?», fragte ich überrascht.

«Ähm … ja. Steven hat gesagt, er käme noch vorbei», antwortete er und stand auf, ohne mich anzusehen. «Aber du kannst gerne bleiben.»

In dem Moment wurde mir klar, wie perfekt die Wohnung aussah. Wie tadellos Patrick aussah, wie gut er duftete. Die zwei Gläser, die schon da gestanden hatten …

Ich sprang auf und verschüttete fast meinen Wein. «Warum hast du denn nichts gesagt!», rief ich und fühlte mich schrecklich. «Ich geh schon, keine Sorge. Ich will dir doch nichts verderben.»

«Ist kein Problem, du kannst ruhig bleiben», sagte er wieder. «Wirklich, Lauren. Es gibt keinen Grund wegzurennen.»

Aber ich stopfte schon die Schokolade in meine Tasche und versuchte, die Krümel von der Rauchglas-Oberfläche seines Couchtisches zu wischen, ohne sie auf der frisch gereinigten Platte zu verschmieren. Ich hörte, wie die Tür geöffnet wurde, dann leise Stimmen. Dann Stille, als ob sie sich küssten. Ich würde auf keinen Fall als Anstandswauwau hierbleiben.

«Steven, das ist meine Freundin Lauren», sagte Patrick, der in diesem Moment wieder ins Zimmer kam. Seine Augen wirkten dunkler und sein Mund angespannt.

«Lauren, das ist Steven.»

Steven war groß und blond und leicht gebräunt und hatte humorvolle blaue Augen. Er trug ein Hemd mit einem schwarzweißen Foto-Blumendruck und gutgeschnittene Jeans. Ich musste mir seine Schuhe gar nicht ansehen, um zu wissen, dass sie teuer und edel sein würden. Er war ideal für Patrick.

«Hi, Lauren», sagte er. «Ich hab schon viel von dir gehört.»

«Hi», sagte ich und hoffte, keine Schokolade um den Mund zu haben. «Ich wollte gerade ... äh ... ich bin gerade vorbeigekommen, um mir was auszuleihen, und muss jetzt gehen. Bin müde. Muss schlafen. Schön, dich kennengelernt zu haben.»

«Der ist heiß», flüsterte ich Patrick zu, als wir uns kurz darauf an der Tür zum Abschied umarmten. «Gut gemacht.»

«Danke», sagte er. «Ist das auch wirklich okay für dich?»

Ich nickte, obwohl es das nicht war. «Mir geht's gut», sagte ich und ging mit meiner Schokolade nach Hause, wo ich es schaffte, die Tafel ganz allein aufzuessen.

Am nächsten Montag traute ich mich wegen meines Wein- und Schokoladengelages kaum, mich bei FatBusters blickenzulassen, aber ich zwang mich, hinzugehen und die Stufen der Verdammnis emporzusteigen. Ich hatte ein Pfund zugenommen, und daran war einzig und allein Joe schuld, fand ich. Durch den blöden Mistkerl war ich rückfällig geworden. Das würde mir bestimmt nicht nochmal passieren. Maddie tauchte nicht auf, was ganz untypisch für sie war. Ich hoffte, sie hatte der Versuchung nicht nachgegeben, so wie ich. Aber Jess hatte noch zwei Pfund mehr abgenommen, womit sie insgesamt jetzt schon sechs Kilo verloren hatte. Sie stieß einen kleinen Jubelschrei aus und wurde knallrot. «Gut gemacht», sagte ich und umarmte sie. «Sechs Kilo – das ist Wahnsinn. Das liegt alles am Salsatanzen, ich sag's dir.»

«Und daran, dass ich wegen der Arbeit die ganze Zeit rumflitze wie eine Bekloppte», sagte sie grinsend. «Bleibt es eigentlich bei morgen Abend? Meine Freundin Phoebe kommt und hilft mir, wir können die Arbeit also zwischen uns aufteilen.»

«Klar», sagte ich.

Ich richtete eine vorweihnachtliche Verwöhnparty für die Kunden aus, die schon am längsten Single waren – in der Hoffnung, dass die kleine äußerliche Veränderung ihnen den Selbstbewusstseinsschub gab, den sie brauchten, um sich unter den Mistelzweig zu trauen und ein bisschen weihnachtliche Lippenübungen zu machen. «Ich freu mich schon drauf.»

In Wirklichkeit konnte ich einigen dieser Klienten kaum Hoffnung machen. Sie waren alle seit Monaten in der Kartei und am Rande der Verzweiflung. Ich hatte sie zu so vielen Verabredungen geschickt, aber niemand hatte sich mit irgendjemandem besonders gut verstanden. Insgesamt waren sie ein ziemlich schüchterner Haufen, alle leicht nervös, wenn sie in einer größeren Gruppe waren, also sorgte ich dafür, dass es nicht zu viele wurden und dass keiner von den lauteren, dominanten Klienten da war. Hoffentlich lockte sie das aus ihren zerbrechlichen kleinen Schneckenhäuschen, und mit Hilfe von Jess,

Phoebe und dem Alkohol würden wir sie hoffentlich ein bisschen aufmuntern.

Und, nein, Joe Smith war *nicht* eingeladen. Komischerweise hatte er sich nicht bei mir gemeldet, seit der Autounfall meiner imaginären Schwester seinen *Bin ich nicht großartig*-Monolog am Samstag unterbrochen hatte, und ich hatte ihn natürlich auch nicht angerufen. Ich fühlte mich ein ganz kleines bisschen gemein, weil ich ihn angeschwindelt hatte, aber nicht schlecht genug, um mich zu melden und ein zweites Date vorzuschlagen. Ich hatte ihn in Gedanken schon unter «Fehler – nicht wiederholen» abgelegt. Egal. Würden Eddie und ich Weihnachten eben allein im Bett verbringen; ich war zu dem Schluss gekommen, dass das nicht so schlimm war. Nicht schlimm genug jedenfalls, um Kompromisse zu machen.

Dienstagabend dekorierten Patrick und ich das Büro mit goldenem Lametta und ein paar Stechpalmenzweigen, die ich spottbillig auf dem Wochenmarkt erstanden hatte. Ich verteilte ein paar Lichterketten und hängte kleine Mistelzweige in diskrete Eckchen, nur für den Fall. Und wir legten Partymusik auf. «Simply having a wonderful Christmas time», sang ich fröhlich und ignorierte Patricks gequälten Blick.

Jess und Phoebe kamen und fingen an, im hinteren Ende des Raums ihre Sachen aufzubauen. Sie wollten eine Express-Maniküre, eine Mini-Gesichtsbehandlung und Kopfmassagen anbieten, für einen Fünfer, was für mich nach einem ziemlichen Schnäppchen klang. «Und ich hab ein paar Gutscheine gedruckt, mit zwanzig Prozent Rabatt, falls die Kunden noch andere Behandlungen buchen wollen», sagte Jess, holte einen Stapel Karten hervor und legte ihn gut sichtbar auf den Tisch.

Phoebe wirkte beeindruckt. «Mann, Jess, du hast echt an alles gedacht», sagte sie. Sie bekam einen sehnsüchtigen Gesichtsausdruck. «Du Glückliche, es ist so toll, dass du dich selbständig gemacht hast. Ich wünschte, ich wäre auch so mutig. Karen hat beschlossen, aus dem Mutterschutz nicht mehr zurückzukommen, also wird Louisa jetzt Geschäftsführerin, das ist echt Pech. In letzter Zeit ist es noch unerträglicher geworden, für sie zu arbeiten.»

Jess schüttelte sich. «Das war das Beste, was ich je getan habe, dass ich da weg bin», sagte sie und stellte die Nagellackflaschen in eine Reihe. «Der Gedanke, dass ich mit ihr hätte auskommen und mich an ihre schrecklichen Kommentare hätte gewöhnen müssen ... ich glaub, das könnte ich gar nicht mehr.» Sie wurde rot. «Wie ich klinge – ich werde noch richtig kratzbürstig auf meine alten Tage. Ich hab keine Ahnung, wie das passieren konnte.»

«Das ist nur gut für dich, kratzbürstige Jess», sagte ich und goss Wein in die Gläser. «Also ... Alkohol ist da, die Canapés sind da, ihr beide seid da mit euren Verschönerungsmittelchen ... jetzt fehlen für die Party nur noch die Kunden.»

Die Gegensprechanlage summte, und wir kicherten alle.

«Und wie von Zauberhand ...», sagte Patrick grinsend. «Dann kann es ja losgehen.»

Die Kunden kamen herein und sahen sich erst mal zögerlich um, tauten aber sichtlich auf, als Patrick und ich großen Wirbel um sie machten, sie mit Drinks versorgten und sie Jess und Phoebe vorstellten. Ich stellte erfreut fest, dass die verrückte Eloise McGregor, die ein schulterfreies blaues Mini-Strickkleid zu rot-schwarz geringelten Strümpfen und Biker-Boots trug, sich angeregt mit Jacob Farleigh unterhielt, der immer leise sprach, sich als Außenseiter bezeichnete und Trompete spielte, wenn er nicht gerade am Steuer des Busses der Linie 23 saß. Und der freakige Graham Cartwright, der extrem klug war, wenn es um Zahlen ging, dem es aber an sozialer Intelligenz mangelte, unterhielt sich doch tatsächlich mit Leah Adebole, die so wenig Selbstvertrauen hatte, dass sie es kaum über sich brachte, jemandem in die Augen zu sehen.

Dann passierte etwas Interessantes. Ein kleines Weihnachtswunder. Matthew Baines kam herein – der schüchterne, nette Matthew, der süßeste Mann, den es gab, der aber immer an unsensible Trampel geriet – und blieb plötzlich stehen, als er Jess am anderen Ende des Raumes erblickte. Ich beobachtete ihn neugierig. Kannte er sie? Seine Augen leuchteten – er sah erfreut aus. Und dann durchschritt er den Raum – der vorsichtige Matthew schritt tatsächlich! – und näherte sich Jess, die dort saß und geduldig Annalisa Binaris Fingernägel rot pinselte.

Ich versuchte, nicht zu auffällig hinzustarren, während ich darauf wartete, dass sie ihn bemerkte. Als es so weit war, als sie aufsah und ihn bemerkte, breitete sich ein strahlendes Lächeln auf ihrem Gesicht aus. Ein richtiges Lächeln – leuchtende Augen, Grübchen in den Wangen. Nur Sekunden später unterhielten sie sich miteinander, als wären sie alte Freunde, immer noch mit diesem überraschten, glücklichen Lächeln auf dem Gesicht.

Das ist interessant, dachte ich. *Sehr* interessant …

19. Verschüttete Milch

Jess

Ich wollte dich um einen Gefallen bitten», sagte Lauren am nächsten Montagabend. Es war das letzte FatBusters-Treffen vor Weihnachten, und sie, Maddie und ich saßen wie üblich im *Feathers*. Mir fiel auf, dass Maddie ziemlich still war, fast verschlossen sogar, als gäbe es etwas, das sie uns nicht erzählte, aber sie sagte mehrmals, es ginge ihr gut, sie sei nur müde.

«Um welchen denn?», sagte ich und wandte mich Lauren zu.

«Ich stecke ein bisschen in der Klemme», sagte sie. «Ich habe für einen Klienten eine Mittagsverabredung arrangiert, morgen, und das Mädchen, das er treffen sollte, hat einen Rückzieher gemacht. Ich bin meine Kundenliste durchgegangen, aber die Einzigen, die in Frage kommen würden, sagen, es wäre zu kurzfristig. Ich würde die Verabredung absagen, aber dummerweise kann ich den Typ, um den es geht, nicht erreichen, und ich möchte wirklich nicht, dass er da morgen ganz allein sitzt. Das würde sein Selbstbewusstsein noch mehr angreifen.»

«Und?», sagte ich misstrauisch und unsicher, worauf das hinauslief.

«Na ja», sagte sie, «wenn du Zeit haben solltest, könntest du ihn dann nicht vielleicht zum Mittagessen treffen? Einfach, um ihm Gesellschaft zu leisten – sonst nichts», fügte sie schnell hinzu, als ich protestieren wollte. «Er ist wirklich nett, das schwör ich dir. Ziemlich schüchtern, das Gegenteil von einem fiesen Typ, einfach ein süßer Kerl, der in der letzten Zeit mit den Frauen nicht viel Glück hatte.»

Ich war verwirrt. Sie wusste sehr gut, dass ich mit Charlie verlobt war. «Aber ... na ja, ich hab ja schon einen ...», fing ich an.

Sie schnitt mir das Wort ab. «Oh, keine Sorge, ich weiß, dass du einen Kerl hast, *darum* geht es gar nicht», warf sie schnell ein. «Es geht mehr darum, dass du so gut mit Menschen reden kannst, Jess, und ich glaub, ihm würde es nicht schaden, ein bisschen zu üben. Ist doch nichts dabei. Es geht nur um ein Mittagessen in einem netten Restaurant. Ich frag dich ja nicht, ob du in irgendeinen fragwürdigen Club gehst oder so.»

Ich runzelte die Stirn. Es war ja schön, dass sie fand, es wäre nichts dabei, aber das Ganze klang in meinen Ohren definitiv seltsam. «Ähm ...», sagte ich, um Zeit zu schinden.

«Er hat einen Tisch im *San Carlo* gebucht ...», schwatzte Lauren weiter.

«Oh, lecker», sagte Maddie. «Dann hat er jedenfalls guten Geschmack. Geh doch hin, Jess – du kriegst immerhin ein gutes Mittagessen. Die Lachsravioli da sind sensationell, wirklich.»

Ich zögerte. Ich liebte italienisches Essen, und das *San Carlo* war angeblich der beste Italiener weit und breit.

«Bitte, tu's», sagte Lauren. «Sag ja. Mir zuliebe? Und meinem armen, schüchternen Klienten zuliebe? Und weil du die netteste, beste Freundin bist und ...»

Ich lachte, unfähig, ihren flehenden Blick noch eine Sekunde länger zu ertragen. Im Neinsagen war ich noch nie gut gewesen. Außerdem hatte sie mir schon so oft einen Gefallen getan – ich schuldete ihr was.

«Na gut», sagte ich. «Wenn's sein muss. Aber … Was, wenn ich ihn nicht mag?»

«Du wirst ihn mögen», versprach sie. «Vertrau mir, er ist ein Schatz. Es ist doch nur ein Mittagessen, Jess. Ohne jede Verpflichtung. Und er ist Geschäftsmann, du kannst es also immer noch als Gelegenheit betrachten, gratis ein paar Finanztipps einzuholen …»

«Schon gut, schon gut, ich hab doch ja gesagt», erinnerte ich sie. «Ich muss einen Termin verschieben, aber es ist nur meine Freundin Gemma, das wird kein Problem sein …» Ich biss mir auf die Lippe, plötzlich hatte ich Sorge, dass Charlie es herausfinden würde. Ich konnte ihm auf gar keinen Fall sagen, dass ich mit einem anderen Typen zu Mittag aß. Er würde total austicken. Schon beim Gedanken daran erschauderte ich.

«Komm, jetzt guck nicht so», sagte Lauren aufmunternd, als sie meinen veränderten Gesichtsausdruck sah. «Hellichter Tag, nichts Dubioses, nur ein Stündchen plaudern und was Gutes essen. Man weiß ja nie», fügte sie mit einem Zwinkern hinzu, «vielleicht amüsierst du dich ja sogar.»

Abends schien es gar keine große Sache zu sein – es war ja ein Essen, versuchte ich mich selbst zu überzeugen, und ein Gefallen, den ich einer guten Freundin tat –, aber am nächsten Morgen wachte ich bibbernd auf und war nicht sicher, ob ich das mit diesem blöden Pseudo-Date durchziehen würde.

«Was ist denn los mit dir?», fragte Charlie, als ich die Milch über die ganze Arbeitsfläche schüttete.

«Nichts», log ich und wandte mich ab, damit er meinen schuldbewussten Gesichtsausdruck nicht sah. Ich reichte ihm seinen Kaffee. «Nur … ich hab einen vollen Vormittag. Eine Menge Kunden.»

«Hmmmm», grummelte er und biss in einen Toast. «Dann hast du dich noch nicht um einen neuen Job gekümmert?»

«Nein», antwortete ich und streute einen Löffel Zucker auf meine Cornflakes (ich war von drei Löffeln auf einen runter, aber auf diesen letzten konnte ich irgendwie nicht verzichten). «Aber es läuft doch ganz gut so selbständig, findest du nicht, Charlie? Ich weiß gar nicht, ob ich einen neuen Job brauche, wenn das Geschäft so gut läuft.»

«Hmmmm», machte er wieder. Er klang missgünstig. «Aber darauf kannst du dich nicht verlassen. Vor allem in der Rezession. Die Leute haben bisher vielleicht Termine bei dir gemacht, weil du ihnen leidtust, aber sie werden ihr Geld nicht immer für Kosmetikbehandlungen hinblättern, weißt du. Und wenn erst mal Januar ist und alle sind blank, was ist dann? Niemand wird sein Geld für Gesichtscreme und so 'n Kram rausschmeißen, wenn die Rechnungen noch nicht bezahlt sind.» Er zuckte mit den Schultern, seine Botschaft war klar: *Dann guckst du in die Röhre, Schatz.*

Ich versuchte mich von seinen Worten nicht allzu sehr entmutigen zu lassen. Denn bisher lief es zu meiner Überraschung besser, als ich zu träumen gewagt hätte. Und, ja, es waren Freundinnen und ehemalige Kundinnen, die mich gebucht hatten, aber die Tatsache, dass sie schon wiederholt Termine gemacht hatten, bedeutete doch, dass sie nicht aus Mitleid zu mir kamen, oder? Inzwischen fragten auch Leute nach Terminen, die ich überhaupt nicht kannte, denen ich aber von anderen Kundinnen empfohlen worden war. Mundpropaganda erwies sich als geniale Sache. Ich dachte sogar darüber nach, mir im neuen Jahr passende Räumlichkeiten zu suchen. Es war ja schön und gut, als mobile Kosmetikerin zu den Leuten nach Hause zu gehen, aber den Kundinnen passte das nicht immer, zum Beispiel, wenn sie sich in ihrer

Mittagspause behandeln lassen wollten, vor allem, wenn es eine Behandlung war, für die sie sich ausziehen mussten.

Ich aß schweigend mein Frühstück. Charlies fatale Vorhersagen ließen mich doch zweifeln. Vielleicht hatte er recht. Vielleicht *würden* im neuen Jahr weniger Anfragen kommen, wenn die Kreditkartenunternehmen die Weihnachtseinkäufe abbuchten und die Feiertage vorbei waren. Vielleicht nahm ich mir zu viel vor, wenn ich eigene Räume mietete …

Ich seufzte. Wenn Charlie doch nur ein einziges Mal etwas Positives oder Ermutigendes sagen könnte. Wenn er zur Abwechslung mal optimistisch sein oder mich loben oder sagen würde, gut gemacht, bis jetzt ist es doch super gelaufen. Stattdessen waren Maddie und Lauren diejenigen, die mich ermutigten, mich unterstützten und mir das Händchen hielten bei dieser ganzen Geschäftsgründung. Shelley und die Mädels waren auch toll, hatten dafür gesorgt, dass es sich herumsprach und ich massenweise Klienten bekam. Sie sagten mir, wie stolz sie auf mich waren, dass ich das alleine machte.

Es war schade, dass Charlie nicht in der Lage war, dasselbe zu tun. Ihn schien mehr zu interessieren, was ich ihm zum Abendessen kochte und ob er an diesem Abend wohl über mich rübersteigen konnte. Das war doch nicht richtig, oder?

Ich kam mir illoyal vor und stand auf. Ich liebte Charlie, ja, natürlich tat ich das, aber … aber …

Ich schob das «Aber» entschlossen beiseite, als ich meine Stiefel und meinen Mantel anzog. Ich wollte nicht schlecht über Charlie denken.

«Bis später», rief ich, als ich die Haustür öffnete. «Hab einen schönen Tag.»

Er sah kaum hoch, und ich spürte tief in meinem Inneren Traurigkeit aufsteigen. Es waren nur noch ein paar Tage bis

Weihnachten; wären wir bei unserem Termin geblieben, hätten wir jetzt geheiratet, dachte ich, verließ das Haus und ging zur Bushaltestelle. Wir wären Mann und Frau, auf unserer Hochzeitsreise. Ob das etwas ändern würde?, fragte ich mich. Würde er mich anders behandeln, falls wir heirateten?

Ich blinzelte. *Wenn*, nicht *falls* wir heirateten, korrigierte ich mich.

Oder war *falls* doch richtig gewesen?

Ich fand es ehrlich gesagt immer schwieriger, mir unseren Hochzeitstag vorzustellen. Der Gedanke daran, wie wir vor unseren Familien und Freunden standen, Ringe tauschten und uns verliebt in die Augen sahen ... ich konnte es mir einfach nicht mehr vorstellen. Wir hatten seit Wochen nicht über die Hochzeit gesprochen. Ich war zu traurig gewesen, um mir die Hochzeitsmagazine anzusehen oder das Thema anzusprechen, nachdem er den Termin wieder verschoben hatte, und währenddessen, während dieses Schweigens, hatte sich in mir etwas verändert. Es war, als hätte sich in mir etwas verhärtet, als ob ich mich von ihm zurückzöge oder in meinem Kopf Absperrungen errichtete. Immer wenn Charlie abends auf mich draufkrabbelte und Sex wollte, ließ ich ihn, aber ich lag da und blendete ihn aus und stellte mir vor, ich wäre woanders, statt zu versuchen, ihn zu beglücken oder es gar – Gott bewahre – selbst zu genießen. Ich lag einfach still da und schaltete ab, ließ ihn gewähren, egal, wie grob er war, und wusste, dass es bald vorbei war und ich schlafen konnte. Das war doch auch nicht richtig. Wo blieb denn da die Romantik?

Ich bekam Zweifel. Erschreckende Zweifel. Zweifel, die ich gar nicht näher untersuchen wollte, aus Sorge, dann auch handeln zu müssen.

Ich seufzte wieder, als es anfing zu nieseln, eine eiskalte, satte

Nässe, und ich zog meinen Mantel fester um mich. Ich war wahnsinnig stolz auf Lauren, weil sie dem schändlichen Joe neulich Abend einen Korb gegeben hatte – und auch wahnsinnig beeindruckt. Sie lebte zwar allein, aber das war in ihren Augen immer noch besser, als sich mit einem Kerl abzufinden, der arrogant und unverschämt war. Nein, danke, hatte sie gesagt. Du bist nicht gut genug für mich.

Ich glaubte nicht, dass ich jemals die Kraft haben würde, so etwas zu machen, irgendjemandem zu sagen, dass er nicht gut genug für mich war. Tief drinnen war ich gar nicht so sicher, ob ich selbst gut genug war.

Ich bog um die Ecke, sah den Bus warten und musste rennen. Dann stellte ich meine Sorgen ab und dachte entschlossen an etwas anderes, den ganzen Vormittag über.

Um eins war diese dumme Verabredung, und ich war den ganzen Tag schon nervös und nicht in der Lage, mich richtig auf meine Behandlungen zu konzentrieren. Auf dem Weg ins Restaurant war ich dann so ein Nervenbündel, dass ich fürchtete, überhaupt nichts essen zu können, ganz zu schweigen von einer längeren Unterhaltung mit diesem armen, schüchternen Klienten von Lauren. *Warum hatte ich ihr nochmal versprochen, das zu machen?*, fragte ich mich und versuchte, etwas Energie und Optimismus aufzubringen, als ich mich im strömenden Regen durch die Temple Street schleppte. Es war eine Erleichterung, endlich das Restaurant zu erreichen und ins Trockene zu kommen. Und, oh, es roch wunderbar dort drin – nach Knoblauch und Tomaten und Kräutern. Hmmmmmm …

Ich leckte mir die Lippen, plötzlich hatte ich einen regelrechten Heißhunger. Hoffentlich gab es auf der Speisekarte irgendwas, das nicht unfassbar kalorienreich war. *Lieber Tomaten- als*

Sahnesoße, hob Alison in meinem Kopf an. *Salat, kein Knoblauchbrot – aber achte auf das Dressing!* Es wäre wirklich ärgerlich, meine Diät für diese Verabredung zu ruinieren, wo ich ja eigentlich überhaupt nicht hatte kommen wollen.

«Hallo, ich bin um eins mit einem Mr. Baines verabredet», sagte ich der Kellnerin an der Tür. «Aber ...», ich senkte verlegen meine Stimme. «Aber ich weiß gar nicht, wie er aussieht. Es ist ein ... ähm ... Geschäftstreffen.»

Die kleine Lüge war mir rausgerutscht, bevor ich auch nur darüber nachgedacht hatte – ich wollte nicht, dass sie dachte, ich hätte ein Blind Date. Leider sah ich eher aus wie eine ertrunkene Ratte, nicht wie eine Geschäftsfrau, aber falls sie mir nicht glaubte, war sie zu höflich, es sich anmerken zu lassen.

«Mr. Baines ist, glaube ich, schon da», sagte sie und fuhr mit dem Finger an der Liste der Reservierungen entlang. «Ah, ja. Er hat Tisch acht. Geben Sie mir Ihren Mantel, dann bringe ich Sie hin.»

Sie ging vor mir her durch das Restaurant, und ich blinzelte überrascht. Denn der, der da in der Ecke saß und mich anlächelte, war Matt. Mein ehemaliger Kunde Matt, den ich neulich zufällig bei Lauren gesehen hatte.

Dann dämmerte es mir. O Gott. *Er* war der arme, schüchterne Klient?

Ich setzte mich und brachte kein Wort heraus.

«Hallo», sagte er, und man sah seine Lachfalten an den Augen, als er grinste. «Ich hoffe, es macht dir nichts aus, mit mir zu essen. Lauren hat es vorgeschlagen, und es ist praktisch unmöglich, ihr mit Gegenargumenten zu kommen.»

«Lauren hat es *vorgeschlagen?*», wiederholte ich verwirrt. «Aber ich dachte ... ich dachte, du solltest eigentlich jemand anderen treffen und ...» Meine Stimme wurde immer dünner, bis sie kaum noch zu hören war. Das hatte sie geplant, wie mir jetzt klarwurde. Mein Herz klopfte. «Matt – was passiert hier? Soll das ein Witz sein?»

«Nein!» Er wirkte erschrocken, und dann strömten die Worte nur so aus ihm heraus, und er machte ein kompliziertes Geständnis. «Jess – ich hab dich immer gemocht. Nicht nur, weil du so phantastisch den Rücken massieren kannst, sondern weil du so ein liebenswerter Mensch bist. Du bist nett und lustig und freundlich und ...» Er wirkte unbeholfen und knetete seine Finger, ehe er den Satz mit leiser Stimme beendete. «Und schön bist du auch.»

Ich starrte ihn an, schockiert und sprachlos. «Aber ...», begann ich.

«Ich war wirklich enttäuscht, als ich gehört hab, dass du nicht mehr da arbeitest», fuhr er fort. «Richtig enttäuscht. Die Frau, die ich gefragt hab, wollte mir nicht sagen, wo du hingegangen bist, und ich hätte mir in den Hintern treten können, weil ... weil ich nie den Mut hatte, dich zu fragen, ob du mit mir was trinken gehst.»

«Matt, hör mal», versuchte ich es nochmal, aber er war nicht zu stoppen.

«Und als ich dich dann bei der Love-Hearts-Party letzte Woche wiedergesehen hab, konnte ich mein Glück gar nicht fassen», sagte er lächelnd. «Mir ist klargeworden, wie ich dich vermisst hatte. Ich hab unsere Unterhaltungen vermisst, ich hab es einfach vermisst, dich in meinem Leben zu haben. Ich weiß, das klingt albern, und wahrscheinlich flippst du gleich aus, aber es stimmt, Jess. Und ...» Er senkte den Kopf, als wäre er verlegen. «Vielleicht hab ich auch ein Glas Wein zu viel getrunken, aber ich hab später an dem Abend mit Lauren gesprochen, und sie hat gefragt, woher wir uns kennen, und ich hab ihr gestanden, dass ...

dass ich schon lange in dich verliebt bin. Tut mir leid», sagte er mit einem kleinen Räuspern. «Aber ich musste das sagen.»

Mein Gesicht brannte nach dieser unerwarteten Rede. Mein Herz galoppierte jetzt so schnell, dass ich kaum noch denken konnte. Denn, wenn ich ehrlich war, wenn ich ganz, ganz ich-schwöre-auf-die-Bibel-mäßig ehrlich war, dann hatte ich für ihn auch schon lange eine Schwäche. Ich war immer froh gewesen, wenn ich gesehen hatte, dass er einen Termin bei mir hatte, hatte mich immer darauf gefreut, mich mit ihm über alles Mögliche zu unterhalten. Aber dieses Gerede von wegen *verliebt* …

«Matt, ich bin verlobt», sagte ich rundheraus und zeigte ihm den Ring an meinem Finger. «Ich … ich bin schon mit jemandem zusammen.»

Er sah mich mit festem Blick an. So schöne, nette Augen. Grau mit einem Anflug von Blau. «Ich weiß», sagte er sanft. «Aber Lauren dachte …» Er unterbrach sich.

Ich beugte mich vor, mir war unbehaglich zumute. «Was hat Lauren gedacht?», fragte ich, obwohl ich gar nicht wusste, ob ich die Antwort hören wollte.

«Lauren dachte, dass du vielleicht …» Er zögerte. «Wollen wir nicht ein Glas Wein trinken? Oder Wasser? Du hast ja noch gar nicht auf die Karte geguckt.»

Jetzt zögerte ich. Ein Teil von mir fühlte sich verpflichtet, aufzustehen und zu gehen, um meine Treue zu Charlie zu beweisen. Tut mir leid – schon vergeben. Ich heirate nächstes Jahr, weißt du? Ich bin eine treue und loyale künftige Ehefrau. Ich führe nicht solche Gespräche mit anderen Männern!

Aber ich zögerte. Das Problem war, ich fühlte mich Charlie gegenüber im Moment gar nicht so loyal.

«Tut mir leid», sagte er noch einmal, ehe mir die richtigen Worte eingefallen waren. «Ich und meine große Klappe … Das war wirklich blöd von mir. Tut mir leid, Jess. Ich wollte dich nicht in Verlegenheit bringen. Können wir einfach zusammen Mittag essen? Ich verspreche, ich werd dir keine Liebeserklärung mehr machen. Wir tun einfach so, als wär es nicht passiert, ja? Um meiner Würde willen?»

«Matt ...», hob ich an, aber ich wusste immer noch nicht, was ich sagen sollte. Mein Gehirn war in Aufruhr, die Gedanken wirbelten durcheinander, meine Haut prickelte. «Ich bin mit jemandem zusammen», sagte ich langsam und versuchte, meine widersprüchlichen Gedanken zu ordnen. «Aber in letzter Zeit habe ich Zweifel, ob ...»

Ich ließ den Kopf hängen. Ich konnte es einfach nicht aussprechen, ich fühlte mich Charlie gegenüber wie eine Verräterin.

«Zweifel, ob ...», soufflierte er behutsam.

Ich erinnerte mich an all die Gelegenheiten, bei denen Charlie mich zum Weinen gebracht hatte, dafür gesorgt hatte, dass ich mich hässlich und fett fühlte. All die Male, die er sich in mich hineingezwängt hatte, als wäre ich ein Stück Fleisch, das dazu nichts zu sagen hatte. Und in mir erhob sich etwas, ein Gefühl der Wut – auf mich selbst, weil ich so schwach gewesen war und mich mit dieser Behandlung abgefunden hatte, aber auch auf Charlie, weil er es wieder und wieder und wieder getan hatte.

Ich räusperte mich. «Er ist nicht besonders gut zu mir», sagte ich mit zitternder Stimme und sah auf die Tischdecke. «Und ... ich frage mich, ob ich ihn vielleicht ... verlassen sollte.»

Wow. Hatte ich das gerade gesagt? Eine Sekunde lang fühlte ich mich schrecklich, voller Angst bei dem Gedanken an das Gesicht, das Charlie machen würde, falls ich diese Worte jemals zu ihm sagen sollte. Wahrscheinlich würde er mich schlagen. Er würde mir wehtun. Vielleicht würde er versuchen, mich davon abzuhalten. Ich schluckte. «Ich meine ...»

Matt legte seine Hand auf meine. «Du musst es mir nicht sagen», sagte er mit besorgtem Blick. «Nicht, wenn es dich durcheinanderbringt. Ich will es dir nicht noch schwerer machen, Jess.»

«Wissen Sie schon, was Sie bestellen möchten?», fragte die Kellnerin in dem Moment mit munterer Stimme und ließ den Stift über ihrem Notizblock schweben.

«Geben Sie uns bitte noch fünf Minuten?», fragte Matt. «Möchtest du was trinken, Jess?»

«Nur Wasser, bitte», sagte ich. Ich musste einen klaren Kopf behalten, wenn ich dieses Mittagessen überleben wollte, so viel war klar. Ich versteckte meinen Kopf hinter der Speisekarte und tat, als würde ich studieren, was es gab, aber in meinem Kopf drehte sich immer noch alles, und ich konnte kaum die Worte entziffern.

Die Kellnerin ging wieder, und zwischen uns breitete sich eine peinliche Stille aus.

«Jess, lass mich nur noch dies eine sagen, und dann können wir über was anderes reden», sagte Matt und nahm wieder meine Hand.

Ich ließ die Speisekarte sinken und sah ihn darüber hinweg an, ängstlich und aufgeregt und überwältigt zugleich.

«Ich weiß nicht, was du für mich empfindest, und wenn du nicht auf diese Weise an mir interessiert bist, dann ist das natürlich völlig in Ordnung – dann verschwinde ich», sagte er und sah mir dabei die ganze Zeit in die Augen. «Aber ich möchte, dass du weißt, wenn sich jemals etwas zwischen uns entwickelt – eine Beziehung, meine ich –, dann würde ich alles tun, um dich glücklich zu machen. Denn im Moment wirkst du auf mich nicht besonders glücklich. Und das macht mich traurig. Du bist ein so großartiger, liebenswerter Mensch, Jess, du hast es verdient, wie eine Prinzessin behandelt zu werden. Du hast jemanden verdient, der dich liebt und schätzt und dir das Gefühl gibt, etwas Besonderes zu sein. Und das würde ich machen.»

Er sah mich so ernst an, dass ich die Intensität seines Blickes kaum aushalten konnte.

«Danke», murmelte ich und schlug die Augen nieder.

«Ich möchte nur, dass du das weißt», sagte er, räusperte sich und schlug seine Speisekarte auf. «Also … worauf hast du Lust? Ich hab gehört, die Spaghetti mit Meeresfrüchten sind gut …»

20. Glühwein und Tee

Maddie

Er versuchte, mich zu küssen. Ich hätte nichts dagegen gehabt, aber es lief gerade «You're Beautiful» von James Blunt, was eins der Lieder ist, die ich am wenigsten mag. Oder, nein, das ist missverständlich. Nicht nur war der Song schlecht ausgesucht, es war der Kuss selbst.

Wir hatten den ganzen Abend über auf der Tanzfläche zusammen gelacht, Mike und ich, hatten zu Groovejet und S'Express und Abba gezeigt, was wir konnten, nämlich so ungefähr alles. Ich glaub, wir haben zu «Rock Lobster» sogar ziemlich viele bekloppte Hand- und Armbewegungen gemacht, wofür ich mich am nächsten Tag sehr schämte.

Ich war nicht ich selbst, das ist meine Entschuldigung. Es war, als bräche alles, was in letzter Zeit passiert war, irgendwie auf und bewirke ein Riesendurcheinander in meinem Kopf: dass Mom gegangen war, dass ich bei der Arbeit so durchstartete, dass Paul und ich nicht so gut miteinander klarkamen. Und dadurch war ich ein paar Stunden lang einfach verrückt. Im Nachhinein muss ich sagen, das sexy Höschen hat wahrscheinlich auch nicht gerade geholfen.

Was auch immer der Grund war, ich verhielt mich, als wäre

ich wieder einundzwanzig, jung und wild und ... ja, ein bisschen verdorben vermutlich. Der Glühwein floss, ich hatte die Vorsicht in den Wind geschlagen und mehrere Würstchen im Schlafrock gegessen, und ... also, um es kurz zu machen, ich ließ mir nichts entgehen.

Versteht mich nicht falsch – ich will mich gar nicht herausreden. Ich bin überhaupt nicht stolz auf das, was passiert ist. Die ersten Takte von «You're Beautiful» waren zu hören; ich zog eine Grimasse und wollte die Tanzfläche verlassen. «Ich hasse diesen Song», klagte ich.

«Das ist eins meiner Lieblingslieder», sagte Mike. Woraufhin ich sofort die Beine in die Hand hätte nehmen sollen, aber mein Hirn war vom Glühwein vernebelt. «Hast du mal auf den Text geachtet?»

«Mike, ich arbeite bei einem Radiosender, ich hab das tausendmal öfter gehört, als man das als gesunder Mensch möchte», sagte ich und verdrehte die Augen.

Er nahm meine Hand. «Tanz mit mir», sagte er. «Tanz mit mir, Maddie. Denn ich finde, *you're beautiful.*»

An dem Punkt hätte ich sagen sollen:

a) Ich bin verheiratet.
b) Wir sind beide besoffen.
c) Der Song ist totale Scheiße, und ich möchte im Leben nicht dabei gesehen werden, wie ich dazu tanze.
d) Das ist der kitschigste Satz, den ich je gehört hab.
e) Siehe oben.

Aber aus irgendeinem Grund sagte ich nichts davon. Aus irgendeinem Grund sagte ich, «Okay.» Tatsächlich habe ich vielleicht sogar gesagt, dass er auch gar nicht so schlecht aussieht.

(Ich weiß. Es ist mir so peinlich.)

Langer Rede kurzer Sinn: Wir tanzten. Wir tanzten zu dem scheiß James Blunt, und er versuchte, mich zu küssen. Nicht James Blunt natürlich, er war ja nicht mal da. Mike versuchte, mich zu küssen. Und an dem Punkt hätte ich:

a) Seine Hände von meinem Körper entfernen sollen.
b) Seine Lippen aus meinem Gesicht entfernen sollen.
c) Mich selbst aus dem Studio Eins entfernen sollen und nach Hause entfliehen, mit gläsernen Schuhen und allem.
d) Siehe oben.

Das Problem war, ein Teil von mir wollte ihn auch küssen. Ein Teil von mir wollte Romantik und Aufregung, den Kitzel eines Kusses mit einem Mann, den ich gern mochte und dem ich vertraute. Ein Teil von mir war froh, dass ich mein neues sexy Höschen anhatte und dass meine Zunge zur Abwechslung mal was erlebte.

Aber eine Zehntelsekunde nachdem seine Lippen meine berührt hatten, hörte ich Moms schockierte Stimme in meinem Kopf, so klar wie eine Glocke. *Madeleine Lawson, was MACHST du denn da?*

Es war der Weckruf, den ich brauchte, und ich fuhr zurück.

«Mike – nicht», sagte ich, ganz benommen. «Ich glaub, das ist keine gute Idee.»

«Wirklich?», fragte er und fuhr mit einer Hand meinen Rücken hinunter, bis zu meinem sexy Höschen. Er wirkte wirklich betrunken, sein Gesicht glänzte vor Schweiß, seine Augen waren dunkel und begierig. «Ich glaub, das ist eine *sehr* gute Idee. Die beste Idee des Jahres.»

«Mike – nein», sagte ich und wurde so schnell nüchtern, wie

seine Hand Kontakt mit meinem Hintern aufnahm. Ich befreite mich aus seinen Armen und merkte plötzlich, wie sehr sein Atem nach Alkohol roch und dass er Schweißflecken unter den Armen hatte. «Tut mir leid – ich muss nach Hause.»

«Maddie, warte», rief er, als ich mich umdrehte und so schnell von der Tanzfläche rannte, wie meine Absätze es zuließen. «Oh, Maddie ... das war doch nur ein kleiner Kuss. Ein kleiner weihnachtlicher Kuss ...»

«Tschüs», gab ich ihm zur Antwort. Ich hatte diese schrecklichen Schuldgefühle, die ich als Kind eine Million Mal gehabt hatte – wenn Mom mich dabei ertappte, wie ich Kekse aus der Dose stibitzt, die Schule geschwänzt oder bei Woolworth Kaugummi geklaut hatte. Ich spürte ihren Blick in meinem Rücken, als würde sie jetzt und hier aus dem Himmel auf mich herabsehen und missbilligend den Kopf schütteln.

Ich rannte aus dem Gebäude und direkt zum Taxistand, meine Wangen brannten trotz der kalten Dezemberluft.

Die Weihnachtswoche war ziemlich merkwürdig. Das Geheimnis mit Mike pochte die ganze Zeit in mir wie ein dumpfer Schmerz. Ich wusste, es wäre das Anständigste gewesen, Paul alles zu beichten – weißt du, dieser Kerl hat es einfach versucht, aber keine Sorge, es ist nichts passiert. Aber ich wusste, dass meine Tage im Fitnessstudio dann vorbei wären, selbst, wenn ich nur das sagte. Paul war grundsätzlich ein vertrauensvoller Mensch, aber in letzter Zeit hatte er die Nase voll von meiner «Fitnessstudio-Besessenheit», wie er es nannte, und ich würde damit nur Öl ins Feuer gießen. (Oder eher: Feuerwerk ins Feuer schmeißen, dachte ich düster und stellte mir die darauf folgende Explosion vor.) Ich würde nie wieder dorthin gehen und trainieren können, ohne dass Paul mich misstrauisch beäugte. Dabei wusste ich noch nicht mal, ob ich nach dem, was passiert war, dorthin zurückwollte. Ich war schon verlegen, wenn ich nur daran dachte, Mike wiederzusehen, ganz zu schweigen davon, mit ihm zusammen zu joggen. Sicher würde in unseren Köpfen die ganze Zeit James Blunt vor sich hin trällern.

Glücklicherweise jagte ein Ereignis das andere, was mich daran hinderte, darüber nachzudenken, was hätte passieren können. Weihnachtsgeschenke mussten besorgt werden, der Birmingham-FM-Weihnachts-Schwof stand an (Collette wickelte sich in ihrem freizügigen silbernen Kleid im Laufe des Abends praktisch um jeden männlichen Kollegen – schrecklich), die Kinder mussten zu allen möglichen Weihnachtsfeiern gebracht werden, und dann war da natürlich noch das alljährliche Weihnachtsmärchen, zu dem Mom uns immer eingeladen hatte. Mom hatte sich schon im März um die Tickets gekümmert, und der Gedanke an ihren leeren Platz verfolgte mich schon eine Weile, deshalb lud ich Nicole ein, mitzukommen, und es wurde alles überraschend fröhlich. Danach stellte ich mir vor, dass Mom «Jetzt ist mir weihnachtlich zumute» sagte, wie sie es jedes Jahr getan hatte.

Der Weihnachtstag selbst kam mir merkwürdig ruhig vor, weil wir nur zu viert zu Hause waren. Emma half mir in der Küche das Gemüse vorzubereiten, und wir sangen laut zu den Weihnachtsliedern auf Radio 4 mit, wie Mom und ich es immer getan hatten. Wir wurden beide still, als die ersten Takte von «Herbei, o ihr Gläubigen» aus den kleinen Lautsprechern kamen; es war Moms Lieblingsweihnachtslied gewesen, und sie hatte immer ihr Bestes gegeben. Ich spürte einen stechenden Schmerz, als ich an ihre schöne, volle Stimme dachte, aber dann straffte ich die Schultern und lächelte Emma zu. «Komm, da singen wir jetzt so richtig laut und schön mit, so wie deine Oma es gemacht hätte, ja?»

Sie lächelte mir ebenfalls zu. «Das machen wir», sagte sie.

«Herbei, o ihr Gläubigen, fröhlich triumphierend ...» Meine Stimme zitterte, als ich anfing zu singen und die Melodie so viele vergangene Weihnachtsfeste zurückbrachte – Schulkonzerte mit Mom im Publikum, die Heilsarmee mit ihren dunklen Uniformen und den glänzenden Trompeten, das Jahr, als Mom mich überzeugt hatte, mit ihr zur Christmette zu gehen, obwohl wir beide überhaupt nicht religiös waren – «Ich möchte nur wegen der Zeremonie hingehen, um mich als Teil von etwas zu fühlen», hatte sie gesagt. Ich hatte bei weitem nicht die schöne, klare Stimme, die Mom noch mit über sechzig gehabt hatte, aber Emmas Stimme war hell und wohlklingend und leistete mir Gesellschaft, als ich mit Tränen in den Augen weitersang und der Rosenkohl, der vor mir auf dem Brett lag, zu einem hellgrünen See verschwamm.

Emma sah mich an und legte den Kartoffelschäler hin. Sie kam zu mir, umarmte mich und legte den Kopf an meine Schulter, und so lehnten wir aneinander und schmetterten gemeinsam den Chor. Die Welle von Traurigkeit und Nostalgie wurde abgelöst von einer Welle der Freude darüber, dass sie neben mir stand, und der Hoffnung, dass wir es so noch viele weitere Weihnachtstage machen würden.

O lasset uns anbeten
O lasset uns anbeten
O lasset uns anbeten den Kö-hö-nig

«Frohe Weihnachten, Mama», sagte sie und umarmte mich noch einmal, als das Lied zu Ende war.

«Frohe Weihnachten, Emma», sagte ich gerührt, hielt sie ganz fest und legte den Kopf auf ihre kastanienbraunen Haare. «Ich bin sehr froh, dich zu haben.»

Sie drückte mich. «Nicht halb so froh wie ich», sagte sie.

Und so, mit einem Lied und einer Umarmung und einem innigen Moment zwischen Mutter und Tochter, war mein Weihnachtsfest dann doch gar nicht so schlecht.

Das neue Jahr fing ruhig und mit ein paar Vorsätzen an. Ich wollte mit meiner Diät und meinem Training weitermachen (ob mit oder ohne Mike), ich musste Moms Sachen sortieren und ihr Haus verkaufen (was ich seit Monaten fürchtete), aber das Wichtigste war, dass ich meine Ehe wieder auf Kurs und mit Paul alles in Ordnung brachte. Wir hatten seit einer Weile nicht viel Spaß miteinander, aber das würde sich ändern. Eines Abends brachte ich von der Arbeit eine ganze Tasche voller Freikarten mit.

«Worauf hast du Lust – Kino, Theater, Abendessen?», fragte ich ihn, als ich hereinkam. Ich zeigte ihm lächelnd meinen Vorrat an Gutscheinen. «Du hast die Wahl.»

Er wirkte bestürzt. «Was, heute Abend?», fragte er.

«Warum nicht?», sagte ich. «Wir waren seit Ewigkeiten nicht aus – wir waren sogar das ganze Jahr nicht zusammen aus.»

Er verdrehte die Augen. «Maddie, es ist doch erst der siebte Januar. Und wir schwimmen im Moment ja nicht gerade im Geld.»

«Nein, aber ...»

«Ich muss heut Abend noch raus und was erledigen», sagte er, ehe ich weitersprechen konnte. «Vielleicht ein andermal.»

Bei dieser Zurückweisung sackte ich förmlich in mich zusammen. Offensichtlich hatte er überhaupt kein Interesse daran, mit mir auszugehen. «Okay», sagte ich und versuchte, nicht zu seufzen, als ich die Gutscheine wieder in meine Tasche stopfte. «Ein andermal.»

«Es tut mir leid. Ich war neben der Spur, und es war total inakzeptabel. Falls das irgendetwas entschuldigt, ich hatte zu viel getrunken und … und ich bin zu weit gegangen. Es tut mir leid.»

Ich war seit mehr als zwei Wochen nicht im Fitnessstudio gewesen, seit dem desaströsen Weihnachtskuss, und Mike nahm das offensichtlich persönlich. Es war das dritte Mal, dass er anrief, um sich zu entschuldigen und zu versuchen, einen Trainingstermin mit mir zu vereinbaren; ich hatte es geschafft, die anderen Anrufe nicht entgegenzunehmen und die Nachricht schnell zu löschen, ehe Paul sie hörte.

Aber diesmal ging ich dran. «Mach dir keine Gedanken», sagte ich. Es war mein freier Tag, und ich saß am Küchentisch, nachdem ich den ganzen Vormittag geputzt, Wäschestapel sortiert und meine Kräuter neu arrangiert hatte – alles nur, damit ich nicht mit einer Rolle Müllbeutel in Moms Haus gehen musste, um ihre Sachen durchzusehen.

Ich hörte ihn am anderen Ende der Leitung seufzen. «Na ja … du warst nur schon eine ganze Weile nicht mehr im Studio, und ich würde mir Vorwürfe machen, wenn ich dafür verantwortlich bin, dass du deinen Fitnessplan nicht einhältst. Ich kann dir einen anderen Trainer organisieren, wenn du möchtest, oder …»

«Nein», unterbrach ich ihn. «Ehrlich, Mike, es ist kein Drama. Wir waren beide betrunken, und wir hatten einen schönen Abend und …» Ich verzog das Gesicht, unsicher, was ich als Nächstes sagen sollte. «Mach dir deshalb keine Gedanken», sagte ich zum zweiten Mal und versuchte, bestimmter und geschäftsmäßiger zu klingen.

«Danke», sagte er. «Ich verspreche, dass so was nicht wieder vorkommt. Können wir … können wir so weitermachen wie vorher? Allerdings hatte ich eine Idee. Es ist eine Herausforderung für dich.»

Ich zögerte. Was war jetzt die richtige Antwort, wie reagierte man als Erwachsene darauf? Ich mochte Mike – aber das war auch schon alles. Wenn er auch nur einen Moment lang dachte, dass unsere Fitnessstudio-Beziehung zu irgendetwas anderem führen würde, konnte ich ihn als Trainer nicht behalten.

«Ähm ...», sagte ich, um Zeit zu schinden. Dann riss ich mich zusammen. Du meine Güte! Ich verhielt mich wie irgendeine Femme fatale, als wäre ich hin- und hergerissen zwischen zwei Liebhabern, wie in dem Lied, «torn between two lovers». Schön wär's! Wahrscheinlich stand er noch nicht mal auf mich – er war betrunken gewesen, wie er gesagt hatte, und ging jetzt etwas ungeschickt damit um.

«Was ist denn das für eine Herausforderung?», frage ich vorsichtig.

«Es ist ein Lauf», antwortete er. «Ein richtiger, organisierter Fünf-Kilometer-Lauf.»

«Fünf Kilometer?», kreischte ich und ließ fast den Hörer fallen. «Nein, Mike, das wird nichts. Ich kann nicht fünf Kilometer weit laufen. Ich könnte noch nicht mal fünf Kilometer weit *gehen*.»

«Doch, könntest du», sagte er. «Könntest du absolut. Der Lauf ist erst im Juni, wir haben also jede Menge Zeit zu trainieren.» Er machte eine Pause. «Es ist der ‹Lauf für das Leben›, Maddie. Eine große Wohltätigkeitsveranstaltung, die jeden Sommer im ganzen Land stattfindet.»

Ich fühlte mich, als hätte jemand einen Eimer kaltes Wasser über mir ausgeschüttet. Der «Lauf für das Leben»? Von dem hatte ich gehört – wir hatten in der Sendung schon mal darüber berichtet. «Das hat ...», ich musste mich überwinden, um die Worte auszusprechen, «... mit Krebs zu tun, oder?»

«Ja», sagte er. «Es wird für die Krebsforschung gesammelt. Es laufen nur Frauen – aus dem Studio laufen jedes Jahr ganz viele mit. Manche begreifen es als Herausforderung für ihre Fitness, manche zum Andenken an einen geliebten Menschen. Ich dachte, dass du …» Ich hörte, dass er schluckte. «Ich dachte, du möchtest es vielleicht aus beiden Gründen machen.»

«Ja», sagte ich und empfand wieder diesen stechenden Schmerz. «Ich … ich bin mir nicht sicher.»

«Wenn du dir wegen der fünf Kilometer Sorgen machst, das brauchst du nicht», redete er mir zu. «Wir haben fünf Monate Zeit, Maddie – das ist genug Zeit, um an deiner Kondition zu arbeiten.»

«Hmmm», sagte ich unverbindlich. Ich war nicht sicher, ob ich die psychische Ausdauer für den Lauf hatte, mal abgesehen von der physischen Kraft. Ich hatte im Fernsehen Massen von Frauen gesehen, die alle rosa angezogen waren und auf ihrem Rücken Schilder trugen, auf denen stand, «Ich laufe für … DAD», «Ich laufe für … OMA», «Ich laufe für … MEINE SCHWESTER». Ich wusste nicht, ob ich das konnte – in aller Öffentlichkeit mit einem Schild durch die Stadt laufen, das aller Welt verkündete, dass meine Mom an Krebs gestorben war. Vor allem wusste ich nicht, ob ich auch nur einen einzigen Kilometer am Stück laufen konnte, Punkt.

«Ich denke drüber nach», sagte ich schließlich.

«Gut», sagte er. «Dann fangen wir, während du nachdenkst, schon mal mit dem Training an, und du entscheidest dich, wenn der Zeitpunkt näher rückt. Es ist nur eine Option, Maddie, es gibt keinen Druck. Also … wann kommst du das nächste Mal ins Studio?»

Ich seufzte wieder. Gar kein Druck, nein. Er würde mich nicht so leicht davonkommen lassen, und wenn ich wieder mit ihm trainierte, dann würde er mich so lange bearbeiten, bis ich zustimmte, den verdammten Lauf mitzumachen. Aber gerechterweise musste man sagen: Das war sein Job, und wenn ich alles andere mal beiseiteließ, hatte ich schon zu viel geschafft, um jetzt aufzugeben. Abgesehen davon war ich sicher, egal wie seltsam es in letzter Zeit zwischen uns gelaufen war, dass wir uns nach der ganzen Kussgeschichte erwachsen und reif verhalten und weiter miteinander trainieren konnten. Oder?

«Morgen», sagte ich. «Ich komme morgen.»

Ich legte auf, stolz, dass ich mich so erwachsen verhalten hatte. Jedenfalls gab es *einen* Neujahrsvorsatz, an den ich mich halten würde, und was den «Lauf für das Leben» anging, darüber würde ich noch nachdenken. Jetzt war da erst mal diese andere, schwierigere Sache, mit der ich mich beschäftigen musste.

Ich stand auf und nahm die Rolle mit den Mülltüten aus der Schublade. Schmiede das Eisen, solange es heiß ist, das hatte man mir beigebracht. Ich würde diese Entschlossenheit nutzen, zu Moms Haus rüberlaufen und anfangen. Ich hatte es zu lange leer stehen und einstauben lassen, aus lauter Angst, mit dem Prozess des Entrümpelns zu beginnen. Warum also nicht jetzt, ein besserer Zeitpunkt würde vermutlich nicht kommen.

Trotz meiner guten Vorsätze blieb ich vor dem Haus erst mal ein paar Minuten im Auto sitzen und stählte mich dafür, den Weg entlangzugehen, ihre Haustür aufzuschließen und das Haus zu betreten. Der Gedanke daran, reinzugehen und ihre Sachen zu durchwühlen, erschien mir wie der Anfang vom Ende; als würde ich eine Verbindung mit der Vergangenheit kappen, sie aus meinem Leben ausradieren.

Denk nicht so was, Maddie. Es sind nur Steine und Mörtel. Es ist nur ein Haus, ein Gebäude. Es ist nicht sie.

Das Problem war nur, das Haus *war* sie, in so vieler Hinsicht. Die eleganten Möbel, die sie ausgesucht hatte, die gewagten

Farbtöne und extravagant gemusterten Stoffe, die in jedem anderen Haus übertrieben gewirkt hätten, in ihrem aber perfekt aussahen – das war sie, Mom, wie sie leibte und lebte. Als Ganzes betrachtet war das Haus eine exzentrische Mischung aus Luxus und Pragmatismus – neben den schönen antiken französischen Möbeln in ihrem Schlafzimmer gab es zum Beispiel in ihrem Badezimmer schlichte Ikea-Sachen –, und das war eben auch sie: Sie kaufte etwas, weil es ihr gefiel, nicht weil es gerade modern war oder weil die Jones es auch schon hatten.

Und jetzt musste ich da reingehen – in ihr Allerheiligstes, ihr geliebtes Heim – und alles sichten, ihre Sachen aufteilen: behalten, verkaufen, wegschmeißen, spenden. Mir wurde ganz schlecht bei der Aussicht, ihren Besitz so auseinanderzureißen, ihr Leben in Kisten abzupacken, ihr Heim – *unser* Heim – leer zu räumen und es anderen zu verkaufen, die es mit ihren Stimmen, ihren Geschichten füllen würden.

Entschuldige, Mom, murmelte ich, als ich die Stufen zur Haustür hochging. *Ich hoffe, du siehst mich hierbei nicht. Ich fühle mich furchtbar, aber ich muss es ja tun. Ich kann aus dem Haus keinen Schrein machen, so gern ein Teil von mir das auch tun würde …*

In dem Moment, in dem ich den Schlüssel ins Schloss steckte, hatte ich diese Vision, dass sie hinter der Tür stand und mir gleich öffnen und mich hereinbitten würde. Die Haut in meinem Nacken kribbelte, als ich sie im Geiste vor mir sah, lächelnd, mit ausgebreiteten Armen, in die sie mich gleich nehmen würde, so froh war sie, mich wieder auf ihrer Türschwelle zu sehen. Ich konnte ihr Parfüm riechen, ihre Stimme hören: «Steh doch nicht da rum, mein Schatz, komm rein!»

Ich erzitterte. *Du bist dumm, du lebst in einer Phantasiewelt. Sie ist nicht mehr da. Quäl dich nicht so, Maddie.*

Aber durch diese lebendige Erscheinung fiel es mir verrückterweise leichter, zu tun, was ich hier zu tun hatte, als hätte sie mir gerade ihren Segen gegeben.

Ich drehte den Schlüssel und ging hinein. Ich hatte Gänsehaut auf den Armen. Es war lange her, dass ich hier gewesen war – vor Weihnachten –, und das Haus roch zum ersten Mal nicht mehr nach ihr. Ich versuchte, nicht darüber nachzudenken.

Ich begann in der Küche. Der Kühlschrank und der Gefrierschrank waren schon ausgeräumt und gesäubert worden – Nicole hatte mir in den Tagen nach Moms Tod geholfen, das Dringendste zu tun –, aber ich hatte einen halben Liter Milch mitgebracht und ging direkt auf den Kessel zu, wischte den Staubfilm von seinem weißen Plastikdeckel, füllte Wasser hinein und schaltete ihn an. Ich griff ganz automatisch nach einer Tasse und der Teedose – wie viele Millionen Tassen Tee hatte ich genau an dieser Stelle über die Jahre gemacht? – und starrte aus dem Fenster, während der Kessel zischte und brodelte und dampfte. Die Terrasse war voller Blätter, die weggefegt werden mussten, bemerkte ich geistesabwesend, und die Passionsblume war inzwischen wild gewuchert und musste zurückgeschnitten werden. Plötzlich überwältigten mich all die Dinge, die getan werden mussten, ehe das Haus angeboten werden konnte.

Ich atmete tief ein. Eins nach dem anderen. Es hatte schließlich keine Eile. Ich würde jede dieser Aufgaben ordentlich machen, so, wie sie es gern gehabt hätte, und wenn es den Rest des Jahres dauern würde.

Okay, der Tee war fertig – Zeit, die Ärmel hochzukrempeln und anzufangen. In der Küche waren eine Menge praktische, leichte Dinge zu tun: Erst mal mussten die ganzen alten Dosen und Packungen weggeschmissen werden, die hinten in der Speisekammer versteckt und zum Teil schon seit Jahren abgelaufen waren. Müllsack, Müllsack, Müllsack. Ohne Emotionen, abgesehen von dem gelegentlichen Stich, wenn mir wieder einfiel, wie gern sie die rosa Waffeln gegessen hatte (manchmal liebte sie wirklich den Kitsch) und wie sie Büchsenmilch geliebt hatte (vier Dosen hatte sie gebunkert – ich hatte noch nicht mal gewusst, dass die noch hergestellt wurden). Jedenfalls konnte ich mit dieser Aufgabe umgehen – ich weinte nicht, ich schniefte noch nicht mal, ich arbeitete einfach ganz methodisch, bis die Regale leer waren.

Als Nächstes waren die Küchenschränke dran. Von dem Geschirr behielt ich einiges, aus sentimentalen Gründen – die alte Häschen-Schüssel zum Beispiel, aus der ich als kleines Mädchen in den siebziger Jahren immer mein Müsli gegessen hatte, und die prächtigen marokkanischen Teller mit dem Silberrand, die sie mal aus dem Urlaub mitgebracht und so geliebt hatte. Aber mit dem Rest war ich erbarmungslos, ich erlaubte mir nicht, irgendwelche Gefühle für die Kochtöpfe, das Besteck, die Schneebesen oder die Rührschüsseln zu entwickeln. Es waren schließlich nur *Sachen*, und ich hatte mehr als genug Dinge, die mein eigenes Haus vollstopften.

Als in der Küche alles zu meiner Zufriedenheit verstaut war, traute ich mich in den Rest des Hauses und betrachtete die riesigen Möbel – auf, wie ich hoffte, unbeteiligte Weise. Eigentlich waren sie ganz leicht einzuteilen. Wenn ich realistisch war, dann würde ihr persönlicher Geschmack mit unserem einfachen, neutralen Marks-and-Spencer-Stil aneinandergeraten, und einige Möbel würden noch nicht mal durch unsere Haustür passen. Also klebte ich – nach einem tiefen Seufzer, mit dem ich von alten Freunden Abschied nahm – ein rosa Post-it, auf dem «Verkaufen» stand, auf die rote Samt-Chaiselongue, auf das Klavier und auf den riesigen Mahagoni-Esstisch, an den vierzehn Leute passten, sowie auf die passenden Stühle. Oh, und diese schrecklichen chinesischen Vasen, die ich noch nie gemocht hatte – verkaufen, verkaufen, verkaufen.

Okay. Das machte ich gut. Von dieser Entwicklung ermutigt, beschloss ich, mir ihre persönlicheren Dinge vorzunehmen. Ich war noch nicht so weit, ihre Kleidung oder ihren Schmuck in Angriff zu nehmen – das schien mir ein schwieriger Schritt zu sein, einer, für den ich mich wappnen musste –, aber ich wusste, dass sie im Gästezimmer, das sie als Büro benutzt hatte, alles mögliche Zeug hortete. Mit einem frischen Müllsack in der Hand nahm ich mir ihren Schreibtisch vor.

Er war das komplette Gegenteil von dem altmodischen weißen, nierenförmigen, zum Frisiertisch umfunktionierten Schreibtisch, den sie im Schlafzimmer hatte und der nur aus Kurven und flötenförmigen Beinen bestand. Dieser hier war ein funktionales Ungetüm, viktorianisch, aus Walnuss, mit einer schwarzen Lederoberfläche und vier golden eingefassten Schubladen auf jeder Seite. Es war die Art Schreibtisch, hinter der man einen Bankdirektor im Nadelstreifenanzug erwartete oder irgendeinen Geschäftsführer.

Das Innere der Schubladen war, typisch für Mom, ein totales Durcheinander. Stapel von Kontoauszügen und andere Unterlagen lagen neben Briefen, Tagebüchern und aus der Zeitung geschnittenen Theaterkritiken. Ich kippte alles auf den Boden, betrachtete es und wusste buchstäblich nicht, wo ich anfangen sollte.

Die Tagebücher – die würde ich natürlich behalten. Und die finanziellen Sachen sollte ich vermutlich auch behalten und irgendwann später sortieren. Die Kritiken – auf jeden Fall. Ich würde sie alle in ein Album kleben, damit die Kinder über ihre berühmte Großmutter staunen und sich von ihr inspirieren lassen konnten. Und …

Plötzlich fiel mein Blick auf einen Umschlag, auf dem mein Name stand. Neugierig nahm ich ihn zur Hand. Er war mit der Post hier an Moms Haus geschickt worden, aus Edinburgh, wie der Poststempel verriet – 1982. Er war nie geöffnet worden.

Mein Herz klopfte. Merkwürdig. Warum hatte Mom mir den Brief nicht gegeben, als er angekommen war? Warum hatte sie ihn in ihren Schreibtisch gestopft, ungelesen?

Ich ritzte den Umschlag auf und zog den Brief heraus – zwei handbeschriebene DIN-A4-Seiten, auf der ersten Seite stand oben rechts eine Adresse aus Edinburgh.

Liebe Maddie, fing der Brief an. Ich hielt den Atem an.

> *Hallo, Schätzchen. Ich hoffe, es ist alles in Ordnung. Wie ist die Schule? Ich vermisse dich immer noch und denke die ganze Zeit an dich und hoffe, dass du fröhlich bist. Ich würde so gern auch einen Brief von dir bekommen, aber ich verstehe, wenn du immer noch böse auf mich bist …*

Ich hörte auf zu lesen, Schockwellen pulsten durch meinen Körper. O Gott. Das war doch nicht etwa ein Brief von …

Ich drehte die Seiten um, glitt mit dem Finger eilig über das Papier und suchte das Ende des Briefes, die Unterschrift.

> *Pass auf dich auf, meine Süße, vergiss nie, dass ich dich sehr, sehr lieb habe und ganz stolz auf dich bin, das werde ich immer sein.*
>
> *Alles Liebe, dein Dad*

Ich ließ mich zurücksinken, mir war ganz schwindelig. Ein Brief von meinem Dad, den er vor über fünfundzwanzig Jahren geschickt hatte ... und Mom hatte ihn mir nie gegeben? Was sollte denn das alles?

«Er macht sich nichts mehr aus uns, jetzt, wo er seine neue Flamme hat», hatte sie so oft gefaucht, nachdem er gegangen war, mit ganz hartem Blick. «Na ja, wir brauchen ihn nicht. Wir sind ohne ihn besser dran!»

Ich hatte ihr natürlich geglaubt. Das tat man einfach. Er war nicht da gewesen, um sich zu verteidigen, und es war klar, dass ich auf ihrer Seite war, ihre Version der Ereignisse für die Wahrheit hielt.

Aber jetzt schien es, als *hätte* er sich was aus mir gemacht. Genug jedenfalls, um mir zu schreiben, mich Schätzchen zu nennen und Süße, mir zu sagen, dass er mich lieb hatte und stolz auf mich war ...

In meiner Brust breitete sich ein Schmerz aus, und ich stieß einen traurigen, ungläubigen Schrei aus. Warum hatte sie mir das nicht gesagt? Warum hatte sie mir den Brief nicht gegeben? Warum hatte sie mich in dem Glauben gelassen, dass er mich nicht lieb hatte, mich aufgegeben und vergessen hatte?

Ich war neun Jahre alt, als er uns verließ. Er und Mom hatten sich schon eine ganze Weile nur gestritten – Monate, so schien es –, und ich hatte mir oft genug im Bett die Ohren zugehalten, um ihnen nicht dabei zuhören zu müssen. Trotzdem hatte ich die Trennung nicht kommen sehen. Trotzdem hatte ich nicht erwartet, dass ihre Ehe so vollständig in die Brüche gehen würde.

Scheidung war damals ein schmutziges Wort, anständige Leute taten so was nicht. Alle meine Freunde kamen aus intakten, vollständigen Familien mit mustergültigen, lächelnden Eltern – der Vater arbeitete, die Mutter war zu Hause oder hatte einen kleinen Teilzeitjob, der genau in die Schulstunden hineinpasste. Ich war sowieso schon anders als sie – meine Familie fiel auf wie ein bunter Hund, mit Moms Karriere und der Tatsache, dass sie die Hauptverdienerin war, ganz abgesehen davon, dass sie manchmal mit Bühnen-Make-up in der Schule auftauchte oder einen «Wagen» schickte, der mich um halb vier abholen sollte. Ich wagte nicht, meinen netten kleinen Freundinnen mit ihren ordentlich geflochtenen Zöpfen und den perfekt gebügelten Schuluniformen zu sagen, dass wir zu Hause auch noch Ärger hatten.

Aber dann kam der größte Streit von allen. Egal wie tief ich meinen Kopf unter dem Kissen zu vergraben suchte, ich konnte Moms gekränktes Schreien und Schimpfen nicht aussperren, Beleidigung nach Beleidigung drang durch die Bodendielen, überfiel meine Ohren, als ich da zitternd unter meiner Snoopy-Decke lag.

Ich hätte dich nie heiraten sollen – ich hätte dir nie vertrauen sollen!

Du rückgratloser Feigling! Du Betrüger!

Was sollen wir denn Maddie sagen – hast du darüber schon mal nachgedacht? Du ruinierst ihr Leben, genau wie meins, dass du das weißt!

Und schließlich, bizarrerweise, *Was werden die Nachbarn bloß denken?*, gefolgt von einer Tränenflut.

Unfähig, das noch länger zu ertragen, war ich im Schlafanzug hinuntergeschlichen. Zum Trost hielt ich meine Lieblingspuppe im Arm und schlang mir ihre wolligen Haarsträhnen um die Finger, um nicht in Versuchung zu kommen, mir wie ein Baby den Daumen in den Mund zu stecken. Ich kam gerade rechtzeitig ins Wohnzimmer, um zu sehen, wie Mom eine Vase in Richtung von Dads Kopf schleuderte, er sich duckte und sie anschrie, dass sie aufhören sollte. «Anna! Um Himmels willen, beruhige dich! Jetzt hast du Maddie geweckt, siehst du!»

Ich erinnerte mich, dass er eine Bewegung auf mich zu machte und sie auf ihn losging. «Wag es ja nicht!», schrie sie. «Du hast kein Recht mehr, sie deine Tochter zu nennen, nicht, wenn du uns verlässt! Mach schon – dann verschwinde doch. Hau ab nach Schottland mit ... mit dieser Schlampe. Wir brauchen dich nicht!»

Die Worte durchbohrten mich jetzt, als ich mich an sie erinnerte. Wir brauchen dich nicht, hatte sie zu ihm gesagt – und ich hatte sie in meinem Namen sprechen lassen, als hätte ich in der Angelegenheit nichts zu sagen. *Ja, wir brauchen ihn nicht*, sagte ich mir jedes Mal tapfer, wenn ich ihn vermisste, an ihn dachte, mich fragte, was er machte.

Aber in Wirklichkeit war es, natürlich, anders gewesen. Ich *hatte* ihn gebraucht, ich hatte mir verzweifelt gewünscht, dass er zurückkam, Kontakt zu mir aufnahm. Und jetzt stellte sich heraus, dass er das getan hatte. Dieser Brief. Warum hatte Mom ihn mir nicht gezeigt? Warum hatte sie nicht zugelassen, dass er teilhatte an meinem Leben? Es war so ungerecht – meinem Dad und mir gegenüber. Mir würde nicht im Traum einfallen, so mit Paul umzugehen, sollte es zwischen uns mal so schlimm kommen. Für Emma und Ben wäre er immer noch wichtig, genau wie mein Vater für mich wichtig gewesen war.

Meine Hände ballten sich zu Fäusten. Sie hatte kein Recht gehabt, mir diesen Brief vorzuenthalten. Aber die Tatsache, dass sie ihn behalten hatte, statt ihn einfach zu vernichten ... Was hatte das zu bedeuten? Hatte sie vorgehabt, ihn mir eines Tages zu geben? Es ergab keinen Sinn. Ich verstand es nicht. Das Einzige, was ich verstand, war, dass ich wütend auf sie war. Richtig wütend.

Ich legte den Brief vorsichtig zur Seite und durchsuchte die Papiermassen, falls es noch mehr gab. Ah, da war einer, von 1985. Und da war noch einer, von 1983. Meine Hände durchkämmten fieberhaft den Haufen, mein Herz schlug jedes Mal noch schneller, wenn ich einen weiteren Brief mit seiner Handschrift sah. Es waren mindestens zwanzig, und das nur auf den ersten Blick. Ich raste vor Wut – wie konnte sie nur? Wie hatte sie nur denken können, dass sie damit das Richtige tat?

All die Jahre hatte ich ihn abgeschrieben, hatte versucht, ihn zu vergessen, meinen Vater, den liebevollen, lachenden Mann, der mich als Kleinkind auf seinen Knien hüpfen ließ, der mit mir zu Boney M durchs Wohnzimmer getanzt war, der mit mir in die Eisdiele gegangen war ... nach all der Zeit stellte sich heraus, dass er versucht hatte, den Kontakt zu mir zu halten. Zwanzig Briefe – mehr als zwanzig Briefe hatte er geschrieben, und nie eine Antwort bekommen. Er musste denken, dass ich ihn hasste. Er musste denken, er war mir egal.

Plötzlich fiel mein Blick auf die Uhr an der Wand – zehn vor drei –, und ich stand umständlich auf. Ich musste Ben gleich von der Schule abholen; ich hatte vollkommen die Zeit vergessen. Ich sammelte all die ungeöffneten Briefe von Dad zusammen und packte sie in meine Handtasche. Ich würde sie mit nach Hause nehmen und später lesen, schwor ich mir und eilte die Treppe hinunter. Und dann würde ich entscheiden, was ich machte.

Paul war an dem Abend schon wieder nicht zu Hause – er machte ein großes Geheimnis darum, wohin er dieser Tage immer verschwand –, also goss ich mir, sobald die Kinder im Bett waren, ein großes Glas Wein ein (die Diät konnte mich mal, das hier war zu wichtig), machte es mir in unserem größten, bequemsten Sessel gemütlich, legte den Hörer neben das Telefon und den Stapel Briefe in meinen Schoß. Ich sortierte sie nach Datum und begann zu lesen.

Ich weinte schon, ehe ich auch nur eine halbe Seite des ersten Briefes gelesen hatte.

Du bist der letzte Mensch auf der Welt, den ich traurig machen möchte, mein Schatz, und es tut mir wirklich leid, dass die Dinge zwischen deiner Mom und mir am Ende so schlimm standen. Ich wünschte, du hättest nicht gehört und gesehen, wie wir uns gestritten haben. Wir waren wütend aufeinander, aber nicht auf dich. Das weißt du, oder? Wir lieben dich beide immer noch, und ich werde immer dein Daddy sein.
Deine Mom ist sauer auf mich, weil ich sie verletzt habe, aber ich hoffe und bete, dass sie mir erlaubt, dich in den nächsten Monaten zu besuchen, damit ich dir was spendieren kann. Vielleicht ... ein Banana Split? Oder eine neue Barbie – was immer du möchtest, Maddie ...

O Gott. Die Schrift verschwamm vor meinen Augen. Damals hätte ich alles darum gegeben, nochmal ein Banana Split mit ihm zu essen oder eine neue Barbie von ihm zu bekommen. Mom hatte mich mit Liebe und Süßigkeiten und Spielzeug überschüttet, aber ...

Jetzt war es zu spät. Zu spät, um etwas von Daddy spendiert zu bekommen. Die Eisdiele hatte dichtgemacht, und um das Angebot mit der Barbie anzunehmen, war ich mindestens fünfundzwanzig Jahre zu spät dran.

Ich las weiter und hoffte, mir seine Geschichte zusammenreimen zu können, herauszufinden, wie es ihm in all den Jahren ergangen war. Ich hatte immer nur grollend an ihn gedacht, seit er gegangen war, und mir gesagt, dass er sich nichts aus mir machte. Jetzt interessierte ich mich für ihn.

Später enthielten die Briefe mehr Neuigkeiten. Er lebte mit Isabel in Edinburgh, und sie planten zu heiraten. Er vermisste mich immer noch und dachte jeden Tag an mich und hoffte, dass wir uns bald treffen könnten. Ob ich Fotos hätte, die ich ihm schicken könnte? Er hatte immer noch das Foto von mir in seiner Brieftasche, auf dem ich die Schuluniform trug, aber er vermutete, dass ich mich inzwischen ziemlich verändert hatte. Wie fand ich das Gymnasium? Hatte ich nette Freundinnen? Wie waren die Lehrer?

Er wünschte sich, dass ich ihm auch schrieb. Es tat ihm immer noch leid, was passiert war, aber, ganz ehrlich, meine Mutter war kein einfacher Mensch. Er hatte sich neben ihr wertlos gefühlt, stand immer in ihrem Schatten. Jetzt mit Isabel war er viel glücklicher, und er würde sie mir so gerne eines Tages vorstellen, er hatte ihr alles von mir erzählt …

Ich nippte an meinem Wein. Was für eine Vergeudung. Was für eine wahnsinnige Vergeudung. Ich wünschte, ich wäre eher auf die Idee gekommen, mir meine eigenen Gedanken über ihn zu machen, ihn zu fragen und ihn erklären zu lassen, die Brücken zwischen uns wieder aufzubauen und etwas für unsere Beziehung zu tun. Aber Moms Hass auf ihn hatte mich geblendet. Ich war davon ausgegangen, dass er mich genauso verlassen hatte wie sie, denn das hatte sie mir zu verstehen gegeben.

Den letzten Brief hatte er geschrieben, nachdem ich gerade achtzehn geworden war.

Jetzt bist du eine Frau und hast dein ganzes Leben vor dir. Ich frage mich, ob du zur Universität gehen wirst oder ob du vielleicht in die Fußstapfen deiner Mom trittst und überlegst,

zum Theater zu gehen. Was auch immer du tust, ich wünsche dir Erfolg und Glück und hoffe, dass all deine Träume wahr werden.
Wenn du dein Herz dazu bringen kannst, mir zu verzeihen, und Kontakt zu mir aufnähmest, von einem Erwachsenen zum anderen, würde ich mich sehr freuen.

In Liebe
dein Dad

Ich las es nochmal und nochmal, wollte nicht am Ende angekommen sein. Seine Adresse war auf jedem Brief dieselbe – Lennox Street, Edinburgh, und darunter stand eine Telefonnummer. Instinktiv griff ich nach dem Telefon, mein Herz wummerte. Sollte ich das tun? War es zu wenig, zu spät? Vielleicht war er inzwischen umgezogen; er konnte auch gestorben sein.

Scheißegal. Es gab nur eine Möglichkeit, das herauszufinden. Ich wählte seine Nummer, ehe ich meine Meinung ändern konnte, und wartete, dass jemand abhob.

21. Cheers

Jess

»Also, was denkst du?«, fragte Shelley und stieß mich ungeduldig mit dem Ellbogen an.

Ich sah mich im Raum um und versuchte, ihn mit den Augen einer professionellen Geschäftsfrau zu sehen, kritisch und pragmatisch, auf der Suche nach feuchten Stellen oder anderen heiklen Dingen. Allerdings war es so gut wie unmöglich, die Fassade aufrechtzuerhalten, wenn mein Instinkt *«Ja! Ja!»* jubelte und mein Herz vor Aufregung Rad schlug.

Shelley und ich standen in der leeren Wohnung über dem Friseur auf der High Street, und ich hatte, schon seit wir durch die Tür gekommen waren, ein gutes Gefühl. Ein richtig gutes Gefühl. Staubpartikelchen tanzten in dem Licht, das durch die großen Fenster hereinfiel, die Decke war wunderbar hoch, und der Fußboden wirkte zwar etwas mitgenommen, aber es waren immer noch die ursprünglichen viktorianischen Dielen. Klar, die Wände brauchten Farbe, die Spinnweben mussten von den Vorsprüngen gewischt und der Boden musste lackiert werden, aber sonst …

«Ich dachte, das hier könnte der Hauptbehandlungsraum sein – er ist groß genug für einen Massagetisch und ein Waschbecken, und in die Ecke da passt bestimmt eine Dusche», sagte

Shelley. «Und du hast genug Stellfläche für einen Schrank, in dem du alles unterbringen kannst, was du hier brauchst. Dann gibt es noch einen kleineren Raum, der das Wartezimmer sein könnte oder ein zweiter Behandlungsraum, und es gibt ein Klo und eine winzige Küche, wo ... Jess? Hörst du mir überhaupt zu?»

Ich strahlte. «Die nehme ich», sagte ich, und die Worte waren heraus, bevor ich wusste, was ich sagte.

Sie glotzte mich an. «Ähm ... Willst du vielleicht erst den Rest sehen?»

Ich lachte, genauso schockiert wie erfreut über meine spontane Reaktion. «Ja, zeig mir den Rest», sagte ich. «Aber ich weiß jetzt schon, dass ich hier arbeiten möchte. Es ist perfekt, Shelley, einfach perfekt!»

Sie lachte auch. «Oh, Süße, wirklich? Das ist ja toll!» Ihre Stimme hallte in dem leeren, staubigen Raum, und sie stupste mich an. «Ahhh, das wird toll. Ich bin wahnsinnig stolz auf dich, weißt du das?»

Ich umarmte sie. «Danke, Shelley», sagte ich. «Und danke, dass du diese Räume gefunden hast. Das ist genau, was ich wollte: schön, gute Größe – und ich kann gar nicht fassen, dass sie auch noch über einem Friseur liegen! Damit wird mir ja ein ganzer Kundenstamm auf dem Silbertablett serviert.»

«Komm, ich zeig dir den Rest», sagte Shelley und ging vor. Sie zeigte mir eine kleine Teeküche, in der man sich gerade einmal umdrehen konnte, und einen zweiten, kleineren Raum mit einem Schiebefenster und einem hübschen gusseisernen Kamin. «Den Raum könntest du, wie gesagt, als zweiten Behandlungsraum nutzen oder als Büro oder ... als was auch immer.»

«Ich liebe es», sagte ich und ging hindurch, um aus dem Fenster zu sehen. Mir wurde vor Aufregung ganz schwindelig, als ich draußen die Leute sah, die auf der Hauptstraße vor sich hin bummelten. Alles potenzielle Kunden. Treten Sie näher, treten Sie näher! Wer möchte die Erste in *Jessicas Beauty Bar* sein? «Ich nehme sie. Wann kann ich auf der gepunkteten Linie unterschreiben?»

Shelley lächelte. «Sie sind plötzlich so ungestüm, Miss Jess», sagte sie. «Wenn du sicher bist, dass du sie nehmen willst, kannst du jetzt gleich mit ins Büro kommen und den Vertrag unterschreiben. Aber der Vermieter möchte mindestens einen Jahresvertrag machen, du musst dir also wirklich sicher sein ...»

Ich dachte darüber nach. *Los, Jess. Sei professionell. Du kannst nicht nur ja sagen, weil du ein gutes Gefühl hast. Und du musst in der Lage sein, die Miete für ein ganzes Jahr zu bezahlen – das ist eine ganz schöne Verpflichtung ...*

Ich nickte. «Das ist in Ordnung», sagte ich in einem Anfall von Mut. Schließlich ging es im Geschäftsleben darum, kalkulierbare Risiken einzugehen, oder? Natürlich könnte ich meinen Zweifeln auch nachgeben, ich könnte mich vom Unbekannten einschüchtern lassen und nie den Mut aufbringen, ins kalte Wasser zu springen. Aber ich konnte auch einfach zugreifen und es auf mich zukommen lassen.

«Das machen wir», sagte ich.

Erst als ich den Vertrag unterschrieben und zwei Sätze Schlüssel bekommen hatte, wurde mir klar: Ich hatte Charlie überhaupt nicht von meinem Plan erzählt. Er war mein Verlobter, und ich hatte das Ganze nicht mit ihm besprochen, ja, ihn noch nicht mal informiert, dass ich mein eigenes Geschäft gründen wollte. Meinen Freundinnen hatte ich es natürlich gesagt – Shelley und den Mädels, Lauren und Maddie. Ich hatte mit ihnen allen lange darüber gesprochen, und Shelley hatte schon seit ein paar Wochen nach passenden Räumlichkeiten Ausschau gehalten. Aber irgendwie war es mir gelungen, es Charlie vorzuenthalten.

Es ging mir gar nicht darum, ein Geheimnis daraus zu machen, versteht mich nicht falsch. Ich hätte es ihm sofort erzählt, wenn ich es auch nur im Entferntesten für möglich gehalten hätte, dass er mich ermutigt oder mit mir zu den Besichtigungen kommt. Aber ich wusste, dass er nichts dergleichen tun würde. Ich wusste, dass er das Ganze verhöhnen und mir sagen würde, dass ich mich übernahm und dass die Hälfte aller Geschäftsgründungen im ersten Jahr scheiterte, ob ich das denn nicht wüsste?

Ich wollte nicht, dass er mich in der Luft zerriss. Wer will das schon? Ich genoss es, dass Tag für Tag mein Telefon klingelte und von Kunden nach Terminen gefragt wurde. Ich musste sogar einen großen neuen Kalender kaufen, damit alle Termine hineinpassten. Ich liebte es, mein eigenes Geschäft zu führen – zum ersten Mal seit Jahren hatte ich das Gefühl, über etwas die Kontrolle zu haben. Das wollte ich mir von Charlie nicht kaputt machen lassen.

Außerdem hatte ich ernsthaft über die Zukunft mit Charlie nachgedacht. Es hatte lange gedauert, bis ich es mir eingestanden hatte, aber Tatsache war, dass ich ihn nicht mehr liebte. Es war einfach so. Abends fürchtete ich den Moment, in dem er nach Hause kam. Würde er wieder so schlecht gelaunt sein, dass ich die ganze Zeit wie auf rohen Eiern durch die Wohnung schleichen musste? Am Anfang hatte ich Respekt vor ihm gehabt – dem großen, attraktiven Charlie mit dem finsteren, grüblerischen Blick –, aber in letzter Zeit sah ich in seinen Augen, seinen dünnen Lippen und seinen vor Ärger zuckenden Wangenmuskeln nur noch Grausamkeit.

Und wisst ihr was? Ich wollte nicht mehr mit ihm zusammen

sein. Seit dem Mittagessen mit Matt hörte ich immer wieder seine Worte. *Du bist ein so großartiger, liebenswerter Mensch, Jess, du hast es verdient, wie eine Prinzessin behandelt zu werden. Du hast jemanden verdient, der dich liebt und schätzt und dir das Gefühl gibt, etwas Besonderes zu sein. Und das würde ich machen.*

Eine Prinzessin. Das wäre schön. Ab und zu stellte ich mir vor, wie es wäre, wie eine Prinzessin behandelt zu werden und nicht wie ein Fußabtreter. Aber nur ab und zu. Es machte mich immer traurig, ich fühlte mich ganz hohl, als hätte ich im Leben alles falsch gemacht.

Aber jetzt würde ich alles in Ordnung bringen. Die neue, mutige Jess mit ihrem eigenen Beauty-Salon und ihrem vollen Terminkalender. Sie verdiente etwas Besseres. Sie hatte Liebe und Anerkennung verdient, und vielleicht, ganz vielleicht, hatte sie es auch verdient, manchmal wie eine Prinzessin behandelt zu werden. Denn so wollte ich nicht mehr weitermachen, ich wollte keine Lüge mehr leben und Angst vor dem Menschen haben, mit dem ich das Bett teilte. Das war doch nicht gut, oder? Das war nicht richtig. Ich musste etwas ändern.

Ein paar Tage später, als ich nach Hause kam, sah ich mich in unserer Wohnung um, als würde ich sie zum ersten Mal sehen, und versuchte mir vorzustellen, wie es wäre, wenn ich ausziehen und nie mehr wiederkommen würde. Mein Blick fiel auf die Kissen, die ich mal ausgesucht hatte, die schönen Duftkerzen, die ich für das Kaminsims gekauft hatte, die gerahmten Drucke an der Wand. Aber das waren nur *Sachen*. Sie waren ersetzbar. Wenn es hart auf hart kam, dann brauchte ich nichts davon wirklich. Nein, das Problem waren nicht meine Sachen. Das Problem war Charlie.

Er würde ausrasten, das wusste ich, wenn ich ihm sagte, dass es vorbei war mit uns. Er würde mich beschimpfen, mich womöglich schlagen. Vielleicht warf er mich sogar sofort raus. Auf all das musste ich vorbereitet sein. Ich musste mich für seinen Zorn wappnen. Aber ich hatte jetzt zwei Sätze Schlüssel in der Tasche. Schlüssel zu meiner eigenen Wohnung. Denn was ich Shelley nicht gesagt hatte, war, dass der kleinere Raum sich gut als kleines Schlafzimmer eignen würde. Ich würde wieder Single sein, mit meiner eigenen Bude: mir noch mehr Duftkerzen kaufen und ganz viele neue Pseudo-Kunstdrucke, ich konnte tun, wozu ich Lust hatte. Das würde doch bestimmt gut werden, oder? Lauren schien ganz gut allein zurechtzukommen. Ich konnte das sicher auch. Jetzt musste ich nur noch Charlie sagen, dass ich ihn verließ.

Ich muss zugeben, ich hatte Angst, ihm die Neuigkeiten zu überbringen. Er war so unberechenbar. Ich überlegte ernsthaft, meinen Dad zu fragen, ob er mitkam, um mir bei der Trennung von Charlie beizustehen, oder Shelley und die Mädchen, einfach irgendjemand, der mich beschützte, falls Charlie total ausrastete.

Aber das erschien mir feige, als könnte ich nicht auf eigenen Beinen stehen und unabhängig sein. Und um Unabhängigkeit ging es mir schließlich, also konnte ich mir nicht von jemandem das Händchen halten lassen. Nein, ich würde das alleine durchziehen und meine Frau stehen. Was nicht hieß, dass ich nicht einen sorgfältigen Plan ausgearbeitet hätte. Ich überlegte mir meine Flucht genau. Ich packte einen Koffer mit Klamotten und ein paar anderen Lieblingssachen, ohne die ich nicht leben konnte – Fotos, Schmuck, Geschenke, die ich bekommen hatte –, und legte ihn heimlich in meinen Kofferraum.

Als ich ein paar Tage später die Schlüssel bekommen hatte, fuhr ich rüber und lud meinen Koffer und ein paar Taschen dort ab. Als ich durch die Tür trat, war es, als würde ich nach Hause kommen – das war *meine* Wohnung, in der ich leben und arbeiten würde, wo mich niemand beleidigen oder runtermachen würde. Ich konnte *America's Next Top Model* sehen, ohne mir sarkastische Bemerkungen anhören zu müssen («Wozu guckst du dir das denn an? Da wirst du doch sowieso nie Kandidatin»), ich konnte Käsekuchen essen, ohne dafür gerügt zu werden, ich konnte schlafen gehen, ohne dass sich jemand auf mich wälzte. Ich konnte ich sein, Jessica Linley.

Ich öffnete das Fenster, um frische Luft hereinzulassen, und lächelte. Ah, ja.

Als ich wieder in der Wohnung von Charlie und mir war, fiel mir alles Mögliche ein, um das ich mich kümmern musste, und ein Problem nach dem anderen tauchte auf. Ich musste Bettzeug und eine Matratze kaufen oder leihen, ich musste mich darum kümmern, dass mir die Post nachgeschickt wurde, sichergehen, dass mein Name nicht mehr auf den Rechnungen auftauchte, einen Kühlschrank und Töpfe und einen Fernseher kaufen ... Bei dem Gedanken an so viele Dinge, die zu organisieren waren, stieg Panik in mir auf, und ich musste tief durchatmen und mich daran erinnern, dass ich das konnte. Ich *schaffte* das.

Dann hörte ich Charlies Schlüssel im Schloss und musste noch einmal tief durchatmen. O Gott. Ich hatte Angst. Ich wusste nicht, ob ich das durchziehen konnte. Ich fragte mich kurz, ob es nicht vernünftiger gewesen wäre, ihm eine Nachricht dazulassen und abzuhauen, während er bei der Arbeit war. Ja – warum hatte ich daran nicht eher gedacht? Das wäre so viel leichter gewesen!

Aber so ein Verhalten wäre auch feige. Einfach abhauen war schwach. Vor nicht allzu langer Zeit hatte ich Charlie heiraten wollen; jetzt war es das Mindeste, ihm ins Gesicht zu sagen, dass ich ihn verließ. Aber vielleicht besser morgen. Vielleicht sollte ich mir wenigstens erst mal ein Bett organisieren und nichts überstürzen …

Ich stand langsam vom Sofa auf und wartete, während er im Flur seinen Mantel aufhängte und fluchte, als er die Gasrechnung sah, die gerade gekommen war.

Mir war klar, wie der Abend sich entwickeln würde, wenn ich blieb. Er würde eingeschnappt sein, weil ich sein Abendbrot noch nicht gemacht hatte, würde dann schnell hintereinander ein paar Bier trinken, aggressiv werden und seine schlechte Laune an mir auslassen, dann würde er mich wahrscheinlich zum Sex zwingen, mit heißem Atem, der nach Bier stank, und einem Griff, von dem ich blaue Flecken bekam …

Nein. Die Entscheidung war gefallen. Wie hatte ich solche Abende überhaupt so lange ausgehalten?

Dieser Mann ist nicht gut für dich, hörte ich im Geiste Susans hellsichtige Stimme. *Du musst weg von ihm.*

Sie hatte die ganze Zeit recht gehabt, oder? Damit, dass meine Oma ihre Faust ballte und wütend auf Charlie war, weil er mich quälte, und mit allem anderen. Ich sah zur Decke und drückte meine Hände aneinander. «Mach dir keine Sorgen, Omi», flüsterte ich. «Ich gehe. Ich lasse mich nicht mehr quälen.»

Dann sah ich mich noch einmal im Zimmer um – auf Wiedersehen, Kissen, auf Wiedersehen, Kerzen, auf Wiedersehen, Bilder – und versuchte alle Kraft zu sammeln, die ich aufzubieten hatte. Ich dachte an meine Freundinnen, die mich anfeuern würden, wenn sie wüssten, was ich vorhatte. Ich dachte an meine Kunden, die mich als Profi betrachteten, nicht als Opfer. Sie wären schockiert, wenn sie wüssten, womit ich mich die ganze Zeit abgefunden hatte. Dann dachte ich an meine neuen Geschäftsräume, die meine Zuflucht waren und mein Neuanfang, und die nur darauf warteten, dass ich wiederkam.

All das machte mir Mut. Und als Charlie ins Zimmer kam, sagte ich es ohne Umschweife.

«Charlie, ich glaube, so geht das nicht mehr», sagte ich und gab mir Mühe, damit meine Stimme nicht zitterte. Ich achtete auch darauf, mich nicht zu entschuldigen oder mir die Schuld zu geben. Denn meine einzige Schuld bestand darin, dass ich nicht schon eher für mich eingestanden war. «Ich denke, es wird Zeit, dass ich ausziehe.»

Ich hatte es gesagt. Die Worte waren heraus. Das Blut rauschte in meinen Ohren, als ich auf seine Antwort wartete.

Er starrte mich an, ungläubig, dann verzog sich sein Mund zu einem Grinsen. «Was willst du?», sagte er auf diese schrecklich ruhige Art, die er manchmal hatte. Oh, oh. Diesen Ton kannte ich, der bedeutete Ärger.

Tief durchatmen, Jess. Lass dich nicht einschüchtern.

«Wir machen uns gegenseitig nicht mehr glücklich», sagte ich stockend. «Es ist vorbei.»

Mein Herz raste so, dass es wehtat. Ich wünschte, ich hätte meinen Dad bei mir, jemanden, der seinen Arm um mich legte, mich vor Charlie beschützte, der vor Wut bebte.

Er kniff die Augen zusammen und kam einen Schritt näher. Ich versuchte, nicht zurückzuweichen.

«*Du* willst mit *mir* Schluss machen?», sagte er und lachte ein furchtbar verächtliches Lachen. «Du machst wohl Witze. Denkst du plötzlich, du bist zu gut für mich?», sagte er spöttisch. «Mach dich nicht lächerlich.»

Ich sagte nichts. Die Angst hatte mich im Griff, ich hatte richtig Angst vor ihm, vor dem, was passieren könnte.

«Mir wird ganz schlecht von dir», sagte er. «Du bist erbärmlich. Denkst du wirklich, du könntest …» Ein seltsamer Ausdruck huschte über sein Gesicht. «Jetzt verstehe ich», fauchte er. «Du hast dein Höschen für jemand anders ausgezogen, stimmt's? Aah, darum geht's hier. Das war ja klar. Du Schlampe. Wer ist es denn? Wie heißt er?»

Ich schüttelte den Kopf. «Das hast du missverstanden», sagte ich ruhig. Ich spürte, wie mein Selbstvertrauen schwand. Langsam wünschte ich, ich hätte damit nicht angefangen. Wünschte, ich hätte ihm Abendbrot gemacht, statt meine verrückten Pläne in die Tat umzusetzen. Wem wollte ich denn was vormachen? Es würde nicht funktionieren. Er würde einfach nur noch wütender sein als sonst, das wäre alles. Er würde explodieren.

«Oh, hab ich das? Missverstanden? Das glaube ich kaum.» Beim Sprechen kam Spucke aus seinem Mund, sein Körper war vor Zorn ganz angespannt. «Du bist die, die hier was missverstanden hat, wenn du denkst, du könntest hinter meinem Rücken rumhuren und –»

Da passierte etwas Seltsames. Als er «rumhuren» sagte, wurde ich aus dem Stand unfassbar wütend. *Wie kann er es wagen*, dachte ich. *Wie kann er es wagen, mir das vorzuwerfen, wo ich doch die treueste, toleranteste, liebevollste Freundin war, die er sich nur wünschen konnte.* Und dann, ehe ich wusste, was ich tat, strömten die Worte aus meinem Mund.

«Moment mal», rief ich. «Du brauchst nicht weiterzureden. Es gibt niemanden. Es geht nicht darum, dass ich dir untreu gewesen wäre – ich war es nicht, das hätte ich nie gemacht. Nie. So bin ich nicht, und das solltest du eigentlich wissen.»

Zu meiner Überraschung verstummte er bei diesem Ausbruch. Ermutigt sprach ich weiter.

«Hier geht es um *dich* und darum, wie du mich behandelt hast. Du hast mich rumkommandiert, du hast mich beleidigt, du hast mich rumgeschubst, und das schon viel zu lange – und weißt du was? Ich hab genug. So behandelt mich niemand, ich lasse mir das von dir nicht länger gefallen. Ich hab was Besseres verdient. Also … auf Wiedersehen, Charlie. Ich gehe jetzt.»

Ich machte eine Bewegung, wollte an ihm vorbeigehen, und eine Sekunde lang starrte er mich nur an. Dann griff er nach meiner Hand – nicht fest, nicht aggressiv, eher schockiert.

«Warte! Jess – du kannst doch nicht einfach so gehen!»

Ich kam mir furchtbar gemein vor – er schien jetzt aufrichtig erschrocken –, aber ich löste meine Finger aus seinem Griff. «Ich kann», sagte ich. «Das wirst du gleich sehen.»

«Aber … Aber … was ist denn mit mir?», rief er. Seine Stimme klang flehend, er wirkte angeschlagen, und zum ersten Mal in der gesamten Geschichte unserer Beziehung hatte ich das Gefühl, die Oberhand zu haben. Wow. Was für ein Kick. «Was … was ist denn mit der Hochzeit?», sagte er, fast verzweifelt.

In mir flackerte – ganz kurz – Mitleid auf, als ich seinen Gesichtsausdruck sah, aber plötzlich war mir, als stünden Shelley und die anderen hinter mir. *Lass dich bloß nicht von ihm verarschen! Jetzt nicht einbrechen!* Ich schüttelte den Kopf.

«Es gibt keine Hochzeit, Charlie», sagte ich ruhig und sah ihm direkt in die Augen. «Es ist vorbei, okay?»

Kaum war ich an ihm vorbei und auf dem Weg zur Tür, verwandelte er sich wieder, diesmal vom netten Typen in das Arschloch.

«Dann leck mich doch», schrie er. «So jemand Guten wie mich findest du nicht nochmal. Ohne mich bist du ein Nichts, Jess. Ein Nichts – eine fette, hässliche Versagerin. Ich hab dich überhaupt nie geliebt, weißt du. Nie. Und schlecht im Bett bist du auch. Unfassbar langweilig. Und …»

Ich knallte die Tür hinter mir zu. Seine Worte ließen mich erschaudern. *Hör nicht hin. Ignorier ihn einfach. Er versucht nur, dich zu verletzen, wie immer.*

Ich lasse nicht mehr zu, dass du mich verletzt, sagte ich leise. Sag, was du willst, ich hör nicht hin.

Dann stieg ich ins Auto und fuhr weg. Ich hatte es getan. Ich hatte es verdammt nochmal getan. Ich war frei.

«O mein Gott! Das ist gut für dich, Mädchen! Ich bin so stolz auf dich!»

Maddie nahm mich in den Arm, als ich ihr und Lauren davon erzählte. Es war Montagabend, und wir saßen wie üblich im *Feathers*, und ausnahmsweise sah ich nicht ständig auf die Uhr und sorgte mich darum, rechtzeitig zurück zu Charlie zu kommen.

«Ich hab immer gedacht, er klingt, als wäre er nicht gut genug für dich», sagte sie und wurde rot. «Tut mir leid. Das ist total taktlos, aber … du verdienst was Besseres als ihn, Jess, wirklich.»

«Das kann ich nur bestätigen», sagte Lauren und umarmte mich ebenfalls. «Jess, das war wirklich mutig. Toll. Gut gemacht. Wenn du nicht weißt, wo du hinsollst, brauchst du es nur zu sagen. Du kannst jederzeit bei mir unterkommen.»

«Ich hab mir schon eine Wohnung gesucht», sagte ich und wurde rot, weil ich plötzlich so dynamisch und aktiv klang (ich!). Ich erzählte ihnen von der neuen Wohnung. «Ich meine, man muss noch einiges dran machen, und ich hab auch noch keine Möbel – ich hab alles bei Charlie gelassen, es ist also im Moment ein bisschen wie Zelten, aber …»

Maddie griff nach meiner Hand. «Jess – ich habe *massenweise* Möbel, die du haben kannst», unterbrach sie mich. «Ich bin gerade dabei, Moms Haus auszuräumen, und da sind alle möglichen Sachen, die du nehmen kannst – Küchenzeug, Möbel, ihren Fernseher …» Sie strahlte. «Ich würde es viel lieber dir geben, als alles zu spenden.»

Ich starrte sie an, sprachlos angesichts solcher Großzügigkeit. «Bist du sicher? Maddie, das ist total nett, aber ...»

«Absolut sicher», sagte sie. «Ehrlich, Jess, ich hab mir ein paar Sachen genommen, aber den Rest brauche ich nicht.» Sie lächelte. «Ich würde mich freuen, wenn du es nimmst. Und sie hätte sich auch gefreut. Wir machen einen Tag aus, an dem du vorbeikommst und guckst, was du gebrauchen kannst, okay?»

Ich sagte immer wieder, «Wirklich?», und sie sagte immer wieder «Ja!», bis ich es endlich glauben konnte.

«Das ist so nett von dir», sagte ich. «Vielen Dank.»

Während wir besprachen, wann ich kommen würde, ging Lauren zur Bar hinüber und kam mit einer Flasche Cava und drei Champagnerflöten zurück.

«Alison würde zwar einen Anfall kriegen, wenn sie das sehen könnte, aber wir haben es uns verdient», sagte sie. «Wir haben allen möglichen Stürmen getrotzt, und wir sind immer wieder unversehrt und kämpferisch aus ihnen hervorgegangen. Weiter so!»

«Ja!», lachte ich. «Weiter so!»

Sie zwinkerte und ließ den Korken knallen. «Außerdem haben wir alle so super Diät gehalten, dass mal eine Belohnung fällig ist», fuhr sie fort. «Ich überlege sogar, ob ich jetzt aufhöre, zu FatBusters zu gehen. Ich hab von dem ganzen Salsatanzen und Selberkochen schon so viel abgenommen, wie ich wollte. Und ... ein bisschen von dem, was man gern mag, tut einem schließlich gut, oder?»

«Genau», sagten Maddie und ich im Chor.

Ich hatte auch viel abgenommen. Der Kittel in Größe zweiundvierzig, den ich mir für die Arbeit gekauft hatte, war sogar schon wieder zu groß. Ich, die dicke Jess, hatte Größe vierzig! Es war unglaublich, vor einem Jahr wäre das noch undenkbar gewesen. Das Komische war, es bedeutete mir jetzt gar nicht mehr so wahnsinnig viel, in schöne Jeans und enge Oberteile reinzupassen, ich hatte einfach viel mehr Selbstvertrauen. Und das hatte sicher mehr damit zu tun, dass ich gute Freunde hatte und es guttat, meinen eigenen Laden aufzubauen, und nicht so sehr mit dem, was die Waage anzeigte. Vielleicht war das vorher mein Fehler gewesen – dass ich immer meinen dicken Hintern für mein Elend verantwortlich gemacht hatte, statt mein Leben in die Hand zu nehmen.

Ich blinzelte und fragte mich, woher all diese tiefschürfenden Erkenntnisse kamen.

«Ich glaub, ich muss auch nicht mehr zu FatBusters gehen», sagte ich, als mir klarwurde, dass ich von Alison genau die Ermunterung bekommen hatte, die ich brauchte. Ich hatte kapiert, dass ich mit Salsatanzen und guter Ernährung ein gutes Gewicht halten konnte. Und ich hatte kapiert, dass meine Fressattacken damit zu tun hatten, dass ich verzweifelt und einsam gewesen war. So fühlte ich mich jetzt nicht mehr. Jetzt, wo ich Charlie den Laufpass gegeben hatte.

«Aber wisst ihr», sagte ich, als ich darüber nachdachte, «ich werde unsere allwöchentlichen Treffen im *Feathers* vermissen. Darauf hab ich mich immer noch mehr gefreut als auf das, was Alison uns wieder erzählt.»

«Wir können uns ja trotzdem noch treffen», sagte Maddie. «Wir können ein eigenes Mini-FatBusters veranstalten, nur wir drei. Ich glaub, wir sind alle ganz gut darin, uns gegenseitig zu ermutigen. Und wir könnten uns sogar etwas vornehmen – fitnessmäßig, meine ich.»

«Klingt bedrohlich», sagte Lauren und verteilte die sprudelnden Gläser. «Was denn zum Beispiel? Cheers.»

«Cheers», sagten Maddie und ich.

«Auf uns drei, und auf unsere Erfolge», fügte ich hinzu und fühlte mich ganz leicht und optimistisch.

«Ähm … also ich bin mir noch nicht ganz sicher», sagte Maddie auf Laurens Frage, «aber ich überlege, beim ‹Lauf für das Leben› mitzumachen, zum Gedenken an meine Mom, das ist ein Fünf-Kilometer-Lauf, der im Sommer stattfindet.» Sie verzog das Gesicht. «Na ja … ich *hatte* das Gefühl, ich könnte das schaffen, aber inzwischen bin ich mir da nicht mehr so sicher.» Sie zögerte, als hätte sie es uns näher erklären wollen, es sich dann aber anders überlegt.

«Ich laufe mit», platzte ich heraus, weil ich annahm, dass sie einfach kalte Füße bekommen hatte. Der Cava war mir direkt zu Kopfe gestiegen, und ich fühlte mich ausgelassen und hatte das Gefühl, ich könnte alles schaffen. «Deine Mom war immer so nett zu mir. Ich schaffe das.» Dann schlug ich mir schockiert die Hand vor den Mund. «Ich kann nicht fassen, dass ich das gerade gesagt habe», gestand ich. «Ich bin seit der Schule so gut wie gar nicht mehr gelaufen.»

«Ich versuch's auch», sagte Lauren. «Auch, wenn ich sicher die Langsamste von allen sein werde. Aber …» Sie lächelte. «Es wär doch cool, wenn wir alle drei mitmachen, oder? FatBusters gegen die ganze Welt!»

Maddies Mund wirkte verkniffen, als ob sie versuchte, auch zu lächeln, es aber nicht ganz schaffte. «Cheers», sagte sie. «Es ist nur …»

Lauren schien nicht zu merken, dass Maddie immer noch zögerte. «Also abgemacht. Wir machen mit beim ‹Lauf für das Leben›!»

Ich fand erst im Laufe der Woche heraus, was Maddie beschäftigte. Als ich mit ihr zum Haus ihrer Mom ging, um ein paar

Sachen mitzunehmen, erzählte sie mir, was passiert war, dass sie diese Briefe von ihrem Dad entdeckt hatte, von denen sie überhaupt nichts gewusst hatte, und dass sie deshalb wütend auf ihre Mutter war.

«Das hat mich richtig schockiert», sagte sie, als wir – jede mit einem Kaffee vor der Nase – an dem schönen, glänzenden Esstisch saßen. «Jetzt frage ich mich, was sie mir noch verheimlicht hat.» Sie rieb sich die Augen, es ging ihr offensichtlich nicht gut. «Weißt du, sie war der einzige Mensch in meinem Leben, bei dem ich absolut darauf vertraut habe, dass er nur mein Bestes im Sinn hat. Wenn man dann so was rausfindet ...» Sie schüttelte den Kopf. «Das hat mir wirklich den Boden unter den Füßen weggezogen. Deshalb weiß ich nicht genau, ob ich das mit dem ‹Lauf für das Leben› machen soll. Weil ich so wütend auf sie bin! Warum sollte ich stundenlang trainieren – und das müsste ich –, warum sollte ich *irgend*was zu ihrem Gedenken tun, nachdem ich rausgefunden habe, dass sie mir all diese Lügen erzählt und mich absichtlich von Dad ferngehalten hat?»

«O Gott», sagte ich voller Mitgefühl. Ich wusste, dass sie ihre Mutter abgöttisch geliebt hatte. «Das ist furchtbar. Das muss dich wirklich umgehauen haben.» Ich biss mir auf die Lippe und suchte nach tröstenden Worten, aber das war gar nicht so leicht, weil ich selbst von diesen Neuigkeiten so getroffen war. «Und wie denkst du jetzt über deinen Dad?», fragte ich schließlich.

Sie brachte ein schiefes Lächeln zustande. «Ja, das ist jedenfalls das Gute daran», sagte sie. «Ich habe ihn angerufen – seine Nummer stand auf jedem einzelnen Brief, und er lebt noch in demselben Haus in Edinburgh.»

«Wow», sagte ich. «Das ist ja wunderbar, Maddie!»

Sie nickte. «Das ist es wirklich», antwortete sie. «Ich hab

ihn fast dreißig Jahre nicht gesehen, aber sobald er den ersten Schock überwunden hatte, dass ich da am Telefon war, haben wir Ewigkeiten geredet. Es war einfach ... genial. Er ist so glücklich, dass ich verheiratet bin und Kinder habe. Er kann überhaupt nicht erwarten, sie kennenzulernen, sagt er, und er brennt darauf, mich wiederzusehen ...» Sie wischte sich die Augen. «Ich freu mich so riesig, wieder Kontakt zu ihm zu haben, es ist so ein Geschenk, nachdem Mom gestorben ist – aber, ich meine ... was für eine Achterbahnfahrt. Erst verliere ich meine Mutter, dann bekomme ich meinen Vater wieder – das ist schon eine ziemlich wahnsinnige Zeit für mich gerade.»

Ich streichelte ihren Arm. «Das kann ich mir vorstellen», sagte ich. «Das ist auch ziemlich viel. Aber deine Mom muss ihre Gründe gehabt haben. Und, ob das nun richtig war oder nicht, sie hat dich wahnsinnig geliebt, das weißt du, oder?»

Sie nickte. «Ich weiß», sagte sie. «Ich wünschte nur, ich könnte sie danach fragen, hören, wie sie es erklärt. Ich bin so wütend, dass ich all die Jahre über keinen Vater hatte, aber ...» Sie breitete die Arme aus und zuckte mit den Schultern. «Was soll man machen?»

Ich nippte an meinem Kaffee. Ja, was sollte man machen?

«Also», sagte ich, «wenn du den ‹Lauf für das Leben› nicht mitmachen willst, verstehe ich das vollkommen. Das ist deine Entscheidung. Lauren und ich akzeptieren, was du für das Richtige hältst.»

«Danke, Jess, das ist lieb.» Ihre Augen glänzten. Dann kippte sie ihren Kaffee herunter und stand auf. «Okay, komm. Ich zeig dir, was zu haben ist.»

Maddie versorgte mich mit all den Haushaltsdingen, von denen ein Mädchen nur träumen konnte – Töpfe und Pfannen, Platten und Schüsseln, Geschirr und Besteck ... eigentlich mit allem, außer der Spüle. Sie gab mir sogar den Wasserkessel. «Bist du sicher?», sagte ich immer wieder, als ich eine Kiste nach der anderen in meinen Kofferraum lud. «Bist du auch ganz sicher? Lass mich dir wenigstens ein bisschen Geld dafür geben.»

«Ja, ich bin ganz sicher, und nein, ich möchte keinen Penny dafür», antwortete sie. «Sie hätte gewollt, dass du es bekommst, Jess – sie mochte dich wirklich. Sag mir nur auf jeden Fall, wann deine große Eröffnung stattfindet. Ich möchte sehr gern kommen und an Ort und Stelle mit dir anstoßen.»

Ein paar Tage später, als ich von meinem letzten Termin nach Hause kam, fielen mir ihre Worte wieder ein. Die Wohnung sah langsam etwas bewohnter aus, wie ein Zuhause. Die Küche war gut ausgerüstet – mit Töpfen, mit denen Anna Noble gekocht hatte, keine Geringere! –, und mein Schlafzimmer war eine Art fröhlicher Entspannungsraum, mit Bildern an den Wänden und einem kleinen Fernseher, den ich mir selbst geleistet hatte. (Maddie hatte mir Annas riesigen Flatscreen-Fernseher angeboten, aber der hätte den Großteil der Wand eingenommen.)

Lauren hatte angeboten, mir dabei zu helfen, den Behandlungsraum zu putzen und zu streichen, und ich hatte eines Abends allein die Dielen lackiert. Jetzt glänzten sie, und ich freute mich jedes Mal, wenn ich sie sah. Ich hatte einen Klempner bestellt, der eine Dusche und ein Waschbecken installieren würde, und hatte einen Geschäftskredit aufgenommen, damit ich einen Massagetisch kaufen konnte. Dad hatte einen schönen gebrauchten weißen Schrank mit Glastüren gefunden, den er für mich sauber gemacht hatte und in dem sich jetzt alle meine Massageöle und Gesichtslotionen befanden. Außerdem hatte er kleine Lautsprecher aufgetan und einen Dimmer eingebaut, damit ich für die gestressten Kunden mit gemütlichem Licht und Entspannungs-CDs die richtige Atmosphäre schaffen konnte. Und zu guter Letzt hatte ich einen Packen flauschiger weißer Handtücher gekauft und mehrere brandneue Uniformen für mich in Größe vierzig. Wenn mich Louisa doch so sehen könnte!

Wenn mir vor einem Jahr jemand gesagt hätte, dass Charlie und ich uns trennen würden, bevor wir zusammen zum Altar schreiten, hätte ich gedacht, dass ich jeden Abend verzweifelt in mein Kissen schluchzen und ihn anflehen würde, mich zurückzunehmen. Aber in Wirklichkeit war ich in letzter Zeit so damit beschäftigt, mir meinen Größe-vierzig-Arsch aufzureißen, dass ich kaum dazu kam, an ihn zu denken. Jeder Tag war voll mit Terminen, ich besuchte einen Kunden nach dem anderen, und abends schuftete ich, um den Behandlungsraum in eine herrliche Oase der Ruhe zu verwandeln. Nachts sackte ich dann auf das Feldbett, das Mom und Dad mir gegeben hatten, und schlief innerhalb von Sekunden ein. Ich hatte Charlie überhaupt nicht mehr auf dem Schirm und das Gefühl, alle Sorgen los zu sein.

Die große Eröffnung, hatte Maddie gesagt, und ich fand auch, dass eine Party angebracht wäre. Es gab so viele Menschen, die mir dabei geholfen hatten, es bis hierher zu schaffen – ich wollte ihnen danken und ihnen zeigen, was ich aufgebaut hatte. Aber bevor es eine große Eröffnung gab, musste ich noch jemanden treffen. Jemanden, an den ich immer denken musste, seit wir im *San Carlo* zusammen Mittag gegessen hatten. Matt, natürlich. Den netten Matt mit dem Prinzessinnen-Versprechen und dem Gerede vom Verliebtsein.

Lauren hatte ein- oder zweimal gefragt, ob ich ihn anrufen würde, und ich hatte nicht gewusst, was ich machen sollte. Ich mochte ihn wirklich, aber ich wollte nicht direkt von einer Beziehung in die nächste springen. Ich hatte das Gefühl, ein bisschen Zeit für mich zu brauchen, um Atem zu schöpfen.

«Lass es doch langsam angehen», hatte sie geraten. «Keine Eile. Ihr mögt euch schon mal – das ist doch ein toller Anfang. Ruf ihn einfach an und red mit ihm, und dann siehst du weiter. Er ist nett, Jess. Ein wirklich netter Typ.»

«Ich weiß», sagte ich. «Nur ...»

Es war schwer zu erklären. Er war so nett zu mir gewesen, als wir uns zum Mittagessen getroffen hatten, so romantisch und so offen mit seinen Gefühlen – ich wagte kaum zu hoffen, dass sich zwischen uns irgendwas entwickeln könnte. Er war doch bestimmt zu gut, um wahr zu sein? Bestimmt gab es einen Haken, irgendeine Persönlichkeitsstörung, von der ich erst später erfahren würde?

Trotzdem. Wer nicht wagt und so weiter. Ich würde es nicht herausfinden, wenn ich nur mich fragte. Und Jess, die Geschäftsfrau mit Größe vierzig und ihrer eigenen Wohnung, war doch nicht die Frau, die bei so was lange fackelte, oder?

«Matt? Hier ist Jess.»

Es war der folgende Abend, und ich saß auf meinem quietschenden Feldbett, in Handtücher gehüllt, denn ich hatte gerade zum ersten Mal meine frisch installierte Dusche ausprobiert. (Das reine Glück. Es war die Art Dusche, in der man praktisch wohnen konnte.)

«Jessica Linley. Ähm ... aus dem Salon. Wir haben uns im *San Carlo* getroffen ...», plapperte ich nervös, weil mich sein Schweigen irritierte. Hatte er mich schon vergessen?

«Ich weiß, wer du bist», sagte er, und ich konnte das Lächeln in seiner Stimme hören. «Hallo, Jess.»

«Hallo, Matt», sagte ich. Plötzlich wusste ich nicht mehr, was ich sagen sollte, und befeuchtete meine Lippen. «Ähm ... hallo», sagte ich wieder.

«Hallo», wiederholte er.

Schweigen. Hilfe. Ich war aus der Übung bei solchen Sachen. *Komm, Jess, übernimm die Führung. Du kannst das.*

«Matt, ich hab mich gefragt –», hob ich an, gerade als er sagte, «Jess, es war so schön –»

Wir mussten beide lachen. «Du zuerst», sagte er. Ich hatte vergessen, was für eine angenehme Stimme er hatte: warm und freundlich. Und er hatte ein tiefes Lachen, das mich ganz froh und ein bisschen kribbelig machte.

«Okay, also», sagte ich. «Ich bin ein bisschen nervös, aber ich sag es jetzt einfach.»

«Mach das», sagte er; es klang ein bisschen amüsiert.

Ich holte tief Luft. Okay. Hier kommt – gar nichts, dachte ich.

«Matt», sagte ich, «ich wollte dir nur für das Mittagessen neulich danken.» Ich wurde rot, dabei konnte er mich ja gar nicht sehen. «Es war wirklich toll, mit dir zu reden und … ich muss seitdem immer an dich denken. Auf eine gute Weise.» Ich verstummte, aus Sorge, ins Schwafeln zu geraten. «Was ich zu sagen versuche: Ich würde mich freuen, dich wiederzusehen. Wenn du das auch willst, natürlich, und nicht zu beschäftigt bist oder so, dann …»

«Ja», sagte er, ehe ich weiterlabern konnte. «Ich würde dich sehr gerne wiedersehen, Jess.»

Ich musste so lächeln, dass es wehtat. «Wirklich?», fragte ich beglückt. «Du willst mich wirklich wiedersehen?»

«Natürlich möchte ich dich wirklich wiedersehen», sagte er. «Ich hab gehofft, dass du anrufst. Richtig gehofft.» Seine Stimme wurde ganz sanft. «Ich bin froh, dass du dich meldest.»

Ich stellte fest, dass ich vor Aufregung auf dem Feldbett auf und ab hopste. Hoffentlich hörte er das Quietschen nicht.

«Schön», sagte ich glücklich. Scheiß auf «die Dinge langsam angehen lassen», dachte ich ganz berauscht vor Glück. Ich konnte kaum erwarten, ihn wiederzusehen. «Also ... wann hast du Zeit?»

22. Erdbeeren im Schokomantel

Maddie

Ich war schon völlig angespannt, bevor die Pistole losging – mein Herz hüpfte, mein ganzer Körper war verkrampft und nervös. Die Sonne strahlte vom Himmel und tauchte uns alle in grelles weißes Licht. Die anderen Läuferinnen unterhielten sich leise, aber ich war so aufgewühlt, dass ich mich nicht aufs Reden konzentrieren, mich kaum bewegen konnte. «Alles klar, Maddie?», sagte Jess und stieß mich an. «Du bist so still.»

Ich wandte mich ihr zu und nickte. «Alles klar», sagte ich. «Ich ... hoffe nur, ich kann das.»

«Du kannst das», sagte Lauren. «Nach dem ganzen verdammten Training können wir das *definitiv*.»

Es war Anfang Juni, und wir hatten uns mit zweitausend anderen Frauen für den «Lauf für das Leben» eingefunden. Es herrschte eine unglaubliche Atmosphäre, die sich mit nichts vergleichen ließ, was ich bisher erlebt hatte. Massen von Leuten trugen rosafarbene T-Shirts, andere glitzernde Perücken, Schlafanzüge, Feen-Kostüme samt Flügeln oder paillettenbesetzte Kleider ... Die Hardcore-Läuferinnen waren in der Menge leicht zu erkennen, die superfitten Typen, für die ein Fünf-Kilometer-Lauf gar nichts war. Aber es gab auch andere, die offensichtlich aus persönlichen Gründen da waren und Botschaften auf dem Rücken trugen mit den Namen derjenigen, derentwegen sie Geld sammelten. Ich hatte meinen heute Morgen geschrieben:

Ich laufe für ... MOM

Natürlich tat ich das. Ich blinzelte, hatte plötzlich ganz feuchte Augen. Es hatte sich herausgestellt, dass Gerald die ganze Zeit von den Briefen meines Dads gewusst hatte. Er hatte geseufzt, als ich sie ihm gegenüber erwähnte.

«Ich hab ihr gesagt, sie soll sie dir geben», sagte er. «Ich hab es ihr gesagt, Maddie. Und ich glaube, sie hatte es ursprünglich auch wirklich vor, aber ...» Er zuckte mit den Schultern. «Ich möchte ja nicht respektlos klingen, aber deine Mutter war ein alter Dickkopf.»

Ich nickte. «Das kann man wohl sagen. Aber warum hat sie die Briefe dann nicht weggeworfen?», drängte ich ihn. «Wie war ihre Version der Geschichte?»

«Sie hat gesagt, er habe sie so schrecklich im Stich gelassen, dass sie den Gedanken nicht ertragen konnte, er könnte mit dir dasselbe machen», antwortete er mit einer hochgezogenen Augenbraue, als würde er ihr das nicht ganz abnehmen. «Aber die Briefe hat sie grollend behalten, sie hatte vor, sie dir zu geben, wenn du achtzehn wirst. Dann, dachte sie, wärst du alt genug, um selbst zu entscheiden, ob du eine Beziehung zu ihm haben wolltest.»

«Ich hätte meine ganze Kindheit über gerne eine Beziehung zu ihm gehabt!», wetterte ich. «Sie hatte kein Recht, uns voneinander fernzuhalten. Sie wollte nur, dass ich auf ihrer Seite bin, darum ging es ihr.»

Er bestritt es nicht. «Ich weiß, dass ihr überhaupt nicht wohl dabei war, wie sie mit der Sache umgegangen ist», sagte er ruhig. «Ehrlich, Maddie. Aber als es so weit war, dachte sie, es wäre zu spät. Sie wollte diese alten Geschichten nicht wieder aufwärmen, und sie wusste, dass du wütend auf sie sein würdest, und wollte sich damit nicht konfrontieren – das glaube ich.»

Aber Gott sei Dank war es nicht zu spät gewesen. Dad und ich hatten im Februar ein höchst emotionales Wiedersehen gefeiert. Er war nach Birmingham gekommen, um meine Familie kennenzulernen. Inzwischen war er über sechzig, aber ich hätte ihn überall wiedererkannt, seine hochgewachsene Gestalt, die ich geerbt hatte, die etwas krumme Nase und die funkelnden Augen, an die ich mich aus meiner Kindheit erinnerte. Die Kinder haben ihn sofort in ihr Herz geschlossen und wollten von ihm hören, wie ich als Kind gewesen war. Und als ich ihn mit ihnen zusammen gesehen habe, so lustig und unkompliziert, wie er sie dazu brachte, vor lauter Lachen zu brüllen, als er erzählte, wie ich als Kind an einem verregneten Ferientag auf einem Kuhfladen ausgerutscht bin, da schmolz die Wut auf Mom dahin. Jeder macht Fehler.

Inzwischen hatten wir ihn und Isabel in Edinburgh besucht (eine nette Frau, so freundlich und gutherzig wie er), und es war ein großer Trost gewesen, wieder mit einem Elternteil sprechen zu können. Sicher, ich musste ihn ganz neu kennenlernen, aber ich bat ihn jetzt schon um Rat, sprach mit ihm über die Arbeit und über die Kinder, als wären wir nie getrennt gewesen.

Ich hatte also meinen Frieden mit Mom gemacht. Sie fehlte mir immer noch schrecklich, und ich dachte ständig an sie, aber ich hatte ihr vergeben, nachdem mit meinem Dad alles gut war. Mein Ärger war verraucht. Und jetzt stand ich hier mit Jess und Lauren und war kurz davor, zu ihrem Andenken fünf Kilometer zu laufen.

Du schaffst das, Schätzchen, hörte ich sie in meinem Kopf sagen, ganz klar und deutlich. *Ich sehe dich, weißt du? Und ich bin wahnsinnig stolz auf mein Mädchen.*

Der Countdown begann. «Zehn … neun … acht …»

«Jetzt ist es so weit», sagte Jess und winkte Matt zu, der es geschafft hatte, sich bis zu der Absperrung vorzukämpfen, die die Läufer von ihren Freunden und Familienmitgliedern trennte.

Er winkte zurück. «Ich liebe dich», rief er. Der Gute. Wir alle liebten Matt. Er machte Jess so glücklich. Sie war so lebendig, ein ganz anderer Mensch als die unterdrückte Jess, die ich zuerst kennengelernt hatte.

«Sieben … sechs … fünf …»

«Wo ist Paul?», wollte Lauren wissen.

Ich hatte mich dasselbe gefragt. «Ich kann ihn nirgends sehen», antwortete ich. «Er hat gesagt, er würde mich an der Ziellinie schon finden.»

«Vier … drei … zwei … eins … LOS!»

Wir rannten los, ein Meer von Frauen, alle auf einmal. Die Schnellen strömten gleich nach vorne, aber ich ließ mich dadurch nicht beunruhigen. «Halt dein eigenes Tempo», hatte Mike mir bei einem unserer zahlreichen Übungsläufe geraten. «Du weißt selbst, wie es für dich am besten ist – vergiss die anderen.»

Mike. Wir waren inzwischen Freunde, hatten unsere kurze Verwirrung auf der Weihnachtsfeier überwunden. Am Anfang war es heikel gewesen, und ich war unsicher, ob ich ihn überhaupt wiedersehen sollte, aber wir hatten es geschafft, unser altes Trainer-Kunden-Verhältnis wieder aufzunehmen und einen Sicherheitsabstand zu allem zu halten, was komplizierter wäre als das. Er hatte einen Trainingsplan für mich aufgestellt, der vorsah, dass die Laufstrecke jedes Mal ein bisschen länger war als beim letzten Mal. «Keine Sorge», hatte er kurz vor dem Lauf gesagt. «Du wirst die Strecke nur so entlangfliegen, Maddie. Ach, und übrigens ...»

«Ja?»

«Im Oktober ist in Birmingham ja Halbmarathon.»

Ich hatte ihm ins Gesicht gelacht. «Mike, ich werde nie eine Athletin. Fünf Kilometer ist meine Grenze, und damit bin ich sehr glücklich.»

«Ah, aber überleg mal, als du zum ersten Mal ins Fitnessstudio gekommen bist, Maddie, da hättest du nie für möglich gehalten, dass du auch nur einen halben Kilometer läufst, von fünf ganz zu schweigen. Überleg dir das mal.»

Ich lächelte, als ich vor mich hin trottete, Jess und Lauren links und rechts von mir. Immerhin war Mike Optimist, das musste man ihm lassen.

«Ein Kilometer ist geschafft», jubelte Jess, als wir an der Markierung vorbeikamen. «Das war doch gar nicht so schlimm, oder?» Sie wirkte beschwingt. Sie war ein paarmal mit Nicole und mir laufen gewesen, hatte sich aber Sorgen gemacht, dass sie nicht die ganze Strecke schaffen würde.

«Du machst das super, Jess», sagte ich. Ich selbst fühlte mich auch gut, vollkommen einverstanden mit dem Tempo. Langsam verstand ich, dass manche Leute süchtig nach dem Laufen wurden – man fühlte sich so stark, so kräftig. Und heute, mit all diesen Frauen, die Geld für die Krebsforschung sammelten ... fühlte es sich einfach wunderbar an.

Die Botschaften auf den Rücken der Frauen waren etwas anderes. Ich hatte viele Frauen gesehen, die für ihre Mütter liefen, oder für ihre geliebten Schwestern, Großeltern, Väter, Onkel, Freunde ... Allein die Menge der Namen, das Ausmaß der Trauer, das sich hinter jedem einzelnen Namen verbergen musste, nahm mir den Atem. Es hätte mich zum Weinen bringen sollen, aber stattdessen gab es mir Auftrieb. Ich fühlte mich inspiriert. Und glücklich, dass ich laufen, atmen, lächeln, lachen und hier im strahlenden Sonnenschein mit zwei guten Freundinnen zusammen sein konnte. Ich hatte Glück, ich hatte verdammtes Glück.

«Zwei Kilometer!», juchzte Lauren kurz darauf.

Ich war erstaunt. Wir hatten schon fast die Hälfte geschafft; die Zeit schien nur so zu verfliegen.

Lauren war nicht zu stoppen – und das nicht nur heute. Sie hatte sich in letzter Zeit ein paarmal mit einem Typen namens Alessandro getroffen, den sie beim Salsatanzen kennengelernt hatte, und sprudelte seitdem nur so vor Energie und Begeisterung. Jess und Francesca hatten ihre Freude daran gehabt, die beiden zu verkuppeln – «Siehst du, du bist nicht die Einzige, die das kann», hatte Jess fröhlich gesagt –, und obwohl Lauren nichts überstürzen wollte, glänzten ihre Augen jedes Mal, wenn sie seinen Namen erwähnte. Er war der Erste, mit dem sie sich seit der Katastrophe mit Joe getroffen hatte, ich drückte ihr also wirklich die Daumen.

Auch sie war jetzt ein anderer Mensch als bei unserem ersten FatBusters-Treffen. Die Härte, die ich damals an ihr beobachtet hatte, war verschwunden, und an ihre Stelle waren eine aufrichtige Wärme, ein prustendes Lachen und ein federnder Schritt getreten. Ihre Vermittlungsagentur brummte, und sie war sogar für die Business Awards der *Birmingham Post* nominiert worden. Alles war gut.

Auch bei Jess lief es geschäftlich sehr gut. Sie war so gefragt, dass sie ihre Freundin und ehemalige Kollegin Phoebe angestellt hatte, die ihr Kunden abnahm. Jess war ganz begeistert gewesen, als sie hörte, dass Louisa, ihrer schrecklichen alten Chefin, fristlos gekündigt worden war, nachdem sie der Unterschlagung überführt worden war. «Immer trifft es die Besten», hatte Jess gesagt und dabei ausgesehen, als würde sie vor Freude gleich in die Luft boxen.

«Drei Kilometer», rief Jess jetzt und riss mich aus meinen Gedanken. «Gott, ich hab vielleicht Seitenstechen.»

«Einfach weiterlaufen, Süße», sagte ich. «Lauf es einfach weg, dann geht's gleich wieder.»

Ich fragte mich, wo Paul und die Kinder waren, ob sie einen guten Platz an der Zielgeraden hatten. Sie hatten vorher so ein Trara um mich gemacht, mich geküsst und umarmt und mir Glück gewünscht. Ben hatte mir seinen Glücksbringer, einen Gummifrosch, geliehen, den ich in die Tasche meiner Shorts stecken sollte, und Emma hatte mir eine Karte gegeben, die sie in der Kunst-AG in der Schule gemacht hatte: Mit Hilfe von Photoshop hatte sie meinen Kopf auf den Körper von Paula Radcliffe montiert. «Guck dir mal meine Beine an!», hatte ich lachend gesagt. «Meinst du, es würde jemandem auffallen, wenn ich das Bild mit meinem Diät-Blog ins Internet stelle?»

Paul hatte mich in die Arme genommen und mich gedrückt, ehe ich zu den anderen ging. «Viel Glück», hatte er gesagt. «Oh, und heute Abend bin ich dran mit Kochen, okay? Ich hab mir was ganz Besonderes überlegt.»

Paul kochte Abendessen? Ja, tatsächlich. Das war das große Geheimnis gewesen. Immer, wenn er abends verschwunden war, hatte er an einem Gesund-kochen-Kurs teilgenommen, damit er das nächste Mal, wenn ich ihn bat, sich ums Essen zu kümmern, nicht zur Pommesbude gehen musste. Am Valentinstag hatte er mir offenbart, was er gemacht hatte, und auch gleich zum ersten Mal für mich gekocht: einen warmen Wintersalat mit Hühnchen, Walnüssen und Ziegenkäse und danach gebratenen Lachs mit Pekannüssen. Er hatte sich wirklich Mühe gegeben, Kerzen angezündet, den Tisch mit unserem besten weißen Tischtuch gedeckt und Rosenblätter darauf verteilt.

Ich hatte einen Kloß im Hals gehabt, als ich hereinkam. Wie hatte ich nur an ihm zweifeln können?

«Madam? Setzen Sie sich doch», hatte er gesagt, sich verbeugt und mit süffisantem Grinsen gesagt: «Das Dinner wird sogleich serviert.»

Es war ein so romantischer Abend gewesen, dass ich mich von neuem in ihn verliebt hatte. Es war so viel zwischen uns beide geraten – Mom, Dad, die Diät, die Arbeit –, und ich hatte ganz vergessen, wie gut wir es zusammen hatten.

«Das war köstlich», sagte ich, als ich die letzten Löffel meines Nachtischs gegessen hatte – Erdbeeren im Schokoladenmantel. «Dafür hätte ich im Restaurant viel Geld bezahlt.»

«Na ja, du darfst mir ruhig ein bisschen Trinkgeld geben, weißt du ...», hatte er gesagt und mich im Kerzenlicht angelächelt.

Ich hatte seine Hand genommen, so voll mit Liebe wie mit gutem Essen. «Kann man Sie auch in Naturalien bezahlen?», fragte ich, als wäre ich ein schamloses Flittchen. Ich war wirklich froh, dass ich meine sexy Unterwäsche angezogen hatte. Vielleicht hatte ich diesmal mehr Glück?

«Nur für bestimmte Kundinnen», antwortete er. «Eigentlich nur für eine ganz bestimmte Kundin ...»

Seitdem lief es mit uns besser denn je. Wir hatten seine Eltern davon überzeugt, dass sie die Kinder für ein Wochenende nahmen, und hatten uns einen romantischen Kurzurlaub in London gegönnt. Wir hielten in unseren Kalendern Platz frei für gemeinsame Kino-Abende und gingen zusammen essen, nur wir zwei. Wir hatten es schließlich geschafft, Moms Haus an eine nette Familie mit drei Kindern zu verkaufen, und von dem Geld hatte ich uns ein neues Auto und einen tollen Sommerurlaub für uns vier spendiert.

Das Leben war also verdammt schön, dachte ich bei mir.

«Alles klar, Maddie?», fragte Lauren jetzt keuchend. «Du wirkst, als wärst du im Traumland.»

«Alles klar», sagte ich, wieder zurück in der Realität. «Ich ... konzentriere mich nur aufs Laufen.» *Und bin dankbar, für das, was ich hab*, fügte ich im Geiste hinzu.

«Wirst du morgen in der Sendung darüber sprechen?», fragte Jess, die beim Laufen eine Hand in die Seite stemmte.

Ich nickte. «Ja», antwortete ich. «Wenn der Lauf zu Ende ist, kommt ein Fotograf, die wollen leider ein Foto von mir machen, für die Website. Das wird bestimmt nicht besonders schmeichelhaft – völlig fix und fertig. Sehr attraktiv!»

Ich versuchte, zu Atem zu kommen – es war anstrengend, gleichzeitig zu laufen und zu reden –, und fuhr dann fort: «Und ein Journalist kommt auch. Sie wollen, dass ich ihnen einen O-Ton dazu liefere, wie ich mich direkt nach dem Lauf fühle, aber» – wieder musste ich nach Luft schnappen – «wenn es erst mal so weit ist, krieg ich bestimmt kein einziges Wort mehr raus.»

«Das wirst du schon», sagte Lauren. «Ein erfahrener Profi wie du – keine Sorge. Hey!», schrie sie. «Vier Kilometer! Wir sind schon auf der Zielgeraden, Mädels!»

Wir jubelten, genau wie die Frauen um uns herum.

«Maddie, bist du das?», sagte eine Läuferin, die uns überholte. «Ich liebe deine Sendung!»

«Danke!», keuchte ich und lächelte sie an.

Ich fand es immer noch befremdlich, in der Öffentlichkeit erkannt zu werden, aber das schien zum Job zu gehören. Collette hatte es immer gehasst, wenn die Leute im Kaufhaus oder so auf sie zukamen und sie um ein Autogramm baten, aber ... na ja, darum brauchte sie sich ja jetzt keine Sorgen mehr zu machen, nicht? Das war ja im Moment nicht gerade das Problem.

Ihr Freund hatte sie verlassen – ausgerechnet am Valentinstag. Sie hatte sich total besoffen und war am nächsten Tag – völlig durch den Wind und immer noch nach Alkohol stinkend – zur Arbeit gekommen. Sie hatte ihre Überleitungen vermasselt und statt der vorgesehenen Songs lieber «End of the Road», «Heartbreaker», «Why Do Fools Fall in Love?» und so ziemlich jedes andere Ich-bin-gerade-verlassen-worden-Lied gespielt. Das war schlimm genug, aber dann ist sie einen Schritt zu weit gegangen, als sie vergessen hat, bei der Übergabe an Nita, die den Verkehrsservice machte, ihr Mikro auszustellen.

Während Nita die Hörer über Staus und Baustellen informierte, konnte man laut und deutlich hören, wie Collette am Telefon mit ihrer Freundin sprach. «Ja, na ja, er war eben nur ein ganz normales Arschloch aus Birmingham, die machen mich sowieso krank ...»

Ihr könnt euch vorstellen, was das für Reaktionen nach sich gezogen hat. Eine Welle der Empörung brach los, uns erreichten massenhaft wütende Anrufe und E-Mails: *Was denkt die denn, wer sie ist? Warum arbeitet sie denn für Birmingham FM, wenn sie so über die Einwohner von Birmingham denkt?* Und das waren noch die höflichen Kommentare. In der *Post* erschien ein Artikel, in dem sie angegriffen wurde, und die ganze Geschichte schaffte es an dem Abend sogar in die Regionalnachrichten im Fernsehen.

Andy hatte keine andere Wahl, er musste sie rausschmeißen, und dann hatte er, als wäre das alles nicht schon erfreulich genug, mir ihren Job gegeben.

«Die Hörer kennen dich schon, und sie lieben dich. Du hast eine tolle Stimme und eine tolle Persönlichkeit, und ehrlich gesagt, es gibt niemanden, den ich lieber in dem Studio sähe», hatte er gesagt, nachdem er mich in sein Büro gerufen hatte. «Wenn du den Job willst, gehört er dir.»

«Ich will ihn», sagte ich, ohne zu zögern. O Mann, und wie ich ihn wollte. Es war der Job, von dem ich immer geträumt hatte – und jetzt hatte ich ihn.

«Essenszeit mit Maddie Lawson», die Sendung, die ich immer mittags moderierte, war jetzt mein Baby, und ich war noch nie so glücklich gewesen.

«O Gott, ist das etwa das Ziel, was ich da sehe?», schrie Jess. «Wir haben es fast geschafft, Mädels!»

Sie hatte recht. Bis zu dem riesigen aufblasbaren Bogen, der das Ziel markierte, waren es nur noch wenige hundert Meter.

«Jippieh», jubelte ich. «Die Mädchen von FatBusters schaffen den ‹Lauf für das Leben›!»

Dann sah ich sie. Drei strahlende Gesichter in der Menge. «Mom! Mami! Hier sind wir!», schrien Emma und Ben und winkten beide wie verrückt.

«Los, Maddie, lauf!», schrie Paul, der stolz wie Oskar wirkte.

«Hallo», schrie ich und grinste breit, als wir an ihnen vorbeiliefen. Meine Beine fühlten sich schwer an, mir war heiß, ich war müde, aber mein Herz war dermaßen leicht vor Glück und Triumphgefühlen, dass ich das Gefühl hatte zu schweben. Im Geiste hörte ich wieder Moms Stimme: *Ich bin bei dir, mein Schatz, ich gucke zu*, und Tränen traten mir in die Augen.

Wir waren fast am Ziel, Jess, Lauren und ich. Ich hatte sie wirklich liebgewonnen, meine Diät-Freundinnen, die mit mir so viel durchgemacht hatten und die auch mit ihren eigenen Dämonen zu kämpfen gehabt und sie besiegt hatten.

«Kommt, wir halten uns an den Händen, wenn wir durchs Ziel laufen», sagte ich und streckte die Arme aus.

Und dann liefen wir über die Ziellinie, jubelnd, und mir liefen Tränen des Stolzes und der Freude über das Gesicht. Wir hatten es geschafft – und wir hatten es zusammen geschafft. Das war doch ein Grund zur Freude.

MIX
Papier aus verantwortungsvollen Quellen
FSC® C083411
www.fsc.org

Das für dieses Buch verwendete FSC®-zertifizierte Papier
Lux Cream liefert Stora Enso, Finnland.